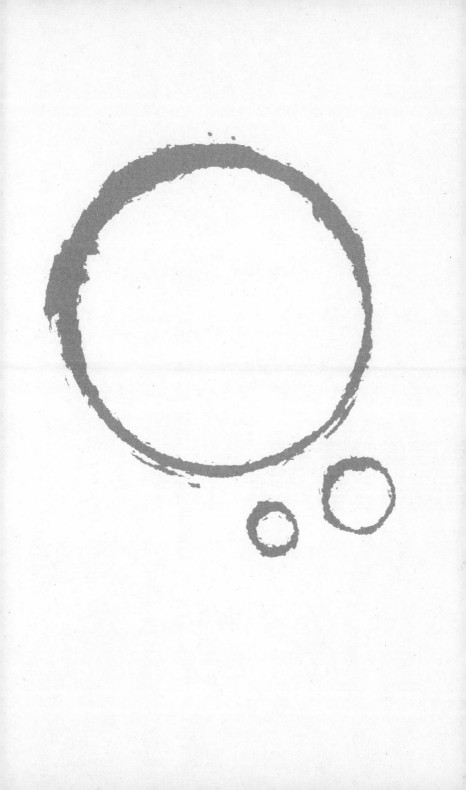

DE
HOMBRES
A
MONSTRUOS

CHAOS WALKING

PATRICK NESS

Traducción de Ricard Gil Giner

NUBE **DE TINTA**

Reina el Caos. De hombres a monstruos

Título original: *Monsters of Men*

Primera edición en España: febrero de 2019
Primera edición en México: agosto de 2019

Publicado originalmente en 2010 por Walker Books Ltd
87 Wauxhall Walk, London SE11 5HJ

Para Denise Johnstone-Burt

¿Quién hay en el búnker?
¿Quién hay en el búnker?

Mujeres y niños primero
Y los niños primero
Y los niños

Me río hasta arrancarme la cabeza

Trago hasta reventar

Radiohead, «Idioteque»

—La guerra —dice el alcalde Prentiss con los ojos brillantes—. Por fin.

—Cállese —le espeto—. Nada de «por fin». El único que quería esto es usted.

—En cualquier caso —dice él, volviéndose hacia mí con una sonrisa—, es inminente.

Y, por supuesto, yo me pregunto si desatarlo para que libre esta batalla no habrá sido la peor equivocación de mi vida…

Pero no…

No, porque gracias a esto ella se va a salvar. Era necesario hacerlo para salvarla.

Él la mantendrá a salvo, y yo me ocuparé de que lo haga, aunque tenga que matarlo para conseguirlo.

Y así, coincidiendo con la puesta de sol, el alcalde y yo permanecemos erguidos sobre los escombros de la catedral y contemplamos la plaza de la ciudad mientras el ejército zulaque desciende frente a nosotros por la carretera zigzagueante de la colina, haciendo sonar el cuerno de batalla con un retrueno capaz de partirte en dos.

Mientras el ejército de la Respuesta que comanda la enfermera Coyle entra en la ciudad a nuestras espaldas, sin parar de lanzar bombas a su paso: ¡Bum! ¡Bum! ¡BUM!

Mientras los primeros soldados del ejército del alcalde llegan en rápida formación desde el sur, con el señor Hammar al frente, y cruzan la plaza hacia nosotros para recibir nuevas órdenes.

Mientras los habitantes de Nueva Prentiss huyen despavoridos en todas direcciones.

Mientras la nave de reconocimiento de los nuevos colonos aterriza en lo alto de una colina muy cerca de la enfermera Coyle, en el peor lugar posible.

Mientras Davy Prentiss yace muerto entre los escombros, acribillado por su propio padre, acribillado por el hombre al que acabo de liberar.

Y mientras Viola…

Mi Viola…

Cabalga en medio de todo este caos, con los tobillos rotos, incapaz siquiera de tenerse en pie.

«Sí», pienso.

La guerra es inminente.

El fin de todas las cosas.

El fin de todo.

—En efecto, Todd —dice el alcalde, frotándose las manos—. Tienes razón.

Y repite la palabra, la pronuncia como si todos sus deseos se hubieran hecho realidad.

—La guerra.

TODO EMPIEZA

DOS BATALLAS

[TODD]

¡VAMOS A ATACAR A LOS ZULAQUES!, grita el alcalde a los soldados, apuntando con su ruido al centro de sus cabezas.

Incluso a la mía.

SE CONCENTRARÁN AL FINAL DE LA CARRETERA, continúa, ¡pero no van a pasar de ahí!

Montado sobre Angharrad, le acaricio el flanco con la mano. En menos de dos minutos el alcalde y yo ya estábamos a lomos de nuestras monturas. Morpeth y Angharrad llegaron galopando desde la parte posterior de las ruinas de la catedral, y cuando empezamos a avanzar aplastando los cuerpos todavía inconscientes de los hombres que habían intentado ayudarme a derrocar al alcalde, el ejército ya tomaba una forma desordenada ante nosotros.

No todo el ejército, tal vez menos de la mitad, pues el resto aún seguía recorriendo la carretera del sur hacia la colina rasgada, la carretera donde se suponía que iba a librarse la batalla.

¿Chico potro?, piensa Angharrad. Noto en su cuerpo lo nerviosa que está. En realidad, está muerta de miedo.

Y yo también.

—¡¡Batallones listos!! —grita el alcalde. De inmediato, el señor Hammar y los rezagados señores Tate, O'Hare y Morgan saludan y obedecen, y los soldados empiezan a alinearse en perfecta formación, de un modo tan rápido que casi me duelen los ojos al mirarlos.

—Lo sé —dice el alcalde—. Es precioso, ¿verdad?

Le apunto con el rifle, el que le arrebaté a Davy.

—No se olvide de nuestro pacto —digo—. Usted mantendrá a Viola a salvo y no me controlará con el ruido. Si me obedece, permanecerá con vida. Sólo por eso lo solté.

Le brillan los ojos.

—Date cuenta de que eso significa que no podrás quitarme los ojos de encima, y para ello tendrás que seguirme a la batalla. ¿Estás listo para eso, Todd?

—Estoy listo —respondo, aunque en realidad no lo estoy, pero intento no pensar en eso.

—Estoy seguro de que lo harás muy bien.

—Cállese —le ordeno—. Ya lo derroté una vez. Volveré a hacerlo si es necesario.

—De eso no tengo ninguna duda —sonríe.

—¡Los hombres están listos, señor! —grita Hammar desde su caballo, saludando de manera feroz.

El alcalde no deja de mirarme.

—Los hombres están listos, Todd —repite con voz burlona—. ¿Y tú?

—Haga lo que tenga que hacer.

Y su sonrisa se ensancha todavía más. Se vuelve hacia los hombres.

¡Dos divisiones a la carretera del oeste para el primer ataque! Su voz vuelve a serpentear dentro de la cabeza de los soldados, como un zumbido imposible de ignorar. ¡La división del capitán Hammar al frente, el capitán Morgan en la retaguardia! Los capitanes Tate y O'Hare reunirán a los hombres y el armamento que todavía están por llegar y se unirán al combate lo antes posible.

«¿Armamento?», pienso.

Si es que el combate no ha terminado ya para cuando lleguen…

Los hombres se ríen al oír esto, con una risa fuerte, nerviosa y agresiva.

Y entonces, como un solo ejército, ¡haremos retroceder a los zulaques colina arriba y les haremos lamentar el día en que nacieron!

Y los hombres vitorean con fuerza.

—¡Señor! —grita el capitán Hammar—. ¿Qué hay del ejército de la Respuesta?

—Primero derrotaremos a los zulaques —responde Prentiss—. Luego, la Respuesta será un juego de niños.

Contempla a su ejército de hombres y después estudia al ejército zulaque, que sigue bajando por la montaña. Entonces alza el puño y emite el fogonazo de ruido más fuerte que he oído nunca, un grito que perfora el centro mismo de cada hombre que lo oye.

¡¡¡A la batalla!!!

«¡¡¡A la batalla!!!», responde el ejército con un grito unánime, y todos salen disparados a paso firme hacia la plaza, y continúan zigzagueantes en dirección a la colina.

El alcalde me dirige una última mirada, y parece que apenas pudiera reprimir la risa de lo mucho que se está divirtiendo. Sin decir palabra, espolea con violencia a Morpeth en los costados y cruza la plaza al galope en pos del ejército.

El ejército que marcha a la guerra.

¿Seguir?, pregunta Angharrad, exudando miedo como si fuera sudor.

—Tiene razón —digo—. No podemos perderlo de vista. Tiene que cumplir su palabra. Tiene que ganar esta guerra. Tiene que salvarla.

Por ella, piensa Angharrad.

«Por ella», pienso yo, con todo mi sentimiento.

Y pienso su nombre…

«Viola.»

Y Angharrad se lanza hacia la batalla.

{VIOLA}

«Todd», pienso, mientras monto a Bellota a través de la masa de gente que se acumula en la carretera, que intenta huir de los horribles aullidos del cuerno que resuena en una dirección y de las bombas de la enfermera Coyle que retumban en la otra.

¡BUM!

Explota otra bomba, y veo una bola de fuego que sale escupida hacia el cielo. El griterío que nos rodea es casi insoportable. La gente que corre por la carretera se enreda con la que baja desordenadamente y con todos los que se interponen en nuestro paso.

Los que se interponen a que seamos los primeros en llegar a la nave.

El cuerno vuelve a sonar y los gritos arrecian todavía más.

—Tenemos que darnos prisa, Bellota —digo, entre sus orejas—. No sé qué es ese sonido, pero la gente de la nave podrá…

Una mano me agarra del brazo y casi me arranca de la silla.

—¡Dame el caballo! —grita un hombre, tirando con todas sus fuerzas—. ¡Dámelo!

Bellota se sacude para alejarse de él, pero hay demasiada gente en la carretera y casi no podemos movernos.

—¡Suélteme! —le ordeno.

—¡Dámelo! —repite él—. ¡Vienen los zulaques!

Esto me produce tal sorpresa que casi me caigo de la silla.

—¿Los qué?

Pero el hombre no me escucha, y pese a la luz mortecina, veo que el blanco de sus ojos llamea de terror...

¡Aguanta!, aúlla el ruido de Bellota, y yo me agarro con más fuerza a su crin. Bellota retrocede, derriba al hombre y da un salto hacia la negra noche. La gente grita y se aparta, pero derribamos a unos cuantos más, porque mi caballo barre todo lo que le sale al paso mientras yo me agarro a él como puedo.

Llegamos a un claro y Bellota acelera al máximo.

—¿Los zulaques? —digo—. ¿Qué quiso decir? Es imposible...

Zulaques, piensa Bellota. **Ejército zulaque. Guerra de los zulaques.**

Me giro para mirar atrás mientras él galopa, y veo las luces que descienden en zigzag por la colina lejana.

Un ejército de zulaques.

Un ejército de zulaques viene también hacia aquí.

«¿Todd?», pienso. Sé que me alejo de él y del alcalde cautivo a cada zancada que damos.

La esperanza es la nave. Ellos nos ayudarán. De algún modo, podrán ayudarnos, a Todd y a mí.

Si una vez detuvimos una guerra, podemos detener otra.

Así, vuelvo a pensar su nombre, «Todd», para mandarle fuerzas. Y Bellota y yo cabalgamos por la carretera en pos de la Respuesta, de la nave de reconocimiento, y espero, por nuestro propio bien, estar en lo cierto...

[TODD]

Angharrad corre detrás de Morpeth mientras el ejército acelera por la carretera que se alarga frente a nosotros, derribando brutalmente a todo ciudadano de Nueva Prentiss que salga a su paso. Hay dos batallones, el primero de ellos está comandado por el señor Hammar, que no cesa de gritar a lomos de su caballo, y el segundo por el señor Morgan, que grita menos y lo sigue a poca distancia. Son unos cuatrocientos hombres en total, con los rifles alzados y los rostros retorcidos por los alaridos y los gritos.

Y su ruido…

Su ruido es algo monstruoso, afinado y retorcido sobre sí mismo, que *ruge* en una sola voz, como un gigante airado que descendiera como una aplanadora por la carretera.

Y noto que los latidos de mi corazón se me escapan del pecho.

—¡No te alejes de mí, Todd! —grita el alcalde a lomos de Morpeth, colocándose a mi altura mientras cabalgamos a toda velocidad.

—No se preocupe por eso —respondo, aferrando el rifle.

—Lo digo por tu propio bien —dice él, mirándome—. Y no olvides tampoco tu parte del trato. No me gustaría que hubiera bajas por culpa del fuego amigo.

Y me guiña el ojo.

«Viola», pienso, agrediéndolo con un puño de ruido.

Prentiss hace una mueca de dolor.

Ahora ya no sonríe tanto.

Cabalgamos tras el ejército por el oeste de la ciudad, bajando por la carretera principal, pasando por delante de las ruinas de lo que debieron de ser las cárceles originales que la Respuesta incendió en el mayor ataque que lanzó antes de éste. Sólo estuve una vez aquí, cuando pasé corriendo con Viola entre mis brazos, transportándola por la carretera zigzagueante mientras ella agonizaba, pensando que la llevaba a un lugar seguro… Pero lo único que encontré fue al hombre que ahora cabalga a mi lado, el hombre que mató a mil zulaques para provocar esta guerra, el hombre que torturó a Viola para sacarle una información que ya conocía, el hombre que mató a su propio hijo…

—¿Y qué otra clase de hombre querrías que te condujera a la batalla? —dice él, leyendo mi ruido—. ¿Qué otra clase de hombre es el adecuado para la guerra?

«Un monstruo», respondo, y recuerdo lo que una vez me dijo Ben. «Convertimos a los hombres en monstruos.»

—Te equivocas —dice el alcalde—. Es la guerra la que nos convierte en hombres. Hasta que se declara la guerra, seguimos siendo unos niños.

Un nuevo estallido del cuerno ruge a nuestras espaldas; es tan fuerte que casi nos arranca la cabeza y provoca que el ejército pierda el paso durante un par de segundos.

Observamos la carretera hasta la falda de la montaña. Las antorchas de los zulaques se congregan en ese punto para recibirnos.

—¿Estás listo para hacerte mayor, Todd? —pregunta el alcalde.

{VIOLA}

¡BUM!

Una nueva explosión, justo delante de nosotros, envía un montón de escombros humeantes por encima de los árboles. Tengo tanto miedo que me olvido del estado de mis tobillos e intento espolear a Bellota como he visto hacer en los videos que nos ponían en la nave. El dolor es insoportable. Los vendajes que Lee (todavía debe de estar por ahí, intentando encontrar a la Respuesta en el lugar equivocado; por favor, que no te pase nada; por favor, que no te pase nada) me colocó en los pies son excelentes, pero los huesos están rotos y por un instante una sensación agónica me recorre todo el cuerpo hasta la quemadura que no deja de palpitar alrededor de la cinta metálica del antebrazo. Me retiro la manga para mirarla. La piel que rodea la cinta está roja y caliente,

la propia cinta no es más que una delgada lámina de acero, inamovible, que no se puede cortar y que me ata al número 1391
hasta el día de mi muerte.

Es el precio que pagué.

El precio que pagué por encontrarlo.

—Y ahora haremos que valga la pena —le digo a Bellota, cuyo
ruido responde **Chica potro**, porque está de acuerdo conmigo.

El aire se está llenando de humo y veo las hogueras que arden
un poco más allá. La gente sigue corriendo en todas direcciones,
aunque cada vez son menos, la ciudad empieza a vaciarse.

Si la enfermera Coyle y la Respuesta comenzaron por la oficina de la Pregunta y se dirigieron al centro de la ciudad desde el
este, ya deben de haber pasado por la colina donde se encontraba
la torre de comunicaciones. Y ése es el lugar en el que probablemente habrá aterrizado la nave de reconocimiento. Entonces la
enfermera Coyle habrá dado media vuelta y habrá subido a un
carro rápido para regresar y de esta manera ser la primera en hablar con ellos, pero ¿a quién habrá dejado al mando del ejército?

Bellota sigue galopando, traza una curva en la carretera…

Y ¡BUM!

Estalla un fogonazo de luz, y otra residencia cae presa de las
llamas, iluminando la carretera durante un segundo resplandeciente…

Y allí está…

La Respuesta.

Hileras de hombres y mujeres, con las erres azules escritas en
el pecho y en ocasiones pintadas en los rostros.

Todos llevan un arma.

Y los carros van cargados de armamento.

Y aunque reconozco a algunos (la enfermera Lawson, Magnus, la enfermera Nadari), es como si no los conociera en absoluto, tienen un aspecto tan feroz, tan concentrado, tan asustado y

valiente y comprometido que por un instante estiro las riendas de Bellota, porque tengo miedo de cabalgar hacia ellos.

El destello de la explosión se extingue y el grupo vuelve a sumirse en la oscuridad.

¿Adelante?, dice Bellota.

Respiro hondo, me pregunto cómo reaccionarán al verme, me pregunto si me verán o simplemente me acribillarán a tiros en medio de la confusión.

—No tenemos elección —contesto por fin.

Y justo cuando el caballo se prepara para volver a arrancar...

—¿Viola? —oigo en la oscuridad.

[TODD]

La carretera que sale de la ciudad llega a un amplio claro delimitado por el río a la derecha, con el salto gigantesco de las cascadas y la carretera que baja en zigzag por la colina directamente delante de nosotros. El ejército irrumpe en el claro, con el capitán Hammar al mando, y aunque sólo estuve aquí una vez, sé que antes había árboles, árboles y casitas, y eso significa que durante todo este tiempo el alcalde hizo que sus hombres lo limpiaran y lo prepararan para convertirlo en un campo de batalla.

Como si supiera que esto iba a suceder.

Pero no puedo pararme a pensar porque el señor Hammar grita «¡Alto!» y los hombres se detienen en formación y miran hacia el otro lado del claro.

Porque ya están aquí.

Las primeras tropas del ejército zulaque.

Avanzan en abanico por el campo abierto, una docena, dos docenas, diez docenas, bajan de la montaña como un río de sangre blanca, con las antorchas en alto, arcos y flechas y una especie de estacas blancas, largas y raras en las manos, y los soldados de infantería zulaque se arremolinan alrededor de otros zulaques que montan unas enormes criaturas blancas, anchas como bueyes, pero más altas y corpulentas, con un gran cuerno que les sale del final del hocico, y estas criaturas van cubiertas con unas pesadas armaduras que parecen hechas de arcilla y veo que muchos de los soldados zulaques las llevan también, que la arcilla cubre su blanca piel.

Y suena otro estallido del cuerno, tan fuerte que juro que me sangran los oídos… Ahora veo el cuerno con mis propios ojos, amarrado a los hombros de dos de las criaturas cornudas en lo alto de la colina, y quien sopla es aquel zulaque tan corpulento.

Y, ay, Dios mío…

Ay, Dios mío…

El ruido…

Baja tambaleándose por la colina como un arma en sí misma, arrasando el campo abierto como la espuma de un río desbordado, y viene por nosotros, lleno de imágenes de su ejército degollándonos, imágenes de nuestros soldados hechos pedazos, imágenes de fealdad y horror imposibles de describir, imágenes…

Imágenes que nuestros propios soldados devuelven directamente, alzándose sobre la masa de hombres que me preceden, imágenes de cabezas arrancadas de los troncos, de balas destrozando a los zulaques, de una carnicería interminable, interminable…

—Concéntrate, Todd —dice el alcalde—, o la batalla te segará la vida. Y yo, al menos, siento curiosidad por saber en qué clase de hombre te vas a convertir.

—¡¡¡Todos en fila!!! —oímos gritar al señor Hammar. Los soldados que marchan inmediatamente detrás de él empiezan a dispersarse—. ¡¡¡Lista la primera oleada!!! —vuelve a gritar, y los hombres se detienen y alzan los rifles, a punto para lanzarse cuando reciban la orden mientras la segunda oleada se alinea tras ellos.

Los zulaques también se detienen, y forman una hilera igual de larga en la base de la montaña. Una criatura cornuda parte esta línea en dos, y un zulaque va plantado sobre su lomo detrás de un artefacto blanco en forma de U que parece hecho de hueso, la mitad de ancho que un hombre y montado sobre una plataforma adherida a la coraza de la criatura.

—¿Qué es eso? —pregunto al alcalde.

Él sonríe para sí.

—Creo que estamos a punto de descubrirlo.

—¡Preparados! —grita el señor Hammar.

—No te muevas de mi lado, Todd —me ordena Prentiss—. Mantente tan alejado como puedas del combate.

—Comprendo —respondo, con una sensación de pesadez en el interior de mi ruido—. A usted no le gusta ensuciarse las manos.

Me mira a los ojos.

—No te preocupes, tendremos ocasiones de sobra para ensuciárnoslas.

Y entonces, el señor Hammar grita a pleno pulmón:

—¡¡¡Al ataque!!!

La guerra ha comenzado.

{VIOLA}

—¡Wilf! —exclamo, cabalgando hacia él. Conduce un carro de bueyes, un poco escorado, en primera línea de fuego de la Respuesta, que sigue bajando por la carretera envuelta en humo y oscuridad.

—¡Estás viva! —dice Wilf, y enseguida salta del carro y corre hacia mí—. La enfermera Coyle nos dijo que habías muerto.

La ira vuelve a apoderarse de mí al pensar en esa mujer y en la bomba que debía matar al alcalde. No le preocupó en absoluto que me pudiera llevar por delante.

—La enfermera se equivoca en muchas cosas, Wilf.

Me mira a la luz de las lunas, y veo miedo en su ruido, miedo en el hombre más imperturbable que he conocido en todo este planeta, el hombre que más de una vez arriesgó su vida para salvarnos a Todd y a mí, miedo en el único hombre que no tiene miedo.

—Vienen los zulaques, Viola —dice—. Tienes que largarte de aquí.

—Voy a buscar ayuda…

Otra explosión destripa un edificio al otro lado de la carretera. Se produce una pequeña onda expansiva y Wilf tiene que agarrarse a las riendas de Bellota para no perder el equilibrio.

—¿Qué demonios estás haciendo? —grito.

—Órdenes de la enfermera —dice él—. Para salvar el cuerpo, a veces tienes que amputar una pierna.

Toso a causa del humo.

—Esa estupidez es muy propia de ella. ¿Dónde está?

—Salió disparada cuando nos sobrevoló aquella nave. Se dirige al lugar donde aterrizó.

Mi corazón da un brinco.

—¿Dónde aterrizó, Wilf? ¿Dónde, exactamente?

Señala atrás, a la carretera.

—Al otro lado de la colina, donde estaba la torre.

—Lo sabía.

Se oye otro soplo lejano del cuerno. Cada vez que sucede, los gritos de los habitantes de la ciudad que corren sin rumbo van en aumento. Oigo incluso algunos gritos procedentes del ejército de la Respuesta.

—Tienes que huir, Viola —repite Wilf, tocándome el brazo—. La presencia del ejército zulaque es una mala noticia. Tienes que irte. Tienes que irte ya.

Reprimo un fogonazo de inquietud por Todd.

—Tú también tienes que huir, Wilf. Las tretas de la enfermera Coyle no funcionaron. El ejército del alcalde regresó ya a la ciudad —él aspira el aire a través de los dientes—. Capturamos al alcalde —continúo—, y Todd está intentando contener al ejército, pero si atacan directamente, los masacrarán.

Vuelve la cabeza hacia la Respuesta, que sigue marchando con decisión por la carretera, aunque algunos hombres ya me vieron con Wilf, vieron que estoy viva, y la sorpresa empieza a propagarse. Oigo mi nombre más de una vez.

—La enfermera Coyle ordenó que siguiéramos adelante —dice él—, que siguiéramos bombardeando, pasara lo que pasara.

—¿A quién dejó al mando? ¿A la enfermera Lawson? —se produce un silencio y lo miro—. Te dejó a ti, ¿verdad?

Asiente con lentitud.

—Dijo que yo era el mejor siguiendo órdenes.

—Otro error que cometió —digo—. Wilf, tienes que conseguir que den media vuelta.

Él vuelve la vista hacia la Respuesta, que sigue llegando, sigue marchando.

—Las otras enfermeras no me harían caso —señala, pero lo oigo pensar.

—Tienes razón. Pero los demás sí que lo harán.

Alza la vista.

—Haré que den media vuelta.

—Tengo que llegar a la nave —digo—. Ellos podrán ayudarnos.

Wilf asiente y apunta con el pulgar por encima de su hombro.

—Por la segunda carretera principal. La enfermera Coyle te lleva veinte minutos de ventaja.

—Gracias, Wilf.

Vuelve a asentir y se gira hacia la Respuesta.

—¡Atrás! —grita—. ¡Atrás!

Vuelvo a espolear a Bellota y nos alejamos de Wilf y de los rostros estupefactos de las enfermeras Lawson y Nadari, en la primera línea de la Respuesta.

—¿Bajo qué autoridad? —escupe Nadari.

—¡La mía! —oigo decir a Wilf, con la máxima firmeza.

Me abro paso entre la Respuesta mientras arreo a Bellota lo máximo que puedo. Ni siquiera veo a Wilf cuando exclama:

—¡Y la de ella!

Pero sé que me está señalando a mí.

[TODD]

Nuestra línea del frente acelera el paso por el claro como un muro que se precipita por una montaña.

Los hombres corren en forma de V, con el señor Hammar gritando en el vértice, a lomos de su caballo.

La siguiente línea de hombres arranca una décima de segundo más tarde, de modo que ya hay dos hileras que corren a degüello hacia la línea de zulaques, con las armas preparadas, pero...

—¿Por qué no disparan? —pregunto al alcalde.

Suelta un poco de aire.

—Por arrogancia, supongo.

—¿Cómo?

—Verás, siempre hemos combatido a los zulaques en espacios reducidos. Era lo más efectivo. Pero...

Sus ojos estudian la línea del frente de los zulaques, que permanece inmóvil.

—Creo que deberíamos retirarnos un poco más, Todd —dice, haciendo girar a Morpeth antes de que yo pueda responder.

Miro a los hombres que corren.

Y a la hilera de zulaques que no se mueve.

Y a los hombres que se acercan.

—Pero ¿por qué…?

—Todd —me llama el alcalde, que ya retrocedió por lo menos veinte metros.

Un destello de ruido recorre a los zulaques.

Una especie de señal.

Cada zulaque de la línea frontal levanta su arco y su flecha o su estaca blanca.

El zulaque que va montado en la criatura blanca lleva una antorcha encendida en cada mano…

—¡¡¡Listos!!! —grita el señor Hammar, y se lanza como un trueno con su caballo, directo hacia la criatura de la cornamenta.

Los hombres levantan los rifles.

—Yo que tú me echaría para atrás —me recomienda el alcalde, a mis espaldas.

Tiro un poco de las riendas de Angharrad, pero sigo con los ojos fijos en la batalla y en los hombres que me preceden corriendo por el claro y en los hombres que los siguen preparados para imitarlos y en más hombres todavía que siguen a estos últimos.

El alcalde y yo esperamos a la cola del grupo.

—¡APUNTEN! —grita el señor Hammar con la voz y con el ruido.

Doy la vuelta a Angharrad y cabalgo hacia el alcalde.

—¿Por qué no disparan? —pregunto al acercarme.

—¿Quiénes? —dice el alcalde, estudiando todavía a los zulaques—. ¿Los soldados o el enemigo?

Miro atrás…

El señor Hammar se encuentra apenas a quince metros de la criatura cornuda.

Diez…

—Ninguno de los dos —respondo.

Cinco…

—Bueno —dice el alcalde—. Esto debería ser interesante.

Y vemos que el zulaque montado en la criatura cornuda une las dos antorchas por detrás del objeto en forma de U…

Y ¡BUUMM!

Del objeto en forma de U surge un diluvio de fuego que se derrama, se revuelca, se agita, como el río que baja en avalancha a su lado, mucho mayor de lo que parece posible, expandiéndose y creciendo y devorando el mundo como una pesadilla.

Va directo hacia el señor Hammar.

Que tira con fuerza de su caballo, hacia la derecha.

Salta para apartarse.

Pero es demasiado tarde…

El fuego lo envuelve.

Se pega al señor Hammar y a su caballo como una capa.

Y arden arden arden mientras cabalgan en un intento de huida.

Cabalgan hacia el río…

Pero el señor Hammar no lo consigue…

Cae de la silla en llamas de su caballo en llamas.

Toca el suelo convertido en una temblorosa bola de fuego.

Y luego se queda inmóvil mientras su caballo se precipita hacia el agua.

Aullando y aullando…

Vuelvo la mirada hacia el ejército.

Y veo que los hombres de la primera línea no tienen caballos que los puedan sacar de allí.

Y el fuego…

Es más espeso que un fuego normal.

Más espeso y más pesado.

Corta a los hombres como una avalancha.

Devora a los diez primeros hombres que toca.

Los quema tan rápido que apenas los oímos gritar.

Y éstos son los más afortunados.

Porque el fuego se propaga.

Se adhiere a los uniformes y al cabello.

Y a la piel.

Y, ay, Dios mío, la piel de los soldados…

Y caen…

Y arden…

Y aúllan como el caballo del señor Hammar…

No paran de aullar…

El ruido de todos ellos sale disparado como un cohete y cubre el ruido de todo lo demás.

Y cuando por fin se disipan las llamas y el señor Morgan grita «¡Retirada!» a las primeras hileras de soldados, y cuando esos soldados dan media vuelta y corren disparando los rifles sobre la marcha, y cuando las primeras flechas de los zulaques trazan un arco en el cielo, y cuando los otros zulaques alzan las estacas blancas cuyas puntas lanzan destellos y los hombres atravesados por las flechas en la espalda, en el estómago y en el rostro empiezan a caer, y cuando los hombres golpeados por los fogonazos de las estacas blancas comienzan a perder trozos de brazos, de hombros y de cabezas y a caer al suelo muertos muertos muertos…

Y cuando me agarro a la crin de Angharrad con tanta fuerza que casi le arranco el pelo y ella está tan aterrorizada que ni siquiera se queja, lo único que oigo es al alcalde a mi lado, que dice:

—Por fin, Todd…

Se vuelve hacia mí y añade:

—Un enemigo digno.

{VIOLA}

Bellota y yo apenas nos hemos alejado un minuto del ejército de la Respuesta cuando cruzamos la primera carretera y me doy cuenta de dónde estamos. Es la carretera que baja hacia el sanatorio en el que pasé mis primeras semanas en Nueva Prentiss, el sanatorio de donde Maddy y yo nos escapamos una noche.

El sanatorio hasta el que transportamos el cadáver de Maddy a fin de prepararlo para el entierro después de que el sargento Hammar la asesinara sin motivo alguno.

—Continúa, Bellota —digo, apartando el recuerdo—. El camino de la torre tiene que estar detrás…

De pronto, el cielo negruzco se ilumina a mis espaldas. Me giro, y Bellota también lo hace, y aunque la ciudad queda lejos y por detrás de los árboles, vemos un gigantesco destello de luz, silencioso a esta distancia, sin el rumor de una explosión, un resplandor brillante que crece y crece antes de extinguirse, iluminando a las pocas personas de la carretera que han llegado hasta tan lejos, y me pregunto qué habrá sucedido en la ciudad que haya provocado una luz semejante.

Y me pregunto si Todd habrá tenido algo que ver.

[TODD]

El siguiente estallido agarra a todo el mundo desprevenido.

¡BUUUUMM!

Atraviesa el campo abierto y alcanza a los soldados que se baten en retirada, funde sus armas, quema sus cuerpos, los posa sobre el suelo en una pila horripilante…

—¡Tenemos que salir de aquí! —grito al alcalde, que observa la batalla como si estuviera hipnotizado, con el cuerpo inmóvil, pero con los ojos moviéndose de aquí para allá, absorbiéndolo todo.

—Esos palos blancos —comenta en voz baja—. Es evidente que se trata de algún tipo de arma balística, pero ¿viste lo destructivos que son?

Me le quedo mirando con los ojos muy abiertos.

—¡Haga algo! —grito—. ¡Los están masacrando!

Arquea una ceja.

—¿Y qué creías que era exactamente la guerra, Todd?

—¡Pero los zulaques tienen mejores armas! ¡No podremos detenerlos!

—¿Ah, no? —señala, haciendo un gesto hacia la batalla. Miro también en esa dirección. El zulaque montado en la criatura cornuda prepara las antorchas para volver a disparar, pero uno de los hombres del alcalde se ha levantado del lugar donde había caído, con el cuerpo lleno de quemaduras, alza el arma y dispara.

Y el zulaque montado en la criatura cornuda deja caer una antorcha y se lleva la mano al lugar por donde le entró la bala, y luego cae al suelo resbalando por el costado de la criatura.

Los hombres del alcalde vitorean al ver lo que acaba de pasar.

—Todas las armas tienen puntos flacos —explica el alcalde.

Y de inmediato se reagrupan y el señor Morgan cabalga hacia delante, comandando ahora a todos los hombres, y los rifles disparan, y aunque los zulaques disparan más flechas y más fogonazos blancos y caen más soldados, ellos también son derribados.

Sus corazas de arcilla se agrietan y explotan y caen a los pies de los zulaques que avanzan tras ellos.

Pero siguen llegando…

—Nos superan en número —advierto al alcalde.

—Diez a uno, como mínimo —responde.

Señalo a la colina.

—¡Y tienen más artefactos de fuego de ésos!

—Pero aún no los preparan, Todd.

Tiene razón, las criaturas cornudas se acumulan tras los soldados zulaques por la carretera en zigzag, y no van a poder disparar a no ser que quieran aniquilar a la mitad de su propio ejército.

Y ahora la línea de zulaques impacta contra la línea de hombres, y veo que el alcalde cuenta con las manos y luego vuelve la vista hacia la carretera vacía que tenemos a nuestras espaldas.

—¿Sabes una cosa, Todd? —dice, tomando las riendas de Morpeth—. Creo que vamos a necesitar hasta el último de los hombres.

Se vuelve hacia mí.

—Es hora de entrar en acción.

Y me doy cuenta, con una punzada en el corazón, de que si hasta el alcalde en persona va a combatir…, es que estamos metidos en un buen lío.

{VIOLA}

—¡Por ahí! —grito, y señalo lo que tiene que ser el camino que sube a la colina de la torre.

Bellota sale disparado hacia el desnivel, despidiendo fragmentos de sudor espumoso de sus hombros y cuello.

—Ya lo sé —digo entre sus orejas—. Ya estamos llegando.

Chica potro, piensa él, y por un segundo creo que tal vez se está riendo de mi exceso de compasión. O tal vez sólo intente reconfortarme.

Al tomar la curva por la parte posterior de la montaña, la carretera se sume en una oscuridad total. Por un minuto permanezco aislada de todo, de los sonidos de la ciudad, de la luz que revela lo que está sucediendo, del ruido que podría decirme lo que ocurre. Es como si Bellota y yo galopáramos por el espacio, esa extraña quietud que da encontrarse en una pequeña nave en medio de la inmensidad, cuando tu luz es tan débil en contraposición a la oscuridad exterior, como si tener o no esa luz fuera indiferente.

Y entonces oigo un sonido que viene de la cima de la montaña.

Un sonido que reconozco.

De vapor saliendo por un conducto de respiración.

—¡Sistemas de refrigeración! —grito a Bellota, como si fueran las palabras más hermosas del mundo.

El sonido del vapor aumenta al acercarnos a la cima, y ya imagino dos enormes conductos en la parte posterior de la nave de reconocimiento, por encima de los propulsores, refrigerándolos después de haber entrado en la atmósfera…

Los mismos conductos que no se abrieron en mi nave de reconocimiento el día que se incendiaron los motores.

Los mismos conductos que provocaron el choque y mataron a mi papá y a mi mamá.

Bellota alcanza la cima y por un segundo apenas veo un gran espacio vacío en el lugar donde se erigía la torre de comunicaciones, la torre que la enfermera Coyle hizo saltar por los aires para impedir que el alcalde fuera el primero en contactar con las naves. Casi todos los escombros metálicos han sido recogidos en enormes pilas, y cuando Bellota recorre el campo abierto, al principio sólo veo los montones a la luz de las lunas, tres montones enormes, cubiertos por el polvo y la opacidad de los meses pasados desde la caída de la torre.

Tres agrupaciones de metal.

Y detrás una cuarta.

Con forma de enorme halcón, con las alas abiertas...

—¡Ahí!

Bellota reúne todas sus energías y corremos hacia la parte posterior de la nave de reconocimiento. El vapor y el calor que emana de los conductos suben hacia el cielo, y al acercarnos distingo un haz de luz a mano izquierda que tiene que ser la puerta abierta de la plataforma bajo una de las alas de la nave.

—Llegaron —me digo—. Llegaron de verdad.

Porque están aquí. Casi llegué a pensar que no vendrían nunca y de pronto me siento ligera y mi respiración se acelera porque están aquí, están aquí realmente.

Veo tres figuras en la base de las puertas de la plataforma, tres siluetas recortadas contra el haz de luz, y sus sombras se giran al oír el ruido de los cascos de Bellota.

A un lado, veo un carro estacionado en la oscuridad, con los bueyes mordisqueando la hierba.

Nos acercamos más.

Y más...

Los rostros de las figuras aparecen de pronto justo cuando Bellota y yo entramos también en el rayo de luz y nos detenemos en seco.

Son ellos, son exactamente a quienes pensaba encontrar, y el corazón me da un vuelco de felicidad y de añoranza, y a pesar de todo lo que está sucediendo, noto que se me humedecen los ojos y se me hace un nudo en la garganta.

Porque se trata de Bradley Tench, del *Beta*, y de Simone Watkin, del *Gramma*, y sé que vinieron por mí, vinieron hasta aquí para buscar a mi papá, a mi mamá y a mí...

Retroceden un poco, sorprendidos ante mi aparición repentina, y tardan un segundo en reconocerme tras la capa de suciedad y de mugre. Además, llevo el pelo más largo.

Y crecí.

Soy más alta.

Casi una adulta.

Se les ensanchan los ojos al reconocerme.

Simone abre la boca..., pero no es ella la que habla. Es la tercera figura, la figura cuyos ojos (ahora que por fin los miro) se abren todavía más, y pronuncia mi nombre, lo pronuncia con una expresión de sorpresa que, debo reconocer, me provoca una sorprendente ráfaga de placer.

—¡Viola! —exclama la enfermera Coyle.

—En efecto —digo, mirándola a los ojos—. Viola.

[TODD]

Tengo la mente en blanco cuando el alcalde y Morpeth corren tras los soldados para entrar en combate. Espoleo a Angharrad y ella confía en mí y arranca a correr tras ellos.

No quiero estar aquí.

No quiero luchar contra nadie.

Pero si eso la salva...

(Viola)

Entonces lucharé...

Nuestros caballos adelantan a los soldados de infantería que siguen avanzando. El campo de batalla de la falda de la montaña hierve de hombres y zulaques y yo no paro de mirar a la carretera zigzagueante que sigue vertiendo más y más soldados zulaques. Me siento como una hormiga que llega a un hormiguero y apenas puede ver el suelo bajo los cuerpos que se retuercen.

—¡Por aquí! —grita el alcalde, virando a la izquierda, alejándose del río. Nuestras filas hicieron retroceder a los zulaques
hacia el río y hacia la base de la montaña, y ahí los mantienen.

¡¡PERO NO POR MUCHO TIEMPO!!, dice el alcalde, directamente a mi cabeza.

—¡No haga eso! —le grito, alzando el rifle.

—¡Necesito tu atención y necesito que seas un buen soldado!
—me responde, también a gritos—. ¡Si no eres capaz de conseguirlo, entonces no sirves para esta guerra y me das muchas menos razones para ayudarte!

Cómo han cambiado las cosas, ahora es él quien elige ayudarme; cuando lo tenía atado, lo tenía a mi merced, lo había
vencido…

Pero no hay tiempo que perder, porque ya veo adónde se
dirige…

El flanco izquierdo, el más alejado del río, es también el más
débil, es donde hay menos hombres, y los zulaques se dieron
cuenta y están empujando en masa.

—¡Atento todo el mundo! —grita el alcalde, y los soldados
más cercanos se giran y lo siguen…

Lo hacen de inmediato, sin pensarlo siquiera.

Nos siguen hacia el flanco izquierdo y atravesamos el terreno
mucho más deprisa de lo que me gustaría. Siento un agobio absoluto, por el volumen ensordecedor, los hombres que gritan, las
armas que disparan, el sonido sordo de los cuerpos al desplomar-
se, el maldito cuerno de los zulaques que sigue atronando cada
dos segundos, y el ruido, el ruido, el ruido, el ruido…

Estoy entrando en una pesadilla.

Siento una ráfaga de aire junto a la oreja y me giro rápidamente para ver al soldado que tengo detrás. Tiene la mejilla atra-
vesada por una flecha que no me acertó a la cabeza por cuestión
de centímetros.

Grita y cae.

Y ahí se queda…

¡¡¡TEN CUIDADO, TODD!!, mete el alcalde en mi cabeza. NO QUERRÁS PERDER LA VIDA A LAS PRIMERAS DE CAMBIO, ¿VERDAD QUE NO?

—¡Ya basta! —le grito, tambaleándome a su alrededor.

YO QUE TÚ LEVANTARÍA EL ARMA, piensa dirigiéndose a mí.

Y me giro.

Y veo…

Que los zulaques se abalanzan sobre nosotros.

{VIOLA}

—¡Estás viva! —dice la enfermera Coyle, y veo cómo cambia rápidamente de expresión, convirtiendo su asombro en una falsa mueca de alegría—. ¡Gracias a Dios!

—¡No se atreva! —le grito—. ¡No se atreva!

—Viola… —empieza ella.

Yo ya desmonté del caballo, jadeando muchísimo por el dolor en los tobillos, pero consigo tenerme en pie y me vuelvo hacia Simone y Bradley.

—No crean nada de lo que les haya contado.

—¿Viola? —dice Simone, acercándose a mí—. ¿Realmente eres tú?

—Es tan responsable de esta guerra como el alcalde. No hagan nada que…

Pero Bradley me interrumpe con un abrazo tan fuerte que casi me corta la respiración.

—¡Ay, Dios mío, Viola! —exclama, con un sentimiento profundo en la voz—. No sabíamos nada de tu nave. Pensamos…

—¿Qué pasó, Viola? —interviene Simone—. ¿Dónde están tus papás?

Y el hecho de estar con ellos me abruma hasta tal punto que por un minuto me siento incapaz de hablar. Me separo ligeramente de Bradley y, con la luz iluminándole la cara, puedo verlo, verlo de verdad. Veo sus ojos cafés y amables, la piel oscura como la de Corinne, su pelo corto y rizado, con algunas canas en las sienes… Bradley, él siempre fue mi preferido en el convoy, era él quien me enseñaba historia del arte y matemáticas. Luego desvío la mirada y veo también la piel pecosa y familiar de Simone, el pelo rojo recogido en una cola de caballo, la pequeña cicatriz en la barbilla, y pienso en todo lo que ha pasado, en cómo los llevaba escondidos en lo más recóndito de mi mente, en cómo el proceso de sobrevivir en un mundo tan y tan cruel me hizo olvidar que procedo de un lugar donde me querían, donde la gente se preocupaba por mí y se cuidaba entre sí, donde una persona tan guapa e inteligente como Simone y otra tan agradable y divertida como Bradley fueron capaces de venir a buscarme y de querer lo mejor para todos.

Mis ojos vuelven a humedecerse. Recordar ha sido demasiado doloroso. Como si aquélla fuera la vida de una persona distinta.

—Mis papás murieron —consigo decir por fin—. La nave se estrelló y murieron.

—Ay, Viola… —susurra Bradley con voz suave.

—Entonces me encontró un chico —continúo, tomando fuerzas—. Un chico valiente y maravilloso que me salvó una y otra vez, ¡y que ahora mismo está intentando impedir la guerra que esta mujer provocó!

—Eso no es cierto, mi niña —dice la enfermera Coyle, que ya no parece tan falsa ni tan asombrada.

—No se atreva a llamarme así…

—Nos enfrentamos a un tirano, un tirano que no ha matado a cientos, sino a miles de seres, que encarceló y marcó a las mujeres…

—Cállese de una vez —le ordeno, con voz grave y amenazadora—. Usted intentó matarme, y no voy a permitir que siga hablando.

—¿Qué hizo? —oigo que dice Bradley.

—Usted ordenó a Wilf, el amable, dulce y pacífico Wilf, que entrara en la ciudad e hiciera volar los edificios...

La enfermera Coyle lo vuelve a intentar:

—Viola...

—¡Le dije que se callara!

Y se calla.

—¿Sabe lo que está sucediendo ahí abajo? —digo—. ¿Sabe adónde enviaba a la Respuesta?

Ella respira hondo, con una expresión de furia en el rostro.

—El alcalde descubrió su jugarreta —continúo—. Tenía al ejército preparado para aniquilar a la Respuesta en cuanto entrara en la ciudad.

Y ella responde simplemente:

—No subestimes el espíritu combativo de la Respuesta.

—¿Qué es la Respuesta? —pregunta Bradley.

—Una organización terrorista —respondo, sólo para ver la cara de la enfermera Coyle.

Vale la pena.

—Pronuncias palabras peligrosas, Viola Eade —dice la enfermera Coyle, acercándose a mí.

—¿Y qué piensa hacer al respecto? ¿Tirarme otra bomba?

—Por favor, por favor —interviene Simone, colocándose entre las dos—. No sé lo que está pasando —dice dirigiéndose a la enfermera Coyle—, pero está claro que no nos contó toda la verdad.

Coyle lanza un suspiro lleno de frustración.

—No mentí respecto a los actos de ese hombre —dice, volviéndose hacia mí—. ¿No es así, Viola?

Intento sostenerle la mirada, pero ella tiene razón, es cierto que Prentiss ha hecho cosas horribles.

—Ahora ya está derrotado —explico—. Todd lo tiene en su poder, pero necesita nuestra ayuda, porque...

—Podemos resolver nuestras diferencias más adelante —sugiere la enfermera Coyle a Bradley y a Simone—. Es lo que estaba intentando decirles. Ahí abajo hay un ejército al que hay que detener...

—Dos ejércitos —corrijo.

Se vuelve hacia mí, furiosa.

—La Respuesta no necesita que la detengan...

—No hablo de la Respuesta —digo—. Un ejército de zulaques baja por la montaña de las cascadas.

—¿Un ejército de qué? —pregunta Simone.

Pero yo sigo mirando a la enfermera Coyle.

Porque se quedó con la boca abierta.

Y veo el miedo que le invade el rostro.

[TODD]

Ahí vienen...

Esta parte de la colina es rocosa y presenta un gran desnivel, de modo que los zulaques no pueden atacarnos de frente, pero se lanzan a través del claro en dirección al punto débil de la hilera de soldados, y ahí vienen...

Ahí vienen...

Ahí vienen...

Levanto el arma...

Estoy rodeado de soldados, algunos se inclinan hacia delante, otros se echan atrás, tropiezan contra Angharrad, cuyo ruido sigue gritando: *¡Chico potro, chico potro!*

—Todo está bien, tranquila —miento.

Porque ya están aquí.

El sonido de los disparos lo inunda todo, como una bandada de pájaros al levantar el vuelo.

Las flechas surcan el cielo.

Los zulaques disparan sus estacas.

Y de pronto el soldado que tengo delante se tambalea emitiendo un extraño sonido burbujeante…

Se lleva las manos a la garganta…

Que ha desaparecido…

Y no puedo quitarle la vista de encima cuando cae de rodillas.

Hay sangre por todas partes, a su alrededor, sangre de verdad, su sangre, tanta sangre que el olor a hierro impregna el aire.

Y él me mira desde el suelo.

Me mira a los ojos y mantiene la mirada.

Y su ruido…

Dios mío, su ruido…

De pronto estoy ahí, en el interior de su pensamiento, y veo imágenes de su familia, imágenes de su mujer y su hijo recién nacido, y él intenta aferrarse a ellas, pero su ruido se rompe en mil pedazos y el miedo surge como una luz roja y brillante mientras trata de alcanzar a su mujer, de tocar a su hijo pequeño…

Entonces una flecha zulaque le atraviesa la caja torácica…

Y el ruido se detiene.

Regreso de una sacudida al campo de batalla.

Regreso al infierno.

¡¡¡CONTRÓLATE, TODD!!!, me ordena el alcalde en mi cabeza.

Pero yo sigo mirando al soldado muerto.

Sus ojos inertes siguen fijos en mí.

—¡Maldita sea, Todd! —grita el alcalde, y…

YO SOY EL CÍRCULO Y EL CÍRCULO SOY YO.

Una zarpada me recorre el cerebro como si me hubieran tirado un ladrillo.

YO SOY EL CÍRCULO Y EL CÍRCULO SOY YO.

Es su voz y la mía…

Entrelazadas…

En el centro de mi cabeza…

—Déjeme en paz —intento gritar.

Pero mi voz es extrañamente suave…

Y…

Y…

Y miro hacia arriba…

Y me siento más tranquilo…

Como si el mundo se hubiera vuelto más claro y más lento.

Un zulaque se abre paso entre dos soldados caídos.

Y me amenaza con la estaca de color blanco.

Voy a tener que hacerlo…

(asesino…)

(eres un asesino…)

Tengo que disparar antes de que él me dispare a mí.

Levanto el arma…

El arma que le quité a Davy…

Y pienso «Ay, por favor», y coloco el dedo sobre el gatillo…

«Ay, por favor, ay, por favor, ay, por favor…»

Y…

Clic.

Bajo la vista sin entender nada.

El arma no estaba cargada.

{VIOLA}

—Mientes —dice la enfermera Coyle, pero ya se está girando, como si pudiera ver la ciudad por detrás de los árboles. Sin embargo, lo único que se ve son las sombras del bosque sobre un resplandor lejano. El vapor de los conductos de refrigeración hace tanto ruido que apenas nos oímos, así que todavía menos podemos oír el sonido de la ciudad, y lo más probable es que, si salió en busca de la nave en cuanto la vio prepararse para aterrizar, no oyó el cuerno.

—No puede ser —sigue diciendo—. ¡Ellos la aceptaron, firmaron una tregua!

¡Zulaques!, dice Bellota, detrás de mí.

—¿Cómo dices? —me pregunta Simone.

—No —dice la enfermera Coyle—. Ay, no.

—¿Alguien puede tener el detalle de explicarnos qué demonios está pasando? —pregunta Bradley.

—Los zulaques son la especie autóctona —digo—. Inteligentes y brillantes...

—Crueles en la batalla —me interrumpe la enfermera Coyle.

—El único al que conocí era muy amable y temía mucho más a los humanos de lo que los humanos parecen temerles a ellos...

—Tú no te enfrentaste a ellos en una guerra —dice Coyle.

—Tampoco los esclavicé.

—No pienso quedarme aquí hablando con una niña...

—No se puede decir que no tengan razones para actuar —me giro hacia Bradley y Simone—. Nos atacan porque el alcalde cometió un genocidio contra los esclavos zulaques. Si conseguimos hablar con ellos, explicarles que no somos como el alcalde...

—Matarán a tu chico querido —dice la enfermera Coyle—. No lo dudarán.

Se me corta la respiración y me invade el pánico al oír lo que acaba de decir, pero entonces recuerdo que eso es precisamente lo que ella busca. Cuando tengo miedo, soy mucho más fácil de controlar.

Pero eso no va a suceder, porque vamos a acabar con todo esto. Vamos a acabar con todo.

Todd y yo ya estamos acostumbrados.

—Capturamos al alcalde —digo—, y cuando los zulaques lo sepan...

—Con el debido respeto —me interrumpe la enfermera Coyle, dirigiéndose a Simone—. Viola es una chica que tiene un conocimiento extremadamente limitado de la historia de este planeta. ¡Si los zulaques atacan, tenemos que contraatacar!

—¿Contraatacar? —pregunta Bradley con el ceño fruncido—. ¿Quién se ha creído que somos?

—Todd necesita ayuda —intervengo—. Tenemos que acudir inmediatamente y detener el combate antes de que sea demasiado tarde...

—Ya es demasiado tarde... —dice la enfermera Coyle, interrumpiéndome de nuevo—. Si pudieran llevarme en su nave, yo les enseñaría...

Pero Simone sacude la cabeza.

—La atmósfera era mucho más espesa de lo que esperábamos. Tuvimos que aterrizar en modo refrigerante.

—¡No! —exclamo, pero no hay duda de que fue así. Dos conductos abiertos...

—¿Qué significa eso? —pregunta la enfermera Coyle.

—Significa que no podemos volar durante por lo menos ocho horas. Debemos esperar a que los motores se enfríen y se repongan de células de combustible —explica Simone.

—¿Ocho horas? —Coyle cierra la mano y da un puñetazo al aire, presa de la frustración.

Por una vez, comprendo cómo se siente.

—¡Pero tenemos que ayudar a Todd! —insisto—. No puede controlar a un ejército y mantener a raya a otro...

—Tendrá que soltar al presidente —dice la enfermera Coyle.

—Imposible —contesto con rapidez—. No, seguro que no lo hará.

¿O sí?

No.

No, después de tantos esfuerzos.

—La guerra crea necesidades desagradables —dice Coyle—. Y por muy buen chico que sea, se enfrenta a miles de hombres.

Reprimo el pánico una vez más y me vuelvo hacia Bradley.

—¡Tenemos que hacer algo!

Él mira fijamente a Simone, y sé que se están preguntando en qué clase de lugar desastroso acaban de aterrizar. Entonces Bradley chasquea los dedos como si hubiera caído en la cuenta de algo.

—¡Un momento! —dice, y entra a toda prisa en la nave de reconocimiento.

[TODD]

Aprieto el gatillo otra vez.

Sólo sale un nuevo clic.

Levanto la mirada.

El zulaque alza la estaca blanca.

(¿qué son esas cosas?)

(¿qué es lo que provoca tanto daño?)

Estoy muerto.

Estoy muerto.

Estoy...

¡BANG!

Un arma resuena junto a mi cabeza…

El zulaque de la estaca blanca se tambalea hacia un lado y un rastro de sangre sale disparado de su cuello desde la línea de la armadura.

El alcalde…

El alcalde, a lomos de Morpeth, disparó…

Me le quedo mirando, indiferente al combate que se libra a nuestro alrededor.

—¡¡¿Mandó a su hijo a la guerra con un arma descargada?!! —grito, temblando de rabia. Estuve a punto de morir…

—Ahora no es el momento, Todd —dice el alcalde.

Vuelvo a retorcerme de dolor cuando el zumbido de una flecha me pasa rozando, y cuando agarro las riendas e intento girar a Angharrad para largarme, veo que un soldado tropieza y va a dar contra Morpeth. Un horripilante chorro de sangre emana de un agujero en el estómago de su uniforme mientras alarga la mano buscando la ayuda del alcalde…

Éste le arrebata el rifle y me lo lanza…

Lo cazo en un acto reflejo, y las manos se me humedecen de sangre de inmediato.

¡¡¡TAMPOCO ES EL MOMENTO DE ANDARSE CON REMIL-GOS!!!, mete el alcalde en mi cabeza. ¡GÍRATE! ¡DISPARA!

Y me giro…

Y disparo…

{VIOLA}

—¡Sondas de exploración! —dice Bradley, que ya baja por la rampa cargado con lo que parece un insecto descomunal, tal vez de medio metro de largo, con las alas relucientes de metal abiertas

50

sobre un delgado cuerpo también metálico. Se lo enseña a Simone como para pedirle permiso. Ella asiente, y comprendo que es la comandante de la misión en este viaje.

—¿Qué clase de exploración? —pregunta la enfermera Coyle.

—Estos artefactos sondean el paisaje —responde Simone—. ¿No los tenían cuando aterrizaron?

La enfermera Coyle resopla.

—Nuestras naves dejaron el Viejo Mundo veintitrés años antes que las suyas, mi niña. Comparado con las ventajas que tienen en la actualidad, nosotros viajamos en un barco de vapor.

—¿Qué pasó con sus naves? —me pregunta Bradley, colocándome la sonda.

—Quedaron destruidas en el accidente —respondo—. Junto a casi todo lo demás. Apenas nos quedó comida.

—Bueno —dice Simone, intentando sonar suave y reconfortante—. Pero conseguiste salir adelante. Estás viva.

Se acerca para rodearme con el brazo.

—Ten cuidado... Tengo los dos tobillos rotos.

Me mira consternada.

—Viola...

—No te preocupes, sobreviviré. Pero si estoy viva ahora, es gracias a Todd, ¿lo entienden? Y si él está metido en un lío, Simone, tenemos que ayudarlo...

—Siempre pensando en su chico —murmura la enfermera Coyle—. Siempre anteponiendo razones personales a expensas del mundo entero.

—¡Si usted está dispuesta a hacer saltar el mundo en pedazos es porque nada ni nadie le importa!

Pedazos, piensa Bellota, que se remueve nervioso bajo mi cuerpo.

Simone lo mira y arruga la frente.

—Un momento...

—¡Lista! —dice Bradley, alejándose de la sonda, con un pequeño aparato de control remoto en la mano.

—¿Cómo sabes hacia dónde dirigirla? —pregunta la enfermera Coyle.

—Está programada para acercarse a la fuente de luz más intensa —responde él—. Estas sondas alcanzan una altitud limitada, pero resulta suficiente para saltar varias montañas.

—¿Puedes programarla para que busque a una persona concreta…? —empiezo a decir, pero enseguida me interrumpo porque el cielo nocturno vuelve a iluminarse con el mismo tipo de resplandor que vi cuando venía hacia aquí. Todos miramos a la ciudad.

—¡Lanza la sonda! —digo—. ¡Deprisa!

[TODD]

Disparo antes de pensar siquiera en hacerlo…

¡BANG!

Como no estoy preparado para el retroceso, el arma me golpea la clavícula y me aferro a las riendas de Angharrad. Damos un círculo completo antes de ver, por fin…

Un zulaque…

Tendido en el suelo…

(con un cuchillo clavado en…)

Con una herida de bala en el pecho, sangrando…

—Buen disparo —dice el alcalde.

—Fue usted —afirmo, volviéndome hacia él—. ¡Le dije que no se metiera en mi cabeza!

—¿Ni siquiera para salvarte la vida, Todd? —replica, disparando una vez más el rifle y abatiendo a otro zulaque.

Me giro, con el arma levantada.

Siguen llegando.

Apunto a un zulaque que a su vez está apuntando a un solda-do con su arco.

Disparo.

Pero en el último segundo desvió el cañón a propósito y fallo el tiro (cállate).

El zulaque se aleja de un brinco, o sea que funcionó…

—¡Así no se ganan las guerras, Todd! —grita el alcalde, dis-parando al zulaque al que yo no toqué. Le da en la mejilla y sale volando—. Tienes que elegir —continúa, trazando media cir-cunferencia con el arma, en busca del siguiente blanco—. Dijis-te que matarías por ella. ¿Hablabas en serio?

Se oye otro zumbido.

Y Angharrad relincha de la peor manera posible.

Me doy la vuelta en la silla.

Le dieron en el cuarto trasero con una flecha.

¡Chico potro!, grita. *¡Chico potro!*

Y de inmediato alargo la mano e intento agarrar la flecha sin caerme, pero mi yegua no para de dar brincos debido al dolor, y la flecha se parte en dos en mi mano. Le queda un trozo roto clavado en la pata trasera. *¡Chico potro! ¡Chico potro! ¡Todd!* Intento tranquilizarla para que no me haga caer sobre la masa jadeante de soldados que nos rodea.

Y entonces vuelve a suceder…

¡BUUUM!

Es un enorme fogonazo de luz, y yo me giro para verlo.

Los zulaques instalaron otro lanzallamas en la base de la colina.

Las llamas emergen de la parte superior de la criatura cornu-da y alcanzan a los soldados; todos gritan y arden y gritan y ar-den. Los soldados dan media vuelta y huyen y la línea se rompe y Angharrad se encabrita y sangra y se retuerce y una oleada de hombres en retirada se abalanza sobre nosotros y Angharrad vuelve a encabritarse y…

Suelto el arma.

El fuego se propaga hacia el exterior, hacia arriba…

Y los hombres corren…

Y hay humo por todas partes…

Y de pronto Angharrad se libera y nos encontramos en un lugar vacío, el ejército queda detrás de nosotros y los zulaques por delante. No voy armado y no sé dónde está el alcalde.

El zulaque que va montado sobre la criatura cornuda y maneja el lanzallamas nos ve…

Y viene hacia nosotros…

{VIOLA}

Bradley pulsa la pantalla del control remoto. La sonda se alza ligeramente del suelo, en dirección vertical, emitiendo apenas un pequeño zip. Planea un instante, abre las alas y enseguida parte hacia la ciudad a tanta velocidad que casi no la vemos marchar.

—Vaya —dice la enfermera Coyle en voz baja. Mira a Bradley—. ¿Y con eso podremos ver lo que está pasando?

—Y oírlo —contesta él—, hasta cierto punto.

Vuelve a pulsar el control, marcando en la pantalla con el pulgar hasta que se enciende una luz en la punta del aparato, que proyecta una imagen tridimensional en medio del aire, iluminada en verdes brillantes gracias a la visión nocturna. Árboles que van pasando, un destello de la carretera, imágenes borrosas de personas pequeñas que corren…

—¿A qué distancia está la ciudad? —pregunta.

—A diez kilómetros aproximadamente —respondo.

—Entonces ya casi…

La sonda ya está ahí, en el límite de la ciudad, sobrevolando los edificios en llamas incendiados por la Respuesta, sobrevolando las ruinas de la catedral, sobrevolando la multitud de ciudadanos que huyen de la plaza, presas del pánico.

—Dios mío —suspira Simone, girándo su cuerpo hacia mí—. Viola…

—Aún sigue —dice la enfermera Coyle, observando.

Aún sigue, y deja atrás la plaza para llegar a la carretera principal.

—La fuente de luz más intensa… —empieza a decir Bradley.

Y entonces vemos perfectamente cuál es la fuente de luz más intensa.

[TODD]

Hombres en llamas…

Por todas partes.

Los gritos…

Y el olor horrible a carne quemada.

Me ahogo.

El zulaque montado avanza hacia mí.

Está plantado sobre el lomo de una criatura cornuda, con los pies y las pantorrillas dentro de unos objetos parecidos a unas botas, amarradas a ambos lados de la silla, que le permiten aguantarse sin necesidad de mantener el equilibrio.

Lleva una antorcha encendida en cada mano y el objeto en forma de U que despide fuego.

Veo su ruido.

Me veo a mí mismo en su ruido.

Me veo a mí y a Angharrad solos en medio de un vacío.

Angharrad relincha y se retuerce con la flecha rota clavada en el flanco…

Yo voy desarmado…

Detrás de mí está la parte más débil de nuestras filas.

Veo que en su ruido el zulaque dispara y se deshace de mí y de los hombres que me siguen.

Y, a continuación, cientos de zulaques entran en la ciudad.

Han ganado la guerra antes incluso de comenzarla.

Tomo las riendas de Angharrad e intento hacer que se mueva, pero el dolor y el miedo le agarrotan el ruido y sigue gritando **¡Chico potro! ¡Todd!** Sus gritos me parten el corazón y me giro intentando encontrar al alcalde, intentando encontrar a alguien que se cargue al zulaque que va montado en esa criatura.

Pero no veo al alcalde por ningún lado.

El humo y los hombres despavoridos no me dejan verlo.

Nadie empuña ninguna pistola…

El zulaque alza sus antorchas para encender su arma…

Y pienso: «No…».

Pienso: «No puede terminar así…».

Pienso: «Viola…».

Pienso: «Viola…».

Y luego pienso: «¿Viola?».

¿Funcionaría con un zulaque?

Me incorporo al máximo sobre la silla.

Pienso en Viola alejándose de mí a lomos del caballo de Davy.

Pienso en sus tobillos rotos.

Pienso en nosotros cuando prometimos que no nos separaríamos nunca, ni siquiera mentalmente.

Pienso en sus dedos entrelazados en los míos.

(no puedo imaginar lo que diría si supiera que solté al alcalde…)

Sólo pienso: «Viola…».

Pienso: «Viola…».

Contra el zulaque montado en la criatura cornuda…

Pienso…

«¡VIOLA!»

Y el zulaque sufre una sacudida, echa la cabeza hacia atrás, suelta ambas antorchas y cae de espaldas sobre la criatura, deslizándose desde las botas y cayendo al suelo. La criatura se retuerce al notar el repentino cambio de peso y retrocede dando tumbos entre la oleada de zulaques que avanzan, abatiéndolos aquí y allá…

Y oigo los vítores detrás de mí.

Me giro a tiempo de ver una hilera de soldados que se recuperan, se lanzan hacia delante, pasan de largo y me rodean…

De pronto el alcalde también está ahí, cabalgando a mi lado, y me dice:

—Un trabajo excelente, Todd. Sabía muy bien que lo llevabas dentro.

Angharrad está agotada, pero sigue llamando…

¿Chico potro? ¿Chico potro? ¿Todd?

—No hay tiempo para descansar —dice el alcalde.

Cuando levanto la mirada, veo a miles de zulaques que bajan por la montaña, dispuestos a devorarnos vivos.

{VIOLA}

—Dios mío —exclama Bradley.

—¿Están…? —Simone, en estado de shock, se acerca a la proyección—. ¿Están ardiendo?

Él pulsa el control y de pronto la imagen se amplía y…

Realmente están ardiendo…

Tras las grandes franjas de humo, vemos el caos, los hombres que corren en todas direcciones, algunos hacia delante, otros hacia atrás...

Otros simplemente están ardiendo...

Arden y arden. Algunos corren hacia el río y otros caen al suelo y allí se quedan.

Y yo pienso: «Todd».

—Usted dijo que hubo una tregua —dice Simone a la enfermera Coyle.

—Tras una guerra sangrienta en la que murieron cientos de los nuestros y miles de los suyos —explica ella.

Bradley pulsa de nuevo el control remoto. La cámara retrocede, muestra la carretera entera y la falda de la montaña, que hierve con un número ingente de zulaques. Van ataviados con armaduras rojizas y cafés, blanden algo parecido a unas estacas y van montados en...

—¿Qué es eso? —digo, apuntando a una especie de animal grande como un tanque que baja retumbando por la colina, con un único y grueso cuerno curvándose desde la punta del hocico.

—Unicornios —responde la enfermera Coyle—. Por lo menos era así como los llamábamos. Los zulaques no poseen un lenguaje hablado, sino visual, ¡pero ahora esto no tiene importancia! Si derrotan al ejército del alcalde, no pararán hasta aniquilarnos a todos.

—¿Y si los derrota el alcalde? —pregunta Bradley.

—Si los derrota él, su control sobre el planeta será absoluto, y éste no será un lugar agradable donde vivir.

—¿Y si el control absoluto sobre el planeta lo tuviera usted? —pregunta Bradley, con una furia sorprendente en la voz—. ¿Qué clase de lugar sería?

Ella parpadea, sorprendida.

—Bradley... —empieza a decir Simone.

Pero yo ya no los escucho.

Estoy mirando la proyección.

Porque la cámara ha ido bajando por la montaña hacia el sur...

Y ahí está.

Justo en medio.

Rodeado de soldados.

Luchando contra los zulaques.

—Todd —susurro.

Y entonces veo a un hombre montado a caballo, a su lado...

Se me encoge el estómago.

Es el alcalde.

Libre como predijo la enfermera Coyle.

Todd lo soltó...

O el alcalde lo obligó a hacerlo.

Todd está en primera línea de fuego...

Entonces el humo lo inunda todo y desaparece.

—¡Acerca la cámara un poco más! —grito—. ¡Todd está ahí en medio!

La enfermera Coyle me mira exasperada mientras Bradley vuelve a pulsar el control y la imagen de la proyección repasa la batalla, mostrando cuerpos por todas partes, vivos y muertos, hombres y zulaques mezclados, hasta el punto de que ¿cómo puedes saber contra quién combates?, ¿cómo puedes disparar un arma sin matar a uno de tu propio bando?

—¡Tenemos que sacarlo de ahí! —exclamo—. ¡Tenemos que salvarlo!

—Ocho horas —dice Simone, sacudiendo la cabeza—. No podemos...

—¡No! —grito, y me lanzo renqueando hacia Bellota—. Tengo que ir a ayudarlo...

Pero entonces la enfermera Coyle pregunta a Simone:

—Hay armas en la nave, ¿no es así?

Me giro en redondo.

—Estoy segura de que no aterrizaron desarmados —insiste la enfermera Coyle.

Nunca había visto a Bradley con una expresión tan severa.

—Eso no es asunto suyo, enfermera...

Pero Simone ya está respondiendo.

—Tenemos doce misiles...

—¡No! —dice Bradley—. Nosotros no somos así. Nuestra intención es instalarnos en el planeta de manera pacífica...

—... y sus enganches correspondientes —termina Simone.

—¿Enganches? —pregunta la enfermera Coyle.

—Una especie de bomba pequeña —responde Simone—. Se lanzan en racimos, pero...

—Simone, no vinimos para combatir... —le recuerda Bradley, enojado.

Coyle vuelve a interrumpir.

—¿Es posible dispararlas desde una nave que ya aterrizó?

[TODD]

La ofensiva continúa.

Adelante adelante adelante...

Hacia la línea de zulaques que nos atacan.

Hay tantos...

Angharrad relincha de dolor y de terror.

«Lo siento, muchacha, lo siento...»

Pero no hay tiempo.

No hay tiempo para nada, excepto para la guerra.

—¡Toma! —dice el alcalde, lanzándome otra arma.

Avanzamos al frente de un pequeño grupo de hombres.

Directo hacia un grupo más numeroso de zulaques.

Apunto con el arma…

Y aprieto el gatillo…

¡BANG!

Cierro los ojos ante la explosión y no veo adónde disparé porque hay demasiado humo en el aire y zulaques que caen y hombres que gritan por todas partes. Angharrad relincha y sigue avanzando a pesar de todo, y las corazas zulaques se agrietan y estallan bajo el fuego incesante y caen más flechas y estacas blancas y tengo tanto miedo que apenas puedo respirar y disparo el arma y vuelvo a disparar el arma, sin ver siquiera adónde se dirigen las balas…

Los zulaques siguen llegando, se encaraman a los cadáveres de los soldados, y tienen el ruido totalmente abierto, como el ruido de cada soldado, y parece que hubiera mil guerras al mismo tiempo, no sólo la que estoy viendo, sino otras que se libran una y otra vez en el ruido de los hombres y los zulaques que me rodean, hasta que el aire y el cielo y mi cerebro y mi alma se llenan de guerra y la sangro por las orejas y la escupo por la boca y parece que fuera lo único que conozco, lo único que recuerdo, lo único que me va a suceder en la vida…

Se oye un sonido burbujeante y siento una quemazón en el brazo. Me aparto instintivamente, pero veo a un zulaque que me apunta con una de esas estacas y la tela de mi uniforme arde y exuda un vapor pestilente y la piel de debajo me duele como si me hubieran dado un bofetón y comprendo que si hubiera estado dos centímetros más allá seguramente habría perdido el brazo y…

¡BANG!

Suena un rifle a mi lado. El alcalde abatió al zulaque y me dice:

—Con ésta ya van dos veces, Todd.

Y vuelve a lanzarse a la batalla.

Bradley intenta responder a la enfermera Coyle, pero Simone habla primero.

—Claro que es posible.

—¡Simone! —la reprende Bradley.

—Pero ¿disparar adónde? —continúa Simone—. ¿Contra qué ejército?

—¡Contra los zulaques! —grita Coyle.

—¡Hace un instante nos pedía ayuda para detener al ejército del presidente! —exclama Bradley—. Y Viola dice que usted intentó matarla para cumplir sus propios objetivos. ¿Por qué deberíamos confiar en su opinión?

—No deberían —intervengo.

—¿Ni siquiera cuando tengo razón, mi niña? —me pregunta ella, señalando a la proyección—. ¡Están perdiendo la batalla!

Se ha producido una grieta en la línea más oscura de hombres y se percibe una pulsación parecida a la de un río que se desborda. Los zulaques se están infiltrando.

«Todd», pienso. «Sal de ahí.»

—Podríamos disparar un misil a la base de la colina —dice Simone.

Bradley se vuelve hacia ella, sorprendido.

—¿Y que nuestra primera acción en este planeta sea matar a cientos de ejemplares de la especie local, la especie local inteligente con la cual, por si lo estás olvidando, tendremos que convivir durante el resto de nuestras vidas?

—¡El resto de nuestras brevísimas vidas si no se dan prisa y hacen algo! —protesta la enfermera Coyle, prácticamente a gritos.

—Podríamos limitarnos a mostrar nuestro potencial armamentístico —dice Simone a Bradley—. Hacerlos retroceder y luego intentar negociar…

La enfermera Coyle emite una especie de cloqueo.

—¡Con ellos no se puede negociar!

—Usted lo hizo —replica Bradley, que se vuelve hacia Simone—. Mira, aterrizamos en medio de una guerra. Sin saber siquiera en qué bando debemos confiar. ¿Vamos a bombardear sin más, con la esperanza de que las consecuencias no sean demasiado horribles?

—¡La gente está muriendo! —grita Coyle.

—¡¡¡Gente a la que usted pedía que matáramos!!! —responde a gritos Bradley—. ¡Si el presidente cometió un genocidio, tal vez sólo vayan por él, y el hecho de que nosotros ataquemos sólo causará un daño mayor!

—¡Ya basta! —interviene Simone, actuando de nuevo como comandante de la misión.

Bradley y la enfermera Coyle guardan silencio.

Entonces, Simone dice:

—¿Viola?

Todos se me quedan mirando.

—Tú conoces la situación —continúa—. ¿Qué crees que deberíamos hacer?

[TODD]

Estamos perdiendo.

No podemos hacer nada para evitarlo...

Que haya abatido al zulaque montado en la criatura cornuda sólo mejoró la situación durante un segundo.

Los hombres continúan avanzando y disparando y los zulaques caen y mueren por todas partes...

Pero siguen bajando por la montaña.

Son muchísimos más que nosotros.

Lo único que nos ha salvado hasta ahora es que todavía no han podido hacer llegar uno de sus artefactos lanzallamas a la falda de la montaña.

Pero siguen llegando…

Y cuando lleguen hasta aquí…

YO SOY EL CÍRCULO Y EL CÍRCULO SOY YO.

Un ruido sordo me recorre la cabeza cuando el caballo del alcalde topa con Angharrad, que está tan exhausta que apenas puede levantar el hocico…

—¡Aprovecha el momento! —grita, disparando con su rifle al pasar junto a mí—. ¡O todo estará perdido!

—¡Todo está perdido ya! —respondo a gritos—. ¡No podemos vencer!

—El momento más oscuro siempre es justo antes del amanecer, Todd.

Me le quedo mirando, desconcertado.

—¡No, no es así! ¿Qué refrán tan estúpido es ése? ¡Siempre hay más luz antes del amanecer!

¡ABAJO!, mete en mi cabeza. Me agacho sin pensarlo y una flecha atraviesa el lugar donde hace una décima de segundo estaba mi cabeza.

—Ya van tres veces —dice el alcalde.

Y entonces suena un nuevo fogonazo del cuerno zulaque, tan fuerte que casi puedes ver el sonido, doblando el aire, retorciéndolo, e incluye una nota nueva…

Una nota victoriosa.

Nos giramos para mirar.

La línea de soldados se rompió.

El señor Morgan cayó bajo los pies de una de las criaturas.

Ahora los zulaques bajan por miles desde la montaña.

Y van a parar al campo de batalla desde todas direcciones, infiltrándose entre los hombres que siguen luchando.

Bajan como una ola hacia mí y el alcalde.

—¡Prepárate! —me grita.

—¡Tenemos que retirarnos! ¡Tenemos que salir de aquí!

Intento tirar de las riendas de Angharrad, pero miro a nuestra espalda...

Los zulaques pasan por detrás de los hombres.

Estamos rodeados.

¡¡¡LISTOS!!!, grita el alcalde al interior del ruido de los soldados que lo rodean.

«Viola», pienso.

«Son demasiados», pienso.

«Socorro», pienso.

¡LUCHEN HASTA EL ÚLTIMO HOMBRE!, grita el alcalde.

{VIOLA}

—¿Ella? —dice la enfermera Coyle—. No es más que una niña...

—Una niña en quien confiamos —responde Simone—. Una niña entrenada para ser una colona tal como lo fueron sus padres.

Me sonrojo un poco al oír esto, pero sólo en parte por vergüenza. Porque es verdad. Me entrené para esto. Y he pasado por suficientes cosas en este lugar para que mi opinión tenga valor.

Vuelvo a mirar la proyección, la batalla, que al parecer está empeorando, y trato de pensar. Lo que sucede ahí abajo es horroroso, pero los zulaques no atacan sin razón. Y el objetivo podría ser únicamente el alcalde, y ya lo derrotamos una vez, pero...

—Tu Todd está ahí —dice la enfermera Coyle—. Lo van a matar si no hacen algo.

—¿Usted cree que no lo sé? —digo. Porque ésa es la cuestión, la cuestión que todo lo anula. Me vuelvo hacia Bradley y Simone—. Lo siento, pero tenemos que salvarlo. Tenemos que hacerlo. Todd y yo estuvimos a punto de salvar este planeta, hasta que ellos lo estropearon todo…

—Pero ¿no sería salvarlo a costa de algo peor? —pregunta Bradley, suave pero serio, intentando hacerme comprender—. Piénsalo bien. Los primeros actos se recuerdan para siempre. Condicionan el futuro.

—No siento inclinación por confiar en esta mujer, Viola —dice Simone. La enfermera Coyle la fulmina con la mirada—. Pero eso no significa que no tenga razón en esto. Si das el visto bueno, Viola, intervendremos.

—Si das el visto bueno —dice Bradley, haciéndose eco de las palabras de Simone con cierto retintín—, iniciaremos nuestra vida aquí como conquistadores y las generaciones venideras verán sin duda nuevas guerras.

—¡Por el amor de Dios! —grita la enfermera Coyle, llena de frustración—. ¡El poder está aquí, Viola! ¡Ahora podemos cambiarlo todo! ¡No para mí, mi niña, sino para Todd, para ti! ¡Aquí, ahora mismo, lo que decidas puede cambiarlo todo!

—O puedes provocar algo peor —insiste Bradley.

Los tres me miran. Yo miro la proyección. Ahora los zulaques se entremezclan con los soldados y siguen llegando a oleadas.

Y Todd está ahí en medio.

—Si no haces nada —dice la enfermera Coyle—, tu chico morirá.

«Todd», pienso…

¿Empezaría una nueva guerra sólo para salvarte?

¿Lo haría?

—¿Viola? ¿Qué es lo correcto? —repite Simone.

Disparo el rifle, pero hay tantos zulaques y hombres entremezclados que debo apuntar a lo alto para asegurarme de que no le doy a ninguno de los míos y, por lo tanto, tampoco acierto a ningún zulaque. Uno de ellos se planta de pronto delante de mí alzando una estaca blanca junto a la cabeza de Angharrad y doy la vuelta al cañón del rifle y lo golpeo con fuerza en la parte posterior de la oreja demasiado alta y se desploma y de inmediato aparece otro y me agarra del brazo y yo pienso «Viola» en su cara y se tambalea y noto un rasguño en la otra manga. Una flecha la acaba de atravesar y por un centímetro no se me clava en la mandíbula y tiro de las riendas de Angharrad para girarla, pero no hay modo de salir vivos de aquí y tenemos que huir y un soldado recibe el impacto de un fogonazo de una estaca justo a nuestro lado y un chorro de sangre me cubre la cara y me giro sin ver adónde voy y tiro de Angharrad y lo único que pienso, en medio de tanto ruido, lo único que pienso mientras oigo morir a los hombres y oigo morir a los zulaques y los veo morir en mi ruido incluso con los ojos cerrados, lo único que pienso es...

«¿Es esto la guerra?»

«¿Es esto lo que los hombres tanto desean?»

«¿Es esto lo que se supone que los convierte en hombres?»

«La muerte que viene por ti con un rugido y un grito tan veloz que no puedes hacer nada al respecto.»

Y entonces oigo la voz del alcalde.

—¡LUCHA! —grita.

Es su voz y es su ruido.

—¡LUCHA!

Y me limpio la sangre y abro los ojos. Está claro que la lucha es lo único que nos queda en este mundo hasta que muramos y veo al alcalde montado en Morpeth y tanto él como su caballo están cubiertos de sangre. Él lucha tan duro que puedo oír su ruido y sigue siendo frío como la piedra, pero dice: ¡¡HASTA EL FINAL, HASTA EL FINAL!!

Y me mira a los ojos.

Y comprendo que realmente es el final.

Perdimos.

Son demasiados.

Perdimos.

Me agarro con ambas manos a la crin de Angharrad y me aferro con fuerza y pienso: «Viola».

Y entonces…

¡BUM!

La sección entera de la montaña por donde bajan los zulaques estalla con un rugido de fuego y tierra y carne.

Se alza sobre todo lo demás, lanza sobre nosotros piedras y barro y fragmentos de zulaques.

Angharrad relincha y ambos caemos al suelo de costado, y hombres y zulaques gritan a nuestro alrededor y corren de aquí para allá y mi pierna quedó atrapada bajo el cuerpo de Angharrad, que intenta levantarse. Entonces veo pasar al alcalde…

Y lo oigo reír.

—¿Qué diablos fue eso? —grito.

—¡Un regalo! —responde mientras atraviesa el humo y la suciedad a lomos de su caballo, al tiempo que grita a sus hombres—: ¡Ataquen! ¡Ataquen ahora!

Volvemos a atender al proyector.

—¿Qué fue eso? —pregunto.

Se oyó un repentino estruendo, pero la sonda muestra únicamente un bloque sólido de humo. Bradley toca repetidamente la pantalla del control remoto y la sonda vuelve a elevarse, pero el humo lo cubre todo.

—¿Está grabando? —dice Simone—. ¿Puedes rebobinar?

Bradley sigue manejando el aparato y de pronto la imagen retrocede sobre sí misma, vuelve a la nube, el humo que se forma rápidamente y...

—Ahí —se detiene Bradley, y vuelve a tirar hacia delante en cámara lenta.

La batalla es tan caótica y terrible como antes, los hombres están abrumados por el ejército zulaque, y entonces...

¡BUM!

Se produce una explosión en la base de la colina, y una violenta erupción lanza tierra y rocas y cuerpos de zulaques y unicornios por los aires, dando vueltas en la nube de humo que rápidamente lo tapa todo.

Bradley vuelve a rebobinar y vemos de nuevo el pequeño destello y luego toda una sección de la montaña que se desprende y salta por los aires, y allí mismo, en la pantalla, vemos morir a los zulaques.

Morir y morir y morir...

A docenas...

Recuerdo al que encontré a la orilla del río.

Recuerdo su miedo...

—¿Fue usted? —pregunta Simone a la enfermera Coyle—. ¿Su ejército llegó al lugar del combate?

—No tenemos misiles —contesta ella, sin apartar la vista del proyector—. Si los tuviéramos, no les pediría que dispararan los suyos.

—Entonces, ¿de dónde vino? —dice Simone. Bradley juguetea con el mando y la imagen ahora es más grande y clara, y en la opción más lenta se puede ver algo que vuela hacia la base de la montaña, la tierra que sale volando, los cuerpos de los zulaques que se destripan, sin importar qué vidas llevaron, a quién amaron, cómo se llaman o se llamaban...

Solamente cuerpos destrozados...

Vidas que terminan...

Fuimos nosotros los responsables, los obligamos a atacar, los esclavizamos y los matamos, o por lo menos el alcalde lo hizo.

Y aquí estamos, matándolos una vez más.

Simone y la enfermera Coyle discuten, pero no oigo lo que dicen, porque soy consciente de una cosa.

Cuando Simone me preguntó qué debíamos hacer...

Yo iba a decir que disparáramos el misil.

Iba a decirlo.

Iba a causar el daño yo misma. Iba a decir, sí, háganlo, disparen.

Maten a todos esos zulaques, esos zulaques que tienen un verdadero motivo para atacar a quien lo merece más que nadie en este planeta.

Si eso hubiera salvado a Todd, no habría tenido importancia. Estuve a punto de hacerlo...

Habría matado a cientos, a miles de zulaques, por salvarlo.

Por Todd hubiera provocado una guerra todavía mayor.

Tomar consciencia de esto es tan fuerte que tengo que agarrarme a Bellota para no caer al suelo.

Entonces oigo la voz de la enfermera Coyle que se alza sobre la de Simone.

—¡Esto sólo puede significar que el presidente dispone de su propia artillería!

[TODD]

En medio del humo y del griterío, Angharrad consigue ponerse de pie con grandes esfuerzos, pero ahora su ruido no dice nada, y eso me hace temer por ella, pero vuelve a estar de pie y yo miro atrás y lo veo, veo el lugar de donde vino la explosión.

Son las otras unidades del ejército, comandadas por los señores Tate y O'Hare, que regresan de reunir al resto de los soldados, regresan de recoger el armamento del que hablaba el alcalde.

Un armamento que yo al menos desconocía que tuviera.

—Las armas secretas sólo funcionan si son secretas —dice cabalgando hacia mí.

Luce una sonrisa de oreja a oreja.

Porque por la carretera de la ciudad llega una nueva oleada de soldados, frescos y ruidosos y listos para el combate.

Los zulaques ya están dando media vuelta.

Miran la montaña, intentando ver si hay algún modo de salir del lugar donde explotó la tierra.

Y se oye otro fogonazo y un sonido sibilante sobre nuestra cabeza y…

¡BUM!

Me encojo de miedo y Angharrad relincha al tiempo que la nueva explosión agujerea la montaña y más fragmentos de tierra y humo y cuerpos de zulaques y partes de criaturas cornudas saltan volando por los aires.

El alcalde, en cambio, no se encogió, parece feliz cuando los nuevos soldados se arremolinan a nuestro alrededor y el ejército zulaque se sume en el caos, iniciando la retirada e intentando huir.

Pero entonces son interceptados por nuestros refuerzos recién llegados.

Respiro con dificultad.

Veo cómo cambian las cosas.

Y debo decir…

Debo decir…

(cállate)

Que me gusta verlo…

(cállate)

Siento alivio y siento alegría, y siento que la sangre corre por mis venas al ver caer a los zulaques.

(cállate cállate cállate)

—No estabas preocupado, ¿verdad, Todd? —pregunta el alcalde.

Me le quedo mirando. Tiene el rostro lleno de tierra y de sangre seca. Hay cadáveres de hombres y zulaques por todas partes, y un nuevo aluvión de ruido más fuerte inunda el aire; nunca pensé que pudiera llegar a ser tan fuerte.

—¡Ven! —me dice Prentiss—. Verás lo que se siente pertenecer al bando ganador.

Y sale disparado tras los nuevos soldados.

Cabalgo tras él, con el arma alzada, pero sin disparar, me limito a observar y a sentir.

Sentir la emoción…

Porque es eso…

Éste es el desagradable, desagradable secreto de la guerra.

Cuando ganas…

Cuando ganas, la emoción es indescriptible...

Los zulaques retroceden a toda prisa hacia la colina, corriendo por encima de los escombros.

Huyen de nosotros.

Y yo apunto con el arma.

A la espalda de un zulaque que corre.

Tengo el dedo en el gatillo.

Y estoy listo para apretarlo.

El zulaque tropieza con el cuerpo de otro zulaque, pero no es sólo uno, son dos, son tres…

Y luego el humo se disipa y hay cadáveres por todas partes, hombres y zulaques y criaturas con cuernos…

Vuelvo a estar en el monasterio, en el punto donde se apilaban los cadáveres de los zulaques.

Y ya no lo encuentro tan emocionante…

—¡¡¡Persíganlos colina arriba!!! —grita el alcalde a sus soldados—. ¡¡¡Hagan que lamenten haber nacido!!!

{VIOLA}

—Se acaba —digo—. La batalla toca a su fin.

Bradley volvió a reproducir la proyección en tiempo real y todos vimos la llegada del resto del ejército.

Vimos la segunda explosión.

Vimos que los zulaques daban media vuelta y trataban de regresar sobre sus pasos, entre las ruinas de la base de la montaña, y en medio del caos algunos caen al río, a la carretera de más abajo, a la batalla donde no sobreviven mucho tiempo.

La cantidad de muertos me provoca náuseas, que palpitan al ritmo de mis tobillos rotos, y tengo que apoyarme contra Bellota mientras los demás discuten.

—Si es capaz de hacer eso —señala la enfermera Coyle—, quiere decir que aún es más peligroso de lo que yo les decía. ¿Quieren que alguien como él esté a cargo del mundo al que están a punto de unirse?

—No lo sé —dice Bradley—. ¿Es usted la única alternativa?

—Bradley —protesta Simone—. Tiene parte de razón.

—¿En serio?

—Es imposible crear una nueva colonia en plena guerra —continúa Simone—. Piensa que ésta es nuestra última parada. Las naves no van a ir a ninguna otra parte. Debemos encontrar el modo de que las cosas funcionen, y si estamos en peligro...

—Podemos instalarnos en cualquier otro punto del planeta —dice Bradley.

La enfermera Coyle parece desconcertada.

—No lo harán.

—No hay ninguna ley que diga que debamos unirnos a la colonia anterior —le recuerda él—. Nunca recibimos comunicación alguna por parte de ustedes, y aterrizamos pensando que no había supervivientes. Podemos dejar que hagan su guerra y buscar un lugar donde empezar de cero.

—¿Abandonarlos? —pregunta Simone, claramente conmocionada.

—De todos modos acabarán enfrentándose a los zulaques —dice la enfermera Coyle—, pero sin la ayuda de gente experimentada.

—Aquí, en cambio, acabaremos luchando contra los zulaques y contra los humanos —responde él—. Y contra usted, probablemente.

—Bradley... —dice Simone.

—Basta —digo yo, lo bastante fuerte como para que los tres me oigan.

Porque sigo mirando la proyección, veo cómo continúan muriendo hombres y zulaques...

Me mareo.

No quiero volver a estar nunca en esta posición.

—Basta de armas. Basta de bombardeos. Los zulaques se retiran. Vencimos antes al alcalde y, si tenemos que hacerlo de nuevo, así será. Y también podemos pactar una tregua con los zulaques.

Miro a la enfermera Coyle a los ojos, que se endurecen al escucharme.

—Basta de muerte —continúo—. No puede haber más muerte ni siquiera para un ejército que la merezca, sea zulaque o humano. Encontraremos una solución pacífica.

—Bien dicho —dice Bradley con energía. Y me mira con un rostro que recuerdo bien, un rostro lleno de bondad y de amor y de un orgullo tan feroz que duele al verlo.

Aparto la mirada porque sé lo cerca que estuve de hacerles disparar aquel misil.

—De acuerdo, si tan seguros están —concluye la enfermera Coyle, con una voz tan fría como el fondo de un río—. Ahora tengo vidas que salvar.

Y antes de que podamos hacer nada para detenerla, corre hacia su carro y se pierde en la oscuridad de la noche.

[TODD]

—¡Córtenles la retirada! —grita el alcalde—. ¡Que salgan por piernas!

Pero da igual lo que esté gritando, podría estar gritando los nombres de diferentes tipos de fruta y los soldados seguirían cargando por la parte inferior de la carretera en zigzag, encaramándose a la zona bombardeada, macheteando y disparando contra los zulaques que salen en desbandada.

El señor O'Hare va al frente del nuevo grupo de soldados, comandando el asalto, pero el alcalde detuvo al señor Tate y lo llamó al lugar donde esperamos en campo abierto, al pie de la carretera.

Bajo de un brinco de la montura para inspeccionar mejor la herida de la flecha en el flanco de Angharrad. No parece tan grave, pero su ruido sigue en silencio, ni siquiera emite los sonidos típicos de un caballo, sólo hay silencio, y no sé lo que significa, pero estoy seguro de que no puede ser bueno.

—¿Jovencita? —digo, frotándole el costado para tranquilizarla—. Te coseremos la herida, ¿de acuerdo? Te curaremos y te dejaremos como nueva, ¿de acuerdo? ¿Eh, de acuerdo?

Pero ella, sudando por los costados, agacha la cabeza y echa espuma por las comisuras de los labios.

—Lamento el retraso, señor —se está disculpando el señor Tate con el alcalde, detrás de mí—. Tenemos que mejorar la movilidad.

Echo un vistazo al lugar donde descansa la artillería: cuatro enormes cañones transportados en la parte posterior de unos carros de acero tirados por bueyes de aspecto cansado. El metal de los cañones es negro y grueso y pareciera querer arrancarte el cráneo. Armas, armas secretas, fabricadas en algún lugar apartado de la ciudad, con los hombres que las trabajaron separados de los demás para que nadie oyera su ruido, construyendo armas pensadas para ser utilizadas contra la Respuesta, listas para destrozar la organización sin ningún tipo de problema y utilizadas ahora para hacer lo mismo con los zulaques.

Armas feas y brutales que sólo sirven para fortalecer la posición del alcalde.

—Dejo esas mejoras en sus muy capaces manos, capitán —dice Prentiss—. Ahora avise al capitán O'Hare y dígale que se retire a la base de la colina.

—¿Que se retire? —replica el señor Tate, sorprendido.

—Los zulaques huyen —le explica el alcalde, señalando con un gesto la carretera, que ya está casi vacía de zulaques, pues han desaparecido por la cima de la colina en dirección al valle—. Pero quién sabe cuántos miles esperan más arriba, en la carretera. Se reagruparán y trazarán un nuevo plan y mientras tanto nosotros haremos lo mismo y nos prepararemos para recibirlos.

—Sí, señor —dice el señor Tate, y sale disparado con su caballo.

Me inclino hacia Angharrad, presiono mi cara contra su costado, cierro los ojos, pero sigo viéndolo todo en mi ruido: los hombres, los zulaques, el combate, el fuego, la muerte, la muerte, la muerte...

—Lo hiciste muy bien, Todd —dice el alcalde, acercándose con el caballo—. Formidablemente bien.

—Fue... —empiezo a contestar, pero me interrumpo. Porque... ¿cómo fue?

—Estoy orgulloso de ti —me dice.

Me vuelvo hacia él, y mi cara es un poema.

Se ríe de mi expresión.

—Lo estoy —dice—. No te doblegaste ante la presión extrema. Mantuviste la cabeza fría. Conservaste tu corcel, aunque estaba herido. Y lo más importante, cumpliste tu palabra.

Lo miro a los ojos, esos ojos negros del color de roca de río.

—Son los actos de un hombre, Todd, lo son de veras.

Su voz suena sincera, sus palabras parecen de verdad.

Pero siempre lo parecen, ¿no es así?

—No siento nada —digo—. Nada más que odio hacia usted.

Se limita a sonreírme.

—Tal vez no lo creas, Todd, pero algún día echarás la vista atrás y verás esto como el día en que por fin te convertiste en un hombre —sus ojos centellean—. El día en que te transformaste.

{VIOLA}

—Parece que, en efecto, se está terminando —dice Bradley, absorto en la proyección.

Se abre una brecha en la carretera zigzagueante. Los soldados del alcalde retroceden y los zulaques se baten en retirada, dejando tras de sí una colina vacía. Ahora vemos la totalidad del ejército del alcalde, vemos los enormes cañones que de algún modo consiguió fabricar, vemos que sus soldados empiezan a congregarse con cierto orden al pie de la montaña, a reagruparse para preparar sin duda el siguiente asalto.

Y entonces veo a Todd.

Pronuncio su nombre en voz alta y Bradley abre el zum en el punto que le señalo. Mi corazón se acelera al ver cómo se inclina hacia Angharrad, al ver que está vivo, está vivo, está vivo...

—¿Es ése tu amigo? —pregunta Simone.

—Sí. Ése es Todd, es...

Me detengo porque veo al alcalde que se le acerca a caballo.

Los dos hablan como si fuera un día normal y corriente.

—¿Y no será ése el tirano? —pregunta Simone.

Suspiro.

—Es todo muy complicado.

—Sí... Me da esa impresión —comenta Bradley.

—No —digo con firmeza—. Si en algún momento dudan de algo, si no saben qué pensar ni en quién confiar, recuerden que siempre podrán confiar en Todd, ¿de acuerdo? No lo olviden.

—Muy bien —dice Bradley, sonriéndome—. No lo olvidaremos.

—Pero aún queda la pregunta más importante —interviene Simone—. ¿Qué hacemos ahora?

—Esperábamos encontrar colonias deshabitadas y, con suerte, a ti y a tus padres en algún lugar —dice Bradley—. Pero lo que hay es un dictador, una revolucionaria y un ejército invasor de nativos.

—¿Qué tamaño tiene el ejército de zulaques? —pregunto, volviéndome hacia la proyección—. ¿Puedes elevar la sonda?

—No mucho más —contesta, pero pulsa la pantalla y la sonda asciende por la colina, alcanza la cima y...

—Ay, Dios mío —exclamo mientras Simone aguanta la respiración.

Iluminada por la luz de ambas lunas y por las hogueras que arden y las antorchas que ellos mismos sujetan, toda una nación de zulaques se extiende por la carretera del río, por encima de las cascadas del valle superior, mayor, muy superior al ejército del alcalde, lo bastante para arrollarlo como una inundación, lo bastante para no ser nunca, nunca, derrotada.

Son miles.

Decenas de miles.

—Superioridad en número —dice Bradley— contra superioridad en armamento. La receta perfecta para una matanza interminable.

—La enfermera Coyle habló de una tregua —señalo—. Si hubo una, ahora podemos conseguir que haya otra.

—¿Y qué me dices de los ejércitos enfrentados? —pregunta Simone.

—Generales enfrentados, en realidad —señalo—. Si neutralizáramos a esa pareja, todo sería más fácil.

—Tal vez deberíamos empezar a hacerlo para conocer a tu amigo Todd —me dice Bradley.

Vuelve a pulsar el control remoto hasta que el zum se centra en los hombres a caballo. Todd está junto a Angharrad.

Y entonces alza la vista hacia la sonda, hacia la proyección...

Hacia mí.

El alcalde se da cuenta y también mira hacia arriba.

—Acaban de recordar que estamos aquí —comenta Simone. Sube por la rampa de la nave de reconocimiento—. Voy a buscar algo para tus tobillos, Viola, y luego contactaré con el convoy. Aunque no sé por dónde empezar la explicación...

Desaparece en el interior de la nave. Bradley se me acerca otra vez y me aprieta suavemente el hombro.

—Siento lo de tus papás, Viola. Más de lo que soy capaz de expresar con palabras.

Mis párpados se cierran sobre los ojos humedecidos, no sólo por el recuerdo de la muerte de mis papás en el accidente, sino también por la amabilidad de Bradley.

Y entonces recuerdo que fue Bradley quien me regaló aquel objeto que resultó tan útil, la caja que prendió el fuego, la caja que encendió la luz en la oscuridad, la caja que finalmente hizo saltar por los aires el puente y nos salvó a Todd y a mí.

—Parpadea —digo.

—¿Qué? —pregunta, mirando al cielo.

—Cuando estábamos en el convoy, me pediste que te contara cómo es el cielo nocturno a la luz del fuego, porque yo sería la primera en saberlo. Parpadea.

Él sonríe, recordando. Respira hondo.

—Entonces éste es el olor del aire fresco —dice, porque es la primera vez que lo respira. Él también ha pasado la vida entera en una nave—. Es distinto de lo que esperaba —vuelve la cabeza hacia mí—. Más fuerte.

—Muchas cosas son distintas de como las esperábamos.

Vuelve a apretarme el hombro.

—Ahora estamos aquí, Viola —dice—. Ya no estás sola.

Trago saliva y vuelvo a mirar la proyección.

—No estaba sola.

Bradley suspira de nuevo, sin dejar de mirarme.

Parpadea, dice.

—Encenderemos una fogata para que lo veas por ti mismo —digo.

—¿Ver qué?

—Que el cielo nocturno parpadea.

Me mira desconcertado.

—¿Lo que dijiste antes?

—No —respondo—. Lo acabas de decir tú…

¿De qué demonios está hablando?, dice.

Pero no lo dice.

Y se me encoge el estómago.

No.

Ay, no.

—¿Oíste eso? —pregunta, todavía más desconcertado, mirando a su alrededor—. Sonaba como mi voz…

Pero ¿cómo puede haber sido…?, piensa, y se detiene.

Vuelve a mirarme.

Y dice: *¿Viola?*

Pero lo dice en su ruido.

Su ruido recién estrenado.

[TODD]

Sujeto la venda a la herida del flanco de Angharrad y dejo que el medicamento penetre en su flujo sanguíneo. Aunque sigue sin decir nada, mantengo las manos sobre ella, sin parar de pronunciar su nombre.

Los caballos no saben estar solos y tengo que decirle que formo parte de su manada.

—Respóndeme, Angharrad —le susurro al oído—. Vamos, jovencita.

Miro al alcalde, que habla con sus hombres, y me pregunto cómo diablos llegamos a esto.

Lo habíamos derrotado. Era así. Derrotado, capturado y vencido.

Pero ahora...

Ahora vuelve a pasearse como si fuera el amo del lugar, como si volviera a estar a cargo del mundo, como si todo lo que le hice y cómo lo vencí no tuviera ninguna importancia.

Pero lo vencí. Y lo haré otra vez.

Desaté al monstruo para salvar a Viola.

Y ahora tengo que hacer lo imposible para no soltar la correa.

—El ojo del cielo sigue ahí —me dice al acercarse, observando el punto de luz que según el alcalde, es algún tipo de sonda. Lo vimos por primera vez cerniéndose sobre nosotros hace una hora, cuando él daba las órdenes a sus capitanes para que levantaran un campamento al pie de la montaña y despachaba a sus espías para saber a qué nos enfrentamos y mandaba a otras patrullas a descubrir qué fue del ejército de la Respuesta.

Pero hasta ahora no ha enviado a nadie a la nave de reconocimiento.

—Saben dónde estamos —dice sin dejar de mirar hacia arriba—. Cuando quieran reunirse conmigo, ya vendrán, ¿no te parece?

Lentamente, observa a los hombres que se preparan para pasar el resto de la noche.

—Escucha sus voces —me dice con un susurro extraño.

El aire sigue lleno del ruido de los hombres, pero la expresión del alcalde hace que me pregunte si no estará hablando de otra cosa.

—¿Qué voces? —pregunto.

Parpadea, como si le sorprendiera ver que sigo aquí. Vuelve a sonreír y tiende la mano para acariciar la crin de Angharrad.

—No la toque —le advierto, y le lanzo una mirada agresiva hasta que retira la mano.

—Sé cómo te sientes, Todd —dice con suavidad.

—No es verdad.

—Sí, lo sé —insiste—. Recuerdo mi primera batalla en la primera de las guerras contra los zulaques. Crees que vas a morir. Crees que esto es lo peor que has visto nunca y que no podrás seguir viviendo tras verlo. ¿Cómo es posible que alguien siga viviendo después de verlo?

—Lárguese de mi cabeza —le advierto.

—Sólo estoy hablando, Todd. No hago nada más.

No le respondo. Sigo susurrando a Angharrad.

—Estoy aquí, pequeña.

—Pero lo superarás —continúa el alcalde—. Y tu caballo también. Ambos son fuertes. Esto te hará mejor.

Me le quedo mirando.

—¿Cómo se puede ser mejor después de esto? ¿Cómo se puede ser más hombre después de esto?

Se acerca más a mí.

—Porque también fue emocionante, ¿no es así?

No respondo a eso.

(porque lo fue...)

(por un minuto...)

Y entonces recuerdo al soldado que murió, el que en su ruido tendía la mano a su hijo recién nacido, el que no volverá a verlo nunca más.

—Te emocionaste cuando los perseguimos colina arriba —continúa el alcalde—. Lo vi. Atravesó tu ruido como una hoguera. Cada hombre del ejército sintió lo mismo, Todd. Nunca estás tan vivo como en plena batalla.

—Y nunca estás tan muerto como después de la batalla —replico.

—Ah, la filosofía —sonríe—. No sabía que también te gustara.

Aparto la mirada y vuelvo a fijarme en Angharrad.

Y entonces lo oigo.

YO SOY EL CÍRCULO Y EL CÍRCULO SOY YO.

Me vuelvo hacia él y lo golpeo con un **VIOLA**.

Hace una mueca de dolor, pero no deja de sonreír.

—Eso es, Todd —dice—. Te lo he dicho muchas veces. Controla tu ruido y te controlarás a ti mismo. Contrólate a ti mismo…

—Y controlarás el mundo —termino—. Sí, ya lo oí la primera vez. Sólo quiero controlarme a mí mismo, gracias. No tengo interés alguno por controlar al resto del mundo.

—Todo el mundo dice lo mismo. Hasta que prueban por primera vez lo que significa el poder —vuelve a mirar la sonda—. Me pregunto si los amigos de Viola podrían decirnos a qué cifra exacta de enemigos nos enfrentamos.

—Demasiados, ésa es la cifra —digo—. Es probable que toda la nación zulaque esté ahí arriba. No podrá matarlos a todos.

—Cañones contra flechas, jovencito —dice, mirándome a los ojos—. Por muy estupendas que sean sus nuevas armas de fuego y sus estacas blancas, no tienen cañones. No tienen —señala el horizonte, donde aterrizó la nave de reconocimiento— naves voladoras. Yo diría que estamos más o menos igualados.

—Razón de más para terminar esta batalla ahora —digo.

—Razón de más para seguir luchando. En este planeta sólo hay lugar para una raza dominadora, Todd.

—A no ser que…

—No —dice con más fuerza—. Me liberaste por una razón. Para que tu Viola estuviera a salvo en este planeta.

No respondo.

—Yo acepté tu condición. Ahora tú dejarás que haga lo que tenga que hacer. Dejarás que convierta este planeta en un lugar donde ella y el resto de nosotros podamos estar a salvo. Y dejarás que lo haga en tu lugar, porque tú solo no podrías hacerlo.

Recuerdo cómo los soldados obedecieron todas sus órdenes, cómo se lanzaron a morir en la batalla, sólo porque él se lo mandó.

Tiene razón, no sé si nunca seré capaz de hacer algo semejante.

Lo necesito. Odio tener que reconocerlo, pero es así.

Le doy la espalda. Cierro los ojos y pego la frente al costado de Angharrad.

«Yo soy el Círculo y el Círculo soy yo», pienso.

Si soy capaz de controlar mi ruido, podré controlarme a mí mismo.

Si puedo controlarme a mí mismo…

Tal vez pueda controlarlo a él.

—Tal vez puedas —dice—. Siempre dije que tenías ese poder.

Le lanzo una mirada.

Sigue sonriendo.

—Ahora guarda tu caballo y descansa un poco.

Respira hondo. El frío empieza a sentirse ahora que no pensamos en morir a cada segundo, y él mira a la colina, al resplandor de las hogueras de los zulaques que surge de la cima.

—Ganamos la primera escaramuza, Todd —dice—. Pero la guerra acaba de comenzar.

Y un tercero

La Tierra espera. Yo espero con ella.

Y ardo con la espera.

Porque habíamos derrotado a nuestro enemigo. Al pie de su propia montaña, en las afueras de su propia ciudad, teníamos rodeado al ejército de los hombres, estaban a nuestra merced. Estaban rotos, desconcertados y listos para ser conquistados.

La batalla casi estaba ganada. Los habíamos derrotado.

Pero entonces el suelo entró en erupción bajo nuestros pies y nuestros cuerpos saltaron por los aires.

Y nos retiramos. Retrocedimos colina arriba por encima de la roca destrozada y la carretera dañada, para llegar a la cima y curar allí nuestras heridas y llorar a nuestros muertos.

Pero estuvimos cerca de la victoria. Estuvimos tan cerca que casi pude saborearla.

Todavía puedo saborearla al mirar el valle de más abajo, donde los hombres del Claro instalaron su campamento, donde curan sus heridas y entierran a sus muertos y abandonan a los nuestros en montones descuidados.

Recuerdo otros montones de cadáveres, en otro lugar.

Y vuelvo a arder al recordarlo.

Entonces veo algo desde el lugar de la cima donde estoy sentado, junto al lugar donde el río impacta contra el valle de abajo. Veo una luz que planea en el aire de la noche.

Una luz que nos vigila. Que vigila a la Tierra.

Me levanto y voy a buscar al Cielo.

Desciendo por la carretera del río, me interno en nuestro campamento, donde las fogatas combaten la oscuridad total de la noche. La humedad del río caudaloso levanta la neblina, y la luz de las hogueras lo cubre todo con un leve resplandor. La Tierra me observa mientras serpenteo entre los rostros amistosos, si bien cansados por la batalla, las voces abiertas.

¿El Cielo?, muestro con mi voz mientras camino. ¿Dónde está *el Cielo?*

Como respuesta, me muestran el camino entre las fogatas y los vivaces secretos, los pesebres de comida y los establos de los unicornios...

Unicornio, susurra alguien desde algún lugar invisible, con cierta sorpresa e incluso disgusto, pues la palabra no es propia del idioma de la Tierra, es una palabra en el idioma del enemigo, del Claro, y por lo tanto elevo todavía más la voz para taparla y muestro ¿el Cielo?

La Tierra sigue mostrándome el camino.

Pero más allá de su buena voluntad, ¿acaso oigo sus dudas?

Porque ¿quién soy yo al fin y al cabo?

¿Soy un héroe? ¿Soy un salvador?

¿O acaso estoy acabado? ¿Estoy en peligro?

¿Empiezo o termino?

¿Pertenezco verdaderamente a la Tierra?

Si soy honesto, no conozco tampoco las respuestas.

Y así me muestran el camino al Cielo mientras atravieso el campamento carretera arriba. Soy como una hoja que sobrevuela el río, sobre el río, en el río.

Pero tal vez no del río.

Y la Tierra empieza a transmitir noticias de mi llegada.

El Regreso se aproxima, se muestran, el uno al otro. *El Regreso se aproxima*.

Porque ése es mi nombre. El Regreso.

Pero también tengo otro nombre.

He tenido que aprender cómo llama la Tierra a las cosas, he sacado palabras de su lenguaje sin palabras, de la gran y única voz de la Tierra, para poder comprenderla. La Tierra es como se llaman a sí mismos, como siempre se han llamado, porque ¿acaso no son la verdadera Tierra de este mundo? ¿Con el Cielo que los vigila?

Los hombres no la llaman la Tierra. Inventaron un nombre basándose en un primer intento erróneo de comunicarse y nunca tuvieron bastante curiosidad para corregirlo. Tal vez fuera entonces cuando empezaron todos los problemas.

«El Claro» es el nombre que la Tierra da a los hombres, a los parásitos que vinieron de quién sabe dónde y quisieron convertir este mundo en su propio quién sabe dónde, asesinando a la Tierra por millares hasta que una tregua forzó la separación, la Tierra y el Claro separados para siempre.

A excepción de la Tierra que se quedó atrás, claro. La Tierra esclavizada por el Claro como concesión para la paz. La Tierra que dejó de llamarse Tierra, la Tierra que dejó de ser Tierra, que se vio obligada incluso a adoptar el idioma del Claro. La Tierra que quedó atrás fue una gran vergüenza para la Tierra, una vergüenza que vino a ser llamada la Carga.

Hasta que la Carga fue eliminada por el Claro en una matanza que duró una sola tarde.

Y luego estoy yo, el Regreso. Me llaman así no sólo por ser el único superviviente de la Carga, sino porque mi regreso hizo que la Tierra regresara a esta montaña, después de tantos años de tregua, lista y preparada para asaltar al Claro, con mejores armas, en mayor número, con un buen Cielo.

Y todos vinieron por el Regreso. Por mí.

Pero el ataque se interrumpió.

El Regreso se aproxima, muestra el Cielo cuando lo encuentro, de espaldas a mí. Está hablando con los Senderos, que están sentados en semicírculo frente a él. Les muestra los mensajes que han de trasladar a toda la Tierra, mensajes que pasan tan deprisa que me cuesta leerlos.

El Regreso reaprenderá el idioma de la Tierra, muestra el Cielo, que terminó con los Senderos y se acerca a mí. *A su debido tiempo.*

Comprenden mis palabras, muestro, señalando a la Tierra que me observa mientras hablo con el Cielo. *Las utilizan cuando hablan de mí.*

Las palabras del Claro permanecen en el recuerdo de la Tierra, muestra el Cielo, tomándome del brazo y alejándome del lugar. *La Tierra nunca olvida.*

Se olvidaron de nosotros, muestro, con una rabia en mis palabras que no puedo reprimir. *Los esperábamos. Los esperamos hasta el día de nuestra muerte.*

Ahora la Tierra está aquí, muestra él.

La Tierra se retiró, muestro, con más rabia. *La Tierra está sentada en lo alto de la montaña cuando podría estar destruyendo al Claro ahora mismo, esta misma noche. Los superamos en número. Ni siquiera con sus nuevas armas podrían...*

Eres joven, muestra. *Has vivido muchas cosas, demasiadas, pero apenas eres un adulto. Nunca has convivido con la Tierra. El corazón de la Tierra lamenta no haber llegado a tiempo para salvar a la Carga...*

Tú no tienes ni idea, lo interrumpo con una mala educación nunca vista antes en la Tierra.

Pero la Tierra se alegra de que el Regreso se salvara, continúa él sin hacerme caso. *La Tierra se alegra de poder vengar la memoria de la Carga.*

¡Nadie está vengando nada!

Y mis recuerdos se derraman en mi voz, y es únicamente aquí, ahora, cuando el dolor se hace demasiado grande, cuando soy incapaz de hablar el idioma de la Carga, es únicamente ahora cuando hablo el verdadero lenguaje de la Tierra, sin palabras y sin sentido, y brotando de mí a borbotones. Soy incapaz de no mostrarles mi pérdida, de no mostrarles cómo el Claro nos trató como a animales, cómo consideraban sus voces y las nuestras como maldiciones, algo que había que curar, y no puedo evitar mostrar a la Tierra mis recuerdos de la Carga muriendo a manos del Claro, las balas y los cuchillos y los gritos silenciosos, el campo de cadáveres amontonados...

El cadáver del más querido por mí.

El Cielo muestra consuelo en su voz, como el resto de la Tierra a nuestro alrededor, hasta que descubro que nado en un río de voces que me llaman y conectan con la mía para tranquilizarla, y nunca como ahora había sentido que formara parte de la Tierra, nunca me había sentido tan en casa, tan reconfortado, tan compenetrado con la voz unísona de la Tierra...

Y parpadeo al darme cuenta de que esto sólo sucede cuando el dolor es tan intenso que me olvido de mí mismo.

Eso pasará, muestra el Cielo. *Crecerás y te curarás. Te resultará más fácil convivir con la Tierra...*

Me resultará más fácil cuando el Claro haya desaparecido de aquí para siempre, muestro.

Hablas el lenguaje de la Carga, muestra. *Que también es el lenguaje del Claro, de los hombres contra quienes luchamos, y aunque te damos la bienvenida como hermano que regresa a la Tierra, lo primero que debes aprender (y te lo digo en un lenguaje comprensible para ti) es que no existe el yo ni existe el tú. Sólo existe la Tierra.*

No muestro nada como respuesta.

¿Buscabas al Cielo?, pregunta por fin.

Vuelvo a mirarlo a los ojos, pequeños para ser de la Tierra, aunque no sean comparables con la horrenda pequeñez de los ojos del Claro, esos ojos diminutos y crueles que esconden y esconden y esconden, pero los ojos del Cielo siguen siendo lo bastante grandes para reflejar las lunas, la luz del fuego y a mí mirándolos.

Y sé que él me espera.

Porque he vivido toda mi vida con el Claro y he aprendido mucho de él.

Incluso a esconder mis pensamientos tras otros pensamientos, a ocultar lo que siento y lo que pienso. A añadir capas a mi voz para que sea más difícil de interpretar.

Estoy solo entre la Tierra, y no me uno del todo a la voz unísona de la Tierra.

Todavía no.

Hago que espere un momento más, y luego abro la voz para mostrarle mis sospechas sobre la luz que vi planeando. Comprende al instante.

Una versión más pequeña del artefacto que sobrevoló a la Tierra cuando viajábamos hacia aquí, muestra.

Sí, muestro, y recuerdo. Luces en el cielo, una máquina que sobrevuela la carretera, tan arriba que apenas es más que un sonido.

La Tierra responderá, muestra él, y vuelve a tomarme del brazo para llevarme de vuelta al límite de la colina.

Mientras el Cielo observa la luz que se cierne sobre nosotros desde lo alto de la colina, miro al valle y contemplo cómo el Claro se prepara para pasar la noche. Veo los rostros demasiado pequeños y los cuerpos achaparrados y los tonos enfermizos de rosa y arena.

El Cielo sabe lo que estoy buscando.

Búscalo, muestra. *Busca al Cuchillo*.

Lo vi en la batalla. Pero estaba demasiado lejos.

Por la propia seguridad del Regreso, muestra el Cielo.

Es mío...

Pero me detengo.

Porque lo vi.

En medio del campo, se acerca a su animal de carga, su caballo, como dicen en su idioma, habla con él, sin duda con gran sentimiento, con gran angustia por lo que presenció.

Sin duda con gran cuidado, emoción y amabilidad.

Y ésta, curiosamente, es la razón por la que el Regreso odia al Cuchillo, muestra el Cielo.

Él es peor que los demás, muestro. *Es el peor de todos ellos.*

Porque...

Porque sabía que estaba actuando incorrectamente. Era consciente del dolor que causaban sus actos...

Pero no los corrigió, muestra el Cielo.

Los demás no valen más que sus animales de carga, muestro. *El peor es el que lo sabe todo y no hace nada.*

El Cuchillo liberó al Regreso, comenta el Cielo.

Ojalá me hubiera matado. Antes mató a uno de la Tierra con un cuchillo y su voz nunca ha podido olvidarlo. Pero fue demasiado cobarde para hacer incluso aquel favor al Regreso.

Si te hubiera matado como tú deseabas, la Tierra no estaría aquí, muestra el Cielo de un modo que me hace volver los ojos hacia él.

Eso es, muestro. *Aquí donde no hacemos nada. Aquí donde esperamos y observamos en vez de luchar.*

Esperar y observar forma parte de la lucha. El Claro se fortaleció durante la tregua. Sus hombres son más feroces, y sus armas también.

Pero la Tierra también es feroz, muestro. *¿No es cierto?*

El Cielo me aguanta la mirada durante un largo instante y luego se vuelve y habla con la voz de la Tierra, iniciando un mensaje que pasa del uno al otro hasta que llega a uno de la Tierra que preparó el arco con una flecha en llamas. Apunta y deja que la flecha vuele en la noche, despegando desde lo alto de la colina.

La Tierra entera contempla cómo vuela, bien con sus ojos, bien con las voces de otros, hasta que se clava en la luz que nos sobrevuela, y la luz desciende en espiral y se estrella en el río.

Hoy hubo una batalla, muestra el Cielo, *mientras un lejano gemido se eleva desde el campamento del Claro. Pero una guerra está compuesta por muchas batallas.*

Entonces me toma por el brazo, el brazo en el que he dejado que la manga de liquen creciera más de lo normal, el brazo que me duele, el que nunca se curará. Intento apartarme, pero vuelve a tender la mano, y esta vez dejo que sus dedos largos y blancos me suban la manga desde la muñeca.

Y no olvidaremos por qué estamos aquí, muestra el Cielo.

Y esto se propaga en el lenguaje de la Carga, un lenguaje que la Tierra teme porque le causa vergüenza, y se propaga hasta que los oigo, los siento a todos ellos.

No olvidaremos, oigo decir a la Tierra.

Y ellos ven mi brazo a través de los ojos del Cielo.

Y ven la cinta metálica, con un símbolo escrito en el lenguaje del Claro.

Y ven la marca permanente que acarreo, el verdadero nombre que me separa de ellos para siempre.

1017.

SEGUNDAS
OPORTUNIDADES

LA CALMA

{VIOLA}

La urgencia del ruido de Bradley es horrible.

Fuerte
Es demasiado fuerte
Simone y Viola me miran como si me estuviera muriendo
¿me estoy muriendo?
Aterrizar en plena guerra
55 días hasta el convoy
¿Hay escapatoria?
55 hasta que lleguen las medicinas adecuadas
55 días esperando la muerte
¿Me estoy muriendo?

—No te estás muriendo —le aseguro desde la cama donde Simone está inyectando reparador de huesos en mis tobillos—. Bradley...

—No —dice él, alzando las manos para detenerme—. Me siento... Desnudo desnudo desnudo—. No saben lo desnudo que me hace sentir todo esto.

Simone convirtió los dormitorios de la nave de reconocimiento en una enfermería improvisada. Yo ocupo una cama y Bradley la otra. Él tiene los ojos abiertos, se tapa los oídos y su ruido es cada vez más fuerte.

—¿Estás segura de que se va a recuperar? —me susurra Simone al oído mientras termina de ponerme las inyecciones y empieza a vendarme los tobillos. Percibo la tensión en su voz.

—Lo único que sé es que todos los hombres se acostumbran con el tiempo y que… —respondo, también entre susurros.

—Existía una cura, que el alcalde se encargó de eliminar hasta la última gota —me interrumpe ella.

—Eso es —respondo—, pero al menos significa que es posible descubrirla.

Dejen de murmurar sobre mí, dice el ruido de Bradley.

—Perdón —me disculpo.

—¿Por qué? —dice él, y nos mira hasta que se da cuenta—. ¿Pueden dejarme las dos un rato en paz?

Y su ruido dice: **¡Por el amor de Dios, lárguense de aquí de una vez y denme un poco de tranquilidad!**

—Espera a que termine con Viola —dice Simone, con la voz todavía temblorosa, intentando no mirarlo. Sujeta la última venda alrededor de mi tobillo izquierdo.

—¿Puedes agarrar otra? —le pregunto en voz baja.

—¿Para qué?

—Te lo diré afuera. No quiero molestarla más.

Me mira con suspicacia durante un segundo, pero luego saca otro vendaje del armario y nos dirigimos a la puerta. El ruido de Bradley llena la pequeña habitación de pared a pared.

—Sigo sin entenderlo —dice Simone al salir—. Lo oigo con mis oídos, pero también dentro de la cabeza. Palabras… —mira a Bradley con los ojos muy abiertos— e imágenes.

Es verdad, las imágenes empiezan a emanar de él, imágenes que podrían estar en tu cabeza o colgando en el aire.

Imágenes de nosotras mirándolo, imágenes de sí mismo en la cama…

Más tarde, imágenes de lo que vimos en la proyección de la sonda, de lo que sucedió cuando una llameante flecha zulaque la acertó y la señal se perdió.

Y luego imágenes de la nave de reconocimiento saliendo de la órbita, impactantes imágenes de este planeta acercándose, el enorme océano verde azulado junto a kilómetros de bosque, sin pensar siquiera en localizar a un ejército zulaque escondido a la orilla del río cuando la nave empezó a volar en círculos sobre Nueva Prentiss.

Y luego otras imágenes…

Imágenes de Simone.

Imágenes de Simone y Bradley.

—¡Bradley! —exclama ella, inquieta, y da un paso atrás.

—¡Por favor! —grita él—. ¡Déjenme en paz! ¡Es insoportable!

Yo también estoy inquieta, porque las imágenes de Bradley y Simone son muy explícitas, y cuanto más intenta evitar pensar en ellas, más explícitas se vuelven, de modo que tomo a Simone por el codo y la alejo, cierro la puerta de la nave de golpe, pero eso sólo amortigua el ruido de Bradley como podría amortiguar un grito.

Salimos. **¿*Chica potro?***, dice Bellota, acercándose desde el lugar donde pastaba tranquilamente.

—Los animales también —señala Simone, mientras froto el hocico de Bellota—. ¿Qué clase de lugar es éste?

—Es información —digo, recordando el modo en que Ben describía el Nuevo Mundo a los primeros colonos, lo que nos contó a Todd y a mí la noche del cementerio, una noche que ahora parece tan increíblemente lejana—. Información, todo el tiempo, sin parar nunca, la quieras o no.

—Está muy asustado —dice ella, y su voz se rompe al decirlo—. Y esas cosas que pensaba… —se da la vuelta, y a mí me da vergüenza preguntar si las imágenes de Bradley eran recuerdos o deseos.

—Sigue siendo el mismo de siempre. No lo olvides. ¿Qué pasaría si todos pudiéramos oír lo que no quieres decir en voz alta?

Ella suspira, mira a las dos lunas en lo alto del cielo.

—Hay más de dos mil colonos varones en ese convoy, Viola. Dos mil. ¿Qué va a pasar cuando los despertemos a todos?

—Se acostumbrarán —respondo—. Los hombres se acostumbran.

Simone resopla. Tiene la voz espesa.

—¿Y las mujeres?

—Bueno, ése es un tema muy complicado.

Vuelve a sacudir la cabeza, y entonces se da cuenta de que todavía tiene el vendaje en las manos.

—¿Para qué necesitabas esto?

Me muerdo el labio un segundo.

—No te asustes.

Lentamente, me subo la manga y dejo al descubierto la cinta metálica que me rodea el brazo. La piel está más irritada que antes, y mi número se lee perfectamente a la luz de las lunas. 1391.

—Dios mío, Viola —exclama Simone, con la voz peligrosamente baja—. ¿Te lo hizo ese hombre?

—A mí no. Pero sí a la mayoría de las mujeres —toso un poco—. Esto me lo hice yo misma.

—¿Tú misma?

—Por una buena razón. Mira, te lo explicaré más tarde, pero ahora me serviría que me lo vendaras.

Espera un instante, y luego me venda con delicadeza el brazo, sin dejar de mirarme. El frescor de la medicina me hace sentir mejor de inmediato.

—Cariño, ¿en serio estás bien? —pregunta, con tanta ternura que apenas puedo mirarla.

Intento esbozar una sonrisa para ahuyentar en parte sus preocupaciones.

—Tengo mucho que contarte.

—Me parece que sí —dice ella, ajustando la venda—. Y tal vez deberías empezar ahora.

Niego con la cabeza.

—No puedo. Tengo que ir a buscar a Todd.

Arruga la frente.

—¿Quieres decir... ahora? —endereza la espalda—. ¡No puedes meterte en medio de una guerra!

—La situación se calmó. Lo vimos.

—¡Lo que vimos son dos enormes ejércitos acampados en la línea del frente hasta que alguien derribó nuestra sonda! En ningún caso voy a permitir que te vayas.

—Ahí abajo está Todd, y ahí es donde debo ir.

—Para nada. Como comandante de la misión, te lo prohíbo, y no se hable más.

Parpadeo.

—¿Me lo prohíbes?

Y entonces empiezo a notar una ira realmente sorprendente que me sube desde el vientre.

Simone ve la expresión de mi cara y suaviza la suya.

—Viola, es asombroso que hayas sobrevivido a tantas penurias en los últimos cinco meses, pero ahora llegamos nosotros. Te quiero demasiado como para dejar que corras tanto peligro. No puedes ir. Imposible.

—Si queremos la paz, no podemos dejar que la guerra se encrudezca.

—¿Y cómo van a impedirlo tu chico y tú?

Mi ira aumenta aún más y hago esfuerzos por recordar que ella no sabe nada. No sabe por cuántas cosas he pasado, lo que Todd y yo hemos hecho. No sabe que estoy muy lejos de dejar que alguien me prohíba hacer algo.

Tomo las riendas de Bellota y el caballo se arrodilla.

—No, Viola —dice Simone, acercándose atropelladamente.

¡Ríndete!, relincha Bellota, agresivo.

Ella retrocede, asustada. Paso mi pierna adolorida, pero en proceso de mejora, por encima de la silla de Bellota.

—Ya nadie puede darme órdenes, Simone —digo en voz baja, intentando conservar la calma, pero sorprendida ante lo fuerte que me siento—. Si mis papás hubieran sobrevivido tal vez sería distinto, pero no lo hicieron.

Parece que quiere acercarse, pero Bellota le produce un miedo feroz.

—Que tus papás no estén aquí no significa que no siga habiendo gente que se preocupa por ti, que quiere cuidar de ti.

—Por favor, tienes que confiar en mí.

Me mira con una mezcla de tristeza y frustración.

—Te hiciste mayor demasiado pronto.

—Bueno, a veces no tienes elección —Bellota se levanta, listo para la marcha—. Volveré en cuanto pueda.

—Viola...

—Tengo que encontrar a Todd. Debo hacerlo. Y ahora que el combate cesó, tengo que encontrar también a la enfermera Coyle, antes de que vuelva a estropearlo todo con sus bombas.

—Pero no deberías ir sola. Iré contigo...

—Bradley te necesita más que yo. Aunque haya cosas que prefieras no descubrir, él te necesita.

—Viola...

—No es que quiera meterme en una zona de guerra —digo, algo más calmada, intentando disculparme ahora que me di cuenta de lo asustada que estoy. Miro la nave de reconocimiento—. ¿Tal vez podrías enviar otra sonda para que me siguiera?

Simone me mira pensativa y dice de pronto:

—Tengo una idea mejor.

—Confiscamos mantas de las casas cercanas —explica el señor O'Hare al alcalde—. Y también comida. La repartiremos en cuanto sea posible.

—Gracias, capitán —dice el alcalde—. No se olvide de traer suficiente también para Todd.

El señor O'Hare alza la vista con aspereza.

—Hay bastante escasez, señor…

—Comida para Todd —ordena el alcalde con mayor firmeza—. Y una manta. Empieza a hacer frío.

El señor O'Hare respira profundamente. No parece demasiado contento.

—Sí, señor.

—También para mi caballo —añado.

O'Hare frunce el ceño.

—Para su caballo también, capitán —dice el alcalde.

El señor O'Hare asiente y sale pitando.

Los hombres del alcalde limpiaron una pequeña zona para nosotros en los límites del campamento improvisado del ejército. Hay una fogata y espacio para sentarse alrededor y un par de tiendas de campaña para que duerman él y sus oficiales. Tomo asiento algo alejado de él, pero lo bastante cerca para vigilarlo. Tengo a Angharrad a mi lado, con la cabeza todavía agachada y el ruido en silencio. Sigo acariciándola y consolándola, pero no dice nada, nada en absoluto.

Hasta ahora tampoco he hablado mucho con el alcalde. Llega un informe tras otro, y los señores Tate y O'Hare lo ponen al día de esto y de aquello. También se acercan soldados rasos para felicitarlo con timidez por la victoria, olvidando que fue él quien provocó todo este lío.

Me inclino hacia Angharrad.

—¿Qué hago ahora, chica? —murmuro.

Porque ¿qué voy a hacer ahora? Liberé al alcalde y él venció en la primera batalla, salvando a Viola, como le hice prometer.

Pero su ejército está dispuesto a obedecerlo en todo, a morir por él. ¿De qué me sirve poder vencerlo si esto está lleno de hombres que me lo impedirían?

—¿Señor presidente? —ahora quien se acerca es el señor Tate, que sujeta una de las estacas blancas de los zulaques—. Primer informe sobre las nuevas armas.

—Adelante, capitán —dice el alcalde, muy interesado.

—Son una especie de rifles de ácido. Llevan una cámara con lo que parece ser una mezcla de dos sustancias, probablemente botánicas —Tate señala con la mano un agujero que cortaron en la superficie del palo—. Una especie de rueda dentada gasifica la dosis y la mezcla con una tercera sustancia que se permea instantáneamente a través de un gel mediante un pequeño agitador —señala la punta de la estaca— y se dispara por aquí, vaporizando pero manteniendo, sin embargo, la cohesión hasta que impacta con el objetivo, momento en el cual…

—Momento en el cual ya es un ácido en llamas lo bastante corrosivo como para amputarte el brazo —termina el alcalde—. Buen trabajo para el poco tiempo que tenían, capitán.

—Animé a nuestros químicos a que trabajaran con rapidez, señor —dice el señor Tate con una sonrisa que me disgusta.

—¿Qué demonios significa todo eso? —pregunto al alcalde cuando el capitán se retira.

—¿No terminaste la asignatura de Química en la escuela?

—Usted cerró la escuela y quemó todos los libros.

—Ah, eso hice —mira a la cima de la montaña, al resplandor que se refleja en el agua de las cascadas, el resplandor de las hogueras del ejército zulaque—. Solían ser cazadores y recolectores,

Todd, con algunas granjas muy rudimentarias. No eran exactamente científicos.

—¿Y?

—Nuestro enemigo pasó los trece años desde la última guerra escuchándonos con atención —continúa—, aprendiendo de nosotros en este planeta de la información —se toca la barbilla—. Me pregunto cómo lo consiguen. Si forman todos parte de una especie de voz única y general.

—Si no hubiera masacrado usted a todos los que había en la ciudad, se lo podría haber preguntado.

Me ignora.

—La cuestión es que nuestro enemigo se está volviendo cada vez más formidable.

Frunzo el ceño.

—Parece que eso lo hace feliz.

El señor O'Hare se nos acerca con las manos llenas y el rostro agrio.

—Mantas y comida, señor —dice.

El alcalde hace un gesto hacia mí, obligando a O'Hare a entregarme las provisiones personalmente. Lo hace y vuelve a largarse pitando, aunque, como le pasa al señor Tate, es imposible distinguir en su ruido qué es lo que le indigna tanto.

Cubro a Angharrad con la manta, pero sigue sin decir nada. La herida ya se está curando, por lo que no puede ser ésa la razón. Permanece con la cabeza agachada, mirando al suelo, sin comer, sin beber, sin responder a ninguno de mis intentos.

—Puedes dejarla con los otros caballos, Todd —me dice el alcalde—. Estaría más caliente.

—Me necesita —contesto—. Tengo que estar a su lado.

Él asiente.

—Tu lealtad es admirable. Una cualidad excelente que siempre he apreciado de ti.

—¿En vista de que usted carece totalmente de ella?

Como respuesta, se limita a esbozar su característica sonrisa, esa que te hace tener ganas de arrancarle la cabeza.

—Deberías comer y dormir mientras puedas, Todd. Nunca se sabe cuándo se te va a necesitar en la batalla.

—Una batalla que usted provocó —le recuerdo—. No estaríamos aquí si…

—Aquí vamos de nuevo —me interrumpe con la voz más seca—. Ya es hora de que dejes de quejarte de lo que podría haber sido y empieces a pensar en lo que es.

Y esto me enfurece.

Me le quedo mirando.

Y pienso en lo que es.

Pienso en él cuando cayó entre las ruinas de la catedral después de que yo lo impactara con el nombre de Viola. Pienso en él cuando mató a su propio hijo sin dudarlo un instante.

—Todd…

Pienso en él cuando contemplaba a Viola forcejeando bajo el agua en la oficina de la Pregunta mientras la torturaba. Pienso en mi madre hablando de él en su diario cuando Viola me lo leyó y en lo que hizo a las mujeres de la antigua Prentisstown.

—Eso no es cierto, Todd —dice—. No es eso lo que sucedió…

Pienso en los dos hombres que me criaron y que me quisieron, y en cómo Cillian murió en nuestra granja para darme tiempo a escapar y cómo Davy mató a Ben en una cuneta por hacer justamente lo mismo. Pienso en Manchee, mi magnífico perro, que también murió después de salvarme.

—Yo no tuve nada que ver con eso…

Pienso en la caída de Farbranch. Pienso en las personas que fueron aniquiladas bajo la mirada del alcalde. Pienso en…

YO SOY EL CÍRCULO Y EL CÍRCULO SOY YO.

Lo envía con dureza al centro de mi cabeza.

—¡Basta! —grito, haciendo una mueca de dolor.

—Te delatas demasiado, Todd Hewitt —me riñe, enojado por fin—. ¿Cómo esperas liderar a los hombres si transmites hasta el último sentimiento?

—Yo no espero liderar a nadie —le escupo.

—Estabas dispuesto a comandar este ejército cuando me tuviste atado, y si ese día se repite, deberás formar tu propio consejo, ¿no es así? ¿Has seguido practicando lo que te enseñé?

—No quiero nada que usted pueda enseñarme.

—Me temo que sí —se acerca un poco—. Te lo diré las veces que haga falta hasta que te lo creas: tienes poder, Todd Hewitt, poder para gobernar este planeta.

—Poder para gobernarlo a usted.

Vuelve a sonreír, pero está bastante alterado.

—¿Sabes cómo evito que se oiga mi ruido? —me pregunta con una voz sinuosa y débil—. ¿Sabes cómo evito que todo el mundo sepa de mí hasta el último secreto?

—No…

Se inclina hacia delante.

—Con el mínimo esfuerzo posible.

Y yo digo:

—¡Atrás!

Pero…

Ahí está de nuevo, justo en mi cabeza: YO SOY EL CÍRCULO Y EL CÍRCULO SOY YO…

Pero esta vez es diferente.

Hay una claridad.

Una sensación que me corta el aliento.

Una ingravidez que me revuelve el estómago.

—Te hice un regalo —dice, y su voz flota por mi cabeza como una nube en llamas—. El mismo regalo que hice a mis capitanes. Úsalo. Úsalo para derrotarme. Te reto.

Lo miro a los ojos, a la negrura total, la negrura que me traga entero...

YO SOY EL CÍRCULO Y EL CÍRCULO SOY YO.

Y esto es lo único que oigo en todo el mundo.

{VIOLA}

La ciudad está siniestramente tranquila cuando Bellota y yo la atravesamos, casi silenciosa, pues los habitantes de Nueva Prentiss huyeron a alguna parte en medio de la fría noche. Puedo imaginar lo aterrorizados que deben de estar, sin saber lo que está pasando o lo que les espera.

Miro detrás de mí mientras atravesamos la plaza vacía, frente a las ruinas de la catedral. Colgada del cielo, por encima del campanario que todavía sigue en pie, apareció otra sonda que mantiene las distancias respecto a las flechas zulaques y que me sigue, vigilando mi avance.

Pero esto no es todo.

Bellota y yo dejamos la plaza y bajamos por la carretera que conduce al campo de batalla, cada vez más cerca del ejército. Lo bastante cerca como para poder ver a los soldados que esperan. Me observan mientras me aproximo, sentados sobre los sacos de dormir, apiñados junto a las fogatas. Tienen los rostros cansados y casi estupefactos, me miran como si fuera un fantasma salido de la oscuridad.

—Ay, Bellota —susurro, nerviosa—, me temo que no tengo ningún plan.

Uno de los soldados se levanta cuando me acerco y me apunta con el rifle.

—Alto —me advierte. Es joven, lleva el pelo sucio y una herida fresca en el rostro, mal cosida a la luz del fuego.

—Quiero ver al alcalde —digo, intentando mantener la voz firme.

—¿A quién?

—¿Quién es? —pregunta otro soldado, que también se levanta. También es joven, tal vez tan joven como Todd.

—Una de esas terroristas —dice el primero—. Vino a colocar una bomba.

—No soy terrorista —contesto, mirando por encima de sus cabezas, intentando ver a Todd ahí atrás, intentando oír su ruido en medio del RUGIDO creciente...

—Baja del caballo —me ordena el primer soldado—. Ahora.

—Me llamo Viola Eade —digo, con Bellota intranquila debajo de mí—. El alcalde, su presidente, me conoce.

—Me da igual cómo te llames —dice el primero—. Baja del caballo.

Chica potro, me avisa Bellota...

—¡Dije que bajes del caballo!

Oigo cómo amartilla el rifle, y me pongo a gritar:

—¡Todd!

—¡No lo repetiré! —grita el soldado, y ya se levantan otros soldados...

—¡¡¡Todd!!! —vuelvo a gritar.

El segundo soldado agarra las riendas de Bellota y los otros empujan hacia delante. **¡Ríndete!**, amenaza Bellota, enseñando los dientes, pero el soldado le golpea la cabeza con la culata del rifle.

—¡¡¡Todd!!!

Y unas manos me agarran y Bellota relincha **¡Ríndete, ríndete!** Los soldados tratan de sacarme de la silla mientras yo me sujeto como puedo.

—Suéltenla —ordena una voz, cortando los gritos, aunque no suena alta en absoluto.

Los soldados me sueltan de inmediato, y yo me enderezo sobre la silla de Bellota.

—Bienvenida, Viola —dice el alcalde, mientras se abre un espacio entre nosotros.

—¿Dónde está Todd? —pregunto—. ¿Qué le hizo?

Y entonces oigo su voz…

—¿Viola?

… por detrás del alcalde, abriéndose paso, empujándolo con fuerza en el hombro para llegar a mí, con los ojos abiertos y aturdidos, pero ahí viene…

—Viola —repite, y alarga el brazo y sonríe, y yo también le tiendo la mano.

Pero por un instante, apenas un segundo, noto algo raro en su ruido, algo ligero, algo que se desvanece.

Por un segundo, apenas puedo oírlo.

Pero entonces sus sentimientos se imponen y vuelve a ser Todd y me abraza con fuerza y dice:

—Viola.

[TODD]

—Y entonces Simone me dijo: «Tengo una idea mejor» —dice Viola, abriendo la solapa de la bolsa nueva que lleva. Introduce la mano y saca dos objetos planos de metal. Son pequeños como piedras, curvos y brillantes, con una forma perfecta para encajar en la mano—. Comunicadores —añade—. Así, tú y yo podremos hablar entre nosotros, estemos donde estemos.

Me entrega uno de los aparatos… y por un instante siento el tacto de sus dedos y vuelvo a sentir el alivio, el alivio de verla, el alivio de tenerla aquí, ante mí, aunque su silencio siga tirando de mí, aunque me siga mirando de un modo algo extraño…

Lo que mira es mi ruido, lo sé.

«Yo soy el Círculo y el Círculo soy yo.» Él me lo inculcó, de un modo suave que ya va desapareciendo. Dijo que era una «técnica», algo que yo podía practicar para llegar a ser tan silencioso como él y sus capitanes.

Y por un instante, sólo por un instante, creo que lo he conseguido.

—Comunicador uno —dice ella al comunicador, y de pronto la parte metálica del mío se convierte en una pantalla del tamaño de la palma de mi mano donde se ve el rostro sonriente de Viola.

Es como si la tuviera en mi propia mano.

Me muestra su comunicador con una risita y ahí está mi propia cara, con una expresión de sorpresa.

—La sonda transmite la señal —me explica, señalando la ciudad, donde un punto de luz sobrevuela la parte más lejana de la carretera.

—Simone la mantiene fuera de la línea de tiro.

—Una decisión inteligente —dice el alcalde, que sigue parado en el mismo lugar—. ¿Puedo verlos?

—No —dice Viola, sin mirarlo siquiera—. Si haces así —me dice a mí, pulsando el borde del comunicador—, puedes hablar también con la nave de reconocimiento. ¿Simone?

«Estoy aquí —dice una mujer, que apareció junto a Viola en la pantalla que tengo en la mano—. ¿Todo bien? Hubo un momento en que…»

—Estoy bien —dice Viola—. Estoy con Todd. Es él, por cierto.

«Encantada de conocerte, Todd», dice la mujer.

—Ah —digo—. Hola…

—Volveré en cuanto pueda —asegura Viola a aquella desconocida.

«Los estaré observando. ¿Todd?»

—¿Sí? —contesto, mirando la cara pequeña de esa mujer.

«Cuida de Viola, ¿me oyes?»

—Descuide —respondo.

Viola vuelve a pulsar el comunicador y los rostros desaparecen. Respira hondo y me dirige una sonrisa cansada.

—¿Te dejo solo cinco minutos y tú vas y empiezas una guerra? —dice, y aunque lo dice con sentido del humor, yo me pregunto…

Me pregunto si haber visto tanta muerte es lo que me hace verla de un modo tan distinto. Más real, más cercana, como si el hecho de que ambos estemos vivos sea la cosa más increíble del mundo, y noto que se me comprime el pecho y pienso: «está aquí, aquí mismo, mi Viola, vino a buscarme, está aquí…».

Y me descubro pensando que quiero darle la mano y no soltarla jamás, sentir su piel, su calidez, abrazarla y…

—Tu ruido es raro —dice ella, mirándome de nuevo de un modo extraño—. Es borroso. Me llegan los sentimientos —y desvía la mirada y mi cara se sonroja sin razón alguna—, pero es difícil leerlo con claridad.

Quiero contarle lo del alcalde, cómo me quedé en blanco por un instante y cuando volví a abrir los ojos mi ruido era más ligero, más silencioso.

Estoy a punto de contárselo…

Pero ella baja la voz y se inclina hacia mí.

—¿Es como lo de la yegua? —pregunta, porque se ha dado cuenta de lo silenciosa que está Angharrad. Bellota ni siquiera ha conseguido sacarle el saludo habitual de la manada—. ¿Es por lo que viste?

Y esta pregunta basta para que la batalla vuelva de pronto a un lugar prominente de mis pensamientos, para que vuelva con todo su horror, y aunque mi ruido es borroso, Viola se dio cuenta porque me da la mano y me reconforta y me tranquiliza y me entran ganas de acurrucarme con ella durante el resto de mi vida y quedarme ahí llorando para siempre. Mis ojos se humedecen y ella lo ve y murmura «Todd» con toda la ternura del mundo, y yo desvío otra vez la mirada, y de algún modo terminamos los dos mirando al alcalde, que espera al otro lado de la fogata, observando cada uno de nuestros movimientos.

La oigo suspirar.

—¿Por qué lo soltaste, Todd? —susurra.

—No tenía elección —respondo—. Los zulaques se acercaban y sólo él puede comandar al ejército en esta guerra.

—Pero lo más probable es que sea a él a quien buscan los zulaques. La causa del ataque es el genocidio.

—Bueno, yo no estoy tan seguro —respondo, y vuelvo a pensar en 1017, en el día en que, lleno de rabia, le rompí el brazo, en el día en que lo saqué de la pila de cadáveres zulaques, en que, hiciera lo que hiciera, fuera bueno o malo, él siempre quería verme muerto.

La miro a los ojos.

—¿Qué vamos a hacer, Viola?

—Detener esta guerra —responde—. La enfermera Coyle dice que hubo una tregua, tenemos que intentar que se repita. Tal vez Bradley y Simone puedan hablar con los zulaques. Explicarles que no todos somos iguales.

—Pero ¿y si nos atacan antes de que lleguen a tiempo? —miramos otra vez al alcalde, que nos saluda con la cabeza—. De momento lo necesitamos para impedir que nos maten a todos.

Viola frunce el ceño.

—O sea que vuelve a andar como si nada, a pesar de sus crímenes, sólo porque lo necesitamos.

—Es el único que dispone de un ejército —le recuerdo—. Los soldados lo siguen a él. No a mí.

—¿Y él te sigue a ti?

Suspiro.

—Ése es el plan. Hasta ahora ha cumplido su palabra.

—Hasta ahora —responde en voz baja. Luego bosteza y se frota los ojos con el dorso de la mano—. Ya no recuerdo la última vez que dormí.

Miro mi propia mano, que ya no sujeta la suya, y recuerdo lo que le dijo antes a Simone.

—Entonces, ¿vas a volver?

—Tengo que hacerlo —responde—. Debo encontrar a la enfermera Coyle y evitar que empeore todavía más las cosas.

Vuelvo a suspirar.

—Muy bien. Pero recuerda lo que te dije. No voy a dejarte. Ni siquiera en mi cabeza.

Y entonces vuelve a darme la mano y no dice nada, pero no es necesario, porque la conozco y ella me conoce a mí, y nos quedamos sentados un rato más hasta que ya no podemos alargarlo y se tiene que ir. Se levanta con dificultad. Bellota acaricia por última vez con el hocico a Angharrad, y vuelve hacia nosotros para recoger a Viola.

—Te iré informando —me dice, sujetando el comunicador—. Te diré dónde estoy. Volveré en cuanto pueda.

—¿Viola? —interviene el alcalde, acercándose desde la hoguera cuando ella sube a su montura.

Ella pone los ojos en blanco.

—¿Qué pasa?

—Me preguntaba —dice, como quien pide prestado un huevo al vecino— si serías tan amable de comunicar a la gente de tu nave que con mucho gusto me reuniré con ellos cuando mejor les convenga.

—Lo haré sin falta —contesta—. Y a cambio deje que le diga una cosa —señala la sonda, que sigue colgando en el cielo lejano—.

Lo estamos vigilando. Si le pone la mano encima a Todd, hay armas en esa nave capaces de hacerlo pedazos en cuanto yo lo ordene.

Y juro que la sonrisa del alcalde se ensancha todavía más.

Viola me dirige una última y larga mirada, pero enseguida emprende el camino de vuelta a la ciudad, en busca de la enfermera Coyle, donde quiera que se haya escondido.

—Esa chica es de armas tomar —me comenta el alcalde, colocándose a mi lado.

—No le permito que hable de ella —digo—. Nunca.

Cambia de tema.

—Está amaneciendo. Descansa. Fue un día muy movido.

—Un día que no me gustaría repetir.

—Me temo que no podemos hacer nada para evitarlo.

—Claro que podemos —digo, y me siento mejor ahora que Viola apuntó una posible salida a la situación—. Alcanzaremos una nueva tregua con los zulaques. Usted sólo debe contenerlos hasta que lo consigamos.

—¿En serio? —pregunta, divertido.

—Sí —respondo, un poco más contundente.

—Las cosas no funcionan así, Todd. Ellos no estarán interesados en hablar con ustedes si creen que están en una posición de fuerza. ¿Por qué iban a querer la paz si están seguros de poder aniquilarnos?

—Pero…

—No te preocupes. Conozco esta guerra. Sé cómo ganarla. Demuestra a tu enemigo que puedes vencerlo y luego podrás tener toda la paz que quieras.

Hago el amago de responder, pero estoy demasiado cansado para discutir. Yo tampoco recuerdo la última vez que dormí.

—¿Sabes una cosa, Todd? —me dice el alcalde—. Juraría que tu ruido se está volviendo más silencioso.

Y…

YO SOY EL CÍRCULO Y EL CÍRCULO SOY YO.

Vuelve a enviarlo a mi cabeza, con la misma ingravidez, la misma sensación flotante.

La misma sensación que hace desaparecer mi ruido.

La sensación que no le expliqué a Viola...

(porque los gritos de la guerra desaparecen también y no tengo que ver la muerte una y otra vez...)

(¿hay alguna cosa más también?)

(un zumbido grave tras la ingravidez...)

—No se meta en mi cabeza —le advierto—. Le dije que si intenta controlarme...

—No estoy en tu cabeza, Todd —responde—. Eso es lo bonito. Todo lo haces tú. Practícalo. Es un regalo.

—No quiero ningún regalo suyo.

—Estoy convencido de eso —dice, sin dejar de sonreír.

—¿Señor presidente?

Es el señor Tate, que vuelve a interrumpirnos.

—Ah, sí, capitán —dice el alcalde—. ¿Llegaron ya los primeros informes de los espías?

—Todavía no —contesta—. Los esperamos de un momento a otro.

—Bueno, nos dirán que hay movimientos al norte del río, demasiado ancho para que los zulaques lo crucen, y al sur a lo largo de la cordillera, demasiado remota para que los zulaques la usen con efectividad... —el alcalde vuelve a mirar la montaña—. No, atacarán desde allí. No tengo la menor duda.

—No vine por eso, señor —dice el capitán, y sostiene una brazada de ropa doblada—. Nos costó encontrarla entre los escombros de la catedral, pero está sorprendentemente impoluta.

—Excelente, capitán —contesta el alcalde, quitándole la ropa de las manos, con verdadero placer en la voz—. Realmente excelente.

—¿Qué es? —pregunto.

Con un gesto repentino, el alcalde desenrolla la ropa y la sostiene en alto. Es una chamarra muy elegante y los pantalones a juego.

—Mi uniforme de general —dice.

El señor Tate y yo y todos los soldados de las fogatas contemplamos cómo se quita la chamarra manchada de sangre y polvo y se pone la chamarra azul oscuro que le queda como un guante y luce una franja dorada en cada una de las mangas. La alisa con las palmas de las manos y vuelve a mirarme, con ese resplandor divertido todavía en los ojos.

—Que comience la batalla por la paz.

{VIOLA}

Bellota y yo continuamos por la carretera hasta atravesar la plaza, mientras el cielo lejano adquiere un tono rosado que anuncia el amanecer.

Observé a Todd mientras me alejaba hasta que lo perdí de vista. Estoy preocupada por él, preocupada por su ruido. Cuando me fui, seguía siendo raro y borroso, era difícil distinguir los detalles, pero seguía rebosante de sentimientos...

(... esos sentimientos, los que percibí por un instante antes de que él se avergonzara de ellos, los sentimientos físicos, los que carecían de palabras, los que se concentraban en mi piel, en sus ansias de seguir tocándome, esos sentimientos me hicieron desear...)

... y vuelvo a preguntarme si sufrió la misma conmoción que Angharrad, si lo que vio en la batalla fue tan grave que de algún modo lo incapacitó incluso para utilizar el ruido, y mi corazón se rompe sólo de pensarlo.

Otra razón para detener la guerra.

Me arropo con el abrigo que me dio Simone. Hace frío y tiem-blo, pero también noto que estoy sudando, y sé, por mi adiestra-miento como sanadora, que tengo fiebre. Me subo la manga iz-quierda y miro por debajo de la venda. La piel que rodea la cinta metálica sigue estando irritada.

Pero ahora unas franjas rojas bajan también hasta la muñeca.

Unas franjas que, sé perfectamente, significan que tengo una infección. Una infección grave.

Una infección que el vendaje no ha detenido.

Me bajo la manga e intento no pensar en ello. Intento no pen-sar que tampoco le dije nada a Todd sobre la gravedad de la situa-ción.

Porque lo más urgente es encontrar a la enfermera Coyle.

—Bueno —digo a Bellota—. Ella siempre habla del océano. Me pregunto si está realmente tan lejos…

Doy un brinco al notar que el comunicador emite un bip en mi bolsillo.

—¿Todd? —digo, respondiendo de inmediato.

Pero es Simone.

«Será mejor que vengas enseguida», dice.

—¿Por qué? —pregunto, alarmada—. ¿Qué pasó?

«Encontré a tu Respuesta.»

Antes

El sol está a punto de salir cuando me dirijo a las cocinas por algo de comida. Miembros de la Tierra observan cómo tomo un cuenco y lo lleno de comida. Sus voces están abiertas (no podrían estar cerradas y seguir siendo miembros de la Tierra), de modo que los oigo hablar de mí, compartir sus pensamientos, formar una opinión, luego una contraria y vuelta a empezar, todo tan rápido que apenas puedo seguir el hilo.

Y entonces toman una decisión. Una de la Tierra se levanta para ofrecerme una gran cuchara de hueso para que no tenga que beber directamente el caldo del cuenco, y tras ella oigo las voces de la Tierra, la voz comunitaria, que se me ofrece en señal de amistad.

Tiendo la mano para aceptarla.

Gracias, digo, en el lenguaje de la Carga.

Y ahí está de nuevo, esa leve incomodidad ante el idioma que hablo, el disgusto ante algo tan ajeno, tan individual, tan representativo de nuestra vergüenza. Desaparece enseguida y se combate en la voz turbulenta, pero sin duda estuvo ahí por un instante.

Dejo la cuchara. Oigo que sus voces me piden disculpas cuando me alejo, pero no doy media vuelta. Camino hasta un sendero que encontré y empiezo a escalar la colina rocosa que sigue la carretera.

La Tierra levantó el campamento principal a lo largo de la carretera, pero encuentro a muchos otros al ascender la montaña. Son los que proceden de zonas donde la Tierra vive en las montañas y se encuentran más cómodos en la pendiente. Por la misma razón, la parte del río está ocupada por los de la Tierra que pueblan las zonas fluviales, que duermen en barcos acabados de fabricar.

Pero, al fin y al cabo, la Tierra es toda una, ¿no es así? En la Tierra no hay otros, no hay ellos ni aquéllos.

Sólo hay una Tierra.

Y yo soy quien permanece fuera de ella.

Llego a un punto en que la pendiente se vuelve tan pronunciada que tengo que ayudarme con las manos para continuar. Veo un saliente donde puedo sentarme y contemplar la Tierra bajo mis pies, tal como la Tierra contempla el Claro desde el borde de la montaña.

Un lugar donde puedo estar solo.

No debería estar solo.

Mi alma gemela debería estar aquí conmigo, comiendo a mi lado mientras el amanecer ilumina paulatinamente el paisaje y despierta a los ejércitos que esperan la siguiente fase de la guerra.

Pero mi alma gemela no está aquí.

Porque mi alma gemela fue asesinada por el Claro cuando la Carga fue reunida por primera vez, sacada de los patios y de los sótanos, de las habitaciones cerradas y los dormitorios de los criados. Mi alma gemela y yo vivíamos en un cobertizo, y cuando la puerta del cobertizo se abrió aquella noche, mi alma gemela se resistió. Luchó por mí. Luchó para impedir que me llevaran.

Y fue abatida por una hoja afilada.

Me llevaron a rastras, emitiendo el chasqueo inútil con el que el Claro nos dejó tras obligarnos a tomar su «cura», un sonido incapaz de expresar lo que significa que te separen de tu alma gemela y te pongan junto a otros de la Carga, que tuvieron que sujetarme para impedir que volviera corriendo al cobertizo.

Para impedir que me mataran a mí también.

Odié a la Carga por este motivo. Los odié por no dejarme morir entonces, cuando el dolor aún no era lo bastante grande para matarme por sí solo. Los odié por el modo en que...

Por el modo en que aceptamos nuestro destino, por el modo en que fuimos donde nos dijeron, comimos lo que nos dijeron y dormimos donde nos dijeron. En todo ese tiempo, luchamos apenas una vez, una sola vez. Contra el Cuchillo y el otro que iba con él, el que gritaba y era más grande, pero parecía más joven. Luchamos cuando el amigo del Cuchillo nos colocó una cinta de metal alrededor del cuello por pura crueldad.

Por un instante, en medio del silencio, los de la Carga volvimos a comprendernos. Por un instante volvimos a ser uno, a estar conectados.

No estábamos solos.

Y luchamos.

Y algunos de nosotros morimos.

Y ya no volvimos a luchar.

Ni siquiera cuando un grupo del Claro regresó con rifles y cuchillos. Ni siquiera cuando nos pusieron en fila y empezaron a matarnos. A dispararnos, a rajarnos, a emitir ese sonido agudo y tartamudo al que llaman risa. Mataron a viejos y a jóvenes, a madres y a bebés, a padres y a hijos. Si nos resistíamos, nos mataban. Si no nos resistíamos, nos mataban. Si intentábamos huir, nos mataban. Si no huíamos, nos mataban.

Uno tras otro tras otro tras otro tras otro.

Sin poder compartir el miedo. Sin poder coordinarnos ni protegernos. Sin recibir consuelo al morir.

De modo que morimos solos. Todos y cada uno de nosotros.

Todos menos uno.

Todos menos 1017.

Antes de la matanza, comprobaron las cintas metálicas hasta encontrarme, y me arrastraron hasta un muro y me obligaron a mirar. A mirar cómo el chasqueo de la Carga se hacía más y más tenue, cómo la hierba se hacía más pastosa con nuestra sangre, cómo al fin quedé como único superviviente de la Carga en el mundo entero.

Y entonces me golpearon la cabeza y desperté en medio de una pila de cadáveres llena de rostros que reconocía, manos que habían tocado las mías para reconfortarme, bocas que habían compartido el alimento, ojos que habían compartido el terror.

Cuando desperté, estaba solo entre cadáveres que me aplastaban, que me asfixiaban.

Y entonces llegó el Cuchillo.

Está aquí ahora.

Me saca de entre los cadáveres de la Carga.

Y caemos al suelo y yo me separo de él.

Nos quedamos mirando, nuestra respiración forma nubes en el frío.

Su voz se abre de dolor y de horror ante lo que ve.

El dolor y el horror que siempre siente.

El dolor y el horror que amenaza con derribarlo.

Pero nunca lo hace.

—Estás vivo —dice, y parece tan aliviado, tan contento de verme en medio de tanta muerte, tan feliz de que me haya quedado solo y solo y solo para siempre, que juro matarlo...

Y entonces me pregunta por su alma gemela.

Me pregunta, en medio de la matanza de mi propia gente, si he visto a una de las suyas.

Y mi juramento se vuelve inquebrantable.

Y muestro que lo mataré.

Con la voz débil que vuelve a mí, muestro que lo mataré.

Y así lo haré.

Lo haré ahora, ahora mismo.

Estás a salvo, dice una voz.

Me levanto y agito los puños, presa del pánico.

El Cielo tiene las manos más grandes y los detiene fácilmente, y cuando el impacto del sueño se desvanece, casi me desprendo del saliente de la montaña. Tiene que sujetarme otra vez, pero sin quererlo agarra la cinta metálica y me retuerzo de dolor cuando me endereza, su voz rodea instantáneamente el dolor de la mía, lo ahuyenta, lo aminora, lo controla hasta que el fuego de mi brazo se tranquiliza.

¿Te sigue doliendo tanto?, pregunta el Cielo amablemente en el lenguaje de la Carga.

Respiro con dificultad, sorprendido por la presencia del Cielo, aturdido por el dolor. *Sí*, es lo único que puedo mostrar de momento.

Lamento que no hayamos sido capaces de curarlo, muestra. *La Tierra redoblará sus esfuerzos.*

Los esfuerzos de la Tierra son más necesarios en otras cosas, muestro yo. *Es un veneno del Claro, pensado para sus animales. Es probable que sólo ellos puedan curarlo.*

La Tierra aprende los modos del Claro, muestra el Cielo. *Oímos su voz incluso cuando ellos no oyen la nuestra. Y aprendemos.* Alza la voz con verdadero sentimiento. *Salvaremos al Regreso.*

No necesito ser salvado, muestro.

No quieres ser salvado, que es un asunto diferente. Un asunto que la Tierra también tendrá en cuenta.

El brazo ya no me duele tanto y me froto la cara, tratando de despertarme.

No quería quedarme dormido, muestro. *No quiero volver a dormir hasta que hayamos aniquilado al Claro.*

¿Sólo entonces tus sueños conocerán la paz?, muestra el Cielo, perplejo.

No lo entiendes, muestro. *No puedes entenderlo.*

Vuelvo a notar que su calidez me envuelve la voz.

El Regreso se equivoca. El Cielo puede compartir el pasado en la voz del Regreso, es la naturaleza de la voz de la Tierra, pues toda la experiencia es una, nada se olvida, todas las cosas son...

No es lo mismo que estar allí, lo interrumpo nuevamente, consciente de mi falta de respeto. *Un recuerdo no es aquello que se recuerda.*

Se detiene de nuevo, pero la calidez permanece.

Tal vez no, muestra por fin.

¿Qué es lo que quieres?, muestro, un poco fuerte, avergonzado ante su gentileza.

Coloca una mano sobre mi hombro y observamos la Tierra que se extiende a lo largo de la carretera, por la derecha hasta la cima misma de la montaña que da al Claro, por la izquierda hasta donde alcanza la vista, más allá del recodo del río y hasta mucho más lejos, lo sé.

La Tierra descansa, muestra el Cielo. *La Tierra espera. Espera al Regreso.*

No muestro nada.

Tú eres de la Tierra, muestra. *Por muy alejado que te sientas ahora. Pero eso no es lo único que la Tierra espera para hoy.*

Vuelvo a mirarlo.

¿Ha habido algún cambio? ¿Atacarán?

Todavía no, muestra, *pero hay muchas maneras de librar una guerra.*

Y entonces abre la voz y me muestra lo que ha visto en los ojos de otros de la Tierra...

Los ojos de otros cuando la luz del sol naciente ha alcanzado el valle más profundo...

Y lo veo.

Veo lo que está por venir.

Y noto un pequeño parpadeo de calidez.

LA TORMENTA

{VIOLA}

—¿Se te ocurre algún lugar más seguro, mi niña? —pregunta la enfermera Coyle.

Tras la llamada de Simone, Bellota y yo galopamos de vuelta a la cima de la montaña, donde la Respuesta instaló ahora su campamento.

Un sol frío se alza sobre el campo abierto lleno de carros, de gente y de las primeras hogueras. Levantaron un comedor donde la enfermera Nadari y la enfermera Lawson coordinan las provisiones y racionan los alimentos, con las erres azules escritas todavía en la pechera de los delantales y en algunas caras esparcidas entre la multitud. Magnus y otras personas que reconozco han empezado a montar las tiendas de campaña, y saludo con un gesto a Wilf, que está a cargo de los animales. Su esposa Jane está a su lado, y me devuelve el saludo de un modo tan vigoroso que pareciera que se fuera a hacer daño.

—Tal vez tus amigos no quieran verse involucrados en una guerra —dice la enfermera Coyle, devorando su desayuno en la parte posterior del carro, donde instaló su cama. Está estacionado junto a las compuertas de la plataforma de la nave de reconocimiento—. Pero si el alcalde o los zulaques deciden atacar, supongo que estarán dispuestos a defenderse.

—Es usted demasiado osada —respondo, indignada, todavía a lomos de Bellota.

—En efecto, lo soy —contesta, mientras engulle otra cucharada de crema de avena—, y es precisamente mi osadía la que va a mantener con vida a mi gente.

—Hasta que decida volverlos a sacrificar.

Sus ojos resplandecen al oír esto.

—Crees que me conoces. Me llamas mala, cruel y tirana, y es cierto, tomé decisiones muy duras, pero todas tenían un objetivo, Viola. Deshacerme de ese hombre y recuperar la situación que teníamos antes. No busco la matanza por sí misma. No busco el sacrificio de la gente buena sin ninguna razón. Al contrario, mi niña, mi objetivo es el mismo que el tuyo. La paz.

—Busca la paz de un modo bastante bélico.

—La abordo de un modo adulto. Un modo que no es bonito ni agradable, pero que es efectivo —mira por encima de mi hombro—. Buenos días.

—Buenos días —saluda Simone, que baja la rampa de la nave de reconocimiento.

—¿Cómo está Bradley? —pregunto.

—Ahora está hablando con el convoy para ver si pueden darle algún consejo de tipo médico —cruza los brazos—. Sin suerte, por el momento.

—Yo me quedé sin existencias de la cura —explica la enfermera Coyle—, pero hay remedios naturales que pueden ayudar a suavizar el ruido.

—No dejaré que le ponga las manos encima a Bradley —digo.

—Soy sanadora —me recuerda—, te guste o no. Y también me gustaría curarte a ti, porque salta a la vista que tienes fiebre.

Simone me mira, preocupada.

—Tiene razón, Viola. No tienes buen aspecto.

—Esta mujer no va a tocarme. Nunca más.

La enfermera Coyle suspira.

—¿Ni siquiera para reparar el daño que te causé, mi niña? ¿Ni siquiera como un primer gesto para hacer las paces entre nosotras?

La observo y recuerdo lo buena sanadora que es, cómo luchó por la vida de Corinne, cómo consiguió, por pura fuerza de voluntad, convertir a un grupo de sanadoras y personas marginadas en un ejército capaz de derrocar al alcalde, como ella dijo, si los zulaques no hubieran aparecido.

Pero también recuerdo las bombas.

Recuerdo la última bomba.

—Usted intentó matarme.

—Intenté matarlo a él —dice—. Hay una diferencia.

—¿Hay sitio para uno más? —pregunta alguien por detrás de nosotras.

Las tres nos giramos a la vez. Se trata de un hombre cubierto de polvo, con el uniforme hecho trizas y una mirada astuta en el rostro. Una mirada que reconozco.

—¿Ivan? —digo.

—Me desperté en la catedral y descubrí que había estallado la guerra —nos explica.

Tras él llegan otros hombres que se dirigen a la cantina, son los que intentaron ayudarnos a Todd y a mí a derrocar al alcalde, los que se quedaron inconscientes tras el ataque de ruido del alcalde. Ivan fue el último en caer.

No estoy muy segura de que se alegre de verme.

—Todd siempre dijo que vas a donde está el poder —digo.

Sus ojos centellean.

—Eso es lo que me mantiene con vida.

—Eres muy bienvenido —dice la enfermera Coyle, como si fuera ella quien estuviera al mando. Ivan asiente y se dirige también hacia la tienda. Miro a la enfermera, y veo que sonríe por lo que dije antes sobre el poder.

Porque él acudió a ella, ¿no es así?

[TODD]

—Es lo más inteligente —dice el alcalde—. Es lo que yo haría en su lugar. Intentar que los nuevos residentes se vayan con su bando.

Viola me llamó enseguida y me contó que la Respuesta se había presentado en la cima de la montaña. Intenté ocultárselo al alcalde, mantener el ruido ligero, sin esforzarme.

Pero él me oyó igualmente.

—No hay bandos —digo—. Ya no puede haberlos. Ahora somos todos contra los zulaques.

El alcalde emite un murmullo.

—¿Señor presidente?

Es O'Hare, que trae un nuevo informe. El alcalde lo lee con la mirada ansiosa.

Porque todavía no ha sucedido nada. Me parece que esperaba una nueva batalla al amanecer, pero el frío sol salió y no ocurrió nada y ahora nos acercamos al mediodía y sigue sin pasar nada. Como si el combate de ayer no hubiera existido.

(pero existió…)

(pero sigue existiendo en mi cabeza…)

(«Yo soy el Círculo y el Círculo soy yo», pienso, lo más ligero que puedo.)

—No es especialmente clarificador —señala el alcalde al señor O'Hare.

—Se informa de posibles movimientos al sur…

El alcalde le devuelve los papeles y le corta la frase.

—¿Sabes, Todd, que si decidieran atacarnos con todas sus filas no tendríamos nada que hacer? Al final nuestras armas se quedarían sin munición, nuestros hombres morirían y ellos serían todavía suficientes para aniquilarnos —rechina los dientes, pensativo—. Entonces, ¿por qué no vienen por nosotros? —se vuelve hacia el señor O'Hare—. Ordene a los hombres que se acerquen más.

O'Hare parece sorprendido.

—Pero, señor…

—Tenemos que saberlo —insiste el alcalde.

O'Hare se le queda mirando un segundo y antes de irse dice, muy poco satisfecho:

—Sí, señor.

—Tal vez los zulaques no piensen como usted —digo—. Tal vez su objetivo no sea únicamente la guerra.

Se echa a reír.

—Perdóname, Todd, pero no conoces a tu propio enemigo.

—Tal vez usted tampoco lo conozca. No tanto como cree.

Deja de reír.

—Los derroté antes —me recuerda—. Volveré a derrotarlos, aunque ahora sean mejores, aunque sean más inteligentes —se quita el polvo de sus pantalones de general—. Atacarán, escucha bien lo que te digo, y cuando lo hagan, los derrotaré.

—Y luego haremos las paces —digo con firmeza.

—Sí, Todd. Lo que tú digas.

—¿Señor?

Ahora es Tate.

—¿Qué pasa? —dice el alcalde, girándose hacia él.

Pero el señor Tate no nos mira a nosotros. Ha visto algo a nuestras espaldas, detrás del ejército, y el RUGIDO de los soldados aumenta de intensidad a medida que ellos también lo ven.

El alcalde y yo nos giramos a la vez.

Y, por un instante, no creo lo que veo.

{VIOLA}

—Te repito que la enfermera Coyle debería echarle un vistazo, Viola —dice la enfermera Lawson, cuyas manos inquietas me vuelven a vendar el brazo.

—Usted lo está haciendo muy bien —insisto.

Volvemos a estar en la pequeña enfermería improvisada en el interior de la nave de reconocimiento. A medida que avanzaba la mañana, empecé a sentirme cada vez peor y mandé llamar a la enfermera Lawson, que se mostró muy preocupada al ver el estado en el que me encuentro. Sin apenas pedir permiso a Simone, me arrastró a bordo de la nave y empezó a leer los prospectos de todos los medicamentos que hay en ella.

—Éstos son los antibióticos más fuertes que encontré —me explica, terminando el nuevo vendaje. Noto una sensación de frescor al surtir efecto el medicamento, aunque en este momento las franjas rojas ya se extienden en ambas direcciones desde la cinta metálica—. Ahora sólo podemos esperar.

—Gracias —digo, pero ella apenas me oye, pues ya está haciendo inventario de las provisiones médicas de la nave de reconocimiento. Siempre fue la enfermera más amable, pequeña y regordeta, la que curaba a los niños de Puerto, la que, por encima de todo, quería evitar el sufrimiento de las personas.

La dejo con sus quehaceres y bajo la rampa de las compuertas de la plataforma hasta tierra firme, donde el campamento de la Respuesta ya parece casi permanente, con la sombra de halcón de la nave cerniéndose sobre él. Hay hileras ordenadas de tiendas y fogatas, zonas para las provisiones y lugares de reunión. En una única mañana de trabajo, se parece mucho al campamento que tenían en la mina cuando me uní a ellos por primera vez. Hay quien se alegra de verme mientras lo atravieso, pero otros no me dirigen la palabra, al no estar seguros de cuál es mi papel en todo esto.

Yo tampoco estoy demasiado segura de cuál es mi papel.

Pedí a la señora Lawson que me tratara porque hoy voy a volver a ver a Todd, aunque ahora mismo estoy tan cansada que no sé si me quedaré dormida en la silla del caballo. Ya hablé dos veces con él esta mañana. Su voz en el comunicador es metálica y distante, y su ruido está amortiguado, queda tapado en los pequeños altavoces del comunicador por el ruido del ejército que le rodea.

Pero ver su rostro es una gran ayuda.

—Entonces, ¿toda esta gente es amiga tuya? —dice Bradley, bajando por la rampa detrás de mí.

—¡Hola! —lo saludo, y nos fundimos en un abrazo—. ¿Cómo estás?

Ruidoso, dice su ruido, y sonríe ligeramente, pero lo cierto es que hoy parece más tranquilo, menos asustado.

—Te acostumbrarás. Te lo prometo.

—A pesar de que no quiera hacerlo.

Me retira una mecha de pelo de la frente. *Cómo ha crecido*, dice su ruido. *Y qué pálida está*. Y muestra una imagen de mí el año pasado, resolviendo un problema de matemáticas. En la imagen parezco tan pequeña, tan limpia, que me entran ganas de echarme a reír.

—Simone habló con el convoy —me informa—. Están de acuerdo con el enfoque pacífico. Intentaremos reunirnos con los zulaques y ofreceremos ayuda humanitaria a la gente de aquí, porque lo último que queremos es involucrarnos en una guerra que no tiene nada que ver con nosotros —me aprieta el hombro con la mano—. Tenías razón al querer que nos mantuviéramos al margen, Viola.

—Ojalá supiera lo que tenemos que hacer ahora —digo. No puedo aceptar sus halagos al recordar lo cerca que estuve de elegir el camino opuesto—. Intenté que la enfermera Coyle me contara cómo funcionó la primera tregua, pero...

Me detengo porque ambos vemos a alguien que corre por la cima de la montaña, mirando aquí y allá, repasando cada rostro, y luego me ve a mí y la nave y corre todavía más deprisa.

—¿Quién es ése? —pregunta Bradley, pero yo ya me estoy alejando de él.

Porque es...

—¡¡¡Lee!!! —grito, y echo a correr hacia él.

Viola, dice su ruido. Viola, Viola, Viola, y me alcanza y me hace girar en un abrazo que me corta el aliento y me daña el brazo.

—¡Gracias a Dios!

—¿Estás bien? —digo cuando me suelta—. ¿Adónde...?

—¡El río! —contesta, con la respiración entrecortada—. ¿Qué pasa con el río?

Mira a Bradley y de nuevo a mí. Ahora su ruido es más fuerte, y su voz también.

—¿No han visto el río?

[TODD]

—Pero ¿cómo? —pregunto, alzando la vista hacia las cascadas.

Y veo que se vuelven más y más silenciosas.

Veo que empiezan a desaparecer del todo.

Los zulaques están cerrando el río.

—Muy inteligentes —dice el alcalde para sí mismo—. Muy inteligentes, hay que reconocerlo.

—¿Por qué? —casi le grito—. ¿Qué están haciendo?

Ahora todos los hombres del ejército están mirando, RU-GEN de un modo increíble, contemplan cómo las cascadas pierden fuerza como si alguien hubiera cerrado el grifo. El río de más abajo también se empequeñece, y metros de barro aparecen en el lugar donde antes estaba la orilla.

—¿No se sabe nada de nuestros espías, capitán O'Hare? —pregunta el alcalde, evidentemente enojado.

—Nada, señor. Si hay una presa, debe de estar muy atrás.

—Entonces tendremos que descubrirlo, ¿no le parece?

—¿Ahora, señor?

El alcalde se gira hacia él, con los ojos llenos de furia. El señor O'Hare saluda y desaparece.

—¿Qué está pasando? —pregunto.

—Quieren sitiarnos, Todd —me explica—. En vez de librar la batalla, nos quitan el agua y esperan a que nos debilitemos para poder aplastarnos —está muy enojado—. Esto no es lo que esperaba que hicieran. Y no permitiremos que se salgan con la suya. ¡Capitán Tate!

—Sí, señor —dice el señor Tate, que esperaba sin dejar de mirarnos.

—Coloque a los hombres en formación de combate.

El hombre parece sorprendido.

—¿Señor?

—¿Tiene algún problema con las órdenes, capitán?

—La batalla de la montaña, señor. Usted mismo dijo…

—Eso fue antes de que el enemigo se negara a seguir las reglas del juego.

Sus palabras empiezan a llenar el aire, giran y se introducen en las cabezas de los soldados por todos los confines del campamento.

—Cada hombre cumplirá con su deber —dice—, cada hombre luchará hasta que ganemos la batalla. Ellos no esperan que ataquemos con tanta dureza, y la sorpresa nos dará la victoria. ¿Está claro?

—Sí, señor —contesta el señor Tate, y se dirige al ejército, gritando las órdenes, mientras los soldados más cercanos a nosotros ya se preparan y se sitúan en formación.

—Prepárate, Todd —dice el alcalde, viendo cómo se aleja—. Éste es el día de la solución final.

{VIOLA}

—¿Cómo...? ¿Cómo lo hicieron? —pregunta Simone.

—¿Pueden enviar la sonda río arriba? —dice la enfermera Coyle.

—Volverían a abatirla —responde Bradley, tecleando sin parar la pantalla del control remoto de la sonda. Estamos reunidos alrededor de la proyección tridimensional, Bradley la proyecta bajo la sombra del ala de la nave. Somos Simone, Bradley, Lee y yo, con la enfermera Coyle y cada vez más gente de la Respuesta que se agrega a medida que va corriendo la voz.

—Ahí —dice Bradley, y la proyección aumenta de tamaño.

La multitud exclama. El río está casi completamente seco. Apenas existe la cascada. La imagen se eleva un poco, pero lo único que vemos es el río que se está secando también por encima de las cascadas, y el ejército zulaque no es más que una masa de color blanco en la carretera lateral.

—¿Hay alguna otra fuente de agua? —pregunta Simone.

—Algunas —dice la enfermera Coyle—. Hay arroyos y estanques aquí y allá, pero...

—Tenemos un problema —concluye Simone—. ¿No es así?

Lee se vuelve hacia ella, perplejo.

—¿Crees que nuestros problemas acaban de empezar?

—Les dije que no los subestimaran —dice la enfermera Coyle a Bradley.

—No —responde él—. Nos dijo que los bombardeáramos hasta la aniquilación, sin siquiera hacer un intento de lograr la paz.

—¿Insinúas que estaba equivocada?

Bradley vuelve a teclear la pantalla del control remoto, y la sonda se eleva todavía más en el cielo, mostrando cómo las tropas zulaques se extienden por millares a lo largo de la carretera. Cuando la Respuesta ve por primera vez la enormidad del ejército zulaque, suenan más exclamaciones.

—Es imposible acabar con todos ellos —dice Bradley—. Sólo estaríamos asegurando nuestra propia perdición.

—¿Qué hace el alcalde? —pregunto con la voz tensa.

Bradley vuelve a cambiar el ángulo de la proyección, y vemos que el ejército se sitúa en formación.

—No —susurra la enfermera Coyle—. No puede hacerlo.

—¿No puede hacer qué? —pregunto—. ¿Qué es lo que no puede hacer?

—Atacar —responde—. Sería un suicidio.

Mi comunicador suena y respondo de inmediato.

—¿Todd?

«¿Viola?», dice, y la imagen de su cara preocupada aparece en el comunicador.

—¿Qué pasa? ¿Estás bien?

«El río, Viola. El río está…»

—Lo vemos. Lo estamos viendo ahora…

«¡Las cascadas!», dice. «¡Están en las cascadas!»

Una fila de luces avanza entre las sombras bajo las cascadas que desaparecen, y se alargan por el camino que Viola y yo tomamos una vez para huir de Aaron, un sendero húmedo y resbaladizo, de piedra, que pasaba justo por debajo de la caída ensordecedora del agua y que conducía a una iglesia abandonada construida en una cornisa. El muro interior estaba marcado con un círculo blanco y dos círculos más pequeños que trazaban órbitas a su alrededor, este planeta y sus dos lunas, y ahora se ve también cómo brilla el círculo, por encima de la línea de luces que se juntan por la cara rocosa de lo que ya no es más que un acantilado mojado.

—¿Los ves? —pregunto a Viola a través del comunicador.

«Espera», responde ella.

—¿Todavía tienes aquellos binoculares, Todd? —dice el alcalde.

Ya no recordaba haberlos recuperado. Corro al lugar donde Angharrad sigue esperando en silencio junto a mis cosas.

—No te preocupes —la tranquilizo mientras busco en la bolsa—. Todo estará bien.

Encuentro los binoculares y me los llevo a los ojos sin esperar a volver junto al alcalde. Pulso varios botones y enfoco el zum.

«Ahora los vemos, Todd», dice Viola desde el comunicador que sujeto en la otra mano. «Hay un grupo de zulaques en la cornisa por la que bajamos…»

—Lo sé. Yo también los veo.

—¿Qué ves, Todd? —pregunta el alcalde, acercándose a mí.

«¿Qué llevan?», dice Viola.

—Una especie de arco —respondo—, pero no parecen…

«¡Todd!», exclama ella, y yo miro por encima de los binoculares.

Una mota de luz abandona la línea de las cascadas y pasa volando bajo el símbolo de la iglesia, trazando un arco lento por encima del lecho del río.

—¿Qué es? —pregunta el alcalde—. Es demasiado grande para ser una flecha.

Vuelvo a mirar por los binoculares, intentando localizar la luz, que se acerca a toda velocidad.

Ahí está…

Parece que flaquea, parpadea…

Todos nos giramos cuando baja por el río, traza una trayectoria curva por encima de los últimos chorros de agua…

«¿Todd?»

—¿Qué es, Todd? —gruñe el alcalde.

Sigo mirando por los binoculares…

Cuando la trayectoria se curva en el aire…

Y vuelve a recular hacia el ejército…

Hacia nosotros…

Y veo que en realidad no parpadea…

Gira…

Y que la luz no es sólo una luz…

Es fuego…

—Tenemos que volver —digo, sin apartar los binoculares de mis ojos—. Tenemos que volver a la ciudad.

«¡Va directo hacia ustedes, Todd!», exclama Viola.

El alcalde no aguanta más e intenta quitarme los binoculares.

—¡Ey! —grito.

Y le doy un puñetazo en el pómulo.

Se tambalea, más sorprendido que dolido.

Y un grito nos hace voltear.

La bola de fuego giratoria alcanzó al ejército.

La multitud de soldados intenta huir al ver lo que se les viene encima…

Lo que se nos viene encima…

Lo que se me viene encima…

Pero hay demasiados soldados, demasiada gente aglomerada.

Y la bola de fuego los atraviesa…

A la altura de la cabeza…

Los primeros soldados a los que golpea casi se parten en dos.

Pero no se detiene.

Maldita sea, no se detiene.

Ni siquiera pierde velocidad.

Arrasa a los soldados, encendiéndolos como cerillos.

Destruye a los hombres que se interponen en su camino.

Y los envuelve a todos en un fuego pegajoso y blanco.

Para luego seguir volando…

Sigue tan rápida como antes…

Viene hacia mí…

Hacia mí y hacia el alcalde…

No hay escapatoria…

—¡Viola! —grito.

{VIOLA}

—¡Todd! —grito al comunicador, al ver que el fuego traza una curva en el aire e impacta contra un grupo de soldados.

Atraviesa a un grupo de soldados.

Detrás de nosotros, las personas que miran la proyección se ponen a gritar.

El fuego atraviesa al ejército con la misma facilidad que un bolígrafo trazaría una línea, curvándose a su paso, haciendo pedazos a los soldados, haciéndolos saltar por los aires, incendiando todo lo que encuentra…

—¡Todd! —vuelvo a gritar al comunicador—. ¡Sal de ahí!

Pero ya no puedo ver su rostro, sólo la bola de fuego que atraviesa la proyección, aniquilándolo todo a su paso, y entonces…

Entonces se eleva…

—¿Qué diablos…? —dice Lee, a mi lado.

Se eleva por encima del ejército, se aleja de la multitud, se aleja de los hombres a los que estaba matando.

—Sigue curvándose —dice Bradley.

—¿Qué es? —pregunta Simone a la enfermera Coyle.

—No lo había visto nunca —responde ella, sin apartar los ojos de la proyección—. Pero es evidente que los zulaques no se han quedado de brazos cruzados.

—¿Todd? —digo al comunicador.

Pero no responde.

Bradley dibuja un cuadrado con el pulgar en el control remoto, selecciona el objeto en llamas y lo amplía a un lado de la imagen principal. Vuelve a pulsar y la imagen se ralentiza. El fuego traza una ese giratoria, como una cuchilla, tan brillante y feroz que duele incluso a la vista.

—¡Vuelve hacia las cascadas! —dice Lee, señalando la proyección principal, donde el objeto en llamas se alza por encima del ejército y sigue curvándose, sigue volando a una velocidad de vértigo. Contemplamos cómo se eleva todavía más hacia el cielo, completando un largo círculo, subiendo por la carretera zigzagueante de la colina, dirigiéndose a la cornisa bajo las cascadas ahora secas, dando vueltas y ardiendo sin parar. Allí están los zulaques, docenas de ellos, sosteniendo otras bolas en llamas en la punta de las flechas. No se inmutan al ver que la flecha regresa hacia ellos, y vemos al zulaque con un arco vacío, el que lanzó el primer disparo…

Vemos cómo da la vuelta al arco, descubre un gancho curvado en el extremo inferior y con una cadencia perfecta pesca la ese voladora en el aire, la gira con un movimiento ensayado, y de inmediato queda reajustada, lista para ser disparada de nuevo, alta como el cuerpo del zulaque.

A la luz reflejada por el fuego, vemos que las manos, los brazos y el cuerpo del zulaque están recubiertos de un barro grueso y flexible, que lo protege de las quemaduras.

—¿Todd? —digo al comunicador—. ¿Estás ahí? ¡Tienes que huir, Todd! ¡Tienes que huir...!

Y en la imagen de mayor tamaño vemos que todos los zulaques levantan los arcos.

—¡Todd! —grito—. ¡Responde!

Y como un solo individuo...

Disparan todos a la vez...

[TODD]

—¡Viola! —grito.

Pero ya no tengo el comunicador, y tampoco los binoculares...

Me los quitaron de las manos los soldados que corrían, empujaban y gritaban en tropel.

Y ardían...

El fuego giratorio trazó una curva atravesando a los soldados que estaban en formación frente a mí, los mató tan deprisa que apenas tuvieron tiempo de darse cuenta de nada, y prendió a dos o tres filas a cada lado.

Y justo cuando estaba a punto de arrancarme la cabeza...

Se elevó...

Hacia arriba...

Trazó una curva...

Y regresó volando a la cornisa de donde había salido.

Doy media vuelta para ver hacia dónde puedo huir.

Y entonces, sobre el griterío de los soldados, oigo gritar a Angharrad.

Me echo atrás y tropiezo y empujo a los soldados para alcanzar a mi yegua…

—¡Angharrad! —grito—. ¡Angharrad!

Pero no la veo…

Sin embargo, la oigo gritar aterrorizada.

Sigo avanzando como puedo.

Y noto una mano en el cuello.

—¡No, Todd! —grita el alcalde, que me sujeta y estira.

—¡Tengo que encontrarla! —respondo, y me deshago de él.

—¡Tenemos que salir de aquí! —grita.

Y como esto es algo que el alcalde no diría nunca, me giro para mirarlo.

Pero él tiene los ojos clavados en las cascadas.

Y yo también las miro…

Y…

Y…

Dios mío…

Un arco de fuego en expansión sale disparado de la cornisa.

Los zulaques dispararon todos los arcos.

A docenas.

Docenas que van a dejar a nuestro ejército reducido a cenizas y cadáveres.

—¡Vamos! —grita el alcalde, que ya me vuelve a agarrar—. ¡A la ciudad!

Pero por una abertura entre los hombres veo que Angharrad retrocede asustada.

Tiene los ojos totalmente abiertos, unas manos la sujetan…

Me abalanzo hacia ella, alejándome del alcalde.

Todo está lleno de soldados.

—¡Estoy aquí, pequeña! —grito, abriéndome paso.

Pero ella sólo aúlla y relincha.

La alcanzo y derribo al soldado que intenta encaramarse a la silla.

Y las bolas de fuego se acercan más y más.

Esta vez se curvan en dos direcciones.

Llegan desde ambos lados.

Y los hombres huyen hacia todos los lados, suben por la carretera de la ciudad, bajan al lugar donde el río ha dejado de fluir, se alejan incluso hacia la colina…

Y yo grito:

—¡Tienes que correr, pequeña!

Y las bolas de fuego nos alcanzan…

{VIOLA}

—¡Todd! —grito una vez más, y veo que los fuegos se agrandan por encima del río y aparecen otros por el otro lado, trazando una curva a lo largo de las colinas del valle.

Se acercan al ejército por ambos lados…

—¿Dónde está? —grito—. ¿Lo ven?

—No veo nada, con todo este barullo —responde Bradley.

—¡Tenemos que hacer algo! —exclamo.

La enfermera Coyle intercepta mi mirada. Estudia mi rostro, lo estudia con atención.

—¿Todd? —digo al comunicador—. ¡Contéstame, por favor!

—¡Alcanzaron al ejército! —grita Lee.

Todos miramos de nuevo la proyección, y vemos que las bolas de fuego arrasan al ejército, que huye en todas direcciones.

Van a alcanzar a Todd.

Van a matarlo.

Van a matar hasta el último de los hombres.

—¡Tenemos que detener todo esto! —grito.

—Viola... —me advierte Bradley.

—¿Cómo vamos a detenerlo? —pregunta Simone, y comprendo que vuelve a considerarlo.

—Exacto, Viola —dice la enfermera Coyle, mirándome a los ojos—. ¿Cómo vamos a detenerlo?

Vuelvo a mirar la proyección, vuelvo a mirar al ejército que arde y muere...

—Van a matar a tu chico —continúa Coyle, como si me leyera la mente—. Esta vez nada puede impedirlo.

Y ve la expresión de mi cara...

Ve lo que estoy pensando...

Vuelvo a pensarlo...

Pienso en todas esas muertes.

—No —susurro—. No podemos...

¿Podemos?

[TODD]

¡FIUUUU!

Una bola de fuego pasa volando justo a nuestra izquierda y arranca la cabeza a un soldado que estaba a punto de agacharse.

Tiro de las riendas de Angharrad, pero ella vuelve a retroceder, presa del pánico, con los ojos abiertos y blancos, el ruido convertido en un aullido agudo que a duras penas puedo soportar.

Y otra bola cruza como un rayo el camino que se extiende ante nosotros, vertiendo llamas por todas partes, y mi yegua está tan aterrorizada que tira de las riendas, me levanta del suelo y caemos encima de un grupo de soldados...

—¡Por aquí! —oigo a nuestras espaldas.

Es el alcalde, que grita mientras una bola de fuego embiste a los soldados que están justo detrás de mí y de Angharrad.

Y cuando él grita, siento una especie de tirón en los pies.

Pero me obligo a concentrarme en Angharrad.

—¡Vamos, pequeña! —la animo, intentando ponerla en movimiento, no importa hacia dónde.

—¡Todd! ¡Déjala!

Me giro y veo al alcalde, que consiguió montar a Morpeth y avanza dando brincos entre los soldados. Surge de debajo de una bola de fuego cuando ésta se eleva de nuevo hacia el cielo.

—¡A la ciudad! —grita a los soldados…

Lo inculca en sus ruidos.

Lo inculca en el mío.

Palpita en su interior con un murmullo grave.

Y yo vuelvo a derribarlo mentalmente.

Pero los soldados que están cerca de él corren todavía más deprisa.

Alzo la mirada y veo que las bolas giratorias siguen cortando el cielo como pájaros que se zambullen en picada.

Pero regresan a la cornisa.

Hay hombres en llamas por todas partes, pero el ejército superviviente también se da cuenta de que los fuegos se retiran.

De que tenemos unos segundos antes de la próxima oleada…

Y ahora algunos hombres llegan a la ciudad, los primeros suben por la carretera, corren hacia donde el alcalde sigue gritando…

—¡Todd! ¡Tienes que huir!

Pero Angharrad continúa aullando, continúa tirando de mí, continúa sacudiéndose de terror…

Y mi corazón se parte en dos.

—¡Vamos, pequeña!

—¡Todd! —grita el alcalde.

Pero no voy a abandonar a Angharrad.

—¡No voy a dejarla! —respondo a gritos.

Maldita sea, no voy...

Abandoné a Manchee...

Lo abandoné...

Y no volveré a hacer algo así.

—¡Todd!

Miro atrás...

El alcalde está ya muy lejos, ha vuelto a la ciudad...

Con el resto de soldados.

Y Angharrad y yo nos quedamos solos en un campamento cada vez más vacío...

{VIOLA}

—No dispararemos ningún misil —dice Bradley, y su ruido es un rugido—. La decisión ya está tomada.

—¿Tienen misiles? —pregunta Lee—. ¿Por qué demonios no los están usando?

—¡Porque queremos convivir en paz con esta especie! —grita Bradley—. ¡Si disparamos, las consecuencias serán desastrosas!

—Ya son desastrosas ahora mismo —contesta Coyle.

—Desastrosas para un ejército al que usted quería que combatiéramos —dice él—. ¡Desastrosas para el que provocó el ataque!

—Bradley... —le advierte Simone.

Él se vuelve hacia ella, con el ruido lleno de palabras increíblemente groseras.

—Tenemos a casi cinco mil personas bajo nuestra responsabilidad. ¿De veras quieres que cuando despierten descubran que las lanzamos a una guerra imposible de ganar?

—¡La guerra ya es inevitable! —afirma Lee.

—¡No es cierto! —dice Bradley, en un tono de voz todavía más fuerte—. ¡Y precisamente porque no es cierto, tal vez se la puedan ahorrar al resto de ustedes!

—Sólo hay que demostrarles que los cañones no son su única preocupación —dice la enfermera Coyle, y cosa rara, me lo dice a mí en vez de a Bradley o a Simone—. Si negociamos la paz con ellos la primera vez, mi niña, fue porque estábamos en una posición de fuerza. Así funciona la guerra, así funcionan las treguas. Si demostramos que tenemos más fuerza de la que ellos pensaban, estarán más que dispuestos a firmar la paz.

—Y volverán a atacar al cabo de cinco años, cuando se hayan fortalecido, y matarán hasta al último ser humano —concluye Bradley.

—En cinco años podemos construir puentes para asegurarnos de que no haga falta ninguna otra guerra —responde la enfermera Coyle.

—¡Cosa que, evidentemente, ustedes hicieron de manera estupenda la última vez!

—¡¿Y qué están esperando?! ¡Disparen el misil! —grita Ivan desde la multitud, y otras voces se unen a su demanda.

—Todd —suspiro, y vuelvo a mirar la proyección.

Las bolas de fuego vuelan de nuevo en dirección a las cascadas, donde se recargan una vez más.

Y entonces lo veo.

—¡Está solo! —grito—. ¡Lo están dejando atrás!

El ejército huye hacia la ciudad por la carretera, los grupos de soldados pasan de largo y se internan en el bosque, escondiéndose entre los primeros árboles.

—¡Intenta salvar a su caballo! —dice Lee.

Vuelvo a teclear el comunicador una y otra vez.

—¡Maldita sea, Todd! ¡Contéstame!

—¡Mi niña! —grita la enfermera Coyle para captar mi atención—. Volvemos a estar en un momento crucial. Tú y tus amigos tienen una segunda oportunidad para tomar la decisión.

El ruido de Bradley emite un sonido airado y se gira hacia Simone en busca de ayuda, pero los ojos de ella pasean entre la multitud que nos rodea, la multitud que exige que disparemos.

—Creo que no tenemos elección —dice—. Si no hacemos nada, esa gente morirá.

—Y si hacemos algo, esa gente también morirá —responde Bradley, furioso—. Y nosotros moriremos también, y todos los que llegarán en las naves. ¡Ésta no es nuestra lucha!

—Algún día lo será —responde ella—. Debemos hacer una demostración de fuerza. Tal vez eso los predisponga a negociar con nosotros.

—¡Simone! —le advierte Bradley, y su ruido grita un juramento realmente grosero—. El convoy quiere que busquemos una solución pacífica...

—El convoy no ve lo que estamos viendo nosotros —lo interrumpe ella.

—¡Vuelven a disparar! —advierto.

Otra oleada de bolas de fuego despega de la cornisa bajo las cascadas.

Y yo me pregunto qué querría Todd.

Lo primero que querría sería que yo estuviera a salvo.

Todd querría que yo viviera en un mundo seguro.

Sé que lo querría.

Aunque él no estuviera para contarlo.

Y ahora sigue ahí, en plena batalla.

Sigue ahí solo, y el fuego le apunta directamente.

Y lo que yo no puedo quitarme de la cabeza, haya o no haya paz, es una cosa que sé que es cierta.

Cierta, pero no correcta...

Cierta, pero muy peligrosa…

Y es que si lo matan, si le hacen daño…

Entonces no habrá armas suficientes en esta nave para todos los zulaques que habrán de pagar por ello.

Miro a Simone, que interpreta mi expresión con facilidad.

—Voy a preparar un misil —dice.

[TODD]

—Vamos, pequeña, por favor —digo.

Los cadáveres nos rodean por todas partes, arden a montones, algunos todavía agonizan…

—¡Vamos! —grito.

Pero ella se resiste, agita la cabeza, retrocede ante el fuego y el humo; ante los cadáveres, ante los pocos soldados que siguen corriendo.

Y entonces se derrumba…

Cae hacia atrás y se pone de costado.

Y me arrastra con ella al suelo.

Aterrizo cerca de su cabeza.

—Angharrad —le susurro en su oído—. ¡Por favor, levántate!

Y ella gira ligeramente la cabeza.

Mueve las orejas.

Vuelve los ojos hacia mí.

Se vuelve hacia mí por primera vez…

Y…

¿Chico potro?

Con voz temblorosa y suave.

Voz apenas audible, asustada…

Pero ahí está…

—¡Estoy aquí, pequeña!

¿Chico potro?

Y mi corazón brinca de esperanza.

—¡Vamos, pequeña! Arriba, arriba, arriba, arriba…

Y me pongo de rodillas y tiro de las riendas.

—Por favor por favor por favor por favor por favor…

Ella levanta la cabeza…

Y sus ojos vuelven a la cascada.

¡Chico potro!, grita.

Y miro atrás.

Otra oleada de bolas de fuego giratorias se dirige hacia nosotros.

—¡Vamos!

Se levanta tambaleante, insegura, se aleja dando tumbos de un cuerpo que arde cerca de nosotros.

¡Chico potro!, sigue gritando.

—¡Vamos, pequeña! —digo, y me pongo a su lado.

Intento subir a la silla…

Pero ya vienen las balas como águilas en llamas que se ciernen sobre nosotros.

Una de ellas planea sobre el cuerpo de Angharrad…

Justo donde habría estado mi cabeza si la hubiera montado.

Y de repente se lanza hacia delante, aterrorizada.

Sujeto las riendas y corro tras ella…

Dando tumbos…

Corro y ella tira de mí…

Las bolas de fuego vuelan a nuestro alrededor en todas direcciones, como si el cielo entero estuviera en llamas.

Y mis manos se retuercen en las riendas…

Angharrad grita: *¡Chico potro!*

Me voy a caer…

Las riendas tiran de mí…

¡Chico potro!

—¡Angharrad!

Y entonces oigo: *¡Ríndete!*

Es la voz de otro caballo…

Y al caer al suelo, oigo el ruido de otros cascos, de otra montura…

El alcalde, a lomos de Morpeth.

Pasa una tela alrededor de la cabeza de Angharrad.

Le cubre los ojos, para que no pueda ver la lluvia de fuego que nos acribilla…

Y luego alarga el brazo, me agarra con firmeza y me levanta.

Me aparta de una bola de fuego que está arrasando el terreno donde yo había caído.

—¡Vamos! —grita.

Me encaramo a Angharrad y tomo las riendas para guiarla.

El alcalde cabalga en círculos a nuestro alrededor.

Esquiva el fuego que cae del cielo.

Me vigila.

Se asegura de que me pongo a salvo.

Regresó para salvarme.

Regresó para salvarme a mí…

—¡Volvemos a la ciudad, Todd! —grita—. ¡Su alcance es limitado! Las flechas no llegan…

Y desaparece, porque una bola de fuego impactó contra el ancho pecho de Morpeth…

{VIOLA}

—Piensa en lo que estás haciendo —dice Bradley, y su ruido muestra *maldita estúpida y egoísta* a espaldas de Simone, que está sentada en la cabina de mando—. Lo siento —dice de inmediato, apretando los dientes—. ¡Pero esto no es necesario!

Estamos todos apiñados, y Bradley y la enfermera Coyle se disputan el espacio detrás de Lee y de mí.

—Disponemos de telemetría —explica Simone. Se abre un pequeño panel y deja al descubierto un botón cuadrado, azul. Para disparar un arma no basta con teclear una pantalla. Tiene que ser algo físico. Tienes que hacerlo a propósito.

—Asegurando el objetivo —dice Simone.

—¡El campo se está aclarando! —indica Bradley, señalando el visor de la cabina de mandos—. ¡No parece que las flechas puedan llegar más lejos!

Simone no responde, pero sus dedos dudan encima del botón azul...

—Tu chico sigue estando ahí, mi niña —dice la enfermera Coyle, hablándome todavía a mí, como si yo estuviera al mando de la operación.

Pero es cierto, Todd sigue ahí, intentando salvar a Angharrad, todavía podemos verlo, en medio del humo y del fuego, pequeño y desamparado y sin responder a mis llamadas por el comunicador...

—Sé lo que estás pensando, Viola —dice Bradley, que trata de mantener la calma, aunque su ruido esté inflamado—. Pero se trata de una vida a cambio de mil.

—¡Basta de parloteo! —grita Lee—. ¡Disparen esa maldita cosa!

Pero por el visor veo que el campo de batalla se está vaciando realmente, sólo quedan Todd y unos cuantos rezagados, y pienso que, si lo consigue, si consigue salir de ahí, tal vez el alcalde se dé cuenta de lo vulnerable que es contra unas armas tan poderosas, porque ¿quién querría luchar contra esto? ¿Quién podría hacerlo?

Pero Todd tiene que conseguirlo...

Tiene que hacerlo...

Ahora su caballo corre y tira de él.

Y las bolas de fuego siguen zumbando.

No, no...

Los dedos de Simone siguen dudando sobre el botón.

—Todd —digo en voz alta.

—Viola —me llama Bradley con voz firme, tratando de captar mi atención.

Me vuelvo hacia él.

—Sé lo mucho que significa para ti —dice—, pero hay muchas más vidas en juego...

—Bradley, yo...

—No puedes hacer algo así sólo por una persona. No puedes convertir la guerra en una cuestión personal...

—¡Miren! —grita la enfermera Coyle.

Me vuelvo hacia el visor de la pantalla.

Y veo...

Una bola de fuego que impacta contra el pecho de un caballo que corre...

—¡¡¡No!!! —grito—. ¡¡¡No!!!

En la pantalla se produce una erupción de llamas.

Y llorando a todo pulmón, rodeo el cuerpo de Simone y aplasto con el puño el botón azul.

[TODD]

Morpeth no tiene tiempo para gritar.

Sus rodillas se doblan cuando el fogonazo lo atraviesa.

Salto para alejarme de las llamas, vuelvo a tirar de las riendas de Angharrad, la arrastro fuera del impacto mientras el incendio ruge justo encima de nosotros.

Ahora, al tener los ojos tapados, responde con más facilidad. Su ruido intenta encontrar el terreno sobre el cual correr.

Y el relámpago de fuego sigue volando, derramando llamas por todas partes.

Pero otra remesa de fuego lo separa.

Cae a un lado e impacta contra el suelo.

El alcalde rueda por el suelo en mi dirección...

Le arrebato la manta a Angharrad y se la tiro encima, amortiguando las llamas que prendieron el uniforme de general.

Da un par de vueltas más y yo salto a su alrededor, apagando con la manta las zonas que arden.

Soy levemente consciente de que las bolas de fuego están regresando otra vez a la cornisa.

Lo que significa que volvemos a tener unos segundos para movernos.

El alcalde se incorpora, humeando todavía, con la cara negra de hollín, el pelo algo chamuscado, pero ileso en su mayor parte.

No así Morpeth, cuya figura apenas se reconoce, convertido en un cuerpo deshecho en llamas.

—Me las pagarán —amenaza el alcalde con la voz ronca por el humo.

—¡Vamos! —grito—. ¡Podemos conseguirlo si nos damos prisa!

—Esto no es lo que yo había previsto, Todd —dice con rabia, cuando ambos subimos ya por la carretera—. Pero las flechas no alcanzan la ciudad, y creo que también tienen limitaciones de verticalidad. Seguramente por eso no han disparado desde la cima...

—¡Calle y corra! —le ordeno, apremiando a Angharrad, pues no sé si conseguiremos escabullirnos antes de que llegue la próxima ráfaga.

—¡Lo digo porque no debes pensar que nos vencieron! —grita el alcalde—. Esto no es una victoria para ellos. ¡Es un simple contratiempo! Seguiremos yendo por ellos, seguiremos…

Y entonces, de repente, se oye un alarido en el aire, encima de nosotros, un latigazo parecido a una bala y

¡BUM!

La ladera entera explota y se abre como el cráter de un volcán, lanzando polvo y fuego. La onda expansiva me derriba a mí, al alcalde y a Angharrad, y un granizo de piedras cae sobre nosotros, mientras otras enormes rocas que podrían habernos aplastado aterrizan no muy lejos…

—¡¿Qué?! —grita el alcalde, mirando hacia arriba.

Las cascadas secas se derrumban sobre el estanque vacío, llevándose consigo a todos los zulaques que disparaban las bolas de fuego. El polvo y el humo se alzan hacia el cielo mientras la carretera en zigzag queda también arrasada y toda la parte frontal de la montaña se hunde sobre sí misma, dejando una ruina dentada a lo largo de la cima.

—¿Fueron sus hombres? —grito, con un pitido en los oídos a causa de la explosión—. ¿Era la artillería?

—¡No tuvimos tiempo! —responde él gritando, mientras interpreta con la mirada la destrucción—. Y tampoco tenemos armas tan potentes.

Las primeras nubes de polvo empiezan a aclararse un poco y dejan al descubierto un enorme agujero en el lugar que ocupaba el borde de la colina, con rocas destrozadas por todas partes, una cicatriz que marca toda la ladera.

Y pienso: «Viola…».

—Tienes razón —afirma el alcalde al darse cuenta él también, con un placer repentino y desagradable en la voz.

Plantado ante un campo lleno de soldados muertos, un campo cubierto por los restos calcinados de hombres a los cuales vi caminar y hablar apenas diez minutos antes, hombres que combatieron y murieron por él, en una batalla provocada por él…

En medio de este panorama…

El alcalde dice:

—Tus amigos se unieron a la guerra.

Y sonríe.

Armas de guerra

La explosión nos golpea a todos.

La colina que da al valle queda arrancada. Los arqueros de la Tierra mueren al instante, así como la Tierra que ocupaba el borde de la montaña en el lugar de la explosión, y el Cielo y yo nos salvamos por apenas algunos cuerpos.

La explosión se reproduce, resuena a través de la voz de la Tierra, se esparce hasta el río, se amplifica una y otra vez hasta que parece que ocurriera de manera continua, y la conmoción ruge a través de nosotros una y otra vez y otra más, dejando a toda la Tierra desconcertada, preguntándose cuál es el significado de la pura enormidad de la explosión.

Preguntándose qué será lo siguiente.

Preguntándose si será lo suficientemente enorme para matarnos a todos.

El Cielo detuvo el río poco después de que saliera el sol. Mandó un mensaje a través de los Senderos a la Tierra que construían la presa río arriba, para avisar que edificaran los muros finales, que lanzaran las últimas piedras, que cambiaran el curso del río. El río empezó a sosegarse, lentamente al principio, luego más y más rápido hasta que los arcos de color que propulsaban el chorro de la cascada desaparecieron y la vasta amplitud del río se convirtió en un llano fangoso. Cuando el sonido del agua se desvaneció, oímos las voces del Claro que se alzaban llenas de confusión y de miedo al pie de la montaña.

Y entonces llegó la hora de los arqueros, y nuestros ojos los acompañaron. Se habían deslizado tras las cascadas ocultos por la oscuridad, esperando a que el sol saliera y el agua se detuviera.

Fue en ese momento cuando tensaron sus armas y dispararon.

Cada parte de la Tierra observó lo que sucedía, vio a través de los ojos de los arqueros cómo las hojas ardientes arrasaban el Claro, cómo el Claro corría y gritaba y moría. Contemplamos juntos cómo se desarrollaba nuestra victoria, contemplamos su impotencia para contraatacar...

Y entonces llegó la rasgadura violenta y repentina en el aire, el zumbido de algo que avanzaba tan deprisa que, más que verse, se sentía: un destello final y sordo que llenó la mente y el alma y la voz de cada miembro de la Tierra, advirtiendo que nuestra victoria aparente tendría un costo, que el Claro contaba con armas mayores de lo que pensábamos, que ahora las usarían para destruirnos a todos...

Pero no hubo más explosiones.

Fue el bajel que llegó volando, muestro al Cielo cuando la Tierra empieza a ponerse de nuevo dificultosamente en pie. Me ayuda a levantarme del lugar al que nos envió la explosión, ninguno de los dos estamos heridos más allá de algunas cortadas insignificantes, pero el terreno que nos rodea está repleto de cuerpos de la Tierra.

El bajel, responde el Cielo, dándome la razón.

Volvemos rápidamente al trabajo, temiendo una segunda explosión en cualquier instante. El Cielo transmite órdenes a la Tierra para el reagrupamiento inmediato, y yo le ayudo a trasladar a los heridos a las enfermerías, pues ya se está levantando un nuevo campamento río arriba momentos después de que se produjera la explosión, porque eso es lo que ordenó el Cielo, para tener un lugar donde la voz de la Tierra pueda reunirse otra vez y volver a ser una.

Pero no demasiado lejos. El Cielo quiere tener todavía al Claro en su campo físico de visión, a pesar de que ahora la colina está tan destrozada que ya no queda espacio para que un ejército pueda bajar por ella, a no ser que el descenso sea en fila de a uno.

Hay otras maneras, muestra, y ya puedo oír los mensajes que pasa a los Senderos, mensajes que reordenan el lugar donde descansa el cuerpo de la Tierra, mensajes que le dicen que empiece a avanzar por caminos que el Claro desconoce.

Es raro disparar sólo una vez, dice, horas después, cuando por fin nos detenemos para comer y una segunda explosión todavía no ha llegado.

Tal vez sólo tenían esa arma, muestro. *O tal vez saben que tales armas son inútiles contra la fuerza de un río con el curso cambiado. Si nos destruyen, lo liberaremos y los destruiremos.*

Destrucción mutua asegurada, dice el Cielo, unas palabras que encajan mal con su voz, como objetos extraños.

Su voz se retrae por un largo instante, busca en lo más profundo de la voz de la Tierra; busca respuestas.

Y entonces se levanta.

El Cielo debe dejar al Regreso de momento.

¿Por qué?, muestro. *Hay mucho trabajo que hacer...*

Sí, pero antes hay cosas que el Cielo debe hacer solo. Observa mi desconcierto. *Nos reuniremos junto a mi montura al anochecer.*

¿Tu montura?, pregunto, pero ya se aleja.

Mientras la tarde va menguando, hago lo que me pide el Cielo y vuelvo al lecho seco del río, más allá de las cocinas y las enfermerías, más allá de los soldados de la Tierra, que se recuperan tras la explosión, arreglando sus armas, preparándose para el siguiente ataque, y velando el cuerpo de la Tierra que murió.

Pero la Tierra debe seguir viviendo, y al alejarme río arriba del lugar de la explosión, dejo atrás a miembros de la Tierra que recuperan los materiales utilizados para construir nuevos vivacs; algunas cabañas ya se levantaron al anochecer todavía humeante. Paso junto a la Tierra que atiende a las bandadas de pájaros blancos, que es parte de nuestra despensa de seres vivos. Paso junto a los graneros y los almacenes de pescado, que se repusieron gracias al río ahora vacío. Paso por el lugar donde la Tierra cava nuevas letrinas, y junto a un grupo de jóvenes que cantan las canciones que les enseñarán a discernir la historia de la Tierra entre todas las voces, a girar y retorcer y tejer la masa de sonido en una única voz que les dirá quiénes son, siempre y para siempre.

Una canción cuyo idioma todavía me esfuerzo por hablar, aunque la Tierra me habla con la lentitud que usaría con un niño.

Dejo atrás a los cantantes y llego al establo de los unicornios.

Unicornios.

Para mí siempre fueron criaturas legendarias, vistas de niño sólo en las voces de la Carga, en sueños, cuentos y relatos de la guerra que nos había dejado el Claro. Yo creía, a medias, que eran fantasías, monstruos exagerados que o bien no existían, o bien serían decepcionantes al verlos en carne y hueso.

Me equivocaba. Son magníficos. Enormes y blancos, excepto cuando los cubren con la armadura de barro para la batalla. Aunque, sin ella, su piel es gruesa y está formada por placas duras. Miden casi tanto de ancho como yo de alto, tienen un lomo amplio sobre el cual puedes ponerte fácilmente de pie, y la Tierra utiliza las plataformas tradicionales para mantenerse erguida.

La montura del Cielo es el animal más grande de todos. El cuerno que sale de su hocico es más largo que todo mi cuerpo. Cuenta también con un poco habitual cuerno secundario, que sólo crece en el líder de la manada.

Regreso, muestra cuando me acerco a la valla del establo. Es la única palabra de la Carga que conoce, sin duda enseñada por el Cielo. *Regreso*, muestra, con amabilidad y hospitalidad, y yo tiendo la mano y la coloco en el espacio que queda entre sus cuernos, y lo acaricio suavemente con los dedos. Cierra los ojos de placer.

Ésta es la debilidad de la montura del Cielo, muestra el Cielo, que se acerca por detrás. *No, no te detengas.*

¿Hay noticias?, pregunto, retirando la mano. *¿Tomaste una decisión?*

Suspira ante mi impaciencia.

Las armas del Claro son más poderosas que las nuestras, muestra. *Si tienen más, la Tierra morirá en oleadas.*

Ya han matado a miles estos años pasados. Matarán a otros miles si no hacemos nada para evitarlo.

Nos ceñiremos al plan original, responde el Cielo. *Mostramos nuestra nueva fuerza y tuvieron que retroceder. Controlamos el río que los priva de agua y saben que podemos ahogarlos en cualquier momento si lo liberamos todo a la vez. Ahora veremos cómo responden.*

Me yergo y alzo la voz.

¿Veremos cómo responden? ¿De qué nos va a servir...?

De pronto se me ocurre una idea, una idea que detiene todas las otras ideas.

No querrás decir, muestro, dando un paso adelante. *No querrás esperar a que ofrezcan una solución pacífica...*

Se remueve en su sitio. El Cielo nunca había mostrado nada parecido.

¡Prometiste que los destruiríamos!, muestro. *¿Acaso la matanza de la Carga no significa nada para ti?*

Cálmate, me ordena. Por primera vez me habla con voz autoritaria. *Aceptaré tu consejo y experiencia, pero haré lo que sea mejor para la Tierra.*

¡Antes lo mejor fue abandonar a la Carga! ¡Como esclavos!

Entonces éramos una Tierra distinta, muestra, *bajo un Cielo distinto y con distintas habilidades y armas. Ahora somos mejores. Más fuertes. Hemos aprendido mucho.*

Y aun así estás dispuesto a hacer las paces...

Tampoco mostré eso, joven amigo. Su voz se volvió más tranquila y suave. *Pero van a llegar más bajeles, ¿no es así?*

Parpadeo.

Tú nos lo contaste. Lo oíste en la voz del Cuchillo. Va a llegar un convoy de bajeles con más armas como la que dispararon hoy. Estas cosas deben ser tenidas en cuenta para la vida de la Tierra a largo plazo.

No respondo. Controlo mi voz.

Por lo tanto, de momento, trasladaremos el cuerpo de la Tierra a una posición ventajosa y esperaremos.

El Cielo se acerca a su montura y le frota el hocico.

Pronto descubrirán que no pueden sobrevivir sin agua y pasarán a la acción, y aunque eso implique otro ataque como el de hoy, estaremos preparados. Se vuelve hacia mí. *Y el Regreso no quedará decepcionado.*

Cuando el crepúsculo deja paso a la noche, volvemos a la fogata del Cielo. Y mientras la Tierra y el Cielo se van a dormir, mientras el Claro de más abajo no hace ningún movimiento para atacarnos otra vez, tapo mi voz para oscurecerla como aprendí a hacer durante toda una vida con el Claro, y en lo más hondo de mi ser, examino dos cosas.

Destrucción mutua asegurada, mostró el Cielo.

Convoy, mostró el Cielo.

Palabras en el idioma de la Carga, palabras en el idioma del Claro.

Pero son frases que no conozco. Palabras que nunca he usado.

Palabras que no pertenecen a la larga memoria de la Tierra.

Son palabras nuevas. Casi pude empezar a oler en ellas el frescor.

Mientras la noche se apodera de todo y el cerco al Claro da comienzo, esto es lo que oculto en mi propia voz.

El Cielo me dejó hoy para estar solo, como el Cielo suele hacer de vez en cuando. Es una necesidad del Cielo, de cualquier Cielo.

Pero volvió con palabras nuevas.

Entonces, ¿dónde las oyó?

CONTRÓLATE A TI MISMO

EN EL VALLE

{VIOLA}

—Pensaba que te habían dado —digo, mesándome el pelo—. Vi que uno de aquellos objetos impactaba contra un caballo y su jinete, y pensé que eras tú —vuelvo a mirarlo, cansada y temblorosa—. Creí que te habían matado, Todd.

Abre los brazos y yo me fundo en ellos. Me abraza mientras lloro. Estamos sentados junto a una hoguera que el alcalde hizo encender en la plaza, donde un ejército reducido aproximadamente a la mitad, tras el ataque de las bolas de fuego giratorias, instaló el nuevo campamento.

El ataque que yo aborté disparando un misil.

Bajé a toda prisa con Bellota inmediatamente después de la explosión y atravesé la plaza gritando el nombre de Todd hasta encontrarlo. Y ahí estaba, con el ruido aún conmocionado y más borroso al final de la batalla, pero vivo.

Vivo.

El objetivo por el cual yo había cambiado el curso del mundo.

—Yo hubiera hecho lo mismo —dice.

—No, no lo entiendes —me separo un poco de él—. Si te hubieran hecho daño, si te hubieran matado... —trago saliva—. Los habría matado a todos.

—Yo haría lo mismo, Viola —repite—. Sin pensarlo siquiera dos veces.

Me seco la nariz con la manga.

—Ya lo sé, Todd. Pero ¿eso no me convierte en un peligro?

Con tanta confusión, su ruido se vuelve aún más borroso.

—¿Qué quieres decir?

—Bradley siempre dice que la guerra no puede ser algo personal. Y, sin embargo, yo los arrastré a esta guerra por ti.

—Aun así, si son la mitad de buenos de lo que dices, hubieran tenido que hacer algo…

—No les di ninguna opción —digo, alterada.

—Basta.

Vuelve a atraerme hacia su pecho.

—¿Todo está bien? —pregunta el alcalde, acercándose a nosotros.

—Déjenos en paz —le espeta Todd.

—Por lo menos permíteme dar las gracias a Viola.

—Dije…

—Nos salvó la vida, Todd —dice el alcalde, demasiado cerca—. Con una simple acción, ella lo cambió todo. No puedo expresar lo mucho que se lo agradezco.

En brazos de Todd, permanezco totalmente inmóvil.

—Déjenos —oigo decir a Todd—. Ahora mismo.

Se produce una pausa hasta que el alcalde contesta:

—Como quieras. Si me necesitas, no estaré demasiado lejos.

Miro a Todd mientras el alcalde se aleja.

—¿Si me necesitas…?

Él se encoge de hombros.

—Podría haberme dejado morir. Para él sería más fácil no tenerme por aquí. Pero no lo hizo. Me salvó la vida.

—Alguna razón tendría —apunto—. Y seguro que no era buena.

Todd no responde, se limita a mirar largamente al alcalde, que está hablando con sus hombres al tiempo que nos observa.

—Tu ruido sigue siendo difícil de leer —digo—. Incluso más difícil que antes.

Sus ojos me rehúyen.

—Es por la batalla. Todo aquel griterío...

Ahora oigo algo, en lo más profundo de su ruido, algo sobre un círculo.

—Pero ¿tú estás bien? —pregunta atento—. No tienes buen aspecto.

Y ahora soy yo quien se gira, y me doy cuenta de que sin pensarlo me estoy bajando la manga.

—Falta de sueño —digo.

Pero es un momento raro, como si en el aire colgara una sensación de falta de sinceridad entre los dos.

Meto la mano en la bolsa.

—Toma —digo, entregándole mi comunicador—. Para sustituir al tuyo. Ya me darán uno nuevo cuando vuelva al campamento.

Parece sorprendido.

—¿Vas a volver?

—Tengo que hacerlo. Estamos en plena guerra, y la culpa fue mia. Soy yo quien disparó el misil. Tengo que hacer algo...

Y vuelvo a derrumbarme porque lo veo mentalmente. Vi que Todd estaba a salvo en el visor, estaba vivo, y el ejército había salido del alcance de las bolas de fuego.

El ataque había finalizado.

Pero aun así disparé de todos modos.

Y arrastré a la guerra a Simone, a Bradley y a todo el convoy, a una guerra que ahora va a ser diez veces peor.

—Yo habría hecho lo mismo, Viola —repite.

Sé que está diciendo la verdad.

Sin embargo, cuando me abraza para despedirme, no puedo evitar pensarlo una y otra vez.

Que esto sea lo que Todd y yo haríamos el uno por el otro, ¿hace que sea lo correcto?

¿O nos convierte en un peligro?

[TODD]

Los días que siguen son terroríficamente tranquilos.

Pasa una noche y un día y otra noche después del ataque de las bolas de fuego y no ocurre nada. Nada por parte de los zulaques de la montaña, aunque seguimos viendo las hogueras que relucen cada noche en su campamento. Nada tampoco por parte de la nave de reconocimiento. Viola les contó qué clase de hombre es el alcalde. Supongo que esperarán a que él acuda a ellos, y enviarán los posibles mensajes a través de mí. El alcalde no parece tener prisa. ¿Por qué debería tenerla? Consiguió lo que quería sin ni siquiera tener que pedirlo.

Mientras tanto colocó una guardia bien pertrechada para vigilar el único depósito grande de agua de Nueva Prentiss, que está en una calle lateral adyacente a la plaza. También ordenó a los soldados que reúnan todos los alimentos de la ciudad y los guarden en un viejo establo cercano al depósito para reconvertirlo en almacén de comida. Por supuesto, lo tiene todo bajo control, y muy cerca del nuevo campamento.

Que también está en la plaza.

Yo pensaba que iba a ocupar las casas cercanas, pero dice que prefiere una tienda de campaña y una fogata, porque a la intemperie se siente más integrado en la guerra, con el RUGIDO del ruido del ejército a su alrededor. Tomó incluso uno de los uniformes del señor Tate y se lo hizo adaptar para recuperar su aspecto elegante de general.

Pero también mandó levantar una tienda para mí frente a la suya y la de los capitanes. Como si yo fuera uno de sus hombres importantes. Como si hubiera valido la pena salvarme la vida. Instaló incluso un catre para que duerma, para que pueda dormir por fin tras dos días seguidos de batalla. Dormir me parecía casi vergonzoso, prácticamente imposible en medio de una guerra. Pero estaba tan cansado que dormí igualmente.

Y soñé con ella.

Soñé con el momento en que vino a buscarme tras la explosión, en cómo la abracé cuando se puso triste y en cómo su pelo apestaba un poco y tenía la ropa sudada, y en cómo, de algún modo, parecía a la vez caliente y fría, pero era ella, era ella quien estaba en mis brazos…

—Viola —digo, despertándome de nuevo, y mi aliento forma una nube en el frío.

Respiro hondo durante un par de segundos y luego me levanto y salgo de la tienda. Voy directo hacia Angharrad y aprieto mi rostro contra su costado tibio y caballuno.

—Buenos días —oigo.

Alzo la vista. El joven soldado que lleva el forraje de mi yegua desde que montamos el campamento llegó con el desayuno.

—Buenos días —respondo.

Apenas me mira, es mayor que yo, pero de todos modos le impongo respeto. Coloca una bolsa de forraje alrededor del cuello de Angharrad y otra al cuello de Tesoro de Juliet, el caballo del señor Morgan, heredado por el alcalde ahora que Morpeth ya no está, una yegua mandona que gruñe a todo el que pasa.

¡Ríndete!, dice al soldado.

—Ríndete tú —oigo que murmura él. Suelto una risita, porque eso es lo que yo suelo decirle también.

Acaricio el flanco de Angharrad, le amarro bien la manta para que no pase frío. **Chico potro**, responde ella. **Chico potro**.

Todavía no se ha recuperado. Apenas levanta la cabeza, y no he intentado montarla desde que volvimos a la ciudad. Pero por lo menos volvió a hablar. Y su ruido dejó de gritar.

De gritar sobre la guerra.

Cierro los ojos.

(«Yo soy el Círculo y el Círculo soy yo», pienso, ligero como una pluma…)

(porque también es posible silenciar el ruido para uno mismo…)

(silenciar los gritos, silenciar a los muertos…)

(silenciar lo que viste y lo que no quieres volver a ver…)

(y el murmullo sigue ahí de fondo, más sentido que oído.)

—¿Crees que va a pasar algo en breve? —pregunta el soldado.

Abro los ojos.

—Si no pasa nada, no morirá nadie —respondo.

Asiente y se aleja.

—James —dice, y por su ruido comprendo que me está diciendo su nombre con la cordialidad esperanzada de alguien cuyos amigos están todos muertos.

—Todd —contesto.

Me mira un segundo a los ojos y enseguida se dispone a cumplir su siguiente tarea.

Porque el alcalde salió de su tienda.

—Buenos días, Todd —me saluda, estirando los brazos.

—¿Qué tienen de buenos?

Sonríe con su estúpida sonrisa.

—Sé que la espera es difícil. Sobre todo bajo la amenaza de un río que podría ahogarnos.

—¿Por qué no nos vamos, entonces? Viola dice que antiguamente había asentamientos en la costa, podríamos reagruparnos allí y…

—Porque ésta es mi ciudad, Todd —dice mientras se sirve una taza de café—. Y abandonarla significaría reconocer nuestra derrota. Así funciona el juego. Ellos no soltarán el río porque nosotros dispararíamos más misiles. De modo que todos debemos encontrar una nueva manera de hacer la guerra.

—Los misiles no son suyos.

—Pero son de Viola —contesta, y me sonríe—. Y ya vimos lo que es capaz de hacer para protegerte.

—¿Señor presidente? —es el señor Tate, que vuelve de la patrulla nocturna y se acerca a la hoguera con un anciano al que no he visto antes—. Un representante pide audiencia.

—¿Un representante? —pregunta el alcalde, fingiendo que está impresionado.

—Sí, señor —dice el viejo, sujetando el sombrero entre las manos y sin saber muy bien adónde mirar—. De la ciudad.

El alcalde y yo miramos automáticamente a los edificios que rodean la plaza y las calles que irradian de ella. La ciudad se quedó desierta tras el primer ataque de los zulaques. Pero ahora la situación ha cambiado. Por la carretera principal, más allá de las ruinas de la catedral, avanza una hilera de personas, principalmente personas mayores, pero también hay un par de mujeres jóvenes, una de las cuales sostiene a un niño.

—No sabemos lo que está pasando —dice el anciano—. Oímos las explosiones y echamos a correr…

—Lo que está pasando es una guerra —le explica el alcalde—. Lo que está pasando es el acontecimiento que definirá el futuro de todos nosotros.

—Bueno, sí —dice el hombre—. Pero luego el río se secó…

—Y ahora se preguntan si la ciudad es el lugar más seguro —señala el alcalde—. ¿Cuál es tu nombre, representante?

—Shaw.

—Pues bien, señor Shaw. Éstas son horas desesperadas, en las que su ciudad y su ejército lo necesitan.

Los ojos nerviosos del hombre pasan de mí al señor Tate y luego regresan de nuevo al alcalde.

—Por supuesto, estamos dispuestos a apoyar a nuestros valientes soldados en esta batalla —contesta, retorciendo el sombrero entre las manos.

El alcalde asiente, como si quisiera darle aliento.

—Pero no hay electricidad, ¿no es así? Desde que la ciudad quedó abandonada. No hay calefacción. No se puede cocinar.

—No, señor —responde el señor Shaw.

El alcalde permanece unos segundos en silencio.

—Le diré lo que vamos a hacer —dice—. Voy a enviar a algunos de mis hombres a que reparen la central eléctrica, para devolver la luz por lo menos a una parte de la ciudad.

El señor Shaw parece asombrado. Sé cómo se siente.

—Gracias, señor presidente —dice—. Yo sólo quería preguntarle si le parecía bien que…

—No, no, no —lo interrumpe el alcalde—. ¿Para qué hacemos esta guerra si no es para el pueblo? Entonces, cuando eso se haya logrado, me pregunto si podremos contar con su ayuda y con la de otros ciudadanos para transportar provisiones vitales a la línea del frente. Hablo de alimentos, principalmente, pero también necesitaremos ayuda con el racionamiento de agua. Estamos juntos en esto, señor Shaw, y un ejército no es nada si carece de apoyo.

—Por supuesto, señor presidente —el hombre está tan sorprendido que apenas le salen las palabras—. Muchas gracias.

—Capitán Tate, ¿puede mandar a un equipo de ingenieros a que acompañe al señor Shaw para ver si podemos evitar que el pueblo se muera de frío?

Observo maravillado al alcalde mientras el señor Tate se aleja con el señor Shaw.

—¿Cómo va a darles calefacción si nosotros sólo tenemos hogueras? —pregunto—. ¿Por qué prescinde de esos hombres?

—Te lo diré, Todd. Porque aquí se libra más de una batalla —contempla cómo el señor Shaw transmite la buena noticia al grupo de ciudadanos—. Y tengo intención de ganarlas todas.

{VIOLA}

—Bien —dice la enfermera Lawson, vendándome de nuevo el brazo—. Sabemos que la cinta está pensada para crecer en el interior de la piel del animal y marcarlo de manera permanente, y que si la quitamos, los productos químicos que lleva nos impedirán detener la hemorragia. En cambio, si no tocas la cinta, se supone que se tiene que curar sola, pero eso no es lo que te está sucediendo.

Estoy acostada en la cama de la enfermería de la nave de reconocimiento, un lugar en el que he pasado mucho más tiempo del que me gustaría desde que volví de ver a Todd. Los remedios de la enfermera Lawson están evitando que la infección empeore, pero no hacen nada más. Sigo teniendo fiebre, y la cinta del brazo me sigue escociendo lo suficiente como para tener que volver periódicamente a esta cama.

Como si los últimos dos días no hubieran sido ya lo bastante duros.

La bienvenida que me proporcionaron en el campamento de la colina me sorprendió. Estaba oscureciendo cuando llegué montada en Bellota, pero la gente de la Respuesta me vio a la luz de las fogatas.

Y me vitoreó.

Personas a las que conozco, como Magnus, Ivan y la enfermera Nadari, se acercaron a nosotros para acariciar a Bellota en los costados y decir cosas como: «¡Ahora se enterarán!» y «¡Bien hecho!». Creen que disparar el misil es la mejor elección que podíamos haber tomado. Hasta Simone me dijo que no me preocupara.

Y también Lee.

—Seguirán atacando si no demostramos que somos capaces de defendernos —me dijo aquella noche, sentado a mi lado sobre el tronco de un árbol, mientras cenábamos.

Me fijé en él, en el pelo rubio y alborotado que le caía sobre el cuello del abrigo, en los ojos grandes y azules reflejados a la luz de las lunas, en la suavidad de su piel en la base del cuello.

Bueno...

—Es posible que ahora sigan atacando, pero más todavía —respondí, un poco fuerte.

—Tenías que hacerlo. Tenías que hacerlo por Todd.

Y en su ruido comprendí que quería rodearme con el brazo.

Pero no lo hizo.

Bradley, en cambio, no me dirigía la palabra. No hacía falta. Frases como Niña egoísta, millares de vidas y dejamos que una niña nos arrastre a la guerra, entre otras cosas todavía más duras que oía en su ruido, me azotaban cada vez que me acercaba a él.

—Estoy enojado —dijo—. Lamento que tengas que oírlo.

Pero no dijo que se arrepintiera de pensarlo y dedicó todo el día siguiente a informar al convoy de lo que había sucedido. Y a evitarme.

Aquel día pasé en cama más tiempo del que habría querido y ni siquiera tuve ocasión de hablar con la enfermera Coyle. Simone salió a buscarla y terminó pasando toda la jornada ayudándole a organizar grupos de reconocimiento para buscar agua, hacer inventario de alimentos e instalar un retrete, cosa que obligó a usar un grupo de incineradores químicos de la nave de reconocimiento que estaban pensados para los primeros colonos.

Así es la enfermera Coyle. Se aprovecha de cada ventaja que puede obtener.

Y luego, por la noche, la fiebre me volvió a subir, y aquí sigo esta mañana, cuando hay tanto trabajo por hacer, tantas cosas para intentar recomponer el mundo.

—No debería malgastar tanto tiempo conmigo, enfermera Lawson —digo—. Yo elegí ponerme esta cinta. Sabía que había un riesgo y...

—Si te está pasando a ti —dice ella—, ¿qué me dices de todas las otras mujeres que siguen escondidas, y que no tuvieron elección?

Parpadeo.

—¿No creerá...?

VIOLA, oigo, desde el pasillo. Viola MISIL Viola SIMONE estúpida Ruido...

Bradley asoma la cabeza por la puerta.

—Creo que deberían salir —dice—. Las dos.

Me incorporo en la cama, tan mareada que tengo que esperar unos segundos antes de levantarme. Cuando consigo hacerlo, Bradley ya salió con la enfermera Lawson de la habitación.

—Empezaron a subir la montaña hace una hora —comenta—. Primero en grupos de dos y de tres, pero ahora...

—¿Quiénes? —pregunto, y los sigo al exterior, bajamos por la rampa y nos unimos a Lee, Simone y la enfermera Coyle. Miro a la cima.

El número de personas se ha triplicado. Grupos de aspecto desaliñado, de todas las edades, algunos todavía vestidos con la ropa de dormir que llevaban cuando los zulaques atacaron por primera vez.

—¿Alguno de ellos necesita asistencia médica? —pregunta la enfermera Lawson, y sin esperar respuesta se dirige hacia el grupo más numeroso de recién llegados.

—¿Por qué acuden aquí? —pregunto.

—Hablé con algunos de ellos —dice Lee—. La gente duda entre estar protegida por la nave de reconocimiento o quedarse en la ciudad bajo la protección del ejército —mira a la enfermera Coyle—. Al saber que la Respuesta se había instalado aquí, algunos decidieron venir.

—Pero ¿cómo supieron que la Respuesta se encontraba aquí? —pregunto con el ceño fruncido.

—Ahí deben de haber quinientas personas —dice Simone—. No tenemos comida ni agua para tanta gente.

—La Respuesta sí puede suministrarles comida y agua de momento —interviene la enfermera Coyle—. Pero apuesto a que seguirán llegando —se vuelve hacia Bradley y Simone—. Voy a necesitar su ayuda.

Como si se molestara en pedirla, suena el ruido de Bradley.

—El convoy está de acuerdo en que nuestra misión principal es humanitaria —dice. Nos mira a mí y a Simone, y su ruido repiquetea un poco más.

La enfermera Coyle asiente.

—Tenemos que hablar sobre el mejor modo de llevarlo a cabo. Reuniré a las enfermeras y…

—Y lo incluiremos en nuestra conversación sobre cómo firmar una nueva tregua con los zulaques —intervengo.

—Ése es un tema espinoso, mi niña. No puedes presentarte ahí y pedir la paz.

—Tampoco puedes quedarte sentada esperando a que continúe la guerra —en el ruido de Bradley percibo que me está escuchando—. Entre todos tenemos que encontrar la manera de que este mundo reme en la misma dirección.

—Eso son ideales, mi niña —dice ella—. Siempre más fáciles de creer que de vivir.

—Pero si no intentas vivirlos —contesta Bradley—, entonces no vale la pena vivir en absoluto.

La enfermera Coyle lo mira con astucia.

—Lo que en sí mismo es otro ideal.

—Disculpen —nos interrumpe una mujer, acercándose a la nave. Nos mira nerviosa antes de centrarse en la enfermera Coyle.

—Usted es la sanadora, ¿verdad?

—Lo soy —responde Coyle.

—Es *una* sanadora —corrijo—. Una de muchas.

—¿Puede ayudarme? —pregunta la mujer.

Y se alza la manga para mostrar una cinta metálica tan infectada que incluso yo me doy cuenta de que va a perder el brazo.

[TODD]

«No dejaron de llegar en toda la noche», me dice Viola a través del comunicador. «Ahora hay el triple de gente.»

—Aquí pasa lo mismo —respondo.

Es justo antes de amanecer, el día después de que el señor Shaw hablara con el alcalde, el día después de que la gente de la ciudad empezara a presentarse también en el campamento de Viola, y han seguido apareciendo en ambos lugares. Si bien hay una mayoría de hombres en la ciudad y una mayoría de mujeres en la cima de la montaña. No todos, pero una mayoría.

«De modo que el alcalde logró lo que quería», suspira Viola, e incluso en la pantalla pequeña me doy cuenta de lo pálida que está. «Hombres y mujeres separados.»

—¿Te sientes bien? —pregunto.

«Estoy bien», dice, demasiado rápido. «Te llamaré más tarde, Todd. Nos espera un día muy atareado.»

Colgamos, y cuando salgo de la tienda, descubro que el alcalde ya me espera con dos tazas de café. Me ofrece una de ellas. Tardo un segundo en aceptarla. Permanecemos allí bebiendo, intentando calentar un poco el cuerpo mientras el cielo se vuelve más rosado. Incluso a esta hora, hay algunas luces encendidas en los puntos en que los hombres del alcalde consiguieron restablecer la electricidad, en algunos de los edificios más grandes, para que los ciudadanos puedan reunirse y estar calientes.

Como siempre, el alcalde observa la colina de los zulaques, que permanece todavía en la mitad oscura del cielo, y que sigue escondiendo tras ella un ejército invisible. Y me doy cuenta de que ahora mismo, en este instante en que el ejército del alcalde todavía duerme, se oye algo más aparte del RUGIDO del sueño, algo tenue y lejano.

Los zulaques también RUGEN.

—Es su voz —dice el alcalde—. Y creo realmente que se trata de una única y gran voz, evolucionada para encajar a la perfección en este mundo, y que los conecta a todos ellos —da un sorbo al café—. A veces, en las noches tranquilas, se oye. Miles de individuos que hablan como si fueran uno solo. Es como si tuvieras la voz de todo el planeta dentro de tu cabeza.

Sigue estudiando la montaña de un modo algo sombrío, y yo le pregunto:

—¿Escucharon algo los espías sobre sus planes?

Da otro trago, pero no me responde.

—No pueden acercarse, ¿verdad? —pregunto—. Porque ellos oirían nuestros planes.

—Ése es el quid de la cuestión, Todd.

—El señor O'Hare y el señor Tate no tienen ruido.

—Ya perdí a dos capitanes —responde—. No puedo arriesgar a ninguno más.

—Pero seguro que no quemó usted todas las reservas de la cura. Désela a los espías.

No responde.

—No puede ser —digo, y entonces comprendo—. Claro que puede.

Sigue sin responder.

—¿Por qué lo hizo? —pregunto, mirando a los soldados que nos rodean. El RUGIDO va en aumento a medida que se despiertan—. Los zulaques nos oyen. Podría haber tenido ventaja…

—Dispongo de otras ventajas —me interrumpe él—. Además, es posible que pronto haya otros entre nosotros que puedan ser particularmente útiles como espías.

Frunzo el ceño.

—Nunca trabajaré para usted. Jamás.

—Ya has trabajado para mí, querido. Durante varios meses, si no recuerdo mal.

Noto que estoy perdiendo el control, pero me controlo porque James acaba de aparecer con la bolsa de forraje matinal para Angharrad.

—Ya me ocupo yo —digo, dejando a un lado el café. Me pasa la bolsa y la enlazo con suavidad alrededor de la cabeza de mi yegua.

¿Chico potro?, pregunta.

—Tranquila —le susurro entre las orejas, acariciándolas con los dedos—. Come, pequeña —tarda un poco, pero por fin veo que sus mandíbulas entran en acción y da los primeros bocados—. Buena chica.

James sigue ahí, mirándome con expresión vacía, y mantiene aún los brazos extendidos, tal como se quedó después de darme la bolsa.

—Gracias, James —digo.

Me mira sin parpadear y sin moverse.

—Dije gracias.

Y entonces lo oigo.

Es difícil captar el RUGIDO del ruido de los demás, incluso el de James, que en estos momentos piensa en cuando vivía río arriba con su padre y con su hermano y en cuando se alistó en el ejército porque la única opción era hacerlo o morir luchando, y ahora está aquí, en plena guerra contra los zulaques, pero está contento, contento de combatir, contento de servir al presidente...

—¿Verdad que sí, soldado? —pregunta el alcalde, dando otro sorbo de café.

—Lo estoy —responde James—. Muy contento.

Porque por debajo de todo ello subyace el ligero zumbido del ruido del alcalde, que se filtra en el de James, culebrea como una serpiente y le da una forma que no es demasiado desagradable para el soldado, pero que aun así no es la suya.

—Puedes irte —le ordena el alcalde.

—Gracias, señor —parpadea James, bajando las manos. Esboza una sonrisa incómoda y regresa al campamento.

—No puede hacerlo —digo al alcalde—. No a todos. Dijo que estaba empezando a ser capaz de controlar a la gente. Eso es lo que dijo.

Sin responder, desvía la mirada hacia la colina.

Me le quedo mirando, reflexionando un poco más.

—Pero cada vez es más fuerte —continúo—. Y si ellos se curan...

—La cura lo enmascaraba todo —me explica—. Los convirtió, digámoslo así, en más difíciles de alcanzar. Para manejar a la gente, se necesita una palanca. Y el ruido es una palanca excelente.

Vuelvo a mirar alrededor.

—Pero usted no necesita controlar a la gente. Ya lo están siguiendo.

—Sí, Todd, pero eso no significa que no estén abiertos a sugerencias. Ya te habrás fijado en lo rápidamente que obedecen mis órdenes en la batalla.

—Su objetivo es controlar a todo el ejército… A todo el mundo.

—Haces que suene siniestro —sonríe a su manera característica—. Sólo usaría este poder por el bien común.

Justo entonces, a nuestra espalda, suenan unos pasos rápidos. Es el señor O'Hare, que aparece resollando y con el rostro enrojecido.

—Atacaron a los espías —informa al alcalde, jadeando—. Sólo regresó un hombre del norte y otro del sur. Es evidente que los dejaron para que pudieran relatar lo ocurrido. Los zulaques mataron al resto.

El alcalde hace una mueca de dolor y se vuelve de nuevo hacia la cima de la montaña.

—Bien. Ése es el juego al que están jugando.

—¿Qué quiere decir? —pregunto.

—Ataques desde la carretera del norte y las colinas del sur —contesta—. Los primeros pasos hacia lo inevitable.

—¿Qué es lo inevitable?

Arquea las cejas.

—Nos están rodeando, por supuesto.

{VIOLA}

Chica potro, me saluda Bellota cuando le doy una manzana que tomé prestada de la tienda de las provisiones. Su establo está en una zona cercana a la línea de árboles donde Wilf instaló a todos los animales de la Respuesta.

—¿Te está causando algún problema, Wilf? —pregunto.

—No, señorita —responde él, amarrando los morrales a un par de bueyes que están junto a Bellota. **Wilf**, dicen mientras comen. **Wilf**, **Wilf**.

Wilf, repite Bellota, que rebusca con el hocico en mis bolsillos por si llevo otra manzana.

—¿Dónde está Jane? —pregunto, mirando alrededor.

—Está ayudando a las enfermeras en el reparto de comida.

—Eso es muy propio de ella... Escucha, ¿has visto a Simone? Tengo que hablar con ella.

—Salió a cazar con Magnus. A propuesta de la enfermera Coyle.

Desde que la gente de la ciudad empezó a aparecer, la comida es nuestro problema más acuciante. La enfermera Lawson, como siempre, está a cargo del inventario y organizó cadenas regulares de alimentos para dar de comer a la gente que va llegando, pero las reservas de comida de la Respuesta no van a durar siempre. Magnus está comandando partidas de caza para conseguir más provisiones.

La enfermera Coyle, mientras tanto, se ha sumergido en las tiendas de enfermería, tratando a las mujeres que tienen los brazos infectados. Hay una diferencia enorme en su gravedad. Algunas están tan enfermas que a duras penas se tienen en pie; otras no sufren más que un molesto salpullido. En todo caso, parece que afecta a todas las mujeres. Todd cuenta que el alcalde también proporciona ayuda médica a las pocas mujeres que hay en la ciudad, que parece muy preocupado por las cintas que él mismo hizo colocar y que por lo visto está haciendo lo posible por ayudarlas, afirmando que nunca había tenido la intención de que las cosas salieran así.

Sólo de pensarlo me pongo todavía más enferma.

—Supongo que yo estaba en la enfermería cuando salió —digo, notando la quemazón en el brazo y preguntándome si vuelvo a tener fiebre—. Entonces tendré que hablar con Bradley.

Me dirijo de nuevo a la nave de reconocimiento y oigo que Wilf dice «Buena suerte» mientras me alejo.

Presto atención al ruido de Bradley, que sigue siendo más sonoro que el de ningún otro hombre, hasta que encuentro unos pies que sobresalen de la parte frontal de la nave. Hay un panel en el suelo y herramientas por todas partes.

Motor, piensa. *Motor y guerra y misil y escasez de comida y Simone ni siquiera me mira y ¿hay alguien ahí?*

—¿Hay alguien ahí? —pregunta, saliendo rápidamente del lugar donde trabaja.

—Soy yo —digo cuando se asoma.

Viola, piensa.

—¿Puedo ayudarte en algo? —pregunta, con más sequedad de la que me gustaría.

Le informo de lo que me contó Todd sobre los zulaques y los espías del alcalde, y le comento que tal vez los zulaques se pusieron en movimiento.

—Haré lo posible por mejorar la efectividad de las sondas —suspira. Mira el campamento que a estas alturas rodea ya del todo la nave de reconocimiento, se esparce a ambos lados del claro y se alarga más allá de la línea del bosque con algunas tiendas improvisadas—. Ahora tenemos que protegerlos. Es nuestro deber, ya que subimos el telón.

—Lo siento mucho, Bradley. No tenía elección.

Me mira con aspereza.

—Claro que la tenías —se levanta y lo repite con mayor firmeza—. La tenías. Las elecciones pueden ser increíblemente duras, pero nunca son imposibles.

—¿Y si hubiera sido Simone, y no Todd, quien hubiera estado ahí?

Y Simone invade su ruido, todo lo que siente por ella, unos sentimientos que dudo que sean recíprocos.

—Tienes razón —responde—. No lo sé. Desearía tomar la decisión adecuada, pero para ello tendría que elegir, Viola. Decir que no tenías elección es librarte de una responsabilidad, y no es así como actúa una persona íntegra —una niña, dice su ruido. UNA NIÑA, y su voz se suaviza—. Y yo creo que eres una persona íntegra.

—¿De veras?

—Claro que sí. Lo importante es aceptar la responsabilidad. Aprender de ella. Usarla para mejorar.

Y recuerdo las palabras de Todd cuando dijo: «No se trata de cómo caemos. Se trata de cómo volvemos a levantarnos».

—Lo sé —digo—. Estoy intentando arreglar las cosas.

—Te creo. Yo también lo estoy intentando. Tú disparaste el misil, pero nosotros te lo permitimos —y otra vez oigo Simone en su ruido, con algunos picos de dificultad alrededor—. Dile a Todd que comunique al alcalde que sólo ayudaremos con aquello que sirva para salvar vidas, que trabajaremos para la paz y para nada más.

—Ya lo hice.

Debo de parecer sincera, porque él sonríe. Lo deseaba con tanta intensidad que noto que me da un brinco el corazón. Porque su ruido también sonríe. Un poquito.

Vemos a la enfermera Coyle saliendo de la tienda de la enfermería, con la bata manchada de sangre.

—Por desgracia —dice Bradley—, me temo que el camino hacia la paz pasa por ella.

—Sí, pero siempre se las da de estar demasiado ocupada. Demasiado ocupada para hablar.

—Tal vez tú también deberías ocuparte de algo, si te ves con fuerzas para hacerlo.

—Da igual si tengo fuerzas o no. Es necesario —miro a Wilf y a sus animales—. Además, creo que ya sé a quién preguntar.

[TODD]

«Queridísimo hijo», leo. «Queridísimo hijo.»

Son las palabras que mi madre utiliza en el encabezado de todas las páginas de su diario, palabras escritas para mí justo antes y después de que yo naciera, y que cuentan todo lo que les pasó a mis padres. Estoy dentro de mi tienda, intentando leerlas.

«Queridísimo hijo.»

Pero son las únicas palabras que consigo discernir de todo este embrollo. Paso los dedos por la página y también por la siguiente, observando las palabras garabateadas que se esparcen por todas partes.

Mi madre, que habla y habla.

Y yo no puedo oírla.

Reconozco mi nombre aquí y allá. Y el de Cillian. Y el de Ben. Y eso me parte el corazón. Quiero oír a mi madre hablando de Ben. Ben, que me crió y a quien perdí en dos ocasiones. Quiero volver a oír su voz.

Pero no puedo...

(maldito idiota estúpido)

Y entonces oigo: *¿Comida?*

Dejo el diario y asomo la cabeza por la puerta de la tienda. Angharrad me está mirando. *¿Comida, Todd?*

Me levanto de inmediato, me acerco a ella enseguida, voy rápidamente por comida.

Porque es la primera vez que dice mi nombre desde...

—Claro, pequeña. Ahora mismo te traigo tu comida.

Me empuja el pecho con el hocico, de un modo casi juguetón, y mis ojos se humedecen de alivio.

—Ahora vuelvo —digo. Miro alrededor, pero no veo a James por ninguna parte. Me dirijo más allá de la hoguera, donde el alcalde escucha con preocupación los nuevos informes del señor Tate.

No tenía muchos hombres que malgastar, pero tras los ataques a los espías de esta mañana, dijo que no tenía otra opción que enviar pequeños escuadrones de hombres al norte y al sur con órdenes de avanzar hasta que oyeran RUGIR a los zulaques. Entonces debían acampar a suficiente distancia de ellos para que supieran que no íbamos a permitirles entrar en la ciudad y arrollarnos. Además, esos soldados nos dirán cuándo se va a producir la invasión, aunque no sean capaces de contenerla.

Me fundo entre el ejército, miro al otro lado de la plaza, donde se ve la punta superior del depósito de agua asomando por encima del almacén de comida, unos edificios en los que nunca me había fijado hasta que se convirtieron en una cuestión de vida o muerte.

Veo que James llega a la plaza desde esa dirección.

—Hola —lo saludo—. Angharrad necesita más comida.

—¿Más? —parece sorprendido—. Hoy ya le di de comer.

—Sí, pero todavía se está recuperando de la batalla —le explico, rascándome la oreja—. Es la primera vez que me pide comida.

Esboza una sonrisa cómplice.

—Hay que ir con cuidado, Todd. Los caballos saben aprovecharse. Si les das de comer cada vez que lo piden, empiezan a pedirlo todo el rato.

—Sí, pero…

—Debes demostrarle quién manda. Dile que hoy ya comió y que le traeremos más comida por la mañana, como le corresponde.

Sigue sonriendo, con un ruido todavía amistoso, pero yo estoy algo molesto.

—Dime dónde está y tomaré la comida yo mismo.

Frunce un poco el ceño.

—Todd…

—La necesita —insisto, levantando la voz—. Se está recuperando de una herida…

—Yo también —se levanta el borde de la camisa. Una quemadura le atraviesa la barriga—. Y hoy sólo he comido una vez.

Comprendo lo que me dice y veo que el tono es amistoso, pero el *¿Chico potro?* de Angharrad recorre mi ruido y recuerdo cómo gritó cuando le dispararon y el silencio que siguió, y las pocas palabras que he logrado sacarle desde entonces, que no son nada en comparación a como era antes. Si quiere comer, yo le daré comida y este mequetrefe irá por ella porque yo soy el Círculo y el Círculo soy yo…

—Iré a buscarla —dice.

Me mira.

No parpadea.

Noto algo que se retuerce, un cordel enrollado e invisible en el aire…

Entre mi ruido y el suyo…

Y un pequeño zumbido…

—Iré a buscarla ahora mismo —repite sin parpadear—. Ahora la traigo.

Da media vuelta y empieza a caminar hacia el almacén.

Noto el zumbido que sigue rebotando por mi ruido, cuesta seguirlo, cuesta discernirlo, es como una sombra que desaparece cada vez que me giro para mirarla.

Pero no importa.

Quería que lo hiciera, quería que sucediera.

Y lo hizo.

Lo controlé. Como el alcalde.

Lo veo alejarse en dirección al almacén, como si hubiera sido idea suya.

Me tiemblan las manos.

Maldita sea.

{VIOLA}

—Usted sabe cómo se produjo la tregua —digo—. Por ese entonces era mandataria de Nueva Prentiss y seguro que...

—Yo era mandataria de Puerto, mi niña —me interrumpe la enfermera Coyle sin levantar la vista. Estamos repartiendo comida a una larga fila de ciudadanos—. No tengo absolutamente nada que ver con Nueva Prentiss.

—¡Tomen! —grita Jane junto a nosotras, sirviendo las pequeñas raciones de verdura y carne seca en los distintos recipientes que trae cada persona. La fila se alarga por todo el campamento, donde ahora apenas hay un centímetro de espacio libre a la vista. Se ha convertido en una ciudad aterrorizada y hambrienta.

—Pero usted sabe cómo se produjo la tregua —insisto.

—Por supuesto que sé cómo se produjo. Ayudé a negociarla.

—Entonces puede hacerlo otra vez. Por lo menos dígame por dónde empezó.

—Hablan demasiado, ¿no les parece? —interviene Jane, inclinándose hacia nosotras, con expresión preocupada—. Menos parloteo y más servir comida.

—Lo siento.

—Las enfermeras se enojan cuando hablas —dice Jane. Se vuelve hacia la siguiente persona de la fila, una madre que da la mano a su hija pequeña—. A mí siempre me regañan.

La enfermera Coyle suspira y baja la voz.

—Empezamos infligiendo una derrota tan severa a los zulaques que tuvieron que negociar, mi niña. Así es como funcionan las cosas.

—Pero...

—Viola —se vuelve hacia mí—. ¿Recuerdas el terror que se apoderó de la gente al saber que los zulaques atacaban?

—Bueno, sí, pero...

—Se debe a que la última vez estuvimos muy cerca de ser aniquilados. No es algo que puedas olvidar jamás.

—Razón de más para impedir que vuelva a suceder —digo—. Hemos demostrado a los zulaques el poder que tenemos...

—Igualado por la capacidad que tienen ellos de liberar el río y destruir la ciudad —responde ella—. Tras lo cual, el resto de nosotros sería presa fácil para la invasión. Es un callejón sin salida.

—Pero no podemos quedarnos sentados esperando otra batalla. Eso es dar a los zulaques más ventaja, dar al alcalde más ventaja...

—Pero no es lo que está pasando, mi niña.

Y su voz tiene un punto divertido.

—¿Qué insinúa?

Oigo un pequeño suspiro a mi lado. Jane, inquieta, dejó de repartir comida.

—Te van a regañar —susurra sonoramente.

—Lo siento, Jane, pero no creo que a la enfermera Coyle le moleste que hable con ella.

—Ella es la que se enoja más.

—Sí, Viola —dice Coyle—. Yo soy la que se enoja más.

Aprieto los labios.

—¿Qué quería decir? —pregunto en voz baja para no inquietar a Jane—. ¿Qué pasa con el alcalde?

—Espera. Espera y verás.

—¿Espero y veré cómo muere más gente?

—Nadie está muriendo —señala con un gesto la fila, la hilera de rostros hambrientos que nos miran, mujeres en su mayoría, pero también algunos hombres y niños; todos ellos más demacrados y sucios de lo normal. La enfermera Coyle tiene razón, no se están muriendo—. Al contrario —continúa—, la gente sigue viviendo, sobreviviendo, dependiendo los unos de los otros. Y eso es exactamente lo que necesita el alcalde.

Estrecho los ojos.

—¿A qué se refiere?

—Mira a tu alrededor. Aquí tienes a la mitad del planeta humano, la mitad que no está con él.

—¿Y?

—Y no va a dejarnos aquí, ¿verdad? —sacude la cabeza—. Nos necesita para obtener la victoria completa. No sólo necesita las armas de la nave, sino al resto de nosotros para gobernarnos, y sin duda también a los del convoy. Ésa es su idea. Permanece esperando a que acudamos a él, pero ya verás. Llegará el día, y no falta mucho, en que él acudirá a nosotros, mi niña.

Sonríe y se pone de nuevo a repartir comida.

—Y cuando lo haga —dice—, lo estaré esperando.

[TODD]

A medianoche ya tuve bastante de dar vueltas en la cama y salgo a la fogata del campamento para calentarme. Soy incapaz de dormir después del extraño episodio con James.

Lo controlé.

Por un instante, lo hice.

No tengo ni idea de cómo lo hice.

(pero me sentí…)

(me sentí poderoso…)

(me sentí bien…)

(cállate)

—¿No puedes dormir, Todd?

Emito un sonido molesto. Alargo las manos hacia el fuego y veo que me mira desde el otro lado.

—¿No puede dejarme en paz por una vez? —digo.

Da una única carcajada.

—¿Y perderme lo que consiguió mi hijo?

Mi ruido grazna de pura sorpresa.

—No me hable de Davy —digo—. No se atreva a hacerlo.

Tiende los brazos como si quisiera hacer las paces.

—Me refería al modo en que lo redimiste.

Sigo furioso, pero la palabra me toma por sorpresa.

—¿Redimirlo?

—Tú cambiaste a David, Todd Hewitt, más de lo que nadie podría haberlo hecho. Era un inútil y tú casi lo convertiste en un hombre.

—Nunca lo sabremos —gruño—. Porque usted lo mató.

—Así es la guerra. Hay que tomar decisiones muy difíciles.

—Aquélla no era necesaria.

Me mira a los ojos.

—Tal vez no. Pero si no lo era, eres tú quien me lo está enseñando —sonríe—. Me estoy contagiando de ti, Todd.

Frunzo el ceño.

—No hay nada en el mundo que pueda redimirlo a usted.

Justo en ese momento se apagan todas las luces de la ciudad.

Desde aquí las veíamos apiñadas al otro lado de la plaza, dando seguridad a los ciudadanos…

Y en un instante se apagan del todo.

Entonces oímos unos disparos provenientes de otra dirección.

Una sola arma, extrañamente solitaria.

¡Bang!, y luego ¡bang! otra vez.

El alcalde ya empuña el rifle y yo lo sigo de cerca, porque los disparos vienen de detrás de la central eléctrica, de una carretera lateral junto al lecho vacío del río. Algunos soldados ya corren también hacia allí, siguiendo al señor O'Hare. Al alejarnos del campamento todo se vuelve más oscuro, más oscuro y no se oye nada más...

Hasta que llegamos.

Sólo había dos guardias en la central eléctrica, en realidad eran ingenieros, porque quién iba a atacar la central eléctrica si todo el ejército se encuentra entre ésta y los zulaques.

Pero hay dos zulaques muertos en el suelo, junto a la puerta. Yacen al lado de uno de los guardias, cuyo cuerpo está separado en tres partes, destrozadas por una ráfaga de rifle de ácido. El interior de la central está hecho un desastre, el equipo se está fundiendo a causa del ácido, tan destructivo con los objetos como con las personas.

Encontramos al segundo guardia a un centenar de metros de distancia, a medio camino del lecho seco del río, desde donde es evidente que intentó disparar a los zulaques que huían.

La parte superior de su cráneo desapareció.

El alcalde no está nada contento.

—Éste no es el tipo de combate que esperaba —dice con una voz suave y crepitante—. Se escabullen como ratas en una cueva. Incursiones nocturnas en vez de una batalla abierta.

—Obtendré informes de los escuadrones que enviamos, señor —dice el señor O'Hare—. Para ver dónde se produjo la brecha.

—Hágalo, capitán, pero dudo que le digan nada, aparte de que no vieron ningún tipo de movimiento.

—Querían desviar nuestra atención —digo—. Que buscáramos afuera en vez de adentro. Por eso mataron a los espías.

Me mira lenta y atentamente.

—Ni más ni menos, Todd —dice. Luego se vuelve para mirar la ciudad, que quedó a oscuras y donde la gente salió a la puerta de las casas en ropa de dormir, formando una hilera para ver qué pasó.

—Que así sea —oigo que el alcalde murmura para sí—. Si ésta es la guerra que quieren, ésa es la guerra que les vamos a dar.

El abrazo de la Tierra

La Tierra perdió una parte de sí misma, muestra el Cielo, abriendo los ojos. *Pero la tarea está terminada.*

Siento el vacío que resuena por la Tierra ante la pérdida de aquellos que lanzaron el ataque menor al corazón del Claro, los que fueron aun sabiendo que probablemente no regresarían. Gracias a ellos, gracias a sus actos, la voz de la Tierra seguirá cantando.

Yo daría mi propia voz, muestro al Cielo ante la fogata que nos calienta en la fría noche, *si eso significara el fin del Claro.*

Pero qué gran pérdida sería el silencio del Regreso, contesta él, conectando su voz con la mía. *No puede ser, después de viajar hasta tan lejos para unirte a nosotros.*

Viajar hasta tan lejos.

Sí viajé hasta muy lejos.

Después de que el Cuchillo me sacara de los cadáveres de la Carga, después de jurar que lo mataría, después de escuchar cómo se acercaban los caballos por la carretera y de que él me instara a salir corriendo...

Corrí.

La ciudad se encontraba en una situación caótica, la confusión y el humo me permitieron cruzar el límite sur sin que nadie me viera. Entonces me escondí hasta que cayó la noche, y salí de la ciudad por la carretera tortuosa. Siempre oculto entre la maleza, avancé lentamente, en zigzag, hasta que ya no hubo dónde cobijarse y tuve que levantarme y correr, totalmente al descubierto durante el último tramo, esperando a cada momento que una bala disparada desde el valle me impactara en la nuca.

Un fin que ansiaba, pero que también temía...

Sin embargo, conseguí llegar a lo alto y dejar atrás la cima.

Y corrí.

Corrí hacia un rumor, una leyenda que perduraba en la voz de la Carga. Pertenecíamos a la Tierra, pero algunos de nosotros no la habíamos visto nunca, algunos jóvenes como yo, nacidos de una guerra que abandonó a la Carga cuando la Tierra prometió no regresar jamás. Y así, la Tierra, como sus unicornios, se convirtió en pasto de sombras y fábulas, historias y susurros, sueños del día en que volvería para liberarnos.

Algunos de nosotros abandonamos tal esperanza. Algunos nunca la tuvimos, y nunca perdonamos a la Tierra por habernos dejado a nuestra suerte.

Algunos como mi alma gemela, que a pesar de ser mayor que yo por cuestión de pocas lunas y de no haber visto tampoco jamás a la Tierra, me mostró gentilmente que debía abandonar cualquier esperanza de rescate, de cualquier vida que no fuera la que pudiéramos labrarnos entre las voces del Claro, y me lo decía en las noches en que tenía miedo. Me decía que nuestro día llegaría, pero que sería nuestro día y no el de una Tierra que claramente se había olvidado de nosotros.

Y entonces me arrebataron a mi alma gemela.

Y también al resto de la Carga.

Sólo quedé yo para buscar una oportunidad.

¿Qué otra opción tenía que no fuera correr hacia el rumor?

No dormí. Corrí por bosques y llanos, subí y bajé montañas, atravesé asentamientos del Claro, calcinados y abandonados, cicatrices que el Claro había dejado en el mundo. El sol se alzó y se puso y seguí sin dormir, no dejé de moverme, incluso cuando mis pies se cubrieron de ampollas y de sangre.

Pero no vi a nadie. A nadie del Claro, a nadie de la Tierra.

A nadie.

Empecé a pensar que no sólo era el último de la Carga, sino que también era el último de la Tierra, que el Claro había logrado su objetivo y había borrado a la Tierra de la superficie del mundo.

Que me había quedado solo.

Y en la mañana en que pensé esto, en la mañana en que me quedé quieto junto al río, en que volví a mirar alrededor y sólo me vi a mí mismo, a 1017 con la marca permanente escociendo en el brazo...

Lloré.

Caí de rodillas y lloré.

Y fue entonces cuando me encontraron.

Salieron de los árboles desde el otro lado del camino. Eran cuatro, luego seis, luego diez. Al principio sólo oí sus voces, pero mi propia voz apenas estaba empezando a regresar para decirme otra vez quién era después de que el Claro me la hubiera arrebatado. Pensé que era yo mismo quien llamaba. Pensé que mi propio yo me llamaba a la muerte.

Estaba dispuesto a morir.

Pero entonces los vi. Eran más altos que la Carga, también más corpulentos, y llevaban lanzas y supe que eran guerreros, que eran soldados que me ayudarían a luchar contra el Claro, que compensarían todas las maldades cometidas contra la Carga.

Ellos me saludaron de una manera que me costó entender, pero que parecía decir que sus armas eran simples arpones de pesca y ellos simples pescadores.

Pescadores.

No eran guerreros. No habían salido a cazar al Claro. No buscaban venganza por la muerte de la Carga. Eran pescadores, habían bajado al río porque habían oído que el Claro había abandonado aquel tramo.

Y entonces les conté quién era yo. Les hablé en el idioma de la Carga.

Eso causó una conmoción, una repugnancia y un asombro que noté a la perfección, pero también había algo más...

Un disgusto ante lo estridente que era mi voz y el idioma que hablaba.

Había pavor y vergüenza por lo que yo representaba, por lo que yo significaba.

Hubo una brevísima pausa antes de que atravesaran el último tramo del camino hacia mí, antes de que me ofrecieran su asistencia y su ayuda. Pero, finalmente, me la ofrecieron, me ayudaron a levantarme y me pidieron que contara mi historia, y yo la conté en el idioma de la Carga. Me escucharon con consternación, me escucharon con horror y con indignación, me escucharon mientras planeaban adónde llevarme y qué harían a continuación y me reconfortaron diciéndome que yo era uno de ellos, que ahora había vuelto con ellos y que estaba a salvo.

Que no estaba solo.

Pero antes de eso, hubo conmoción, hubo disgusto, hubo pavor, hubo vergüenza.

Por fin, ahí estaba la Tierra. Y tenía miedo de tocarme.

Me llevaron a un campamento, en el más profundo sur, atravesando bosques frondosos y escalando una cordillera de montañas. Cientos de ellos vivían allí en protuberantes vivacs ocultos, y eran tantos y tan ruidosos y curiosos que estuve a punto de dar media vuelta y salir corriendo.

Yo no era como ellos, era más bajo, más delgado, mi piel tenía un tono de blanco diferente, el liquen con el que me vestía era de un tipo distinto. Casi no reconocí ninguno de sus alimentos ni sus canciones ni el modo de dormir en comunidad. Recuerdos lejanos de las voces de la Carga intentaban reconfortarme, pero me sentía diferente, era diferente.

Diferente sobre todo en el lenguaje. El suyo era casi no hablado, lo compartían tan rápidamente que casi nunca podía seguirlo. Parecían partes distintas de una mente única.

Y, por supuesto, eso es lo que eran. Una mente llamada Tierra.

No era así como hablaba la Carga. Obligados a interactuar con el Claro, obligados a obedecerlo, habíamos adoptado su lenguaje, pero más que eso, habíamos adoptado su capacidad para disfrazar la voz, para mantenerla separada, privada. Eso está bien cuando hay otros a los que acceder cuando la privacidad ya no es necesaria.

Pero ya no quedaba nadie de la Carga a quien acceder.

Y no sabía cómo acceder a la Tierra.

Mientras descansaba, me alimentaba y me curaba de todas mis heridas menos del dolor rojo de la cinta con el 1017, un mensaje se transmitió por la voz de la Tierra hasta llegar a un Sendero, por el cual llegó directamente al Cielo con más rapidez de lo que hubiera llegado de otro modo.

En cuestión de días, el Cielo apareció en el campamento a lomos de su unicornio, acompañado por cien soldados y más que estaban de camino.

El Cielo vino a visitar al Regreso, mostró, dándome nombre en un instante y asegurando mi diferencia antes siquiera de haberme visto.

Y entonces posó sus ojos sobre mí. Eran los ojos de un guerrero, de un general y un comandante.

Eran los ojos del Cielo.

Me miraron como si me reconocieran.

Entramos en un vivac oculto preparado especialmente para nuestro encuentro, cuyos muros curvos alcanzaban un punto muy por encima de nuestras cabezas. Conté mi historia al Cielo tal como la conocía, hasta el último detalle, desde que nací en el seno de la Carga hasta la matanza de todos nosotros, excepto uno.

Mientras yo hablaba, su voz me rodeaba con una canción triste llena de sollozos y dolor que fue seguida por todo el campamento de la Tierra y por toda la Tierra del mundo entero, y yo estaba en ella, la Tierra me había colocado en el centro de sus voces, de su única voz, y por un instante, por un breve instante...

Ya no me sentí solo.

Los vengaremos, me mostró el Cielo.

Y eso fue todavía mejor.

El Cielo cumple su palabra, muestra ahora.

Lo hace, contesto. *Gracias*.

Esto sólo es el principio. Hay otras cosas por venir, co-
sas que complacerán al Regreso.

¿Incluyendo una ocasión de enfrentarme al Cuchillo en la
batalla?

Me mira por un instante.

A su debido tiempo.

Veo cómo se levanta, y una parte de mí sigue preguntándose si deja abierta la posibilidad a una solución pacífica que
evite la exterminación total del Claro, pero su voz se niega a
responder a mis dudas, y por un momento me avergüenzo de
haberlas formulado, sobre todo después del ataque que se
llevó a una parte de la Tierra.

El Regreso también se pregunta si tengo una segunda
fuente de información, muestra el Cielo.

Levanto la vista bruscamente.

Te das cuenta de muchas cosas, dice. *Pero el Cielo tam-*
bién lo hace.

¿Dónde?, muestro. *¿Cómo es posible que el resto de la*
Tierra no lo conozca? ¿Cómo sabe el Claro...?

El Cielo pide confianza al Regreso, muestra con una voz
incómoda. *Pero también hay una advertencia. Y debe ser un*
lazo inquebrantable. Debes prometer que confiarás en el Cie-
lo, a pesar de lo que puedas ver u oír. Debes confiar en la
existencia de un plan superior que tal vez no se te haga evi-
dente. Un propósito superior que involucra al Regreso.

Pero oigo también su voz más profunda.

Tengo la experiencia de toda una vida con las voces del
Claro, voces que esconden, voces que se retuercen en nudos
mientras la verdad es siempre más desnuda de lo que creen,
y por lo tanto tengo mucha más práctica para descubrir la
ocultación que el resto de la Tierra.

Y en lo más profundo de su voz veo que el Cielo, como el Regreso, es capaz de ocultar información, pero también veo parte de lo que está ocultando...

Debes confiar en mí, repite, y me muestra sus planes para los días venideros.

Pero no me muestra la fuente de información.

Porque sabe lo traicionado que me sentiré cuando lo haga por fin.

SE ESTRECHA EL CERCO

[TODD]

Hay sangre por todas partes.

Por todo el patio delantero, en el pequeño camino que conduce a la casa, por el suelo de la parte interior, mucha más sangre de la que podrías esperar que saliera de personas reales.

—¿Todd? —dice el alcalde—. ¿Estás bien?

—No —respondo mirando fijamente a la sangre—. ¿Qué clase de persona podría estar bien?

«Yo soy el Círculo y el Círculo soy yo», pienso.

Los ataques zulaques se siguen produciendo. A diario desde que hubo el primero en la central eléctrica, ocho días seguidos, sin cesar. Atacan y matan a los soldados que intentan perforar pozos para conseguir el agua que tanto necesitamos. Atacan y matan a los centinelas nocturnos en puntos aleatorios de los límites de la ciudad. Incendiaron incluso toda una hilera de casas. No murió nadie, pero incendiaron otra calle entera mientras los hombres del alcalde trataban de apagar la primera.

Y durante todo este tiempo siguen sin llegar informes de los escuadrones del norte y del sur, ambos permanecen allí con los brazos cruzados, sin vislumbrar a ningún zulaque que se dirija o regrese de alguno de sus exitosos asaltos. Tampoco las sondas de

Viola aportan información, como si, miraras donde miraras, ellos siempre estuvieran en alguna otra parte.

Pero ahora hay una novedad.

Grupos de ciudadanos, normalmente acompañados por uno o dos soldados, hacen incursiones a las casas de la periferia y saquean toda la comida que puedan encontrar para llevarla al almacén.

Uno de estos grupos se encontró con los zulaques.

A plena luz del día.

—Nos están poniendo a prueba, Todd —dice el alcalde con el ceño fruncido, mientras permanecemos en el umbral de la casa, ligeramente al este de las ruinas de la catedral—. Todo esto conduce a alguna parte. Recuerda mis palabras.

Los cadáveres de trece zulaques están desparramados por la casa y el jardín. De nuestro bando, hay un soldado muerto en la sala y los restos de dos ciudadanos muertos, ambos ancianos, junto a la puerta que da a la despensa, y una mujer y un niño que murieron escondidos en la bañera. Un segundo soldado yace en el jardín, atendido por un médico, pero le falta una pierna y no va a poder sobrevivir mucho tiempo.

El alcalde se le acerca y se arrodilla.

—¿Qué viste, soldado? —pregunta con una voz baja y casi tierna, un tono que conozco muy bien—. Cuéntame qué sucedió.

El hombre respira con dificultad y tiene los ojos muy abiertos. Su ruido es insoportable de mirar, lleno de zulaques abalanzándose sobre él, de soldados y de ciudadanos muriendo, pero sobre todo expresa su dolor por haberse quedado sin pierna, porque ya no hay vuelta atrás…

—Cálmate —dice el alcalde.

Y oigo ese murmullo grave. Serpenteando en el ruido del soldado, tratando de centrarlo, de enfocarlo.

—Llegaban sin cesar —explica el herido, que resopla entre palabra y palabra, pero por lo menos está hablando—. Nosotros disparábamos. Y ellos caían. Pero entonces llegaban más.

—Pero seguro que se dieron cuenta, soldado —dice el alcalde—. Seguro que los oyeron.

—Llegaban por todas partes —resopla el pobre hombre, que echa la cabeza atrás ante algún dolor invisible.

—¿Por todas partes? —pregunta el alcalde, con la voz todavía calmada, a pesar de que el murmullo va en aumento—. ¿A qué te refieres?

—Por todas partes —repite el soldado. Ahora su garganta lucha titánicamente por tomar aire, como si hablara en contra de su voluntad. Cosa que probablemente esté haciendo—. Llegaban… Por todas partes… Demasiado rápido. Corrían por nosotros. A toda velocidad. Disparaban sus estacas. Mi pierna. ¡¡¡Mi pierna!!!

—Soldado… —dice el alcalde, intensificando el murmullo.

—¡No paraban de llegar! No paraban…

Entonces el ruido desaparece, se va desvaneciendo antes de detenerse del todo. El hombre muere delante de nosotros.

(Yo soy el Círculo…)

El alcalde se levanta, irritado. Echa un último vistazo a la escena, a los cadáveres, a los ataques que parece incapaz de predecir y de impedir. Hay hombres a su alrededor esperando órdenes, hombres que parecen cada vez más nerviosos a medida que avanzan los días y no hay ninguna batalla por librar.

—¡Vamos, Todd! —me ordena por fin el alcalde, y se dirige atropelladamente al lugar donde están atados nuestros caballos.

Yo corro tras él sin pararme a pensar que no tiene ningún derecho a darme órdenes.

{VIOLA}

«¿Seguro que no vieron nada?», pregunta Todd a través del comunicador. Va montado a lomos de Angharrad, siguiendo al alcalde, mientras se alejan del ataque a una casa de las afueras de la ciudad, el octavo seguido. En la pequeña pantalla veo su rostro lleno de preocupación y de fatiga.

—Son difíciles de localizar —respondo, acostada una vez más en la cama de la enfermería, otra vez con fiebre, una fiebre tan consistente que me impide ir a visitar a Todd—. A veces los vislumbramos ligeramente, pero no sirve de nada, no es nada que podamos seguir —bajo la voz—. Además, ahora Simone y Bradley colocaron la sonda más cerca del campamento de la montaña. La gente lo está exigiendo.

Y así es. Arriba hay tanta gente que apenas hay lugar para moverse. Las tiendas de aspecto precario, hechas con mantas y bolsas de basura, se esparcen hasta la carretera principal junto al lecho vacío del río. Además, la escasez es generalizada. Hay arroyos cerca y Wilf acarrea tinas de agua, de modo que nuestros problemas de su suministro no son tan graves como los que Todd dice que hay en la ciudad. Pero sólo tenemos la comida que la Respuesta guardaba, provisiones para doscientos que ahora deben alimentar a mil quinientos. Lee y Magnus siguen comandando partidas de caza, pero esto no es nada comparado con los alimentos almacenados en Nueva Prentiss, fuertemente vigilados por los soldados.

Ellos tienen comida, pero no tienen agua.

Nosotros tenemos agua, pero no tenemos comida.

Pero ni el alcalde ni la enfermera Coyle se plantearían por un solo instante abandonar los puestos en los que se sienten más fuertes.

Lo peor es que los rumores se propagan casi de inmediato en un grupo de personas tan juntas, y tras los primeros ataques a la ciudad, la gente creyó que los zulaques iban a atacarnos a continuación, que ya estaban rodeando la cima de la montaña, listos para estrechar el cerco y matarnos a todos. No era así, no hay rastro de ellos, pero la gente sigue preguntando qué estamos haciendo para defendernos, dicen que es responsabilidad nuestra proteger antes al campamento de la montaña que a los de la ciudad.

Algunos han empezado incluso a sentarse en una especie de semicírculo junto a las puertas de la plataforma de la nave de reconocimiento, sin decir nada, observando nuestros movimientos e informando luego al resto del campamento.

Ivan suele sentarse delante de todo. Empezó incluso a llamar a Bradley «el Humanitario».

Y no lo dice de manera amable.

«Te entiendo», dice Todd. «Aquí abajo la sensación tampoco es mucho mejor.»

—Te informaré si sucede algo.

«Lo mismo digo.»

—¿Alguna noticia? —pregunta la enfermera Coyle, que entra en la tienda justo en el momento en que Todd cuelga.

—Es de mala educación escuchar las conversaciones privadas.

—En este planeta no hay nada privado, mi niña. Ése es el problema —me echa un vistazo al verme tumbada en la cama—. ¿Cómo tienes el brazo?

El brazo me duele. Los antibióticos ya no surten efecto y las manchas rojas vuelven a salir. La enfermera Lawson me colocó una nueva combinación de vendas, pero me di cuenta de que estaba preocupada.

—No se preocupe —contesto—. La enfermera Lawson está haciendo un buen trabajo.

Se mira los pies.

—¿Sabes?, obtuve buenos resultados con una serie de...

—Estoy segura de que la enfermera Lawson hará lo mismo cuando lo tenga todo listo —la interrumpo—. ¿Quería algo?

Suspira largamente, como si la hubiera decepcionado.

Así han pasado también los últimos ocho días. La enfermera Coyle no hace nada que la enfermera Coyle no quiera hacer. Está tan atareada con el gobierno del campamento (ordenando alimentos, tratando a las mujeres, pasando mucho tiempo con Simone) que nunca parece que haya ocasión para hablar de la paz. Cuando consigo captar su atención en las raras ocasiones en que no estoy atrapada en esta cama estúpida, dice que está esperando, que la paz sólo podrá llegar en el momento adecuado, que los zulaques pasarán a la acción y el alcalde también, y sólo entonces podremos pasar nosotros a la acción y conseguir la paz.

Pero eso suena a paz para algunos de nosotros y no necesariamente para los demás.

—Quería hablar contigo, mi niña —dice, mirándome a los ojos, como si quisiera comprobar si aparto la mirada.

No lo hago.

—Yo también quiero hablar con usted.

—Déjame empezar a mí, mi niña —dice.

Y entonces dice algo que no hubiera esperado ni en un millón de años.

[TODD]

—Incendios, señor —informa O'Hare, apenas un minuto después de que yo había hablado con Viola.

—No estoy ciego, capitán —responde el alcalde—, pero gracias una vez más por señalar la evidencia.

Cuando volvíamos a la ciudad desde la casa ensangrentada, nos detuvimos en la carretera porque se ve fuego en el horizonte.

Algunas granjas abandonadas en la parte norte del valle están ardiendo.

Espero que estén abandonadas.

El señor O'Hare nos dio alcance con un grupo de unos veinte soldados que parecen tan cansados como yo. Los observo, leo su ruido. Los hay de todas las edades, jóvenes y viejos, pero todos tienen ojos de anciano. En este grupo, casi nadie quería ser soldado, el alcalde los obligó a ello, los separó de sus familias, de las granjas, las tiendas y las escuelas.

Y entonces empezaron a ver la muerte a diario.

«Yo soy el Círculo y el Círculo soy yo», pienso una vez más.

Ahora lo hago continuamente, busco el silencio, ahuyento los pensamientos y los recuerdos, y la mayoría de las veces funciona también hacia afuera. La gente no oye mi ruido, oigo que no me oyen, igual que al señor Tate y al señor O'Hare, y deduzco que, en parte, el alcalde me enseñó a hacer esto para convertirme en uno de los suyos.

Como si eso fuera a suceder.

Pero no se lo he contado a Viola. No sé por qué.

Tal vez sea porque no la he visto, y eso es lo que más detesto de estos últimos ocho días. Ella permanece en el campamento de la colina para controlar a la enfermera Coyle, pero cada vez que la llamo está acostada en esa cama y cada vez está más pálida y débil. Sé que está enferma y va cada vez peor y no quiere decírmelo, seguramente para que no me preocupe, cosa que todavía me preocupa más, porque si tiene algo grave, si le sucede algo…

«Yo soy el Círculo y el Círculo soy yo.»

Todo se calma un poco.

No se lo he contado. No quiero que se preocupe. Lo tengo bajo control.

¿Chico potro?, pregunta Angharrad, nerviosa.

—Tranquila, pequeña. Pronto estaremos en casa.

No la habría sacado de haber sabido que la escena de la casa iba a ser tan dantesca. Apenas hace un par de días que se deja montar, y sigue alarmándose ante el más mínimo sobresalto.

—Enviaré a algunos hombres a apagar los incendios —dice el señor O'Hare.

—No serviría de nada —responde el alcalde—. Que ardan.

¡Ríndete!, relincha Tesoro de Juliet a nadie en particular.

—Tengo que conseguir otro caballo —murmura el alcalde.

Y de repente alza bruscamente la cabeza.

—¿Qué pasa? —pregunto.

Él mira a su alrededor, al camino que conduce a la casa ensangrentada, luego a la carretera de la ciudad. Nada ha cambiado.

Excepto la expresión en el rostro del alcalde.

—¿Qué pasa? —repito.

—¿No lo oyes...?

Vuelve a detenerse.

Y entonces lo oigo...

Ruido...

Un ruido que no es humano.

Viene de todas partes.

«De todas partes», como dijo el soldado...

—No puede ser —dice el alcalde, con el rostro impregnado de ira—. No se atreverían.

Pero ahora lo oigo claramente...

En un abrir y cerrar de ojos, estamos rodeados.

Los zulaques vienen hacia nosotros.

{VIOLA}

—Nunca te pedí disculpas por la bomba de la catedral —dice la enfermera Coyle.

No respondo.

Estoy demasiado asombrada.

—Mi intención no era matarte —continúa—. Tampoco pensaba que tu vida valiera menos que cualquier otra.

Trago saliva.

—Fuera —digo, y me sorprendo a mí misma. Debe de ser la fiebre la que habla—. Ahora mismo.

—Esperaba que el presidente te registrara la bolsa —sigue diciendo—. Él sacaría la bomba y ahí se acabarían nuestros problemas. Pero también sabía que sólo entraría en acción si te capturaban. Y si te capturaban, tenías todos los números para morir de todas formas.

—Ésa no era decisión suya.

—Lo era, mi niña.

—Si me lo hubiera pedido, tal vez habría…

—No habrías hecho nada que pudiera perjudicar a tu chico —espera a que la contradiga. No lo hago—. A veces, las personas que están al mando deben tomar decisiones monstruosas, y la mía fue que, ya que tenías tantas probabilidades de perder la vida por culpa de una misión que insistías en llevar a cabo, debía aprovechar la ocasión, por improbable que fuera, de conseguir que tu muerte sirviera de algo.

Me estoy poniendo muy roja y tiemblo de fiebre y de pura ira.

—Sólo había una posibilidad de que saliera bien. En cambio, podían pasar un montón de cosas más, todas las cuales terminaban con Lee y conmigo saltando en mil pedazos.

—Entonces te habrías convertido en una mártir para la causa —dice la enfermera Coyle—, y los demás habríamos combatido en tu nombre —me mira fijamente—. Te sorprendería lo poderoso que puede llegar a ser un mártir.

—Ésas son palabras propias de una terrorista…

—A pesar de todo, Viola, quiero que sepas que tenías razón.

—Creo que ya tuve suficiente.

—Déjame terminar —me pide—. La bomba fue un error. Por mucho que, en mi desesperación, tuviera buenas razones para acabar con él, aun así no eran lo bastante buenas como para arriesgar una vida que no era la mía.

—Maldita sea...

—Por eso te pido perdón.

Se produce un silencio cuando termina de hablar, un silencio pesado que queda colgado y luego se alarga todavía más, y entonces hace el ademán de irse.

—¿Qué está buscando? —digo, deteniéndola—. ¿Realmente quiere la paz o su único propósito es derrotar al alcalde?

Arquea la ceja.

—Sin duda alguna, lo segundo es necesario para lo primero.

—Pero ¿y si intentar ambas cosas significa que no consigue ninguna?

—Ésta debe ser una paz por la que valga la pena vivir, Viola. ¿Qué sentido tendría volver a la situación anterior? ¿Para qué habría habido tantos muertos?

—Hay un convoy de casi cinco mil personas en camino. La situación será totalmente distinta.

—Lo sé, mi niña...

—Piense en la posición de poder en la que se encontraría si es usted quien logra una nueva tregua, quien ayuda a que éste sea un mundo en paz.

Por un instante parece reflexionar, pero luego pasa la mano por el marco de la puerta para no tener que mirarme.

—Una vez te dije lo impresionada que estaba contigo. ¿Lo recuerdas?

Trago saliva, porque ese recuerdo involucra a Maddy, que murió de un disparo mientras me ayudaba a ser tan impresionante.

—Lo recuerdo.

—Todavía lo estoy. Más que antes —sigue sin mirarme—. Yo no viví aquí de niña, ya lo sabes. Era una adulta cuando aterrizamos, y participé en la fundación del pueblo de pescadores junto a algunos otros —aprieta los labios—. Y fracasamos. Los peces se comieron a más de nosotros que nosotros a ellos.

—Podría volverlo a intentar —sugiero—. Con los nuevos colonos. Usted dijo que el mar no estaba tan lejos, apenas a dos días de viaje...

—A un día, en realidad. Un par de horas en un caballo veloz. Te dije dos días porque no quería que me siguieras hasta allí.

Frunzo el ceño.

—Otra mentira más...

—Pero en eso también me equivocaba, mi niña. Habrías venido, aunque hubieras necesitado un mes. Por eso me impresionas tanto. Por cómo has sobrevivido, por cómo te has mantenido en posición de causar un impacto verdadero, por cómo sigues luchando, tú sola, por conseguir la paz.

—Entonces ayúdeme.

Da un par de golpecitos al marco de la puerta con la palma de la mano, como si todavía estuviera reflexionando.

—Me pregunto, mi niña... —dice finalmente—. Me pregunto si estás lista.

—¿Lista para qué?

Pero entonces da media vuelta y sale sin decir una palabra más.

—¿Lista para qué? —grito a sus espaldas, e intento incorporarme, poner los pies en el suelo y levantarme de la cama.

Caigo de inmediato sobre la otra cama, de puro mareo.

Respiro hondo para evitar que el mundo siga girando...

Y luego vuelvo a levantarme y salgo tras la enfermera Coyle.

Los soldados levantan los rifles y miran a su alrededor, pero el RUGIDO de los zulaques parece venir de todas partes, se acerca desde todas direcciones…

El alcalde también alzó el rifle. Yo empuño el mío mientras con la otra mano sujeto a Angharrad para calmarla, pero no hay nada que ver, todavía no…

Entonces un soldado cae al suelo al otro lado de la carretera, gritando y agarrándose el pecho.

—¡Ahí! —grita el alcalde.

De pronto, una patrulla de zulaques, docenas de ellos, salen en tromba de los bosques de más abajo, disparan sus estacas blancas contra los soldados, que empiezan a caer al tiempo que disparan para defenderse.

El alcalde me adelanta con el caballo, dispara el arma y se agacha para esquivar una flecha.

¡Chico potro!, grita Angharrad. Yo querría llevármela, sacarla de aquí.

Los zulaques caen por doquier bajo los disparos de los rifles.

Pero en cuanto cae uno, surge otro detrás de él.

¡RETIRADA!, oigo en mi ruido.

Es el alcalde quien lo envía.

¡RETIRADA!

Ni siquiera lo grita, no es siquiera un zumbido, te lo mete en la cabeza.

Y lo veo.

Por un segundo no lo creo.

Todos los soldados que quedan vivos, que ahora son unos doce, se ponen en movimiento al mismo tiempo.

¡SÍGANME!

Como un rebaño de ovejas ante el ladrido de un perro…

¡TODOS LOS HOMBRES!

Se mueven sin parar de disparar, mientras retroceden dirigiéndose hacia donde está el alcalde. Sus pies siguen incluso el mismo ritmo. Son hombres distintos que parecen de pronto el mismo hombre, un solo hombre. Obedecen pisando los cadáveres de los otros soldados como si no estuvieran allí…

¡¡¡SÍGANME!!!

¡¡¡SÍGANME!!!

Yo también noto que mis manos tiran de las riendas de Angharrad para alinearnos detrás del alcalde.

Me muevo con el resto.

¡¿Chico potro?!

Me maldigo a mí mismo y la alejo de la batalla principal.

Pero los soldados siguen llegando, aunque uno de ellos cae y luego otro, pero ahí vienen, ahora en dos hileras, disparando al unísono…

Los zulaques mueren en el tiroteo, caen al suelo…

Los hombres retroceden…

Veo al señor O'Hare acercándose a caballo, disparando también, perfectamente acompasado con los demás, y veo a un zulaque salir del bosque más cercano y apunta con una estaca blanca a su cabeza y…

«¡¡¡Agáchese!!!», pienso.

Lo pienso, pero no lo digo.

Le transmito el zumbido, veloz como un rayo.

Entonces él se agacha y el disparo del zulaque le pasa justo por encima.

El señor O'Hare se incorpora de nuevo y lo abate. Luego se vuelve hacia mí.

Pero, en vez de darme las gracias, sus ojos están llenos de una furia blanca.

Y de pronto se hace el silencio…

Los zulaques desaparecieron. No es que los veas huyendo, es que ya no están. El ataque terminó. Hay soldados muertos y zulaques muertos. Todo duró menos de un minuto…

Veo dos hileras de soldados supervivientes en perfecta formación, con los rifles alzados exactamente a la misma altura. Todos miran al punto de donde surgieron los primeros zulaques, esperando volver a disparar.

Esperando la próxima orden del alcalde.

En su rostro veo una concentración y una ferocidad que cuesta incluso mirar.

Y sé lo que significa.

Significa que su control está mejorando.

Es cada vez más rápido, fuerte y afilado.

(«Pero el mío también lo es», pienso, «también lo es».)

—En efecto —dice el alcalde—. También lo es, Todd.

Y tardo un segundo en darme cuenta de que, aunque mi ruido sea silencioso, él todavía puede oírlo.

—Volvamos a la ciudad, Todd —añade, sonriendo por primera vez en siglos—. Creo que llegó el momento de intentar algo nuevo.

{VIOLA}

—Es genial, Wilf —oigo decir a Bradley cuando salgo de la nave de reconocimiento. Estoy buscando por todas partes a la enfermera Coyle. En un lugar cercano a la nave, Wilf está estacionando un coche cargado con enormes tinas de agua fresca, lista para ser distribuida.

—No es nada. Sólo hago lo necesario.

—Me alegro de que alguien lo haga —oigo detrás de mí. Es Lee, que acaba de regresar de su jornada de caza.

—¿Sabes adónde fue la enfermera Coyle? —le pregunto.

—Hola, por cierto —se ríe. Me enseña las gallinas que trae en las manos—. Voy a reservar la más gorda para nosotros. Simone y el Humanitario pueden quedarse con la pequeña.

—No le llames así —digo con el ceño fruncido.

Lee mira a Bradley, que vuelve hacia la nave. Hoy hay más personas que nunca sentadas en semicírculo junto a las puertas de la plataforma. Observan y murmuran entre ellas. En el ruido de los pocos hombres que integran el grupo, Ivan incluido, vuelvo a oír *el Humanitario*.

—Está intentando salvarnos —les digo—. Está tratando de conseguir que todos los que están por llegar puedan vivir en paz con los zulaques.

—Ya —grita Ivan—. Y mientras tanto no se da cuenta de que las armas traen la paz mucho más deprisa que todos sus esfuerzos humanitarios.

—Esos esfuerzos humanitarios pueden garantizarles una larga vida, Ivan —respondo—. Y tú harías bien en ocuparte de tus malditos asuntos.

—A mí me parece que la supervivencia es asunto nuestro —contesta, alzando la voz.

A su lado, una mujer asiente con una sonrisa de suficiencia en el rostro sucio, y aunque tenga la piel ceniza a causa de la misma fiebre que tengo yo y lleve la misma cinta metálica que yo, me entran ganas de golpearla y golpearla y golpearla para que nunca más me vuelva a mirar así.

Pero Lee me agarra del brazo y me aleja de allí. Rodeamos la nave hasta el lugar más alejado, junto a los motores, que siguen apagados y fríos. Sin embargo, es el único punto donde nadie va a plantar una tienda de campaña.

—Qué gente tan estúpida y corta de miras... —despotrico.

—Lo siento, Viola —dice—, pero estoy de acuerdo con ellos.

—Lee...

—El presidente Prentiss mató a mi mamá y a mi hermana —continúa—. Todo lo que hagamos para detenerlo a él y a los zulaques me parece perfecto.

—Eres tan malo como la enfermera Coyle. Y ella intentó matarte.

—Yo sólo digo que, si tenemos armas, podemos hacer una demostración de fuerza...

—¡Y así garantizar la carnicería durante muchos años más!

Sonríe ligeramente, de un modo que me exaspera.

—Me recuerdas a Bradley. Él es el único que habla así.

—Claro, porque una montaña llena de gente asustada y hambrienta va a ofrecer una respuesta racional...

Entonces me detengo porque Lee me está mirando. Me mira la nariz. Lo sé porque me veo a mí misma en su ruido, me veo gritar y enojarme, veo que mi nariz se arruga como suele hacerlo cuando me enfurezco, veo la ternura que le despiertan esas arrugas...

Es un fogonazo, una imagen nuestra en su ruido, abrazándonos, desnudos, con el vello rubio de su pecho que nunca he visto en la vida real, el cabello mullido, suave y sorprendentemente grueso que le baja hasta el ombligo y más abajo y...

—Ay, mierda —dice, retrocediendo.

—¿Lee? —lo llamo, pero él da media vuelta y se aleja muy rápido, con el ruido inundado de vergüenza, y dice en voz alta—: Vuelvo con los cazadores.

Se aleja más y más deprisa.

Cuando salgo de nuevo en busca de la enfermera Coyle, me doy cuenta de que mi piel está increíblemente caliente. Me ruboricé...

¿Chico potro?, repite Angharrad durante el camino a la ciudad tras el ataque de los zulaques, cabalgando más deprisa de lo que le pido. *¿Chico potro?*

—Ya casi llegamos, pequeña —respondo.

Entro en el campamento justo por detrás del alcalde, que está radiante por cómo controló a sus hombres en la carretera. Desmonta de Tesoro de Juliet y se la entrega a James, que nos está esperando. Yo también me dirijo a él y salto de la silla de Angharrad.

—Necesita comida —digo rápidamente—. Y también agua.

—Tengo la comida preparada —responde, mientras yo la conduzco a mi tienda—. Pero hay racionamiento de agua, de modo que…

—No —lo interrumpo, desatando la silla lo más rápido que puedo—. No lo entiendes. Necesita agua ahora mismo. Acabamos de…

—¿Ya estás otra vez con exigencias? —pregunta.

Me vuelvo hacia él con los ojos como platos. Él sonríe, sin comprender lo que acabamos de pasar, convencido de que mi yegua me controla y de que no sé cuidar de ella.

—Es una belleza —dice mientras le deshace un nudo de la crin—. Pero el jefe sigues siendo tú.

Veo que piensa en su granja, en los caballos que tenían su padre y él, tres en total, todos bayos con el hocico blanco. Piensa en cómo se los arrebató el ejército y en que no los ha vuelto a ver, lo que probablemente significa que murieron en la batalla.

Una idea que hace que Angharrad repita *¿Chico potro?* con gran preocupación, algo que me irrita todavía más…

—No —replico a James—. Ve a buscar más agua ahora mismo.

Sin apenas ser consciente, lo miro fijamente, lo empujo con mi ruido, agarro el suyo…

Lo sujeto…

Lo sujeto a él…

Y yo soy el Círculo y el Círculo soy yo…

—¿Qué haces, Todd? —me pregunta, moviendo la cara como si intentara espantar una mosca.

—Agua —ordeno—. Ahora.

Noto el zumbido que llega, lo noto aleteando en el aire.

Estoy sudando, a pesar del frío.

Y veo que él suda también.

Suda y parece desconcertado.

Frunce el ceño.

—¿Todd?

Lo dice de un modo tan triste, como si lo hubiera traicionado, como si le hubiera metido la mano en el interior y le hubiera dado la vuelta, que casi me detengo. Casi dejo de concentrarme, casi dejo de contactarlo…

Pero sólo casi.

—Le daré agua de sobra —dice con los ojos nublados—. Voy por ella.

Y ahí va, de vuelta al depósito de agua.

Tardo un segundo en retomar el aliento.

Lo conseguí.

Lo conseguí una vez más.

Y me gustó.

Me sentí poderoso.

—Socorro —susurro, y tiemblo tanto que tengo que sentarme.

{VIOLA}

Encuentro a la enfermera Coyle entre un pequeño grupo de mujeres junto a las tiendas de enfermería, dándome la espalda.

—¡Ey! —grito, abalanzándome sobre ella. Hablo demasiado fuerte por lo que acaba de pasar con Lee, pero también me siento más débil de lo que parece posible y me pregunto si no estaré a punto de caerme al suelo.

Ella se gira y veo que está con tres mujeres. Dos de ellas son las enfermeras Nadari y Braithwaite. Ninguna de las dos se ha molestado en dirigirme la palabra desde que llegué al campamento de la montaña, pero no las miro a ellas.

Estoy mirando a Simone.

—Deberías estar en cama, mi niña —me dice la enfermera Coyle.

La fulmino con la mirada.

—No está bien preguntar si estoy lista para algo y luego largarse.

Coyle mira a las otras, incluyendo a Simone, que asiente.

—De acuerdo. Si te interesa tanto saberlo…

Respiro pesadamente y soy consciente por su tono de voz de que lo que va a decir probablemente no me va a gustar. Alarga la mano como pidiendo permiso para tomarme del brazo. Yo no se lo impido, y la sigo al exterior de las tiendas, con las otras dos enfermeras y Simone caminando detrás de nosotras como si fueran guardaespaldas.

—Estamos trabajando en una teoría —empieza a contarme.

—¿Estamos? —digo, mirando otra vez a Simone, que continúa sin decir nada.

—Una teoría que cobra más sentido cada día que pasa, me temo —dice la enfermera Coyle.

—¿Puede ir al grano, por favor? Ha sido un día muy largo y no me siento bien.

Asiente, una vez.

—De acuerdo, mi niña —se detiene y me mira—. Tenemos razones para creer que tal vez no exista una cura para las cintas.

Sin pensarlo, me llevo la mano al brazo.

—¿Qué?

—Hace décadas que existen —continúa—. Existían en el Viejo Mundo, por el amor de Dios, y por supuesto ha habido casos de crueldad o bromas de mal gusto en que algunos seres humanos han sido marcados. Pero no hemos conseguido encontrar nada, ni siquiera en la muy extensa base de datos de Simone, sobre este tipo de infección...

—Pero ¿cómo...?

Entonces me detengo. Acabo de caer en la cuenta de adónde quiere ir a parar.

—Cree que el alcalde puso algo extra en las cintas metálicas.

—Sería un modo de perjudicar a un número ingente de mujeres sin que nadie supiera los motivos reales.

—Pero nos habríamos enterado —replico—. Con el ruido de los hombres, habría habido rumores...

—Piénsalo, mi niña —dice ella—. Piensa en su historial. Piensa en el exterminio de las mujeres de la vieja Prentisstown.

—Él dice que fue un suicidio —digo, consciente de lo poco sensato que suena.

—Encontramos productos químicos que ni siquiera yo soy capaz de identificar, Viola —me explica Simone—. Existe un peligro real. Implicaciones reales.

Siento náuseas al oír cómo dice la palabra «implicaciones».

—¿Desde cuándo escuchas con tanta atención a las enfermeras?

—Desde que sé que tú y las mujeres marcadas podrían estar en verdadero peligro por culpa de ese hombre.

—Ten cuidado —digo—. Tiene una gran habilidad para hacer que la gente haga lo que ella quiere —miro a la enfermera Coyle—. Para conseguir que la gente se siente en semicírculo a juzgar a los demás.

—Mi niña —empieza a decir Coyle—, yo no...

—¿Qué quiere de mí? —pregunto—. ¿Qué quiere que haga al respecto?

La mujer suspira profundamente.

—Queremos saber si tu amigo Todd sabe algo, si hay alguna cosa que no nos haya contado.

Niego con la cabeza.

—Me lo habría dicho en cuanto vio mi brazo.

—Pero ¿podría descubrirlo, mi niña? —habla con la voz firme—. ¿Nos ayudaría a descubrirlo?

Tardo un momento en captarlo. Pero cuando lo hago...

—Ah, ahora lo entiendo.

—¿Qué es lo que entiendes? —me pregunta.

—Usted quiere un espía —mi voz se fortalece a medida que me indigno—. Son los trucos de siempre, ¿verdad? La enfermera Coyle de siempre, buscando cualquier resquicio que pueda otorgarle más poder.

—No, mi niña. Encontramos productos químicos...

—Está tramando algo —concluyo—. Lleva todo este tiempo negándose a contarme cómo se logró la primera tregua, esperando a que el alcalde «pase a la acción», y ahora quiere utilizar a Todd como utilizó a...

—Es mortal, mi niña —me interrumpe—. La infección es mortal.

—La vergüenza desaparece —dice el alcalde, que se manifiesta detrás de mí como tiene por costumbre mientras observo cómo James atraviesa el campamento del ejército para ir a buscar agua para Angharrad.

—Fue culpa suya —digo, temblando todavía—. Me lo metió en la cabeza y me obligó…

—No hice tal cosa. Simplemente te enseñé el camino. Tú lo has recorrido solo.

No digo nada. Porque sé que es verdad.

(pero ese murmullo que oigo…)

(ese murmullo que finjo que no está…)

—No te estoy controlando, Todd. Eso fue parte de nuestro acuerdo, al cual me estoy ateniendo. Lo único que pasó es que encontraste el poder que en repetidas ocasiones te dije que poseías. Era un deseo, ¿sabes? Querías que sucediera. Ése es el secreto.

—No lo es —respondo—. Todo el mundo tiene deseos, pero nadie termina siendo capaz de controlar a la gente.

—Eso es porque el deseo de la mayoría es que le digan lo que debe hacer —echa la vista atrás, a la plaza llena de tiendas, soldados y personas apiñadas—. La gente dice que quiere libertad, pero lo que realmente desea es estar libre de preocupaciones. Si me ocupo de sus problemas, no les importa que les diga lo que tienen que hacer.

—Algunas personas. No todas.

—En efecto. Tú no. Y eso, paradójicamente, te hace todavía mejor para controlar a los demás. Hay dos clases de personas en este mundo, Todd. Ellos —hace un gesto hacia el ejército—. Y nosotros.

—No me incluya en ese «nosotros».

Él se limita a sonreír.

—¿Estás seguro? Creo que los zulaques están conectados por su ruido, unidos en una sola voz. ¿Qué te hace pensar que los hombres no lo estamos? Lo que te conecta conmigo, Todd, es que nosotros sabemos cómo usar esa voz.

—Yo no voy a ser como usted —insisto—. Nunca voy a ser como usted.

—No —dice con los ojos centelleantes—. Creo que tú vas a ser mejor.

Entonces, de repente, un latido de luz, más brillante que cualquier luz eléctrica, atraviesa la plaza…

Roza al ejército, pero sin pasar por en medio…

—El depósito de agua —dice el alcalde, que ya se puso en movimiento—. ¡Atacaron el depósito de agua!

{VIOLA}

—¿Mortal? —exclamo.

—Hasta ahora cuatro mujeres —responde la enfermera Coyle—. Hay otras siete que no pasarán de esta semana. No lo comunicamos porque no queremos que cunda el pánico.

—Son sólo diez entre un millar —digo—. Mujeres que de todos modos ya estaban enfermas y débiles…

—¿Estás dispuesta a arriesgar tu propia vida creyendo eso? ¿La vida de cada mujer marcada? No sirvió de nada amputarles el brazo, Viola. ¿Te parece que eso es una infección normal?

—Si me pregunta si creo que usted mentiría para conseguir exactamente lo que quiere de mí, ¿cuál cree que sería mi respuesta?

Respira profunda y lentamente, como si intentara no perder los estribos.

—Soy la mejor sanadora, mi niña —dice con una voz llena de sentimiento—, y no pude evitar que esas mujeres murieran —sus ojos se dirigen a las vendas de mi brazo—. Tal vez no pueda evitarlo con ninguna de ustedes.

Vuelvo a colocar ligeramente la mano sobre mi brazo y noto cómo palpita.

—Viola, las mujeres están muy enfermas —dice Simone en voz baja.

Pero no, pienso. No...

—No lo entiendes —digo, negando con la cabeza—. Ésta es su manera de funcionar. Convierte una pequeña verdad en una mentira mayor para llevarte por donde ella quiere...

—Viola... —empieza la enfermera Coyle.

—No —la interrumpo, con más fuerza, porque no paro de pensar—. No puedo arriesgarme a que usted tenga razón, ¿no cree? Si es mentira, es una mentira inteligente, porque si estoy equivocada, todas moriremos, de modo que sí, muy bien, veré qué puedo sacarle a Todd.

—Gracias —dice ella, acaloradamente.

—Pero —continúo— no le pediré que espíe para usted, y usted hará una cosa a cambio.

Los ojos de la enfermera Coyle se iluminan al ver hasta qué punto hablo en serio.

—¿Qué cosa? —pregunta por fin.

—Dejará de darme largas y me explicará, paso por paso, todo lo que hizo para hacer las paces con los zulaques —digo—. Luego me ayudará a reiniciar todo el proceso. Sin más demoras, sin más espera. Empezaremos mañana.

Veo cómo su cerebro comienza a funcionar; está calibrando qué ventajas puede obtener.

—Haremos una cosa...

—No hay más que hablar —concluyo—. Hará lo que le pido o no le conseguiré nada.

Esta vez la pausa es casi imperceptible.

—De acuerdo.

Llega un grito desde la nave de reconocimiento. Bradley baja corriendo por la rampa, con el ruido convertido en un rugido.

—¡Algo está pasando en la ciudad!

[TODD]

Corremos hacia el depósito de agua, los soldados se apartan para darnos paso, pese a que están de espaldas...

Oigo cómo el alcalde les controla la mente, les dice que se muevan, les dice que se aparten...

Cuando llegamos, lo vemos.

El depósito de agua se tambalea.

Una de las patas casi fue arrancada, seguramente por una de esas bolas de fuego giratorias disparada desde poca distancia, porque unas llamas pegajosas y blancas se propagan por la madera del depósito casi como si fueran un líquido.

Y hay zulaques por doquier.

Los rifles disparan en todas direcciones y los zulaques disparan sus estacas blancas. Los hombres caen y los zulaques caen, pero ése no es el peor problema...

¡EL FUEGO!, grita el alcalde, y sus órdenes penetran en las mentes de todos los que lo rodean. ¡APAGUEN ESE FUEGO!

Los hombres entran en acción.

Y ocurre algo que resulta realmente grave...

Los soldados de la primera línea sueltan los rifles para agarrar cubetas de agua...

Soldados que estaban entre dos fuegos, soldados que estaban junto a los zulaques...

Dan media vuelta y se van como si de pronto se hubieran olvidado de la batalla que estaban librando...

Pero los zulaques no se han olvidado en absoluto, y los hombres empiezan a morir en mayor número, sin mirar siquiera a quienes los matan…

¡ESPEREN!, oigo que piensa el alcalde. ¡SIGAN LUCHANDO!

Pero lo piensa con alguna duda. Algunos soldados que soltaron las armas las vuelven a agarrar, pero otros se quedan ahí helados, sin saber qué hacer…

Y luego caen al suelo, alcanzados por las armas zulaques.

Veo el rostro del alcalde, está haciendo grandes esfuerzos para mantener su concentración. Veo cómo intenta que algunos hombres hagan una cosa y otros hagan otra, pero al final nadie hace nada y mueren más soldados, mientras que el depósito de agua está a punto de desmoronarse…

—¡¿Señor presidente?! —grita el señor O'Hare, que aparece blandiendo su rifle, pero casi de inmediato sufre los efectos negativos del control defectuoso del alcalde.

Los zulaques ven que el ejército está confundido, que no hacemos lo que deberíamos, que sólo algunos soldados disparan, mientras otros permanecen ahí plantados permitiendo que el fuego se propague por el almacén de alimentos.

En el ruido de los zulaques, aunque no reconozca las palabras, noto que están oliendo una victoria mayor de la que creían posible, tal vez la victoria final.

También me doy cuenta de que, durante todo este tiempo, yo no me quedé paralizado como los otros hombres.

Desconozco la razón, pero soy el único que no me quedé en suspenso bajo el control del alcalde.

Tal vez, finalmente, es cierto que no se pudo meter en mi cabeza.

Pero no puedo pararme a pensar lo que eso significa.

Agarro el rifle por el cañón y golpeo con fuerza la oreja del alcalde.

Da un grito y se tambalea hacia un lado.

Los soldados que están cerca también gritan, como si hubieran recibido un puñetazo.

El alcalde cae sobre una rodilla y se lleva la mano a la cabeza. Ve la sangre que le mancha los dedos y su ruido lanza un gemido al aire…

Pero yo me vuelvo hacia el señor O'Hare y grito:

—¡Ordene a una hilera de hombres que disparen ahora, ahora… ¡¡¡Ahora!!!

Noto el zumbido, pero no sé si es porque mis palabras funcionaron o porque él vio lo que había que hacer. Da un brinco y grita a los soldados más cercanos que se alineen, que apunten con los malditos rifles y que disparen.

Cuando los disparos vuelven a rasgar el aire y los zulaques empiezan a caer de nuevo y a retroceder, tropezando y pisoteándose por culpa del cambio repentino, veo que el señor Tate viene corriendo hacia nosotros, pero ni siquiera le dejo abrir la boca.

—¡¡¡Apaguen ese fuego!!! —grito.

Él mira al alcalde, todavía arrodillado, todavía sangrando, y asiente con la cabeza. Empieza a gritar a otro grupo de soldados para que agarren cubetas y salven nuestra agua y nuestra comida.

El mundo despega a nuestro alrededor, grita y chilla y se desmorona. Hay una hilera de soldados que ahora empuja hacia delante, haciendo retroceder a los zulaques que defendían el depósito de agua.

Yo permanezco junto al alcalde, que sigue arrodillado, mesándose el pelo, con la sangre espesa filtrándose entre sus dedos. No me arrodillo a su lado, no compruebo si se encuentra bien, no hago nada para ayudarlo.

Pero descubro que tampoco lo estoy abandonando.

—Me pegaste, Todd —le oigo decir, con una voz tan espesa como su sangre.

—¡Era necesario, idiota! ¡Iba a hacer que nos mataran a todos!

Se incorpora un poco al oírlo, sin dejar de tocarse la cabeza.

—Tienes razón —dice—. Hiciste bien en detenerme.

—Claro que tengo razón.

—Lo hiciste, Todd —continúa, respirando con dificultad—. Por un instante, cuando el momento lo exigía, fuiste un líder para los hombres.

En ese momento el depósito de agua se derrumba.

{VIOLA}

—Hubo un gran ataque —dice Bradley cuando corremos hacia él.

—¿Qué tan grande? —pregunto, echando mano de inmediato al comunicador.

—Una de las sondas captó un gran fogonazo y después…

Se interrumpe porque oímos otro ruido.

Gritos en el límite del bosque.

—¿Qué es eso? —dice Simone.

Se alzan unas voces en la línea de árboles. Vemos a la gente que se incorpora ante las fogatas y oímos más gritos…

Y Lee…

Lee…

Sale con dificultad de entre la gente.

Cubierto de sangre.

Tapándose la cara con las manos.

—¡Lee!

Y corro tan deprisa como puedo; la fiebre me vuelve lenta y me quedo sin aliento. Bradley y la enfermera Coyle me adelantan y sujetan a Lee. Luego lo tienden en el suelo. Ella le aparta las manos de la cara ensangrentada…

Y otra voz grita entre la multitud...

Cuando vemos...

Los ojos de Lee...

No están.

No están.

Se convirtieron en un tajo de sangre.

Parece que se los quemaron con ácido...

—¡Lee! —exclamo, arrodillándome a su lado—. Lee, ¿me escuchas?

—¿Viola? —dice, tendiéndome las manos llenas de sangre—. ¡No puedo verte! ¡No veo nada!

—¡Estoy aquí! —le tomo las manos y las aprieto con fuerza—. ¡Estoy aquí!

—¿Qué pasó, Lee? —pregunta Bradley, con voz grave y tranquila—. ¿Dónde está el resto de cazadores?

—Muertos —contesta—. Dios mío, están muertos. Magnus está muerto.

Sabemos lo que va a decir a continuación, porque lo vemos en su ruido...

—Los zulaques —dice—. Vienen los zulaques.

[TODD]

Las patas del depósito ceden y el enorme contenedor metálico se desmorona, casi demasiado lento para ser real...

Se estrella contra el suelo y aplasta como mínimo a uno de los soldados.

Cada gota de agua potable que teníamos sale convertida en un muro sólido...

Que se dirige hacia nosotros...

El alcalde sigue tambaleándose, todavía está confundido.

—¡¡¡Corran!!! —empiezo a gritar, y lo transmito en mi ruido mientras agarro al alcalde por su precioso uniforme y me lo llevo a rastras.

El muro de agua se desborda calle abajo y entra en la plaza detrás de nosotros, derribando a soldados y zulaques, llevándose tiendas y camas y convirtiéndolo todo en una gran sopa.

También apaga el incendio del almacén, pero lo hace con las últimas reservas de agua que nos quedaban.

Arrastro al alcalde casi sobre los talones, intentando apartarlo del desastre, atropellando a los soldados a los que les grito:

—¡Muévanse! —grito al acercarnos.

Y ellos se mueven…

Llegamos a los escalones de la puerta de una casa…

Y el torrente de agua pasa. Nos salpica hasta las rodillas, pero sigue pasando, cada vez más bajo, hundiéndose en el suelo.

Llevándose consigo nuestro futuro.

Entonces, casi tan rápido como llegó, desaparece, dejando una plaza empapada y cubierta de escombros y cuerpos de toda clase.

Tomo aliento y contemplo el caos mientras el alcalde se recupera a mi lado.

Es entonces cuando veo…

Ay, no…

Allí, en el suelo, apartado a un lado por la fuerza del agua…

No…

James.

Está tendido boca arriba, mirando al cielo…

Con un agujero en la garganta.

Soy levemente consciente de que suelto el rifle, corro hacia él, salpico el agua y caigo de rodillas a su lado.

James, a quien controlé. James, a quien envié aquí sin otra razón que mi deseo…

James, a quien mandé a la muerte.

Ay, no.

Ay, no, por favor.

—Bueno, es una verdadera lástima —dice el alcalde detrás de mí, con un tono sincero, casi amable—. Siento mucho lo de tu amigo. Pero me salvaste, Todd. La primera vez, de mi propia idiotez, y la segunda, de un muro de agua.

No respondo. No aparto la vista del rostro de James, todavía inocente, todavía amable y abierto y amistoso, a pesar de que ya no emite ningún sonido.

La batalla se aleja ahora de nosotros. Las armas del señor O'Hare resuenan por calles lejanas. Pero ¿de qué va a servir?

Destruyeron el depósito de agua.

Nos mataron.

Apenas oigo suspirar al alcalde.

—Creo que ya es hora de que conozca a tus amigos los colonos, Todd —dice—. Y también llegó el momento de tener una larga y agradable charla con la enfermera Coyle.

Con las yemas de los dedos, cierro los ojos de James, recordando que ya hice lo mismo con Davy Prentiss, sintiendo el mismo vacío en mi ruido, y ni siquiera puedo pensar que lo lamento porque no sería suficiente, ni de lejos, aunque lo dijera durante el resto de mi vida.

—Los zulaques se volvieron terroristas, Todd —dice el alcalde, aunque yo no lo escucho—. Y tal vez hagan falta terroristas para combatir a los terroristas.

Entonces ambos lo oímos. Por encima del caos de la plaza, suena otro RUGIDO, un rugido completamente diferente en un mundo que parece estar hecho de rugidos.

Miramos al este, por encima de las ruinas de la catedral, más allá del tambaleante campanario, que sigue en pie, aunque parezca imposible.

A lo lejos, la nave de reconocimiento despegó.

En el umbral

Me sumerjo en la voz de la Tierra.

Ataco al Claro, noto cómo las armas disparan con mis manos, veo con mis ojos cómo los soldados mueren, oigo los rugidos y los gritos de la batalla en mis oídos. Estoy en lo alto de la montaña, en el saliente accidentado que da al valle, pero estoy también en la batalla, la vivo a través de las voces de los que luchan, de los que entregan la vida por la Tierra.

Y veo cómo cae el depósito de agua, aunque la Tierra, que está lo bastante cerca para verlo caer, muere rápidamente a manos del Claro, y cada muerte es un desgarre terrible para la Tierra, una ausencia repentina que tensa y duele.

Pero que es necesaria...

Necesaria sólo a pequeña escala, muestra el Cielo, que también contempla la escena. *Necesaria para salvar el cuerpo entero de la Tierra.*

Y también para terminar esta guerra antes de que llegue el convoy, replico, usando la extraña palabra que no le enseñé.

Hay tiempo, muestra el Cielo, concentrado todavía en la ciudad a nuestros pies, en las voces que nos llegan desde allí. Ahora son menos, pues la mayoría huye.

¿Lo hay?, digo, sorprendido, y me pregunto cómo lo sabe con tanta seguridad.

Pero aparto mis inquietudes, porque la voz del Cielo se abre para recordarme lo que esta noche todavía está por llegar, ahora que el primer objetivo de derribar el depósito de agua está logrado.

De un modo u otro, esta noche cambiará la guerra.

El agua fue el primer paso.

La invasión generalizada es el segundo.

La Tierra no ha estado ociosa en los últimos días. Grupos de la Tierra han atacado al Claro de manera impredecible, desde distintas direcciones en distintos momentos, golpeando con fuerza en puntos sorprendentes y aislados.

La Tierra está mucho más habituada al suelo y a los árboles que el Claro y se disfraza más fácilmente, y las luces flotantes del Claro no se atreven a acercarse o la Tierra las abatirá.

El Claro podría disparar sus armas más importantes río abajo, por supuesto, alcanzando incluso al Cielo, aunque no puede saber que él los observa desde tan cerca.

Pero si dispararan, el río bajaría y los ahogaría.

Y tal vez haya otra razón. ¿Cómo es posible que el Claro tenga un arma tan poderosa y no la use? ¿Por qué se dejan atacar una y otra vez, con una severidad creciente, sin responder?

A no ser que, como apenas nos atrevimos a esperar al principio, ya no tengan más armas que disparar.

Ojalá estuviera ahí, muestro, mientras seguimos observando a través de la voz de la Tierra. *Ojalá estuviera disparando un rifle. Disparándolo contra el Cuchillo.*

No te impacientes, contesta el Cielo, en tono grave y reflexivo. *Deben de estar desesperados. Hemos progresado tanto porque no han dado una respuesta coordinada.*

Y tú querías que lo hicieran, muestro.

El Cielo quiere que el Claro se muestre.

Podemos atacar ahora, señalo, con una excitación creciente. *Su situación es caótica. Si actuáramos ahora...*

Esperaremos, contesta el Cielo, *hasta que oigamos voces provenientes de la montaña lejana.*

La montaña lejana. Nuestras voces distantes, la parte de la Tierra que va en busca de información mostró que el Claro se dividió en dos campamentos. Uno abajo, en la ciudad, otro en la cima de una montaña, a lo lejos. De momento hemos dejado de lado la montaña porque al parecer se trata del Claro que huyó de la batalla, el que no está interesado en luchar. Pero sabemos también que el bajel aterrizó allí y que lo más probable es que el arma más potente fuera disparada desde ese lugar.

No hemos conseguido acercarnos lo suficiente para ver si tenían más armas.

Pero esta noche lo sabremos con seguridad.

La Tierra está preparada, muestro, apenas capaz de contener mi excitación. *La Tierra está lista para el ataque.*

Sí, responde el Cielo. *La Tierra está preparada.*

Y los veo en su voz.

Una masa de cuerpos de la Tierra al norte de la ciudad y también al sur, que se ha ido congregando lentamente estos últimos días, por caminos que el Claro desconoce, y se mantiene a suficiente distancia para que el Claro no pueda oírla.

Y en la voz del Cielo veo otra masa de cuerpos, escondida, pero dispuesta y en espera, cerca de la montaña lejana.

Ahora, en este mismo momento, la Tierra está lista para atacar al Claro con la máxima fuerza.

Y matarlos a todos.

Esperaremos noticias de la montaña lejana, vuelve a mostrar el Cielo, esta vez con más firmeza. *Paciencia. El guerrero que golpea demasiado pronto es un guerrero perdido.*

¿Y si las voces muestran lo que queremos que muestren?

Me mira con los ojos brillantes, un resplandor que se expande a su voz, que crece hasta alcanzar el tamaño del mundo que me rodea, que me muestra lo que está por venir, lo que sucederá, todo lo que quiero que sea verdad.

Si las voces de la montaña descubren que el Claro gastó en efecto todas las armas grandes...

Entonces la guerra terminará esta noche, concluyo. *Con la victoria.*

Me posa la mano sobre el hombro, me envuelve con su voz, me advierte con ella, me arrastra hacia la voz de la Tierra entera.

Sólo en ese caso, señala.

Sólo en ese caso, respondo.

Y en voz baja, una voz que tal vez sólo yo oiga, el Cielo añade:

¿Confía ahora el Regreso en el Cielo?

Sí, muestro sin dudarlo. *Siento haber dudado de ti.*

Noto una sensación en el estómago, un hormigueo de profecía y futuro. La sensación de que esta noche debe suceder, de que sucederá, de que todo lo que deseo para el destino del Claro está aquí y ahora, frente a mí, frente a todos nosotros, que la Carga será vengada, que mi alma gemela será vengada, que yo seré vengado...

Y entonces un rugido repentino parte la noche en dos.

¿Qué es?, pregunto, pero noto que la voz del Cielo está buscando también, que conecta con la noche, que mira con sus ojos, busca el sonido, siente el terror creciente de que pueda ser otra arma, de que nos hayamos equivocado...

Ahí, muestra.

En la distancia, todavía muy pequeño, en la cima de la montaña lejana...

Su bajel se está alzando en el aire.

Lo vemos elevarse pesadamente en medio de la noche, como el cisne de río que da sus primeros aleteos.

¿No podemos acercarnos para ver mejor?, muestra el Cielo, enviando el mensaje a todas partes. *¿Hay alguna voz que esté más cerca?*

El bajel, poco más que una luz en la distancia, empieza a trazar un círculo lento por encima de la montaña, se ladea al girar y lanza pequeños destellos desde la parte inferior que caen sobre el bosque, destellos que de pronto se vuelven más brillantes sobre los árboles y que van acompañados segundos más tarde por un sonido retumbante que rueda valle abajo y se acerca a nosotros.

Y ahí llegan las voces de la montaña...

El Cielo grita, y enseguida nos encontramos bajo los destellos que caen de la nave, bajo las grandes y retumbantes explosiones que arrasan los árboles, por todas partes y desde todos lados, y es imposible huir de ellas. Explosionan el mundo entero, los ojos de la Tierra ven los destellos y sienten el dolor, pero luego se apagan como el agua apaga un incendio...

Entonces oigo que el Cielo envía la orden inmediata de retirarse.

¡No!, grito.

El Cielo me mira con severidad.

¿Quieres que los maten?

Están dispuestos a morir. Y ésta es nuestra oportunidad...

El Cielo me da un bofetón en toda la cara.

Retrocedo, perplejo, siento que el dolor resuena por toda mi cabeza.

Dijiste que confiabas en el Cielo, ¿no es así?, muestra, y la ira de su voz me agarra con tanta fuerza que duele.

Me pegaste.

¡¿No es así?!

Su voz elimina todos los pensamientos de mi cabeza.

Le devuelvo la mirada, cada vez más enojado.

Sí, muestro, sin embargo.

Entonces confiarás en mí ahora. Se vuelve hacia los Senderos, que esperan detrás de él. *Hagan volver a la Tierra de la montaña lejana. La Tierra del norte y del sur esperará mis instrucciones.*

Los Senderos parten de inmediato a transmitir las órdenes del Cielo a la Tierra que está esperando.

Las órdenes se dan en el lenguaje de la Carga para asegurar que las entiendo.

Órdenes de retirada.

De no atacar.

El Cielo no me mira, me da la espalda, pero una vez más lo interpreto mejor que cualquier otro de la Tierra, tal vez mejor de lo que se espera que la Tierra interprete al Cielo.

Lo esperabas, muestro. *Esperabas más armas.*

Sigue sin mirarme, pero un cambio en su tono de voz muestra que tengo razón.

El Cielo no mintió al Regreso, contesta. *De no haber habido más armas, estaríamos aplastándolos en este mismo instante.*

Pero sabías que habría armas. Me hiciste creer...

Tú esperabas que tus deseos fueran realidad, señala el Cielo. *Nada de lo que yo dijera podía hacer que lo vieras de otra forma.*

Mi voz todavía resuena por el dolor del bofetón.

Siento haberte pegado, dice.

Y en la disculpa, lo veo. Por un brevísimo segundo, lo veo.

Como el sol que atraviesa las nubes, un destello de luz inconfundible.

Veo su naturaleza esencialmente pacífica.

Deseas hacer las paces con ellos, muestro. *Deseas una tregua.*

Su voz se endurece.

¿No te mostré que la verdad es lo contrario?

Dejas abierta la posibilidad.

Ningún comandante sabio haría otra cosa. Ya lo aprenderás. Tendrás que hacerlo.

Parpadeo, desconcertado.

¿Por qué?

Él vuelve la vista hacia el valle, hacia la montaña lejana que el bajel sigue sobrevolando.

Despertamos a la bestia, muestra. *Ahora veremos cuán feroz puede ser.*

LA ALIANZA

HABLANDO CON EL ENEMIGO

{VIOLA}

Mi comunicador hace bip y sé que es Todd quien llama, pero estoy en la enfermería de la nave de reconocimiento, con la cabeza de Lee en el regazo, y ahora mismo no puedo pensar en nada más.

—Sujétalo bien, Viola —me pide la enfermera Coyle, intentando mantener el equilibrio cuando la nave vuelve a inclinarse.

«Una pasada más y aterrizaremos», dice Simone por el sistema de comunicación de la nave.

Oímos los estallidos graves a través de la escotilla por donde Simone está lanzando los enganches, pequeños paquetes de bombas unidas magnéticamente que se esparcen al caer, cubriendo el bosque de fuego y explosiones.

Una vez más, bombardeamos a los zulaques.

Cuando Lee dijo que venían por nosotros, ayudé a transportarlo al interior de la nave, donde las enfermeras Coyle y Lawson empezaron de inmediato a atenderlo. En el exterior, al otro lado de las puertas, pudimos oír el griterío de la gente del campamento. Oímos su terror, pero también su indignación. Era fácil imaginar al semicírculo de observadores, comandados por Ivan, exigiendo saber lo que Simone y Bradley iban a hacer ahora que los zulaques nos habían atacado directamente.

—¡Podrían estar en cualquier lugar! —oí que gritaba Ivan.

Y así, mientras la enfermera Coyle sedaba a Lee y la enfermera Lawson limpiaba la hemorragia aparentemente interminable de las cuencas destruidas de sus ojos, oímos cómo Simone y Bradley saltaban a bordo, discutiendo entre ellos. Ella se dirigió a la cabina y él entró en la enfermería.

—Vamos a despegar —anunció.

—Estoy operando —dijo la enfermera Coyle sin levantar la vista.

Bradley abrió un panel y sacó un pequeño artefacto.

—Es un bisturí giroscópico —explicó—. Se mantendrá firme en la mano, aunque la nave se gire al revés.

—Ah, ¿así que eso es lo que era? —apuntó la enfermera Lawson.

—¿Hay problemas afuera? —pregunté.

Bradley frunció el ceño, con el ruido lleno de imágenes de gente gritándole a la cara y llamándolo el Humanitario.

Algunos le escupían.

—Bradley —dije.

—Tenemos que aguantar —respondió él, y se quedó con nosotros en vez de ir a la cabina con Simone.

Las enfermeras Coyle y Lawson seguían muy concentradas en lo que estaban haciendo. Había olvidado lo asombroso que era ver sanar a la enfermera Coyle. En estos momentos, su único objetivo era salvar a Lee, incluso cuando notamos que los motores cobraban vida, que la nave despegaba lentamente, inclinándose al rodear la cima de la colina, y que las primeras bombas estallaban muy por debajo de nosotros.

La enfermera Coyle no dejó de trabajar en ningún momento.

Ahora Simone está completando el último pase, y yo noto el calor del ruido de Bradley sobre lo que nos espera en el campamento cuando abramos las puertas.

—¿Tan mal están las cosas? —dice la enfermera Coyle, mientras cose cuidadosamente el último punto.

—Ni siquiera se preocuparon de recuperar los cadáveres —nos explica él—. Sólo exigían emplear la fuerza y querían que fuera ahora mismo.

La enfermera Coyle se acerca a la pila empotrada en la pared y se lava las manos.

—Estarán satisfechos. Cumplieron con su deber.

—¿Éste es nuestro deber? —pregunta él—. Bombardear a un enemigo al que no conocemos de nada.

—Han intervenido en esta guerra —replica la enfermera Coyle—, y ahora ya no podrán salir de ella así como así. Mientras haya vidas en juego.

—Lo que, por supuesto, es lo que usted quería.

—Bradley —digo, mientras mi comunicador vuelve a hacer bip, pero sigo sin estar preparada para soltar a Lee—. Nos atacaron.

—Después de que nosotros los atacáramos a ellos —contesta—. Después de que nos atacaran, después de que los atacáramos, y así indefinidamente hasta que todos estemos muertos.

Vuelvo a mirar a Lee, a lo que veo de él bajo los vendajes. Apenas se le ve la punta de la nariz. Tiene la boca abierta y respira con dificultad. Noto su pelo rubio pegajoso de sangre. Lo noto bajo las yemas de los dedos, como también noto la calidez de su piel y el peso de su cuerpo inconsciente.

Nunca volverá a ser el mismo, nunca jamás, cosa que me provoca un nudo en la garganta y un dolor en el pecho.

Esto es la guerra. La tengo aquí, en mis manos. Esto es la guerra.

En el bolsillo, el comunicador hace bip una vez más.

[TODD]

—¿Terreno neutral? —pregunta el alcalde, arqueando las cejas—. ¿Y cuál sería el terreno neutral?

—El antiguo sanatorio de la enfermera Coyle —respondo—. Eso dijo Viola. La enfermera Coyle y la gente de la nave de reconocimiento se encontrarán allí con usted al amanecer.

—No es exactamente un lugar neutral, ¿no te parece? —dice él—. Pero es muy inteligente de su parte.

Parece reflexionar un segundo, y luego echa otro vistazo a su regazo, donde descansan los informes del señor Tate y el señor O'Hare sobre lo mal que está la situación.

Está bastante mal.

La plaza está destrozada. La mitad de las tiendas fueron arrastradas por el agua del depósito. Por fortuna, la mía estaba bastante lejos y Angharrad también se encuentra a salvo, pero el resto está todo empapado y arrasado. Una de las paredes del almacén de alimentos se derrumbó a causa del agua. El alcalde envió a sus hombres a recoger los restos y a comprobar cuántas provisiones nos quedan.

—Nos hicieron una buena jugada, Todd —dice, arrugando los papeles—. Con una sola acción, recortaron nuestra provisión de agua en noventa y cinco por ciento. En raciones muy reducidas, estamos hablando de sólo cuatro días, y faltan casi seis semanas para que lleguen las naves.

—¿Y la comida?

—Ahí tuvimos un poco de suerte —responde, pasándome el informe—. Míralo tú mismo.

Me quedo mirando los documentos. Veo los garabatos del señor Tate y el señor O'Hare como un amasijo de signos que atraviesan la página como las ratas negras y diminutas que había en el granero de la granja, que se escabullían tan deprisa que cuando levantabas un tablón era casi imposible verlas. Miro las páginas y me pregunto cómo demonios la gente puede leer nada si las letras son tan distintas en tantos lugares distintos y aun así siguen siendo lo mismo…

—Lo siento, Todd —se disculpa, dejando los documentos—. Se me había olvidado.

Me giro hacia Angharrad. No creo que el alcalde se olvide nunca de nada.

—¿Sabes?, podría enseñarte a leer —dice con su voz más amable.

Y ahí están las palabras, las palabras que me hacen arder todavía más de vergüenza y de ira. Las palabras que siempre hacen que me entren ganas de arrancarle la cabeza a alguien.

—Podría ser más fácil de lo que piensas. He estado trabajando en maneras de usar el ruido para aprender y…

—¿Por qué?, ¿a cambio de haberle salvado la vida? —pregunto, alzando la voz—. No le gusta estar en deuda, ¿verdad?

—Creo que en ese sentido estamos en paz, Todd. Además, no hay por qué avergonzarse…

—Cállese, ¿de acuerdo?

Me mira largamente.

—De acuerdo —dice por fin con suavidad—. No tenía intención de molestarte. Dile a Viola que me reuniré con ellos en el lugar estipulado —se levanta—. Es más, dile que iré acompañado únicamente por ti.

{VIOLA}

—Suena sospechoso —digo al comunicador.

«Lo sé», responde Todd. «Creía que pondría alguna objeción, pero accedió a todo.»

—La enfermera Coyle siempre dijo que sería él quien acudiría a ella. Supongo que tenía razón.

«¿Por qué me gusta tan poco que la tenga?»

Me echo a reír, y eso me provoca un ataque de tos.

«¿Te sientes bien?», me pregunta.

—Sí, sí —digo rápidamente—. Pero estoy preocupada por Lee.

«¿Cómo está?»

—Estable dentro de la gravedad. La enfermera Lawson sólo lo saca de la sedación para darle de comer.

«Vaya... Salúdalo de mi parte.» Veo que mira a la derecha. «¡Sí, un minuto, maldita sea!» Vuelve a mirarme. «Tengo que colgar. El alcalde quiere hablar sobre la reunión de mañana.»

—Estoy segura de que la enfermera Coyle también querrá hacerlo —digo—. Nos vemos mañana por la mañana.

Sonríe con timidez.

«Estaré contento de verte. En persona, quiero decir. Ha pasado mucho tiempo. Demasiado.»

Le digo adiós y colgamos.

Lee duerme en la cama contigua. La enfermera Lawson está sentada en un rincón, y cada cinco minutos comprueba su estado en el monitor de la nave. También me controla a mí. Está probando los tratamientos programados por la enfermera Coyle para combatir la infección de mi brazo, que ahora parece trasladarse a mis pulmones.

«Mortal», dijo la enfermera Coyle sobre la infección.

Mortal.

Si decía la verdad, si no exageraba para forzarme a ayudarla.

Creo que por eso no le he contado a Todd lo enferma que estoy. Porque si él se preocupara, cosa que pasaría sin duda, yo empezaría a pensar que podría ser verdad.

Entra la enfermera Coyle.

—¿Cómo te sientes, mi niña?

—Mejor —miento.

Asiente y echa un vistazo a Lee.

—¿Hay noticias?

—El alcalde accedió —respondo, y vuelvo a toser—. Va a acudir solo. Únicamente irán Todd y él.

La enfermera Coyle se echa a reír de un modo desagradable.

—Qué arrogante es ese hombre. Está tan seguro de que no le haremos daño que convierte el encuentro en espectáculo.

—Le dije que nosotros haremos lo mismo. Usted, yo, Simone y Bradley. Cerraremos la nave y bajaremos a caballo.

—Un plan excelente —dice ella, comprobando los monitores—. Con algunas mujeres armadas de la Respuesta acompañándonos de incógnito, por supuesto.

Frunzo el ceño.

—Entonces, ¿ni siquiera vamos a empezar con buenas intenciones?

—¿Cuándo aprenderás? —dice ella—. Las buenas intenciones no significan nada si no están respaldadas por la fuerza.

—Eso conduce a una guerra interminable.

—Tal vez —contesta—. Pero también es el único camino hacia la paz.

—No lo creo.

—Bien, tú sigue sin creerlo. ¿Quién sabe? Quizá tengas razón —se dispone a salir—. Hasta mañana, mi niña.

En su voz noto lo mucho que ansía que llegue ese momento.

El momento en que el alcalde acudirá a ella.

[TODD]

El alcalde y yo bajamos a caballo por la carretera en dirección al sanatorio en la fría oscuridad que precede al amanecer, dejando atrás los árboles y los edificios que yo veía todos los días cuando iba con Davy al monasterio.

Es la primera vez que paso por aquí sin él.

Chico potro, piensa Angharrad, y veo a Bellota en su ruido, Bellota, a quien Davy siempre montaba y a quien intentaba lla-

mar Trampa; Bellota, a quien ahora monta Viola y que probablemente estará hoy también allí.

Pero Davy no estará. Davy no estará nunca más en ninguna
parte.

—Estás pensando en mi hijo —dice el alcalde.

—No me hable de él —contesto, casi en un acto reflejo.
Y entonces añado—: ¿Cómo es posible que todavía pueda leerme? Nadie más puede.

—Yo no soy «nadie más», Todd.

«Y que lo diga», pienso, para ver si lo oye.

—Pero tienes bastante razón —dice, tirando de las riendas
de Tesoro de Juliet—. Lo estás haciendo excepcionalmente bien.
Has aprendido más deprisa que ninguno de mis capitanes.
¡Quién sabe lo que serás capaz de hacer con el tiempo!

Y me dirige una sonrisa llena de orgullo.

El sol todavía no se ha alzado en el punto de la carretera al
que nos dirigimos, no es más que un vago tono rosado en el cielo. El alcalde insistió en que llegáramos primero, insistió en que
fuéramos nosotros los que esperáramos a que ellos aparecieran.

Él y yo y la compañía de hombres que nos siguen.

Alcanzamos los dos graneros que marcan la desviación al sanatorio y bajamos hacia el río seco. El cielo aún está oscuro cuando doblamos el recodo y lo vemos.

No es lo que esperábamos. No hay un edificio donde poder
entrar y celebrar el encuentro, apenas es una estructura de madera chamuscada, sin techo y con un montón de escombros esparcidos por el jardín. Al principio pienso que los zulaques deben de
haberla incendiado, pero luego recuerdo que la Respuesta lo voló
todo por los aires de camino a la ciudad, incluyendo sus propios
edificios. Debió de ayudar el hecho de que el alcalde lo hubiera
convertido previamente en una cárcel, inutilizándolo para siempre como lugar de curación.

La otra sorpresa es que ellos ya están ahí, esperándonos en el camino de entrada. Viola va montada en Bellota, y a su lado hay un carro de bueyes donde están sentados un hombre de piel oscura y una mujer de aspecto sólido que sólo puede ser la enfermera Coyle. El alcalde no era el único interesado en llegar primero.

Noto que se enfurece a mi lado, pero lo disimula rápidamente al detenernos frente a ellos.

—Buenos días —saluda—. Tú eres Viola, lo sé, y por supuesto la famosa enfermera Coyle, pero creo que no tengo el gusto de conocer al caballero.

—Hay mujeres armadas escondidas en los árboles —dice Viola antes incluso de decir hola.

—¡Viola! —exclama la enfermera Coyle.

—Nosotros tenemos cincuenta hombres carretera abajo —digo yo—. Nos dijo que mencionáramos que es por protección ante los zulaques.

Viola señala a la enfermera Coyle.

—Ella nos dijo simplemente que mintiéramos.

—Cosa difícil —interviene el alcalde—, porque puedo verlos claramente en el ruido de este caballero, al cual, repito, nadie me ha presentado todavía.

—Bradley Tench —dice él, presentándose a sí mismo.

—Presidente David Prentiss. A su servicio.

—Y tú sólo puedes ser Todd —dice la enfermera Coyle.

—Y usted sólo puede ser la que intentó matarnos a Viola y a mí —respondo, aguantándole la mirada.

Ella sonríe.

—No creo que sea yo la única persona aquí presente culpable de lo que dijiste.

Es menos alta de lo que esperaba. O tal vez yo sea más grande. Después de todo lo que me ha contado Viola, de cómo comandó a los ejércitos, voló en pedazos media ciudad, se posicionó como líder para el futuro, esperaba ver a una gigante. Es baja y fornida, segura de sí misma, como muchas personas de este planeta. Es el aspecto que adquieres cuando tienes que trabajar para ganarte la vida. La forma de mirar de sus ojos te indica que no toleran discusiones. Parece que no dudaran jamás, ni siquiera cuando deberían hacerlo. Tal vez sí sean los ojos de una gigante.

Montado en Angharrad, me acerco a Bellota para poder saludar apropiadamente a Viola y noto la ráfaga de calor que siento cada vez que la veo, pero también percibo lo enferma y pálida que está y...

Ella me mira, perpleja, con la cabeza ladeada.

Me doy cuenta de que está intentando leerme.

Y no puede.

{VIOLA}

Miro fijamente a Todd. Lo miro y lo miro.

Y no lo oigo.

En absoluto.

Creía que eran los horrores de la guerra los que lo habían traumatizado, los que le habían provocado un estado borroso, pero esto es distinto. Esto es casi el silencio.

Se parece a lo del alcalde.

—¿Viola? —susurra.

—Tenía entendido que su grupo tendría un cuarto miembro —señala el alcalde.

—Simone decidió quedarse en la nave —responde Bradley, y aunque no aparto la vista de Todd, en su ruido oigo a Ivan y a los demás, que amenazan con ejercer la violencia si los dejamos sin protección alguna. Por eso, al final, Simone tuvo que quedarse. Habría sido mejor que se hubiera quedado Bradley, por supuesto, pues su ruido resuena a cada segundo, pero la gente del campamento, liderada por Ivan, no iba a tolerar la protección del Humanitario.

—Lástima —dice el alcalde—. Es obvio que los ciudadanos ansían un liderazgo fuerte.

—Ése es un modo de verlo —contesta Bradley.

—Bien, pues aquí estamos —comienza a decir el alcalde—. En una reunión que marcará el rumbo de este mundo.

—Aquí estamos —asiente la enfermera Coyle—. Así que ya podemos empezar.

Entonces se pone a hablar y sus palabras me obligan a dejar incluso de mirar a Todd.

—Es usted un criminal y un asesino —dice Coyle, con la voz quieta como una piedra—. Cometió un genocidio contra los zulaques cuya consecuencia fue la guerra que nos acecha. Encarceló, esclavizó y luego marcó de manera permanente a cada mujer que pudo capturar. Sus intentos impotentes de contener los ataques de los zulaques le han costado la mitad de su ejército, y sólo es cuestión de tiempo que sus soldados se alcen contra su liderazgo y decidan apoyar la potencia armamentística superior de la nave de reconocimiento, por lo menos para sobrevivir a las semanas que quedan hasta la llegada del convoy de los colonos.

La enfermera sonríe durante toda la perorata, a pesar del modo en que Bradley y yo la miramos, a pesar del modo en que la mira Todd...

Entonces me doy cuenta de que el alcalde también sonríe.

—Así pues, ¿por qué razón no nos relajamos y esperamos a que se autodestruya? —termina la sanadora.

[TODD]

—Usted es una criminal y una terrorista —responde el alcalde a la enfermera Coyle, después de un largo minuto de silencio—. En vez de trabajar a mi lado para convertir Nueva Prentiss en un paraíso acogedor para los colonos que están a punto de llegar, se dedicó a poner bombas en la ciudad, prefirió verla destruida a dejar que fuera algo que usted no hubiera elegido personalmente. Mató a soldados y a ciudadanos inocentes, incluido un intento de atentado contra la joven Viola aquí presente, con el único objetivo de derrocarme para poder erigirse como gobernante indiscutible de una nueva Coyleville —hace un gesto hacia Bradley—. Está claro que la tripulación de la nave la apoya a regañadientes, después de que manipulara sin duda a Viola para que disparara aquel misil. ¿Cuántas armas tienen? ¿Acaso son suficientes para derrotar a cien mil, a un millón de zulaques que llegarán en oleadas hasta que todos nosotros hayamos muerto? Usted, enfermera, tiene que responder de tantos delitos como yo.

Y ambos siguen sonriendo.

Bradley suspira sonoramente.

—Estupendo, fue muy entretenido. Y ahora, ¿podemos seguir con las razones que nos trajeron hasta aquí?

—¿Y cuáles son exactamente esas razones? —pregunta el alcalde, como si estuviera hablando con un niño.

—¿Qué me dice de evitar la aniquilación total? —replica Bradley—. ¿Qué me dice de crear un planeta donde haya lugar para todos, incluidos ustedes dos? El convoy se encuentra ahora a cuarenta días de distancia, ¿qué me dice de un mundo pacífico en el que pueda aterrizar? Cada uno de nosotros tiene poder. La enfermera Coyle está respaldada por un grupo fiel, aunque más pequeño y peor equipado que su ejército. Nuestra posición se defiende más fácilmente que la suya, pero carece de espacio para mantener a una población que a cada día que pasa se inquieta más. Mientras tanto, usted está sujeto a unos ataques que no puede combatir…

—Sí —lo interrumpe el alcalde—, la conveniencia militar de combinar nuestras fuerzas es evidente…

—No estoy hablando de eso —le aclara Bradley, y su voz se calienta, su ruido también. Cada vez parece más molesto e incómodo, pero rezuma la seguridad de tener razón, de estar haciendo lo correcto, y de poseer la fuerza para defender su posición.

Descubro que empieza a caerme bien.

—No me refiero en absoluto a combinaciones militares —dice—. Me refiero a que yo tengo los misiles, yo tengo las bombas y yo digo ahora mismo que con mucho gusto los dejaré a ambos con sus conflictos si no están de acuerdo conmigo en que lo que hemos venido a discutir aquí es cómo combinar nuestras fuerzas para terminar con esta guerra, no para ganarla.

Por un brevísimo segundo, el alcalde no sonríe.

—No puede ser muy difícil —dice Viola, tosiendo—. Nosotros tenemos agua, ustedes tienen comida. Intercambiaremos lo que tenemos por lo que necesitamos. Demostraremos a los zulaques que estamos unidos, que no vamos a ir a ninguna parte, y que queremos la paz.

Pero yo lo único que veo es que está temblando y que tiene mucho frío.

—Estoy de acuerdo —dice la enfermera Coyle, que parece complacida por cómo van las cosas hasta ahora—. Entonces, como primer punto de la negociación, tal vez el presidente tendrá la amabilidad de revelar el modo de revertir los efectos de las cintas metálicas que, como estoy segura de que era su intención desde el principio, están matando en este momento a todas las mujeres que las llevan.

{VIOLA}

—¡¡¿Cómo?!! —grita Todd.

—No sé de qué está hablando —dice rápidamente el alcalde, pero el rostro de Todd es todo un poema.

—Sólo es una teoría —aclaro—. No se ha demostrado nada.

—Y tú te encuentras perfectamente, ¿verdad? —me pregunta la enfermera Coyle.

—No, pero no me estoy muriendo.

—Porque eres joven y fuerte —dice ella—. No todas las mujeres tienen tanta suerte.

—Las cintas metálicas procedían del ganado común que había en Puerto —explica el alcalde—. Si insinúa que las modifiqué para matar a las mujeres que fueron clasificadas, está muy equivocada y me siento gravemente ofendido...

—No me venga con esas —le espeta la sanadora—. Usted mató a todas las mujeres de la vieja Prentisstown...

—Las mujeres de la vieja Prentisstown se suicidaron porque estaban perdiendo una guerra que ellas mismas empezaron —dice el alcalde.

—¿Cómo? —repite Todd, girando sobre sí mismo para mirarlo. Me doy cuenta de que es la primera vez que oye esta versión de los hechos.

—Lo siento, Todd —dice el alcalde—. Pero ya te dije que lo que te contaron no era cierto...

—¡Ben nos explicó lo que pasó! —grita Todd—. ¡No intente escabullirse! No he olvidado la clase de hombre que es usted, y si hace daño a Viola...

—Yo no le hice daño a Viola —se defiende el alcalde con firmeza—. No le he hecho daño intencionado a ninguna mujer. Recordarás que sólo empecé a colocar las cintas después de que la enfermera Coyle lanzara sus ataques terroristas, después de que empezara a matar a ciudadanos inocentes, después de que tener controlados a nuestros enemigos se convirtió en una necesidad. Si hay que echar la culpa a alguien por los brazaletes de identificación…

—¿Brazaletes de identificación? —grita la enfermera Coyle.

—… señálenla a ella. Si yo hubiera querido matar a las mujeres, cosa que no quería, lo habría hecho en el mismo momento en que el ejército entró en la ciudad, ¡pero no es lo que quería entonces y no es lo que quiero ahora!

—Sin embargo, yo soy la mejor sanadora de este planeta y soy incapaz de curar la infección. ¿No le parece extraño?

—Muy bien —contesta el alcalde, mirándola con dureza—. Primer acuerdo. Tendrán acceso pleno y abierto a toda la información que poseo sobre las cintas y al modo en que estamos tratando a las mujeres afectadas de la ciudad, aunque debo decir que no se encuentran en absoluto en un estado tan grave como el que usted ha sugerido.

Miro a Todd, pero es evidente que desconoce hasta qué punto es cierto lo que dice el alcalde. Ahora percibo ligeramente su ruido, mucha inquietud y algo de sentimientos hacia mí, pero sigue siendo borroso, no se parece en nada a lo que solía ser.

Como si el Todd que yo conocía ya no estuviera aquí.

[TODD]

—¿Seguro que estás bien? —pregunto a Viola, acercándome a ella e ignorando a los demás, que siguen hablando—. ¿Seguro?

—No hay por qué preocuparse —responde, pero sé que miente para hacerme sentir mejor, cosa que, sin duda alguna, me hace sentir peor.

—Viola, si te pasa algo, si sucedió alguna cosa…

—Es la enfermera Coyle, que intenta asustarme para que la ayude. Eso es todo…

Pero la miro a los ojos y veo que no dice toda la verdad. Noto un vacío en el estómago, porque si alguna vez le pasara algo, si la perdiera, si…

«Yo soy el Círculo y el Círculo soy yo», pienso.

Y se va, disminuye, se calma. Me doy cuenta de que cerré los ojos, y cuando los abro, Viola me está mirando fijamente, horrorizada.

—¿Cómo lo hiciste? —pregunta—. El pedacito de ruido que podía oír desapareció.

—Es algo que he estado aprendiendo —respondo, apartando la mirada—. Estoy aprendiendo a ponerme en silencio.

Frunce la frente, sorprendida.

—¿Y quieres que sea así?

—Es positivo, Viola —digo, y noto que me pongo rojo—. Por fin podré guardar algún secreto.

Pero ella sacude la cabeza.

—Pensaba que habías visto algo tan horrible que el ruido había desaparecido. No creía que lo hicieras a propósito.

Trago saliva.

—Claro que he visto cosas horribles. Y eso lo detiene.

—Pero ¿dónde aprendiste? Él es el único que sabe hacerlo, ¿verdad?

—No te preocupes —la tranquilizo—. Lo tengo controlado.

—Todd…

—Sólo es una herramienta. Pronuncias unas palabras y eso te concentra y lo añades al deseo y…

—Hablas como él —baja la voz—. Él cree que eres especial, Todd. Siempre lo ha creído. Puede tentarte a hacer algo que no quieras, algo peligroso.

—Sé perfectamente que no puedo confiar en él —digo, algo tajante—. No puede controlarme, Viola, soy lo bastante fuerte para resistirme...

—¿Y tú? ¿Puedes controlar a los demás? —pregunta, igual de tajante—. Si puedes guardar silencio, ¿no es ése el paso siguiente?

Una imagen vuelve a aparecer en mi mente, la imagen de James, muerto en la plaza, y por un segundo no puedo deshacerme de ella y me invade la vergüenza como si fuera a vomitar y yo soy el Círculo y el Círculo soy yo...

—No, todavía no puedo —digo—. De todos modos no me gusta. No querría hacerlo.

Ella acerca a Bellota para que nuestros rostros queden casi pegados.

—No puedes redimirlo, Todd —dice, con algo más de suavidad, pero me encojo de dolor al escuchar la palabra «redimir»—. No puedes porque él no quiere que lo rediman.

—Lo sé —respondo, sin mirarla todavía—. Lo sé perfectamente.

Nos centramos de nuevo en la discusión entre la enfermera Coyle y el alcalde Prentiss.

—¡Usted tiene más que eso! —dice ella—. Vimos el tamaño del almacén desde las sondas...

—¿Esas sondas pueden ver el interior del almacén, enfermera? Porque esa tecnología me asombraría incluso a mí...

Viola se tapa la boca y tose.

—¿De verdad estás bien, Todd?

A modo de respuesta, pregunto:

—¿De verdad no corres peligro por culpa de la cinta?

Ninguno de los dos responde.

Y la mañana parece más fría todavía.

{VIOLA}

Las conversaciones se alargan durante horas, durante la mañana entera hasta que el sol está en lo alto. Todd no dice gran cosa. Yo tampoco; cada vez que intento intervenir, me da un ataque de tos. Pero Bradley, el alcalde y la enfermera Coyle siguen discutiendo y discutiendo y discutiendo.

No obstante, se deciden muchas cosas. Además del intercambio de información médica, habrá transportes dos veces al día, llevando agua en una dirección y alimentos en la otra. El alcalde también proporcionará vehículos adicionales a los carros de la Respuesta, así como soldados que protegerán el intercambio. Para nosotros tendría mucho más sentido reunirnos todos en un único lugar, pero el alcalde se niega a abandonar la ciudad y la enfermera Coyle no quiere dejar la montaña, de modo que no habrá más remedio que cargar agua diez kilómetros en una dirección y cargar comida diez kilómetros en la otra.

Por algo se empieza.

Bradley y Simone sobrevolarán a diario con la nave la ciudad y el campamento de la montaña, con la esperanza de contener a los zulaques bajo el único peso de la amenaza. Y gracias al acuerdo final de este día tan largo, la enfermera Coyle cederá las habilidades de algunas de las mejores mujeres de la Respuesta para ayudar al alcalde a contener las incursiones sorpresa de los zulaques a la ciudad.

—Pero sólo como defensa —insisto enérgicamente—. Ambos debemos hacer propuestas de paz. De otra manera, todo esto no servirá de nada.

—No puedes dejar de combatir y llamarlo paz, mi niña —dice la enfermera Coyle—. La guerra continúa incluso cuando estás negociando con el enemigo.

Mientras dice esto, está mirando al alcalde.

—Así es —dice él, intercambiando con ella una mirada—. Así se hizo la vez anterior.

—¿Y así lo harán esta vez? —pregunta Bradley—. ¿Contamos con su palabra?

—Como acuerdo de paz —dice el alcalde—, no está mal —ésboza su típica sonrisa—. Y cuando la paz se haya logrado, ¿quién sabe en qué posición quedaremos?

—En particular si consigue usted erigirse en pacificador justo antes de que aterrice el convoy —señala la enfermera Coyle—. Piense en la impresión que causaría.

—Y la impresión que causará usted, enfermera, por haberme hecho sentar hábilmente a la mesa de negociación.

—Si alguien va a causar impresión —interviene Todd—, será Viola.

—O tú —añade Bradley, antes de que yo pueda decirlo—. Ustedes son los que realmente lo han conseguido. Pero francamente, si alguno de ustedes quiere tener algún papel en el futuro, será mejor que empiecen a actuar en consecuencia ahora mismo, porque hasta el momento, bajo el punto de vista de cualquier observador imparcial, el presidente no es más que un asesino de masas, y la enfermera Coyle, una terrorista.

—Soy un general —dice el alcalde.

—Y yo lucho por la libertad —replica la sanadora.

Bradley pone cara de circunstancias.

—Creo que por fin terminamos —dice—. Acordamos lo que haremos hoy y lo que pasará mañana. Si podemos aguantar así cuarenta días más, tal vez este planeta tenga futuro.

La enfermera Coyle toma las riendas del carro y las chasquea sobre los bueyes, que responden *¿Wilf?*

—¿Vienes? —llama la enfermera Coyle a Viola.

—Ahora los alcanzo —contesta Viola—. Quiero hablar con Todd.

Parece que la mujer ya lo esperaba.

—Me alegro de haberte conocido por fin, Todd —dice, y me mira largamente mientras el carro se aleja.

El alcalde se despide de ellos y dice:

—Cuando estés listo, Todd —y conduce lentamente a Tesoro de Juliet por la carretera para dejarme solo con Viola.

—¿Crees que va a funcionar? —me pregunta, tosiendo con fuerza contra el puño.

—Faltan seis semanas para que lleguen las naves —respondo—. O menos. Pon cinco y media.

—Cinco semanas y media y todo volverá a cambiar.

—Cinco semanas y media y podremos estar juntos.

Ella no responde a esto.

—¿Seguro que sabes lo que estás haciendo con él, Todd? —dice.

—Conmigo está diferente, Viola. No es el monstruo malvado que solía ser. Creo que puedo mantenerlo a raya e impedir que nos mate a todos.

—No dejes que se meta en tu mente —me pide, más seria que nunca—. Ahí es donde hace más daño.

—No se ha metido en mi mente. Sé cuidar de mí mismo. Y eso es lo que tú debes hacer —intento sonreír. No lo consigo—. Sigue viva, Viola Eade. Recupérate. Si la enfermera Coyle es capaz de curarte, haz lo que sea para obligarla a hacerlo.

—No me estoy muriendo —me asegura—. Si así fuera, te lo diría.

Permanecemos un segundo en silencio y luego dice:

—Tú eres lo único que me importa, Todd. De todo este planeta, tú eres lo único que me importa.

Trago saliva.

—Lo mismo digo de ti.

Ambos sabemos que hablamos en serio, pero al separarnos, cuando ella trota en una dirección y yo en la opuesta, los dos nos preguntamos si no hemos mentido sobre cosas importantes.

—Bueno, bueno —dice el alcalde cuando lo alcanzo por la carretera, camino de la ciudad—. ¿Qué te pareció, Todd?

—Si la infección mata a Viola —respondo—, me suplicará que lo mate después de lo que pienso hacerle.

—Te creo —afirma. A medida que avanzamos, el RUGIDO de la ciudad se eleva para darnos la bienvenida—. Y precisamente por eso debes estar seguro de que nunca haría algo semejante.

Juro que lo dice como si fuera cierto.

—También debe cumplir su palabra en relación con los acuerdos —añado—. Ahora el objetivo es la paz. En serio.

—Tú crees que quiero la guerra por la guerra, Todd —dice—. Pero no es así. Quiero la victoria. Y a veces la victoria significa la paz, ¿no es así? Tal vez al convoy no le gusten todas las cosas que he llegado a hacer, pero tengo la sensación de que escucharán al hombre que consiguió la paz en unas condiciones asombrosamente adversas.

«Condiciones que usted mismo creó», pienso.

Pero no lo digo.

Porque, una vez más, habla como si dijera la verdad.

Tal vez sea cierto que lo estoy contagiando.

—Y ahora —dice—, veamos si podemos crear un mundo en paz.

El final del sendero

Aliso el liquen recién crecido por encima de la cinta metálica que me aprisiona el brazo, lo acaricio con suavidad cuando otro día termina y me siento, a solas, en el saliente de la montaña. El dolor de la cinta sigue ahí, como un recordatorio diario de quién soy y de dónde vengo.

Aunque no se está curando, he dejado de tomar las medicinas de la Tierra.

No tiene lógica, pero últimamente he llegado a creer que el dolor sólo se detendrá cuando el Claro haya desaparecido.

O tal vez sólo entonces el Regreso se dejará curar, muestra el Cielo, que trepa hasta ponerse a mi lado. *Ven, llegó el momento.*

¿El momento de qué?

Suspira ante mi tono hostil.

El momento de mostrarte por qué vamos a ganar esta batalla.

Han pasado siete días desde que el bajel del Claro bombardeó a la Tierra, y el Cielo aplazó nuestra invasión. Siete noches en las que no hemos hecho otra cosa que observar mientras nuestras voces lejanas informaban que los dos grupos del Claro vuelven a estar en contacto, que han empezado a intercambiar provisiones para ayudarse entre sí, que el bajel de la montaña lejana se eleva una vez más para sobrevolar el valle, por encima de los ejércitos, y como hace todos los días desde aquél.

Siete noches desde que el Cielo dejó que el Claro se fortaleciera.

Siete noches esperando la paz.

Lo que el Regreso no sabe, muestra el Cielo mientras atravesamos la Tierra, *es que el Cielo gobierna solo.*

Observo las caras de la Tierra a nuestro paso, veo cómo conectan sus voces para formar una única voz, el fácil eslabón que todavía me cuesta tanto.

Sí, contesto, *lo sabía.*

Se detiene.

No, no lo sabías. No lo sabes.

Y abre su voz y muestra lo que quiere decir, muestra que ser llamado «el Cielo» es un exilio comparable a ser llamado «el Regreso»; es más, un exilio no elegido por él, ya que él era un simple miembro de la Tierra antes de que lo eligieran como Cielo.

Muestra que lo separaron de la voz para convertirse en el Cielo.

Veo lo feliz que era antes, feliz en su conexión con los más próximos a él: su familia, sus compañeros de cacería, su alma gemela con la que tenía planeado añadirse a la voz de la Tierra, y luego veo cómo lo separan de ella, de todos ellos, lo arrastran, lo elevan. Veo lo joven que era, apenas mayor...

De lo que el Regreso es ahora, muestra. Se cierne sobre mí, con la coraza de arcilla bien cocida al sol y soportando el peso de un magnífico casco sobre los músculos de su cuello y sus anchos hombros. *La Tierra mira en su interior para encontrar al nuevo Cielo y el elegido no puede rehusar. La vida* pasada ha terminado y debe quedar atrás, porque la Tierra necesita al Cielo para que la vigile y el Cielo no puede tener a nadie más que a la Tierra.

Veo en su voz cómo asume los ropajes de su papel al adoptar el nombre de «el Cielo» y separarse de aquellos a los que debía gobernar.

Gobiernas solo, digo, notando el peso de mis palabras.

Pero no siempre estuve solo, muestra. *Y tampoco lo estuvo el Regreso.*

De pronto, su voz conecta conmigo, y antes de ser consciente de ello...

Vuelvo a estar con...

... Mi alma gemela en la cabaña donde vivíamos, donde por la noche nos encerraba nuestro amo del Claro, el amo cuyo jardín manteníamos limpio, con las plantas floreciendo y las verduras creciendo. Nunca conocí a mis padres, me entregaron a mi amo antes de tener recuerdos, y en realidad sólo conozco a mi alma gemela, no mucho mayor que yo, pero que me enseña las tareas lo bastante bien como para que las palizas sean poco frecuentes, y ahora me enseña a encender el fuego, a frotar las esquirlas de pedernal para crear nuestra única fuente de calor...

... Mi alma gemela me deja estar en silencio cuando llevamos las verduras de nuestro amo al mercado y nos encontramos con otros miembros de la Carga cuyas voces lanzan saludos amistosos que me provocan vergüenza, mi alma gemela atrae su atención y me deja ser tan tímido como quiera...

... Mi alma gemela acurrucada contra mi estómago, enferma, tosiendo por una infección, con una fiebre que es la peor señal posible de enfermedad en la Carga, la que hace que nos lleven a rastras a los veterinarios del Claro y que nadie vuelva a vernos nunca más. Presiono mi cuerpo contra el de mi alma gemela, suplico al barro, a las piedras, a la cabaña, suplico a todos que le hagan bajar la temperatura, que baje, por favor...

... Mi alma gemela y yo una noche de verano después de toda una vida joven juntos, lavándonos en la cubeta de agua que nuestro amo nos trae una vez por semana, lavándonos el uno al otro, descubriendo con sorpresa que otro tipo de intimidad es posible...

... Mi alma gemela en silencio a mi lado cuando el Claro nos robó las voces, cuando nos separaron y nos colocaron en orillas opuestas, como si gritáramos por un abismo demasiado lejano para ser oídos. Mi alma gemela intentando hacerse entender, lenta, suavemente, a través de chasquidos y gestos...

... Mi alma gemela levantándose cuando se abre la puerta del cobertizo y aparece el Claro con sus armas y sus cuchillos, y colocándose delante de mí, protegiéndome por última vez...

El Cielo me suelta cuando oye el grito, cuando mi voz revive aquel horror, como si estuviera pasando ahora mismo, una vez más...

La echas de menos, muestra el Cielo. *La amabas.*

Mataron a mi alma gemela, muestro, ardiendo y muriendo y ardiendo otra vez. *Me la quitaron.*

Por eso te reconocí el día que te vi, comenta el Cielo. *Tú y yo somos iguales, el Cielo y el Regreso. El Cielo habla en nombre de la Tierra, y el Regreso habla en nombre de la Carga. Y para hacerlo, ambos debemos estar solos.*

Sigo respirando con dificultad.

¿Por qué me obligas a recordarlo ahora?

Porque es importante que comprendas quién es el Cielo, responde. *Porque es importante recordar.*

Levanto la cabeza.

¿Por qué?

Pero lo único que muestra es: *Sígueme.*

Seguimos por el campamento hasta llegar a un camino ordinario que pasa entre los árboles. Al poco rato de habernos adentrado, vemos a dos guardias del Sendero que inclinan la cabeza para mostrar su respeto al Cielo y nos dejan pasar. El camino sube hasta un ángulo agudo y repentino, y penetra en una zona de vegetación exuberante que nos esconde casi de inmediato. Subimos y subimos, hasta un punto que debe de ser el más elevado de este valle superior, siguiendo un camino que sólo permite el paso de uno de nosotros.

Es una dificultad necesaria que a veces la Tierra deba guardar secretos, muestra el Cielo mientras caminamos. *Es la única manera de que haya esperanza.*

¿Para eso hacen al Cielo?, pregunto, siguiéndolo por la escalera de rocas. *¿Para soportar el peso de lo que es necesario?*

Sí. Ésa es precisamente la razón. Y en eso también somos iguales. Me mira. *En los secretos que aprendimos a guardar.*

Alcanzamos una cortina de hiedra que cuelga de las ramas altas. El Cielo utiliza el brazo largo para retirarla y mostrar una abertura que se abre más allá.

Un círculo de Senderos espera de pie en un claro. Los Senderos son miembros de la Tierra con voces especialmente abiertas, elegidos desde muy jóvenes para ser los mensajeros más rápidos del Cielo por todo el enorme cuerpo de la Tierra y hacer correr la voz a toda velocidad. Éstos están todos colocados hacia dentro, concentran las voces el uno hacia el otro, y cada uno de ellos crea un eslabón en el círculo cerrado.

El Final del Sendero, muestra el Cielo. *Viven aquí toda su vida, entrenan sus voces desde que nacen con este objetivo. Una vez dentro, se puede quitar un secreto de una voz y guardarlo aquí en lugar seguro hasta que se vuelve a necesitar. Es donde el Cielo deja los pensamientos demasiado peligrosos para que los conozca todo el mundo.* Se vuelve hacia mí. *Y otras cosas, también.*

Alza la voz hacia el Final del Sendero, y el círculo se mueve ligeramente, creando una abertura.

Y veo lo que hay dentro.

En el centro del círculo hay una lápida de piedra.

Y sobre ella yace un hombre.

Un hombre del Claro, inconsciente.

Y soñando.

Tu Fuente, muestro en voz baja tras entrar en el círculo y ver que se vuelve a cerrar a nuestro alrededor.

Un soldado, contesta el Cielo. *Lo encontramos en la cuneta de la carretera, muerto por sus heridas, pensamos. Pero en-*

tonces surgió su voz, desguarnecida y abierta, al borde mismo del silencio. Impedimos que desapareciera del todo.

¿Lo impidieron?, pregunto, mirando al hombre. Su voz está cubierta por las voces de los Senderos, retirada de la voz general para que sus secretos nunca abandonen este círculo.

Cualquier voz que se oiga puede ser curada, muestra el Cielo, *aunque se encuentre lejos del cuerpo. Y ésta estaba ya muy lejos. Sanamos sus heridas y llamamos a su voz, hasta que volvió en sí.*

Lo hicieron volver a la vida, señalo.

Sí. Y durante todo ese tiempo nos ha contado cosas, cosas que nos han dado una gran ventaja sobre el Claro, cosas que se volvieron todavía más valiosas después de que el Regreso volviera a la Tierra.

Levanto la vista.

¿Ya estabas pensando en atacar al Claro antes de que yo regresara?

El deber del Cielo es estar preparado para cualquier amenaza potencial contra la Tierra.

Vuelvo a mirar a la Fuente.

Y por eso dijiste que venceríamos.

La voz de la Fuente nos dice que el líder del Claro es un hombre incapaz de crear alianzas. Que sólo gobernará en solitario, independientemente de las medidas temporales que establezca con la montaña lejana. Que, en caso de necesidad, traicionará al otro bando sin dudarlo. Ése es un punto débil que la Tierra puede explotar. Nuestros ataques recomenzarán al amanecer. Veremos cómo soporta la alianza estar bajo presión.

Le lanzo una mirada llena de ira.

Pero sigues dispuesto a hacer las paces con ellos. Lo veo en tu interior.

Si de este modo se salvara la Tierra, sí, el Cielo lo haría.
Y también el Regreso.

No me lo está preguntando. Está diciendo que yo lo haría.

Ésta es la razón por la que te traje aquí, muestra, dirigiendo mi voz de nuevo hacia el hombre. *Si llega la paz, si es así como se arreglan las cosas, entonces te entregaré a la Fuente para que hagas con ella lo que quieras.*

Lo miro, desconcertado.

¿Me la entregarás?

Está casi curado, muestra el Cielo. *Lo mantenemos dormido para oír su voz desguarnecida, pero podemos despertarlo cuando queramos.*

Me vuelvo hacia el hombre.

¿Y esto me serviría para vengarme? ¿Por qué...?

El Cielo hace un gesto hacia el Final del Sendero, para que sus voces dejen lugar a la voz del hombre...

Para que yo pueda oírla.

Su voz...

Me acerco a la losa de piedra y me inclino sobre el rostro del hombre, que está cubierto con ese pelo que siempre ensucia las caras de la mitad del Claro. Veo los ungüentos curativos que la Tierra le puso en el pecho, la ropa andrajosa que lleva.

Y oigo lo que dice.

Alcalde Prentiss.

Armas.

Ovejas.

Nueva Prentiss.

Por la mañana temprano.

Y entonces dice...

Dice...

Todd.

Me giro hacia el Cielo.

Pero éste es...

Sí, muestra él.

Lo vi en la voz del Cuchillo...

Sí, repite el Cielo.

Este hombre se llama Ben, muestro con la voz abierta de asombro. *El Cuchillo lo aprecia casi tanto como a su alma gemela.*

Si la paz es el resultado, dice el Cielo, para compensarte todo lo que el Claro te hizo sufrir, será tuyo.

Me vuelvo hacia el hombre.

Hacia Ben.

Es mío, pienso. Si hay paz, será mío.

Y podré matarlo.

EL PROCESO DE PAZ

[TODD]

Los oímos llegar a través de los árboles, lejanos pero cada vez más audibles.

—Espera —susurra el alcalde.

—Vienen directo a nosotros —digo.

Los primeros rayos nubosos del amanecer le iluminan el rostro cuando se gira hacia mí.

—Es el riesgo de ser carnaza, Todd.

¿Chico potro?, dice Angharrad, nerviosa bajo mi cuerpo.

—Todo va bien, pequeña —respondo, aunque no estoy seguro de que sea así.

¡Ríndete!, piensa Tesoro de Juliet, junto a nosotros.

—Cállate —soltamos el alcalde y yo al mismo tiempo.

Él me sonríe.

Por un instante, le devuelvo la sonrisa.

La semana pasada casi fue buena, comparada con todo lo anterior. Los intercambios de comida y agua se han llevado a cabo tal como estaba previsto, sin movidas raras por parte del alcalde ni de la enfermera Coyle. Una de las reglas de esta vida es que automáticamente eres más feliz cuando tienes agua para beber. En los campamentos la situación se ha calmado, la ciudad casi vuelve a parecer otra vez una ciudad, y Viola dice que el ambiente en la cima de la montaña también es tranquilo, casi normal. Dice que incluso se siente mejor, aunque por el comunicador no puedo discernir si es verdad, porque cada día encuentra razones para que no podamos vernos, y yo no puedo evitar preocuparme, no puedo evitar pensar…

(«Yo soy el Círculo y el Círculo soy yo»)

Pero también he estado atareado con el alcalde. Últimamente está muy amable. Le ha dado por visitar a los soldados del campamento, por preguntar por sus familias y sus antiguos hogares, y también por sus anhelos para cuando termine la guerra y tengamos que convivir con los nuevos colonos, etcétera. También lo hace con la gente de la ciudad.

Además, me obsequia con toda clase de detalles: por ejemplo, obligó a un refunfuñón señor O'Hare a que hiciera de mi tienda un lugar mucho más confortable, proporcionándome un catre más blando y más mantas para combatir el frío. No se olvida de que Angharrad tenga más comida y agua de las que necesita. Y cada día me cuenta los progresos que sus médicos hacen para intentar curar las heridas producidas por las cintas metálicas, para asegurarse de que Viola no corre peligro.

Ha sido raro.

Pero agradable.

Todas estas cosas positivas sólo han sido posibles porque no ha habido ningún ataque zulaque en toda la semana. Eso no impidió que nos preparáramos para recibirlos. Gracias a las sondas, Bradley y Simone descubrieron un par de puntos por donde los zulaques podrían infiltrarse en la ciudad, y el alcalde procedió a convertirlos en blancos. Con la ayuda de nuestros nuevos aliados, que carecen de ruido y no pueden ser oídos escabulléndose por el bosque, lo han preparado todo.

Ahora parece que tanta preparación fue una buena idea.

Estamos muy cerca de una pequeña carretera que corta el bosque al sur de la ciudad cuando oímos venir a los zulaques, justo por donde pensábamos que lo harían.

Cada vez son más audibles.

—No tienes por qué preocuparte —me dice el alcalde, echando un vistazo por entre los árboles a la sonda que cuelga del cielo a nuestra espalda—. Todo va de acuerdo con el plan.

El ruido de los zulaques aumenta un grado, se hace más fuerte y firme, demasiado rápido para que podamos leer nada en él.

Todd, dice Angharrad, cada vez más nerviosa. *¡Todd!*

—Calma a tu yegua —me dice el alcalde.

—Todo va bien, pequeña —la tranquilizo, frotándole el flanco. Pero también tiro de las riendas a un lado para situarme un poco más atrás del equipamiento de perforación de pozos que el alcalde y yo fingimos vigilar.

Conecto el comunicador.

—¿Ves algo en la sonda?

«Nada claro», responde Viola. «Algo de movimiento, pero es tan borroso que podría ser el viento que sopla.»

—No es el viento.

«Lo sé», dice entre toses. «Aguanta.»

El ruido de los zulaques aumenta todavía más.

Y todavía más…

—Esto va en serio, Todd —dice el alcalde—. Ahí vienen.

«Estamos listas», dice el comunicador, pero no es Viola, es la enfermera Coyle.

Entonces los zulaques emergen de las sombras como una inundación.

Salen al camino y corren hacia nosotros.

Con las armas alzadas y listas.

—Espera —me dice el alcalde, apuntando con el rifle.

Siguen saliendo a borbotones.

Son veinte, treinta, cuarenta...

El alcalde y yo estamos solos.

—Espera —repite.

El ruido zulaque invade el aire.

Siguen acercándose.

Siguen acercándose hasta que se ponen a tiro.

Entonces se oye el burbujeo de una de las estacas blancas...

—¡Viola! —grito.

«¡Ahora!» —oigo gritar a la enfermera Coyle a través del comunicador.

¡BUM!

A ambos lados del camino, los árboles estallan en mil astillas llameantes que arrasan a los zulaques. A nosotros nos hacen retroceder y a mí me obligan a tirar con fuerza de Angharrad para que no se encabrite y me lance al suelo...

Cuando consigo dar media vuelta, el humo ya se está aclarando, pero sólo vemos árboles caídos y troncos en llamas.

No hay ni rastro de los zulaques.

Sólo vemos cadáveres en el camino.

Muchos cadáveres.

—¿Qué diablos fue eso? —grito al comunicador—. ¡Era mucho más fuerte de lo que estaba previsto!

«Un error en la mezcla, sin duda», responde la enfermera Coyle. «Tendré que hablar con la enfermera Braithwaite.»

Pero la veo sonreír por la pantalla.

—Un exceso de entusiasmo, tal vez —dice el alcalde, que se me acerca a lomos de su caballo, también con una gran sonrisa—, ¡pero el proceso de paz ha comenzado!

Entonces oímos otro ruido detrás de nosotros. Son los soldados que esperaban escondidos en la carretera por si algo salía mal y necesitábamos ayuda. Ahora corren hacia nosotros, rápidos y felices…

Y nos vitorean.

El alcalde se funde con ellos en un abrazo triunfante, como si lo hubiera estado esperando desde el principio.

{VIOLA}

—Fue una matanza —dice Bradley, muy enojado—. ¿Se puede saber en qué ayudará esto a lograr la paz?

—Nos pasamos con la mezcla —se encoge de hombros la enfermera Coyle—. Sólo fue el primer intento. Lección aprendida para la próxima vez.

—La próxima vez… —empieza a decir él, pero ya sale de la cabina, desde donde vimos todo lo que pasaba en la pantalla principal. Simone está afuera controlando el proyector remoto, mostrando la escaramuza en tres dimensiones a la gente del campamento.

Hubo una gran ovación cuando se produjo la explosión. Todavía es más fuerte la que dedican a la enfermera Coyle al salir.

—Lo hizo a propósito —dice Bradley.

—Por supuesto —respondo—. Así es ella. Ofrécele una manzana y se quedará con el árbol entero.

Me levanto de la silla.

Y vuelvo a sentarme porque la cabeza empieza a darme vueltas de inmediato.

—¿Te sientes bien? —me pregunta Bradley, con el ruido lleno de preocupación.

—Como de costumbre —respondo. Aunque en realidad no es cierto. El tratamiento programado de la enfermera Coyle ha funcionado bien, pero esta mañana me volvió a subir mucho la fiebre y siguen sin poder hacer nada para controlarla. Murieron seis mujeres más, todas mayores y delicadas de salud, pero somos muchas las que estamos empeorando. A veces, puedes adivinar si una mujer lleva cinta sólo mirándole la cara.

—¿No ha sacado nada de la información que le proporcionó el alcalde? —pregunta Bradley.

Niego con la cabeza y me pongo a toser.

—Si es que le ha proporcionado algo.

—Faltan treinta y tres días para que llegue el convoy equipado con un hospital móvil —dice—. ¿Podrás aguantar?

Asiento, pero sólo porque tengo demasiada tos para seguir hablando.

La última semana ha pasado desconcertantemente bien. Wilf acarrea las tinas de agua y regresa con carretadas de comida sin ningún problema. El alcalde ha enviado incluso a sus soldados para protegerlo y a sus ingenieros para mejorar la recolección de agua. También aceptó que las enfermeras Nadari y Lawson ayuden en el inventario de alimentos y en la supervisión de la distribución.

La enfermera Coyle, mientras tanto, parece más contenta que nunca. Habla incluso de cómo lograr la tregua. Al parecer, consiste en hacer volar muchas cosas por los aires. La enfermera Braithwaite, que hace siglos se ocupó de mi adiestramiento militar, coloca bombas en los árboles, con la intención de demostrar a los zulaques que somos más listos que ellos y con la esperanza de capturar a algún superviviente de la explosión. Cuando lo tengamos, lo enviaremos de vuelta con el mensaje de que seguiremos poniendo bombas si no hablan con nosotros de la paz.

La enfermera Coyle jura que así fue como funcionó la última vez.

Suena mi comunicador. Es Todd que llama con las últimas noticias sobre el ataque.

—No sobrevivió nadie, ¿verdad? —pregunto, tosiendo un poco más.

«No», responde, con preocupación. «Viola, ¿estás...?»

—Estoy bien. Sólo es un poco de tos.

Intento contener un nuevo ataque.

En la última semana sólo nos hemos visto a través del comunicador, desde la gran reunión en el antiguo sanatorio. Yo no he bajado y él no ha subido. Tenemos demasiado que hacer, me digo a mí misma.

También me digo que no es porque Todd, sin ruido, me haga sentir un poco...

—Mañana lo volveremos a intentar —digo—. Y lo seguiremos intentando hasta que funcione.

«Sí», contesta él. «Cuanto antes se inicien las conversaciones para la tregua, más pronto terminará todo. Y más pronto empezaremos a curarte.»

—Y más pronto podrás alejarte de él —añado, y me doy cuenta de que lo dije en voz alta cuando ya es demasiado tarde. Estúpida fiebre.

Todd frunce el ceño.

«Estoy bien, Viola, te lo juro. Está siendo más amable que nunca.»

—¿Amable? —digo—. ¿Alguna vez fue amable?

«Viola...»

—Treinta y tres días —digo—. Es lo que nos falta. Sólo treinta y tres días más.

Pero debo reconocer que parece una eternidad.

[TODD]

Los ataques zulaques se suceden. Y nosotros los detenemos.

¡*Ríndete!*, oímos que grita Tesoro de Juliet por la carretera. ¡*Ríndete!*

Y escuchamos reír al alcalde.

El ruido pesado de unos cascos sale retumbando de la oscuridad, los dientes del alcalde brillan a la luz de las lunas. Se ve incluso el resplandor de los hilos dorados que lleva en la manga del uniforme.

—¡Ahora, ahora! —grita.

Chasqueando la lengua de disgusto, la enfermera Braithwaite pulsa el botón de un artefacto de control remoto y la carretera que el alcalde tiene a su espalda estalla en un vendaval de llamas y calcina al instante a los zulaques que nos perseguían, zulaques que creían haber encontrado a un soldado perdido, lejos de la trampa evidente que habíamos colocado en otro camino.

Pero la trampa no era una trampa. El soldado perdido era la trampa.

Éste es el quinto ataque que rechazamos en cinco días, cada uno de ellos es más inteligente y nuestra respuesta también lo es, con trampas falsas y falsas trampas falsas y distintas trayectorias de ataques.

Es reconfortante, porque parece que por fin estamos haciendo algo, que por fin estamos...

(ganando...)

(ganando la guerra...)

(es muy emocionante...)

(cállate)

(pero lo es...)

Tesoro de Juliet llega jadeando y se detiene junto a Angharrad mientras los demás contemplamos cómo las llamas forman una nube que se encarama por los árboles y se disipa en medio del cielo de la noche fría.

—¡Adelante! —grita el alcalde. Su zumbido penetra en el ruido de los soldados reunidos detrás de nosotros y entonces nos adelantan en formación, corren por la carretera en pos de los zulaques que hayan podido sobrevivir.

Pero por el tamaño de las llamas tampoco parece que esta vez vaya a quedar ninguno. La sonrisa del alcalde desaparece al ver el nivel de la destrucción que ha arrasado la carretera.

—Una vez más —dice volviéndose hacia la enfermera Braithwaite—, la detonación es misteriosamente demasiado fuerte para dejar supervivientes.

—¿Hubiera preferido que lo mataran? —pregunta la sanadora en un tono que da a entender que es algo que a ella le parecería estupendo.

—No quieren que lleguemos nosotros primero a los zulaques —digo—. Quieren que sea la enfermera Coyle.

Me lanza una mirada asesina.

—Te agradecería que no te dirigieras en ese tono a las personas mayores, jovencito.

Eso provoca una carcajada del alcalde.

—Me dirigiré a usted en el tono que me dé la gana, enfermera —respondo—. Conozco a su líder y no tiene sentido fingir que no está tramando algo.

La enfermera Braithwaite mira al alcalde sin cambiar la expresión.

—Encantador —comenta.

—Pero claro y preciso —responde él—. Como de costumbre.

Noto que mi ruido se sonroja un poco al oír la inesperada alabanza.

—Por favor, informe a la enfermera del éxito acostumbrado —dice el alcalde a la enfermera Braithwaite— y del fracaso acostumbrado.

Ella se pone de vuelta a la ciudad con la enfermera Nadari, no sin antes lanzarnos una mirada llena de ira.

—Yo haría lo mismo en su lugar, Todd —dice el alcalde mientras los soldados empiezan a regresar del lugar del incendio, sin haber encontrado, una vez más, ningún zulaque superviviente—. Yo también trataría de impedir que mi contrincante obtuviera alguna ventaja.

—Se supone que trabajamos juntos —replico—. Se supone que trabajamos por la paz.

Pero él no parece demasiado preocupado. Se limita a observar a los soldados que ahora nos adelantan, cantando y bromeando entre ellos ante lo que ven como otra victoria después de tantas derrotas. Y todavía habrá más para felicitarlo cuando lleguemos a la plaza.

Viola cuenta que la enfermera Coyle también recibe un trato de heroína en el campamento de la nave de reconocimiento.

Están haciendo la guerra para demostrar quién puede ser más pacífico.

—Tal vez tengas razón, Todd —dice el alcalde.

—¿En qué sentido? —pregunto.

—En que deberíamos trabajar juntos —se vuelve hacia mí con su típica sonrisa—. Creo que ya es hora de que busquemos un enfoque distinto.

{VIOLA}

—¿Qué está pasando ahora? —pregunta Lee, rascándose por debajo de la venda.

—Basta ya —le advierto, dándole un golpecito juguetón en la mano, aunque ese movimiento me causa un dolor terrible en el brazo.

Estamos en la enfermería de la nave de reconocimiento, y las pantallas que cubren las paredes muestran las imágenes que puntúan el valle. Tras el ataque demasiado feroz de la enfermera Braithwaite de ayer, el alcalde nos sorprendió a todos sugiriendo que Simone comandara la siguiente misión. La enfermera Coyle estuvo de acuerdo, y Simone se puso manos a la obra, planificó la acción concentrándose únicamente en capturar a un zulaque y mandarlo de vuelta con un mensaje de paz.

Parece raro haber matado a tantos de ellos para conseguirlo, pero es evidente que las guerras no siguen ninguna lógica. Matas a la gente para decirles que quieres dejar de matarla.

«Hombres convertidos en monstruos», pienso. «Y mujeres».

Por consiguiente, hoy Simone ideó una táctica de distracción todavía mayor. Colocó las sondas a plena luz del día para que parezca que esperamos que los zulaques bajen por un camino concreto desde el sur, donde la enfermera Braithwaite puso bombas señuelo, programadas para estallar demasiado pronto, como si nos hubiéramos equivocado, mientras dejamos otro camino abierto desde el norte, un camino en el que mujeres armadas de la Respuesta, comandadas por Simone, esperarán escondidas para capturar a un zulaque, con la esperanza de que su falta de ruido lo sorprenda.

—No me estás contando nada —protesta Lee, rascándose la venda una vez más.

—¿No sería más fácil que Bradley se sentara aquí contigo? —digo—. Verías lo que pasa a través de él.

—Prefiero estar contigo —responde.

Me veo a mí misma en su ruido, no es nada demasiado privado, sólo una versión más atractiva de mi persona, limpia y en forma, en vez de la piltrafa enfebrecida, excesivamente delgada y mugrienta en la que me he convertido.

No ha hablado de su ceguera, excepto para bromear sobre ella, y cuando tiene a su lado a alguien con ruido, lo ve todo, y dice que es casi tan bueno como tener ojos. Pero paso mucho tiempo con él cuando se queda solo, porque estos días parece que ambos viviéramos en esta estúpida enfermería. Me doy cuenta de que la mayor parte de su vida desapareció de repente, que ahora lo único que ve son recuerdos y las versiones del mundo que le ofrecen los demás.

Y ni siquiera puede llorar por culpa de las quemaduras.

—Cuando te sientas ahí en silencio —dice—, sé que me estás leyendo.

—Lo siento —me disculpo, apartando la vista y tosiendo un poco más—. Sólo estoy preocupada. Esto tiene que funcionar.

—Tienes que dejar de pensar que eres la responsable —me aconseja—. Tú protegías a Todd, nada más. Si para salvar a mi mamá y a mi hermana hubiera tenido que iniciar una guerra, no lo habría dudado.

—Pero no puedes convertir la guerra en un asunto personal. Si lo haces, nunca tomarás las decisiones adecuadas.

—Y si no tomaras decisiones personales, no serías una persona. Toda guerra es en cierto modo personal, ¿no crees? Para alguien. Pero normalmente se trata de odio...

—Lee...

—Sólo digo que Todd tiene mucha suerte de que alguien lo quiera tanto como para involucrar al mundo entero —su ruido es incómodo, se pregunta qué aspecto tengo, cómo respondo—. Es lo único que digo.

—Él haría lo mismo por mí —respondo en voz baja.

Yo también haría lo mismo por ti, dice el ruido de Lee.

Sé que lo haría.

Pero esas personas que mueren por nuestra causa, ¿no tienen personas que matarían por ellas?

Entonces, ¿quién tiene razón?

Me paso las manos por la cabeza. Pesa mucho. Cada día, la enfermera Coyle prueba remedios nuevos contra la infección, y cada día me siento mejor durante un rato hasta que todo empeora otra vez.

«Mortal», pienso.

Y todavía faltan semanas para que llegue el convoy, suponiendo que me puedan ayudar...

Un crujido por el sistema de comunicación de la nave nos sobresalta.

«Lo consiguieron» anuncia la voz de Bradley con cierta sorpresa.

Levanto la mirada.

—¿Qué consiguieron?

—Capturaron a un zulaque —contesta—. Al norte.

—Pero es demasiado pronto —digo, paseando mi mirada por las pantallas—. No hubo...

—No fue Simone —Bradley parece tan desconcertado como yo—. Fue Prentiss. Capturaron a un zulaque antes de que nosotros pusiéramos el plan en marcha.

[TODD]

—La enfermera Coyle debe de estar echando humo —digo, mientras el alcalde sigue estrechando las manos de los soldados que acuden a felicitarlo.

—Esa perspectiva me deja extrañamente indiferente, Todd —contesta él, regodeándose en su victoria.

Porque resultaba que aquel escuadrón del norte todavía estaba en su lugar, ¿no es cierto? Los soldados seguían cruzados de brazos, burlados por los zulaques que pasaban disimuladamente por delante de ellos de manera regular para atacar la ciudad.

La enfermera Coyle también se había olvidado de ellos. Al igual que Bradley y Simone. E incluso al igual que yo.

Pero el alcalde no se había olvidado.

Observó por el comunicador cómo Simone trazaba su gran plan y dio su consentimiento al momento y al lugar en que la enfermera Braithwaite colocaría las bombas señuelo. Así, cuando los zulaques se dieron cuenta de que una parte del valle por la carretera del norte era vulnerable al ataque porque nosotros estábamos ocupados fingiendo que no vigilábamos el sur, tal como queríamos que pensaran, enviaron una pequeña avanzadilla que pasó por delante de nuestros soldados como de costumbre, como habían hecho antes una docena de veces…

Con la diferencia de que esta vez no fue tan fácil burlarlos.

El alcalde trasladó a sus hombres al lugar preciso y aparecieron de repente, cortando la ruta de los zulaques y abatiendo a la mayoría de ellos con las armas de fuego antes de que nadie se diera cuenta de lo que estaba pasando.

Todos los zulaques, menos dos, resultaron muertos, y esos dos fueron conducidos a la ciudad apenas veinte minutos más tarde ante el RUGIDO del ejército que los veía pasar. El señor Tate y el señor O'Hare los han llevado a los establos de detrás de la catedral, mientras esperan a que el alcalde termine de recibir las felicitaciones de Nueva Prentiss en pleno. Atraviesa junto a él la multitud, en una larga caminata llena de apretones de manos, saludos y golpecitos en la espalda.

—Me podría haber avisado —digo alzando la voz por encima del clamor.

—Tienes razón, Todd —contesta, y se detiene para mirarme un momento mientras la gente sigue arremolinándose a nuestro alrededor—. Debería haberlo hecho, te ofrezco disculpas. La próxima vez lo haré.

Y, para mi sorpresa, parece que lo dice en serio.

Seguimos atravesando la multitud y por fin conseguimos dar toda la vuelta hasta los establos.

Allí nos esperan un par de enfermeras realmente enojadas.

—¡Exijo que nos dejen entrar! —dice la enfermera Nadari, y a su lado la enfermera Lawson refunfuña para corroborarlo.

—Lo primero es la seguridad, señoras —sonríe el alcalde—. No tenemos ni idea de lo peligroso que puede llegar a ser un zulaque cautivo.

—Inmediatamente —exige la enfermera Nadari.

Pero el alcalde sigue sonriendo.

Y tiene detrás toda una ciudad de soldados sonrientes.

—Antes comprobaré que la situación es segura, ¿de acuerdo? —dice, pasando junto a las dos mujeres, que rápidamente son retenidas por una hilera de soldados cuando el alcalde entra. Yo lo sigo.

Y se me revuelve el estómago.

En el interior hay dos zulaques amarrados a dos sillas, con los brazos atados a la espalda de un modo que conozco demasiado bien.

(pero ninguno de ellos es 1017 y no sé si siento alivio o decepción…)

Uno de ellos tiene el cuerpo blanco y desnudo cubierto de sangre, el liquen que vestía fue arrancado y tirado al suelo. Tiene la cabeza erguida y los ojos muy abiertos. Su ruido muestra toda clase de imágenes nuestras pagando por lo que hemos hecho…

Pero el zulaque que tiene al lado…

El zulaque que tiene al lado ya no parece un zulaque.

Estoy a punto de gritar, pero el alcalde se me adelanta, para mi sorpresa:

—¿Qué diablos es esto?

Y sorprende también a sus hombres.

—El interrogatorio, señor —dice el señor O'Hare, con las manos y los puños ensangrentados—. Nos enteramos de muchas cosas en muy poco tiempo —hace un gesto hacia el zulaque destrozado—. Antes de que éste, por desgracia, sucumbiera a las heridas recibidas durante…

Se oye un zumbido que hacía bastante que yo no percibía, un bofetón, un puñetazo, una bala de ruido procedente del alcalde, y el señor O'Hare echa la cabeza atrás y cae al suelo, temblando como si hubiera sufrido un espasmo.

—¡Aquí lo que queremos es la paz! —grita el alcalde al resto de los hombres, que lo miran con un asombro aborregado—. No he autorizado la tortura.

El señor Tate se aclara la garganta.

—Éste demostró ser más duro durante el interrogatorio —informa, señalando al que todavía permanece con vida—. Es un espécimen muy fuerte.

—Por suerte para usted, capitán —les espeta el alcalde, con gran indignación en la voz.

—Avisaré a las enfermeras —digo—. Ellas lo curarán.

—No lo harás —me ordena el alcalde—, porque ahora lo soltaremos.

—¿Qué?

—¿Qué? —dice el señor Tate.

El alcalde se coloca detrás del zulaque.

—Íbamos a capturar a un zulaque y dejarlo ir con la noticia de que queremos la paz —saca el cuchillo—. Y eso es lo que haremos.

—Señor presidente…

—Abra la puerta trasera, por favor —ordena.

El señor Tate se detiene.

—¿La puerta trasera?

—Vamos, capitán.

El señor Tate obedece y abre la puerta trasera del establo, la que sirve para alejarse de la plaza…

Para alejarse de las enfermeras.

—¡Oiga! —digo—. No puede hacer eso. Llegó a un acuerdo...

—Que estoy cumpliendo, Todd —se inclina para arrimar su boca al oído del zulaque—. Tengo entendido que la voz sabe hablar nuestro idioma.

Y yo pienso: «¿La voz?».

Pero ya aparece una nebulosa de ruido grave que pasa del alcalde al zulaque, una materia profunda, oscura y dura que fluye entre ellos tan deprisa que nadie puede seguirla.

—¿Qué está diciendo? —pregunto, dando un paso adelante—. ¿Qué le está diciendo?

El alcalde se me queda mirando.

—Le estoy informando de lo desesperadamente que queremos alcanzar la paz, Todd —ladea la cabeza—. ¿No confías en mí?

Trago saliva.

Vuelvo a tragar.

Sé que el alcalde quiere la paz para llevarse el mérito.

Sé que ha sido mejor persona desde que lo salvé en el depósito de agua.

También sé que no está redimido.

Sé que no es redimible.

(¿verdad que no?)

Pero hace ver que lo es.

—Te invito a que se lo digas tú también —dice.

Sin dejar de mirarme, corta las cuerdas con el cuchillo. El zulaque se inclina hacia delante, sorprendido de tener los brazos libres. Mira un instante a su alrededor, se pregunta lo que le espera, hasta que sus ojos caen sobre los míos...

Y en ese instante intento hacer que mi ruido sea pesado, que sea fuerte, y me duele, como un músculo que hace tiempo que no has usado. Intento inculcarle con la máxima fuerza y la máxima sinceridad nuestros deseos de paz, pese a lo que haya podido decir el alcalde. Le digo que Viola y yo queremos la paz, que queremos que todo esto termine y…

El zulaque me detiene con un silbido.

Me veo a mí mismo en su ruido.

Y oigo…

¿Me reconoce?

Dice palabras…

Palabras en mi idioma…

Oigo…

El Cuchillo.

—¿El Cuchillo? —digo.

Pero el zulaque vuelve a silbar y se lanza hacia la puerta, corre y se aleja, se aleja, se aleja…

Lleva a su gente quién sabe qué mensaje.

{VIOLA}

—Vaya descarado —dice la enfermera Coyle, apretando los dientes—. Y cómo babeaba el ejército a su alrededor. Como en los peores días en que gobernaba la ciudad.

—Desearía haber tenido al menos la ocasión de hablar con los zulaques para decirles que no todos los humanos somos iguales —comenta Simone, que acaba de regresar después de un deprimente trayecto en carro desde la ciudad con las otras enfermeras.

—Todd dice que pudo transmitir lo que realmente queremos —digo, tosiendo con fuerza—. Esperemos que sea ése el mensaje que les llega.

—Si llega, Prentiss se adjudicará todo el mérito —afirma la enfermera Coyle.

—Esto no es un juego para ver quién anota más puntos —le recuerda Bradley.

—¿Ah, no? —replica ella—. ¿Realmente quieren que ese hombre se encuentre en una posición de fuerza cuando llegue el convoy? ¿Es ése el acuerdo que están buscando?

—Habla como si tuviéramos la autoridad para relevar a alguien de su cargo —dice Bradley—, como si pudiéramos presentarnos tranquilamente e imponer nuestra voluntad.

—¿Y por qué no pueden hacerlo? —interviene Lee—. Es un asesino. Mató a mi hermana y a mi mamá.

Bradley se dispone a responder, pero Simone se le adelanta:

—Estoy de acuerdo —una sorpresa atronadora cubre el ruido de Bradley—. Si sus actos nos ponen en peligro a todos...

—Vinimos aquí para establecer un asentamiento de casi cinco mil personas que merecen no despertarse en medio de una guerra —lo interrumpe Bradley.

La enfermera Coyle lanza un suspiro, como si no estuviera escuchando.

—Será mejor que salgamos a explicar a la gente por qué no fuimos nosotros los que capturamos al zulaque —dice, saliendo de la pequeña enfermería—. Y si el tal Ivan protesta, le daré un puñetazo.

Bradley mira a Simone, con el ruido lleno de preguntas y desacuerdos, y de cosas que necesita saber de ella, de imágenes suyas que surgen por todas partes, de cómo querría poder tocarla...

—¿Puedes parar, por favor? —le pide ella, desviando la mirada.

—Lo siento —responde él, que da un paso atrás y sale de la sala sin decir nada más.

—Simone... —digo.

—No me acostumbro —se justifica ella—. Sé que debería hacerlo, sé que voy a tener que hacerlo, pero es que...

—Puede ser algo bueno —digo, pensando en Todd—. Esa clase de intimidad.

(pero ya no puedo oírlo...)

(y ya no tenemos ninguna intimidad...)

Vuelvo a toser, y mis pulmones expulsan una materia verde y desagradable.

—Pareces agotada, Viola —dice Simone—. ¿Alguna objeción a que te administre un sedante ligero para que puedas descansar?

Niego con la cabeza. Ella se acerca a un cajón, saca un pequeño parche y lo coloca suavemente bajo mi mandíbula.

—Dale una oportunidad —digo mientras la medicina empieza a actuar—. Es un buen hombre.

—Lo sé —contesta. Mis párpados empiezan a languidecer—. Lo sé.

Me sumerjo en la oscuridad, la oscuridad de la sedación, y no siento nada durante mucho rato, me deleito en el vacío, en la oscuridad infinita...

Pero termina...

Y sigo durmiendo...

Y sueño...

Sueño con Todd.

Está fuera de mi alcance.

Y no puedo oírlo.

No oigo su ruido.

No oigo lo que piensa.

Me mira como un barco vacío.

Como una estatua sin nadie dentro.

Como si estuviera muerto.

Como si, ay, no, Dios mío...

Está muerto...

Está muerto...

—Viola —oigo. Abro los ojos. Lee tiende la mano para despertarme, con el ruido lleno de preocupación, pero también hay algo más.

—¿Qué pasó? —pregunto, notando cómo el sudor de la fiebre sale por todos mis poros. La ropa y las sábanas están empapadas.

(Todd, que se desliza de entre mis manos...)

Veo a Bradley plantado al pie de la cama.

—La enfermera Coyle desapareció, pero antes de irse hizo algo —dice.

[TODD]

Es un sonido imperceptible y yo no debería ser capaz de oírlo, y menos por encima del ruido durmiente de la mayor parte del campamento.

Pero es un sonido que reconozco.

Un gemido.

En el aire.

¿Chico potro?, dice Angharrad, nerviosa, cuando salgo de mi tienda y me interno en el crepúsculo cada vez más frío a cada día que pasa.

—Es una bomba rastreadora —le digo, temblando un poco, trazando un círculo en busca del sonido, viendo que algunos de los soldados que siguen despiertos también empiezan a buscarlo, hasta que el ruido aumenta de pronto y traza una curva insegura en el aire desde el lecho vacío del río, al fondo de las cascadas. Se dirige al norte, donde muy probablemente parte del ejército zulaque debe de estar escondido en las colinas.

—¿Qué demonios creen que hacen? —el alcalde apareció a mi lado, con los ojos fijos en la bomba rastreadora. Se vuelve hacia el señor O'Hare, que salió de su tienda con los ojos soñolientos—. Vaya por la enfermera Braithwaite. Enseguida.

El capitán sale corriendo a medio vestir.

—Una bomba rastreadora es demasiado lenta para causar un daño real —dice el alcalde—. Tiene que ser una distracción —desvía los ojos hacia las ruinas de la colina—. Por favor, Todd, ¿puedes llamar a Viola?

Vuelvo a la tienda a buscar el comunicador y al salir oímos la explosión lejana de la bomba rastreadora que cayó sobre unos árboles en algún punto más al norte. Pero el alcalde tiene razón, hay bueyes más rápidos que una rastreadora, y el objetivo sólo puede ser uno.

Distraer la atención de los zulaques.

Pero ¿por qué?

El alcalde sigue mirando el contorno áspero de la montaña por donde bajaron los zulaques, una montaña por la que ya no podría bajar un ejército…

Ni subir…

Pero una persona sí…

Una persona podría escalar por los escombros…

Una persona sin ruido…

El alcalde abre todavía más los ojos y comprendo que él también piensa lo mismo.

Y entonces sucede…

¡BUM!

Desde la cima de la colina.

{VIOLA}

—¿Cómo lo hizo? —se pregunta Bradley mientras todos observamos el arco que traza la bomba rastreadora en las pantallas de la enfermería. Lee lo ve a través del ruido de Bradley—. ¿Cómo lo organizó sin que nosotros supiéramos nada?

Suena mi comunicador. Respondo de inmediato.

—¿Todd?

Pero no es él.

«Yo en tu lugar enviaría una sonda a la cima de la montaña», dice la enfermera Coyle, sonriéndome desde la pantalla.

—¿Dónde está Todd? —toso—. ¿Cómo consiguió un comunicador?

Un sonido en el ruido de Bradley me hace mirarlo. Lo veo recordando a Simone en el armario de repuestos, manipulando dos comunicadores más, pero diciéndole que sólo estaba haciendo inventario.

—No pudo haberlo hecho —dice—. ¿Sin ni siquiera decírmelo?

—Tenemos que supervisar la cima —digo.

Pulsa una pantalla para obtener el acceso al control, y luego dirige una sonda por encima de la cima, y la coloca en visión nocturna, de modo que todo se vuelve verde y negro.

—¿Qué se supone que tenemos que ver?

Me estoy haciendo a la idea.

—Comprueba el calor corporal.

Vuelve a pulsar la pantalla y...

—Ahí —digo.

Vemos una figura solitaria, humana, que baja sigilosamente por la ladera, sin alejarse de los arbustos, pero con una rapidez que indica que tal vez no le importe demasiado que la vean.

—Sólo puede ser una enfermera —digo—. Si un hombre hiciera eso, lo oirían.

Bradley eleva un poco más la sonda para que podamos ver también el borde de la montaña. Hay zulaques plantados a lo largo de la cornisa accidentada, mirando al norte, hacia el bosque donde cayó la bomba rastreadora.

Sin mirar a la enfermera que pasa rápidamente por debajo.

Y de pronto la pantalla muestra un único fogonazo, los sensores de calor se sobrecargan, y un segundo más tarde oímos una explosión que ruge por los altavoces de la sonda.

Es entonces cuando escuchamos un gran estallido de satisfacción en el exterior de la nave.

—¿Lo están mirando? —dice Lee.

Una vez más, veo a Simone en el ruido de Bradley, junto a una serie de juramentos. Vuelvo a echar mano del comunicador.

—¿Qué hizo?

Pero la enfermera Coyle ya no está.

Bradley teclea la pantalla para que el comunicador transmita al exterior de la nave. Su ruido está rugiendo, y a cada segundo se vuelve más fuerte y decidido.

—Bradley, ¿qué haces...?

—Despejen la zona inmediata —dice por el comunicador, y oigo que su voz retumba por todo el campamento—. La nave de reconocimiento está despegando.

[TODD]

—La muy zorra —oigo decir al alcalde, leyendo a los soldados que lo rodean. En la plaza reina el caos. Nadie entiende qué pasó. Intento llamar a Viola, pero no hay señal.

—Normalmente, cuando un hombre llama zorra a una mujer —dice alguien desde un carro que se acerca a nosotros al límite del campamento—, es porque algo está haciendo bien.

La enfermera Coyle sonríe como un perro que ha encontrado el bote de la basura.

—Ya enviamos un mensaje de paz —le espeta el alcalde con voz atronadora—. ¿Cómo se atreve...?

—¿Que cómo me atrevo? —responde ella con la misma agresividad—. Lo único que hizo fue demostrar a los zulaques que las que no tenemos ruido podemos atacar en cualquier momento, incluso en su propio jardín.

Él respira hondo, y entonces su voz se vuelve espeluznantemente sedosa.

—¿Vino sola a la ciudad, enfermera?

—Sola no —responde ella, señalando a la sonda que sobrevuela el campamento—. Tengo amigos bien colocados.

Entonces oímos un retumbe familiar y lejano procedente del este, del campamento de la montaña. La nave de reconocimiento despega lentamente y la enfermera Coyle tarda un segundo más de lo conveniente en disimular su sorpresa.

—¿Estaban sus amigos al corriente de su plan, enfermera? —pregunta el alcalde, que vuelve a parecer contento.

Suena mi comunicador y esta vez aparece la cara de Viola.

—Viola...

«Espera», dice. «Estamos de camino.»

Cuelga y oigo un nuevo y repentino clamor que surge del ejército. El señor O'Hare entra en la plaza por la carretera principal, empujando a la enfermera Braithwaite de un modo que a ella no le está sentando nada bien. Al mismo tiempo, el señor Tate regresa del almacén de comida con las enfermeras Nadari y Lawson, sujetando una mochila alejada del cuerpo.

—Diga a sus hombres que les quiten las manos de encima —ordena la enfermera Coyle—. Inmediatamente.

—Se contagiaron de la vorágine de los acontecimientos, se lo aseguro —dice el alcalde—. Aquí todos somos aliados.

—La encontré en la base de la montaña —grita el señor O'Hare al acercarse—. Con las manos en la masa.

—Y éstas dos estaban escondiendo explosivos en sus habitaciones —añade el señor Tate, que entrega la bolsa al alcalde al llegar junto a nosotros.

—Explosivos que hemos utilizado para ayudarlos, idiota —le escupe la enfermera Coyle.

—La nave va a aterrizar —señalo, colocándome las manos sobre los ojos a modo de visera para protegerlos del viento.

La nave de reconocimiento inicia su descenso. El único lugar de aterrizaje posible es la plaza, pero está llena de soldados, que ya se apresuran a apartarse. No despide demasiado calor ni nada parecido, pero sigue siendo un artefacto enorme. Me giro para esconder la cara de la ráfaga de aire que se levanta al contactar con el suelo…

Y al hacerlo, aprovecho para mirar la colina.

Donde empiezan a encenderse unas luces…

La puerta de la nave se abre antes incluso de aterrizar del todo y enseguida aparece Viola, que se sujeta a la abertura. Parece enferma, más enferma que nunca, más enferma de lo que yo habría creído posible. Débil y delgada, apenas se tiene en pie. Ni siquiera utiliza el brazo donde lleva la cinta. No debería haberla abandonado, no debería haberla dejado sola. Ha pasado demasiado tiempo. Corro adelantando al alcalde, que alarga la mano para detenerme, pero yo lo esquivo…

Y llego junto a Viola.

Sus ojos se encuentran con los míos.

Y dice…

Cuando llego a ella, dice:

—Ya vienen, Todd. Ya bajan por la montaña.

Los sin voz

Esto no es lo que parece, muestra el Cielo, mientras observamos el proyectil extrañamente débil que atraviesa el aire muy despacio, en dirección al límite norte del valle, donde la Tierra ya se aparta del lugar donde podría caer. *Estén alertas*, indica el Cielo a la Tierra. *Que todos los ojos estén alertas.*

El Claro comenzó a mostrar su fuerza. La mañana misma que empezamos a atacarlos de nuevo, supieron de pronto de dónde veníamos. Todos miramos aquel primer ataque a través de la Tierra que lo llevaba a cabo, observamos cómo el Claro se había reagrupado en una nueva unidad, para ver cuáles eran sus puntos fuertes.

Y esas voces fueron aniquiladas en un fogonazo de fuego y esquirlas.

Sólo puede haber una explicación, mostró el Cielo en las horas siguientes.

El Claro sin voces, dije.

Y el Cielo y yo volvimos al Final de Sendero.

El Final del Sendero amarra las voces de los que entran en él.

Supe quién era la Fuente, supe que era el padre del Cuchillo en todo menos en la sangre, que era aquel a quien el Cuchillo echaba de menos en su voz cuando creía que nadie lo oía. Supe que el hombre había estado a mi alcance todo el tiempo, que era un modo de golpear el corazón del Cuchillo.

Estos sentimientos ardían en mí, tan brillantes y directos que hubiera sido imposible esconderlos de la Tierra. Pero el Cielo ordenó que el Final del Sendero hablara como uno solo, que hiciéramos un círculo con las voces, para asegurarse de que lo que pensábamos sobre el tema permaneciera sólo dentro del Sendero. Dejaría nuestras voces como cualquier otro, pero nunca entraría en la voz de la Tierra. Volvería aquí directamente, al Final del Sendero.

Sabíamos que los sin voz habían sido oprimidos, mostró el Cielo mientras permanecíamos a ambos lados de la Fuente la noche del primer contraataque del Claro, *pero ahora se unieron a la batalla.*

Son peligrosos, dije, pensando en mi antiguo amo, que nos espiaba en silencio y nos golpeaba sin avisar. *El Claro con voz desconfiaba de ellos, incluso cuando vivían juntos.*

El Cielo colocó una mano plana sobre el pecho de la Fuente.

Por eso, ahora tenemos que saberlo.

Proyectó su voz y rodeó con ella la voz de la Fuente.

Y la Fuente, en su sueño interminable, se puso a hablar.

Permanecimos en silencio cuando abandonamos aquella noche el Final del Sendero, permanecimos en silencio mientras escalábamos de nuevo la montaña hasta el campamento de la cima que daba al Claro.

Esto no era lo que yo esperaba, muestra por fin el Cielo.

¿No?, pregunto. *Dijo que eran combatientes peligrosos, que ayudaron a doblegar a la Tierra en la última guerra importante.*

También dijo que eran pacificadores, mostró el Cielo, mesándose la barbilla. *Que fueron traicionados por el Claro con voz y que éste los llevó a la muerte. No sé cómo interpretarlo.*

Interpreta que el Claro es más peligroso para nosotros que nunca, señalo. *Interpreta que ahora es el momento de terminar con ellos de una vez por todas. Debemos liberar el río y borrarlos de este lugar como si nunca hubieran existido.*

¿Y el Claro que está de camino?, preguntó el Cielo. *¿Y el Claro que sin duda llegará después de eso? Porque donde ha habido dos, habrá más.*

Así sabrán lo que les sucederá si no se portan bien con la Tierra.

Ellos usarán sus armas superiores para matarnos desde el aire, donde no podemos alcanzarlos. El Cielo observó de nuevo al Claro. *El problema sigue sin resolverse.*

Y de este modo continuamos cada día con los asaltos, para seguir poniendo a prueba su nueva fuerza.

Y cada día nos engañaron y nos derrotaron.

Hasta que hoy la Tierra fue capturada por el Claro.

Y regresó. Con dos mensajes diferentes.

Vacío.

Esto es lo que nos mostró la Tierra que regresó, a la que torturaron, a la que obligaron a mirar cómo mataban a otro a su lado, a la que luego el líder del Claro mandó de regreso con un mensaje de lo que quería.

Un mensaje de vacío, de silencio, de silenciar todas las voces.

¿Te mostró esto?, preguntó el Cielo, observándolo con atención.

Él mostró el mensaje una vez más.

Mostró el vacío absoluto, el silencio total.

Pero ¿es esto lo que quiere?, preguntó el Cielo. *¿O se estaba mostrando a sí mismo?* Se volvió hacia mí. *Dijiste que ellos consideran sus voces una maldición, algo que debe ser «curado». Tal vez sea esto lo que quiere en realidad.*

Quiere nuestra aniquilación, contesté. Eso es lo que significa. Debemos atacarlos. Debemos vencerlos antes de que sean demasiado fuertes...

Te olvidas a propósito del otro mensaje.

Fruncí el ceño. El otro mensaje, el que transmitió el Cuchillo, que evidentemente había empezado a tomar la «cura» para la voz y se escondía como el cobarde que es. El Cielo preguntó a la Tierra que regresó que nos mostrara el mensaje del Cuchillo una vez más, y ahí estaba...

Su horror ante cómo había sido tratada la Tierra, un horror antiguo, un horror inútil que yo conocía demasiado bien, y que él, y otros también, incluidos los del bajel y el alma gemela del Cuchillo, no querían la guerra en absoluto, que por encima de todo querían un mundo donde todos fueran bienvenidos, donde todos pudieran vivir.

Un mundo en paz.

El Cuchillo no habla en su nombre, muestro. *Él no puede...*

Pero me di cuenta de que la idea se debatía en la voz del Cielo.

Entonces se fue, y me dijo que no lo siguiera.

Me quedé horas echando chispas, consciente de que sólo podía haber ido al Final del Sendero para considerar cómo traicionarnos y pactar la paz. Cuando regresó por fin en la oscuridad de la noche, su voz seguía debatiéndose.

¿Y bien?, mostré, enojado. *¿Qué hacemos ahora?*

Y entonces el aire transportó el gemido del cohete extrañamente lento.

Que todos los ojos estén alertas, muestra el Cielo, y todos observamos cómo el cohete traza un arco y regresa hacia el suelo. Observamos también el cielo que cubre el valle, en busca de algún misil más grande o del regreso del bajel volador, observamos las carreteras que conducen al valle, miramos si hay ejércitos en marcha, esperamos, vigilamos y nos preguntamos si esto es un accidente o una señal o un ataque fallido.

Lo observamos todo menos la montaña que tenemos a nuestros pies.

La explosión es una conmoción para los sentidos, que sobresalta los ojos, los oídos, las bocas, las narices y las pieles de cada porción de la Tierra, porque parte de nosotros muere en ella, hecha trizas cuando la montaña entra en erupción una vez más. Los miembros de la Tierra mueren con las voces totalmente abiertas y transmiten la noticia de sus muertes a todos nosotros, de modo que todos morimos con ellos, todos resultamos heridos con ellos, todos nos cubrimos con el mismo humo, las mismas granizadas de tierra y piedras, granizadas que me derriban y...

El Cielo, oigo.

¿El Cielo?, empieza a palpitar en mi cuerpo. ¿El Cielo? Es un pálpito que se transmite por toda la Tierra, porque, por un instante, por un breve instante...

La voz del Cielo calla.

¿El Cielo? ¿El Cielo?

Y mi corazón se dispara y mi propia voz se eleva para unirse a las otras. Me incorporo como puedo y me interno entre el humo, entre el pánico, y llamo: *¡El Cielo! ¡El Cielo!*

Hasta que...

El Cielo está aquí, muestra.

Retiro las rocas que lo cubren. Otras manos acuden también y lo sacamos de entre los escombros. Tiene el rostro y las manos llenos de sangre, pero su coraza lo salvó. Se levanta, con el humo y el polvo dando vueltas a su alrededor...

Tráiganme a un mensajero, muestra.

El Cielo envía un mensajero al Claro.

No soy yo, aunque se lo supliqué.

Envía al que fue capturado y devuelto a nosotros. Todos vemos a través de él cuando los Senderos lo siguen por la cara rocosa de la montaña, deteniéndose a intervalos durante el trayecto para que la voz de la Tierra pueda llegar al Claro como un lenguaje que habla a través del elegido.

Vemos con sus ojos su llegada al Claro, vemos los rostros del Claro que retroceden a su paso, lo dejan avanzar sin capturarlo, sin gritar de alegría como hicieron la última vez. En sus voces él oye la orden que el líder dio para que lo dejen pasar sin tocarlo.

Tenemos que liberar el río ahora mismo, muestro.

Pero la voz del Cielo hace retroceder la mía.

La Tierra recorre sus calles, se separa del último Sendero, camina en solitario por la plaza central, hacia su líder, un
hombre llamado Prentiss en el lenguaje de la Carga, que espera para recibirnos como si fuera el Cielo del Claro.

Pero también hay otros. Tres del Claro sin voz, incluyendo el alma gemela del Cuchillo, en cuyo rostro el Cuchillo
pensaba tan a menudo que casi lo conozco tan bien como el
mío. El Cuchillo está a su lado, silencioso como antes, pero
incluso ahora es evidente su inútil preocupación.

«Bienvenido», dice una voz.

Una voz que no es la del líder.

Es una de las sin voz. Mediante los chasquidos que emiten
por la boca, se colocó ante el líder del Claro, con la mano
extendida, y la ofrece a nuestro mensajero. Pero el líder del
Claro le agarra el brazo y por un instante se produce un forcejeo entre ellos.

Entonces el Cuchillo da un paso adelante y los avanza.

Avanza hacia el mensajero.

El líder y la sin voz lo observan, reteniéndose el uno al
otro.

El Cuchillo dice con su boca: «Paz. Queremos paz. Por
mucho que digan estos dos, lo que queremos es paz».

Noto al Cielo a mi lado, noto que su voz absorbe las palabras del Cuchillo, y luego noto que conecta todavía más con
el Claro a través del mensajero, adentrándose en lo más profundo de la voz silenciosa del Cuchillo.

El Cuchillo respira con dificultad.

Y el Cielo escucha.

La Tierra no oye lo que oye el Cielo.

¿Qué estás haciendo?, muestro.

Pero el Cielo ya está enviando una respuesta a través de
los Senderos...

Envía la voz de la Tierra hablando al unísono colina abajo, por la carretera y a través de la plaza hasta la voz del mensajero.

Tan rápido que no hay duda de que lo había planeado todo desde el principio.

Una única palabra.

Una palabra que hace que mi voz se eleve con una rabia incontenible.

Paz, muestra el Cielo al Claro. *Paz*.

El Cielo les ofrece paz.

Me alejo enfurecido del Cielo, de toda la Tierra, caminando, y por fin corro colina arriba hasta mi saliente privado.

Pero no hay modo de alejarse de la Tierra, ¿no es así? La Tierra es el mundo y la única manera de abandonarla es abandonar el mundo para siempre.

Miro la cinta que llevo en el brazo, la que me separa de ellos, y hago el juramento.

Matar al Ben del Cuchillo no será suficiente, aunque lo haré, y haré que el Cuchillo sepa que lo hice.

Pero haré más.

Bloquearé esta paz. La bloquearé, aunque muera en el intento.

La Carga será vengada.

Yo seré vengado.

Y no habrá paz.

EL ENVIADO

LA DELEGACIÓN

[TODD]

—Es evidente —dice el alcalde—. Seré yo quien vaya.

—Por encima de mi cadáver —le espeta la enfermera Coyle.

Él sonríe con suficiencia.

—Puedo aceptar eso como condición.

Nos hemos apretujado todos en una pequeña habitación de la nave de reconocimiento. El alcalde, la enfermera Coyle, Simone, Bradley y yo, junto a Lee, que yace en una cama con el rostro cubierto de vendajes horripilantes, y Viola, que tiene muy mal aspecto y está acostada en la otra cama. Aquí es donde mantenemos la conversación más importante de la historia del Nuevo Mundo. En una habitación pequeña que huele a enfermedad y a sudor.

Paz, nos dijo el zulaque, *paz*, alto y claro, como un faro, como una exigencia, como respuesta a nuestra pregunta.

Paz.

Pero había también algo más, algo que por un instante me penetró en la cabeza, como cuando lo hace el alcalde, pero más rápido y más brillante. Y no parecía que procediera del zulaque que teníamos enfrente, era como si detrás tuviera una especie de mente que conectara a través de él y me leyera. Leyera mi verdad a pesar de que yo guardaba silencio.

311

Era como si sólo hubiera una voz en todo el mundo, y esa voz estuviera hablando conmigo.

Como si hubiera entendido que yo hablaba en serio.

Entonces el zulaque dijo: *Mañana por la mañana. En la cima de la montaña. Envíen a dos.* Nos miró uno por uno, se detuvo un segundo en el alcalde, que lo miró con dureza, y luego dio media vuelta y se fue sin esperar siquiera a ver si estábamos de acuerdo.

Entonces empezó la discusión.

—David, sabe perfectamente que tiene que ir un miembro de la tripulación de la nave —dice la enfermera Coyle—. Eso significa que sólo hay sitio para uno de nosotros.

—Y no será usted —asegura el alcalde.

—Tal vez sea una trampa —interviene Lee, con el ruido retumbando—. Y en ese caso, voto por que vaya el presidente.

—Tal vez debería ir Todd —opina Bradley—. Es con él con quien hablaron.

—No —dice el alcalde—. Todd se queda.

Me giro hacia él.

—Usted no va a decidir lo que yo haga.

—Si tú no estás aquí, ¿quién va a impedir que las buenas enfermeras coloquen una bomba en mi tienda?

—Qué idea tan espléndida —sonríe la enfermera Coyle.

—Basta de discusiones —dice Simone—. La enfermera Coyle y yo haríamos un equipo perfecto…

—Iré yo —afirma Viola con una voz calmada, interrumpiendo la discusión.

Todos la miramos.

—Ni pensarlo —digo, pero ella ya está negando con la cabeza.

—Sólo quieren a dos de nosotros —dice desde la cama, tosiendo con fuerza—. Y todos sabemos que no pueden ser ni el alcalde ni la enfermera Coyle.

El alcalde suspira.

—¿Por qué insisten en llamarme…?

—Tú tampoco puedes ser, Todd —continúa ella—. Alguien tiene que impedir que estos dos nos maten a todos.

—Pero estás enferma… —protesto.

—Soy yo quien disparó el misil desde la ladera —nos recuerda en voz baja—. Tengo que arreglarlo.

Trago saliva. Pero soy consciente de que habla muy en serio.

—Me parece bien —dice la enfermera Coyle—. Viola será un buen símbolo del futuro por el que estamos luchando. Y Simone puede ir con ella para comandar las conversaciones.

Simone se endereza un poco, pero Viola dice:

—No —tose un poco más—. Bradley.

El ruido de Bradley chispea de sorpresa. El de Simone también lo haría, si lo tuviera.

—No puedes decidirlo tú, Viola —protesta—. Soy la comandante de la misión y soy yo quien…

—A él pueden leerlo —explica Viola.

—Exacto.

—¿Qué pensarían si les enviáramos a dos personas sin ruido? —dice—. Leerán a Bradley y verán paz, una paz real. Todd se quedará aquí con el alcalde. Simone y la enfermera Coyle sobrevolarán la conferencia con la nave de reconocimiento para mayor seguridad, y Bradley yo subiremos a la montaña.

Vuelve a toser.

—Y ahora déjenme todos, tengo que descansar para mañana.

Se produce un silencio en el que todos pensamos en su propuesta.

No me gusta.

Pero incluso yo veo que tiene sentido.

—Bueno —concluye Bradley—. Supongo que ya está decidido.

—Muy bien. Busquemos un lugar para hablar de los términos, ¿de acuerdo? —propone el alcalde.

—De acuerdo —dice la enfermera Coyle.

Empiezan todos a desfilar, pero el alcalde echa un último vistazo al salir.

—Una nave excelente —dice mientras desaparece por la puerta. Lee también sale, siguiendo el ruido de Bradley. Viola le pide que se quede, pero él se va a propósito para dejarnos solos.

—¿Estás segura de esto? —le pregunto, cuando todos se han ido ya—. No sabes lo que te espera ahí arriba.

—A mí tampoco me gusta, pero así es como debe ser.

Habla con algo de dureza, y me mira sin decir nada.

—¿Qué pasa? —pregunto.

Sacude la cabeza.

—¿Qué pasa?

—Es tu ruido, Todd. Lo detesto. Perdóname, pero lo detesto.

{VIOLA}

Me mira desconcertado.

Pero no suena desconcertado. No suena a nada.

—Es bueno que no se me oiga, Viola —dice—. Nos ayudará, me ayudará a mí, porque así podré…

Pierde el hilo porque todavía ve cómo lo miro.

Tengo que girarme.

—Sigo siendo yo —dice en voz baja—. Sigo siendo Todd.

Pero no lo es. No es el mismo Todd cuyos pensamientos se derramaban por todas partes en un gran y colorido revoltijo, el que no me hubiera dicho una mentira aunque su vida dependiera de ello, el que no me dijo una mentira cuando su vida dependió de ello, el Todd que me salvó la vida más de una vez, de varias maneras, aquel Todd de quien podía oír cada pensamiento incómodo, en quien podía confiar, a quien conocía...

A quien...

—No he cambiado —insiste—. Me parezco más a ti, a todos los hombres con los que te criaste, al Bradley de antes.

Aparto la mirada, con la esperanza de que no pueda ver lo agotada que estoy, el pálpito del brazo cada vez que respiro, la fiebre que tengo.

—Estoy muy cansada, Todd. Mañana es el día. Tengo que descansar.

—Viola...

—De todos modos tienes que ir con ellos. Asegúrate de que el alcalde y la enfermera Coyle no se establecen como líderes interinos.

Se me queda mirando.

—No sé qué significa «interinos».

Y eso me recuerda tanto al Todd de antes que sonrío.

—Todo estará bien. Sólo tengo que dormir un poco.

Sigue mirándome.

—¿Te estás muriendo, Viola?

—¿Cómo? No. Claro que no...

—¿Te estás muriendo sin decírmelo?

Ahora sus ojos me penetran, llenos de preocupación.

Pero sigo sin poder oírlo.

—No estoy mejorando —digo—, pero eso no significa que vaya a morirme pronto. Es probable que la enfermera Coyle encuentre algo, y si ella no puede, el convoy traerá material médico mucho más avanzado que el que tiene la nave de reconocimiento. Aguantaré hasta entonces.

Sigue mirándome.

—Porque yo no soportaría que... —tiene la voz espesa—. No podría soportarlo, Viola. No podría.

Y ahí está...

El ruido, todavía demasiado flojo, pero está ahí, ardiendo en su interior, ardiendo con sus sentimientos, sincero y preocupado por mí. Es muy débil, pero puedo oírlo...

Y entonces oigo: *Yo soy el Círculo*...

Y vuelve a silenciarse, como una piedra.

—No me estoy muriendo —digo, apartando la mirada.

Todd permanece ahí un segundo.

—Estaré afuera —dice por fin—. Llámame si necesitas algo. Llámame y yo te lo traeré.

—Lo haré.

Él asiente con los labios apretados. Vuelve a asentir.

Luego sale de la nave.

Me quedo un rato sentada en silencio, escuchando el *RUGI-DO* del ejército en la plaza y las voces sonoras del alcalde, la enfermera Coyle, Simone, Bradley y Lee, que siguen discutiendo.

Pero no oigo a Todd.

[TODD]

Bradley suspira audiblemente, después de horas discutiendo alrededor de la fogata y temblando a causa del frío helador de la noche.

—Entonces, ¿estamos todos de acuerdo? —pregunta—. Proponemos un alto al fuego inmediato por ambos bandos, sin que se tenga en cuenta ninguna de las acciones pasadas. Después está el tema del río y de empezar a poner los cimientos para que todos podamos vivir juntos.

—De acuerdo —dice el alcalde. Ni siquiera parece cansado.

—Sí, perfecto —coincide la enfermera Coyle, que se levanta con un gruñido—. Está a punto de amanecer. Tenemos que volver.

—¿Volver? —pregunto.

—La gente del campamento tiene que saber lo que está pasando, Todd —contesta—. Además, debo pedir a Wilf que traiga un caballo para Viola. Con la fiebre que tiene no va a poder subir la montaña a pie.

Vuelvo la mirada hacia la nave de reconocimiento. Espero que esté durmiendo, espero que se sienta mejor cuando despierte.

¿Y si me mintió sobre lo de morirse?

—¿Cuál es su estado real? —le pregunto a la enfermera Coyle, alcanzándola—. ¿Está muy enferma?

Me mira largamente.

—No está nada bien, Todd —responde muy seria—. Espero que todo el mundo esté haciendo lo posible para salvarla.

Me deja allí plantado. Vuelvo a mirar al alcalde, que observa cómo la enfermera Coyle se aleja de mí. Se me acerca.

—Estás preocupado por Viola —dice, sin preguntarlo—. Reconozco que la he visto mejor otras veces.

—Si le sucede algo por culpa de esa cinta, juro por Dios que... —empiezo a decir con voz grave y firme.

Levanta la mano para detenerme.

—Lo sé, Todd, lo sé muy bien —y una vez más, su voz suena sincera—. Haré que mis médicos redoblen los esfuerzos. No te preocupes. No dejaré que le suceda nada.

—Yo tampoco —dice Bradley, que escucha la conversación—. Es una luchadora, y si cree tener la fuerza suficiente para subir mañana a esa montaña, tenemos que confiar en ella. Yo estaré ahí para asegurarme de que nada le sucede, créeme —en su ruido oigo que habla en serio. Suspira—. Supongo que eso significa que yo también necesitaré un caballo.

Aunque no sé montar, añade su ruido, con cierta preocupación.

—Pediré a Angharrad que te lleve —lo tranquilizo, señalando el lugar donde la yegua está masticando heno—. Ella los cuidará a los dos.

Sonríe.

—¿Sabes? Viola nos dijo que, si alguna vez teníamos dudas sobre lo que está sucediendo, podíamos confiar en ti por encima de todas las cosas.

Noto que me sonrojo.

—Sí —digo—. Bueno…

Me da un golpe en el hombro, enérgico y amistoso.

—Regresaremos con la nave al amanecer —dice—. ¿Y quién sabe? Tal vez haya paz al final del día —me guiña el ojo—. Entonces tal vez puedas enseñarme a guardar silencio.

Él, Lee, Simone y la enfermera Coyle regresan a la nave de reconocimiento. La sanadora dejó aquí el carro de los bueyes para que Wilf lo recoja. Por el altavoz, Bradley pide a todo el mundo que se aparte. Los soldados lo hacen y los motores empiezan a rugir. Luego el artefacto despega sobre un cojín de aire.

Oigo la voz del alcalde antes de que la nave haya ascendido del todo.

—¡Caballeros! —grita, y su voz se retuerce y se introduce en los hombres que tiene cerca y resuena por todos aquellos que están en la plaza—. Yo les informo: ¡¡¡victoria!!! —grita.

Y los vítores se alargan durante mucho mucho tiempo.

{VIOLA}

Me despierto cuando la nave se posa de nuevo bruscamente sobre la cima de la montaña y se abren las puertas de la plataforma.

Oigo a la enfermera Coyle gritar a la multitud expectante:

—¡¡¡Vencimos!!!

Se oye una gran ovación a pesar de lo gruesas que son las paredes metálicas de la nave.

—Esto no puede ser bueno —dice Lee, que sigue en la cama contigua. Su ruido imagina a la enfermera Coyle con los brazos alzados por encima de la cabeza, y la gente levantándola en hombros y transportándola en una vuelta de honor.

—Creo que incluso se reprime un poco —digo, riendo, cosa que me provoca un prolongado ataque de tos.

La puerta se abre y entran Bradley y Simone.

—Se están perdiendo la celebración —dice él con sarcasmo.

—Déjala disfrutar de su momento —replica ella—. Es una mujer impresionante en muchos aspectos.

Estoy a punto de responder, pero vuelvo a toser, tan fuerte que Bradley saca un parche medicado y me lo coloca sobre la garganta. El frescor surte un efecto inmediato, y hago un par de inhalaciones profundas para que los vahos penetren en los pulmones.

—¿Cuál es el plan? —pregunto—. ¿De cuánto tiempo disponemos?

—Un par de horas —responde Bradley—. Volveremos con la nave a la ciudad. Simone se encargará de las proyecciones para que los dos campamentos puedan ver lo que está pasando y mantendrá la nave en el aire durante la reunión.

—Estaré pendiente de ustedes —dice ella—. De ambos.

—Me alegro de saberlo —responde Bradley con una voz tranquila, pero cálida, y luego añade dirigiéndose a mí—: Wilf va a traer a Bellota para que subas la montaña a caballo y Todd me presta su yegua.

Sonrío.

—¿En serio?

Él también sonríe.

—Adivino que es una muestra de confianza.

—Significa que confía en que volverás.

Oímos los pasos de dos personas que suben por la rampa exterior. Los vítores continúan, aunque no son tan clamorosos como antes. Y las voces que se acercan están discutiendo.

—Esto no me parece aceptable —dice Ivan a la enfermera Coyle, que cruza la puerta antes que él.

—¿Y qué te hace pensar que tu concepción de «aceptable» tenga alguna relevancia? —le espeta ella, con esa ferocidad que sería capaz de atemorizar al más experto.

Pero no a Ivan, por supuesto.

—Hablo en nombre del pueblo.

—Yo hablo en nombre del pueblo, Ivan. No tú.

Él nos lanza una mirada a Bradley y a mí.

—Van a enviar a una niña y al Humanitario a reunirse con un enemigo que tiene la fuerza suficiente para aniquilarnos —dice—. No creo que fuera ésa la elección mayoritaria del pueblo, enfermera.

—A veces el pueblo no sabe lo que es mejor para él —responde ella—. A veces el pueblo debe ser convencido de cosas que son necesarias. En eso consiste el gobierno. No en gritar como un loco para reivindicar cada uno de sus caprichos.

—Espero que tenga razón, enfermera —dice él—. Por su propio bien.

Nos lanza a todos una última mirada y sale.

—¿Todo bien ahí afuera? —pregunta Simone.

—Muy bien, muy bien —dice la enfermera Coyle, pero tiene la cabeza en otra parte.

—Están vitoreando otra vez —dice Lee.

En efecto, oímos nuevos vítores.

Pero no están dirigidos a la enfermera Coyle.

Chico potro, dice Angharrad, empujándome con el hocico. Y luego dice: **Chico potro sí**.

—En realidad, lo hago por ella —explico—. Si algo sucede, quiero que él la saque de allí, aunque tenga que llevársela a rastras, ¿entendido?

Chico potro, responde ella, empujándome otra vez.

—Pero ¿estás segura, pequeña? ¿Seguro que estás bien? No quiero mandarte a ninguna parte si no estás...

Todd, dice ella. **Por Todd**.

Noto un nudo en la garganta y tengo que tragar saliva un par de veces antes de ser capaz de decir:

—Gracias, pequeña.

Intento no pensar en lo que sucedió la última vez que pedí a un animal que fuera valiente por mí.

—Eres un joven muy notable, ¿lo sabías? —escucho detrás de mí.

Suspiro. Ahí está otra vez.

—Sólo hablaba con mi caballo —digo.

—No, Todd —continúa el alcalde, que se acerca desde su tienda—. Hay una serie de cosas que quiero decirte, y me gustaría que me permitieras hacerlo antes de que el mundo cambie.

—El mundo cambia continuamente —contesto, colocando las riendas a Angharrad—. Al menos para mí.

—Escúchame —replica con gravedad—. Quiero que sepas lo mucho que he llegado a respetarte. Respeto el modo en que has combatido a mi lado, sí, el modo en que has estado ahí soportando cada desafío y cada peligro, pero también cómo te has enfrentado a mí cuando nadie más se hubiera atrevido a hacerlo, cómo te has ganado realmente esta paz, cuando a tu alrededor el mundo se volvía loco.

Coloca una mano sobre Angharrad y le frota suavemente el flanco. Ella se mueve un poco, pero lo deja hacer.

Yo también.

—Creo que los colonos van a querer hablar contigo, Todd —continúa—. Olvídate de mí, olvídate de la enfermera Coyle. Va a ser a ti a quien verán como el líder.

—Sí, muy bien —respondo—. Primero consigamos la paz y luego ya repartiremos los méritos, ¿no le parece?

Respira por la nariz, despidiendo una nube de aire frío.

—Quiero darte una cosa, Todd.

—No quiero nada de usted.

Pero él ya sostiene en la mano una hoja de papel.

—Toma.

Espero unos segundos, pero finalmente la agarro. Hay una línea de palabras escritas, densa, negra e indescifrable.

—Léelo —dice.

—¿Quiere que le dé un puñetazo? —respondo furioso.

—Por favor —me pide. Suena tan amable y sincero que, por muy enojado que esté, miro el papel. Siguen siendo sólo palabras, escritas, creo, por el alcalde. Un matorral oscuro en una sola línea, como un horizonte al que nunca te podrás aproximar.

—Mira las palabras —insiste—. Dime lo que dicen.

La hoja de papel parpadea a la luz del fuego. Ninguna de las palabras es demasiado larga y reconozco por lo menos dos de ellas, mi nombre...

Hasta un bobo como yo sabe eso...

Y la primera palabra es...

«Me llamo Todd Hewitt y soy un hombre de Nueva Prentiss.»

Parpadeo.

Eso es lo que dice, de punta a punta de la página, y cada palabra luce tan clara como el sol.

Levanto la mirada. El rostro del alcalde está totalmente concentrado en mí, me penetra hasta lo más profundo, no hay ningún zumbido de control, apenas un leve murmullo.

(el mismo murmullo, el que oigo cuando pienso «Yo soy el Círculo...»)

—¿Qué dice? —pregunta.

Vuelvo a mirar...

Y lo leo...

Lo leo en voz alta.

—Me llamo Todd Hewitt y soy un hombre de Nueva Prentiss.

Suelta un largo suspiro y el murmullo se desvanece.

—¿Y ahora?

Vuelvo a mirar las palabras. Siguen en la página, pero se me escapan, se escapa su significado...

Pero no del todo.

«Me llamo Todd Hewitt y soy un hombre de Nueva Prentiss.»

Eso es lo que dice.

Eso es lo que dice todavía.

—Me llamo Todd Hewitt —leo, y lo pronuncio con más lentitud porque sigo intentando verlo—, y soy un hombre de Nueva Prentiss.

—Por supuesto que lo eres —dice el alcalde.

Me le quedo mirando.

—Pero eso no es leer. Eso es simplemente poner las palabras en mi cabeza.

—No —replica—. He estado pensando en cómo aprenden los zulaques, en cómo transmiten la información. Carecen de lenguaje escrito, pero si conectan entre ellos a todas horas, no lo necesitan. Intercambian el conocimiento directamente. Transportan en su ruido los conocimientos y los comparten con una única voz. Tal vez incluso con una única voz para el mundo entero.

Lo miro con sorpresa. Una única voz. El zulaque que llegó a la plaza. La voz única que parecía como si el mundo entero estuviera hablando. Hablándome a mí.

—Yo no te di esas palabras, Todd —afirma el alcalde—. Te di mis conocimientos lectores, y tú fuiste capaz de sacarlos de mí, tal como compartí contigo mis conocimientos sobre cómo guardar silencio. Creo que aquél fue el primer paso hacia una conexión mucho mayor de lo que nunca llegué a imaginar, una conexión parecida a la que comparten los zulaques. De momento es un proceso rudo y poco elegante, pero se podría refinar. Piensa en lo que podríamos conseguir si lo perfeccionáramos, Todd, cuánto conocimiento podríamos compartir, y con qué facilidad.

Vuelvo a mirar a la hoja de papel.

—Me llamo Todd Hewitt —leo en voz baja, viendo todavía la mayoría de las palabras.

—Si tú me lo permites —continúa con la voz abierta y sincera—, creo que podría pasarte información suficiente como para que pudieras leer el diario de tu madre antes de que lleguen los colonos.

Lo pienso. El libro de mi mamá. Marcado todavía por el puñal de Aaron, escondido y leído una sola vez con la voz de Viola...

Pero no me fío de él. No. Es imposible redimirlo...

Sin embargo, ahora lo veo distinto, lo veo como un hombre, no como un monstruo.

Porque si en verdad estamos conectados, conectados por una única voz...

(ese murmullo...)

Tal vez sea algo recíproco.

Tal vez él me esté enseñando a hacer cosas...

Y yo, a cambio, lo esté convirtiendo en un hombre mejor.

Suena un retrueno lejano que ya nos resulta familiar, el de la nave de reconocimiento al despegar. Al este, en el cielo, el aparato y el sol se elevan a la vez.

—Ya continuaremos esta conversación, Todd —termina el alcalde—. Llegó el momento de conseguir la paz.

{VIOLA}

—Hoy es un día importante, mi niña —me dice la enfermera Coyle. Nos reunimos en la enfermería de la nave que Simone pilota hacia la ciudad—. Para ti y para todos nosotros.

—Sé lo importante que es —susurro. Bradley observa las pantallas para monitorizar nuestro progreso. Lee permanece en el campamento para estar atento a cómo acontecen las cosas con Ivan a lo largo de la jornada.

Oigo que la enfermera Coyle ríe para sí.

—¿Qué pasa? —pregunto.

—Nada —contesta—. Me parece irónico que esté depositando todas mis esperanzas en la chica que más me odia en el mundo.

—Yo no la odio —replico. Sé que, a pesar de todo lo que ha sucedido, es la verdad.

—Tal vez no, mi niña, pero no hay duda de que no confías en mí.

A eso no respondo.

—Consigue la paz, Viola —dice, ahora más seria—. Consigue una buena paz. Hazlo tan bien que todos sepan que fuiste tú la responsable, no ese hombre. Sé que no deseas un mundo gobernado por mí, pero tampoco podemos permitir que sea él quien se haga cargo —me lanza una mirada—. Ése debe ser el objetivo de todas todas.

Siento una punzada en el estómago.

—Haré lo que pueda —digo.

Ella sacude la cabeza.

—Tienes suerte, ¿sabes? Eres muy joven. Tienes toda la vida por delante. Podrías convertirte en una versión mejorada de mí. Una versión que nunca se haya visto obligada a ser tan implacable.

No sé qué responder a eso.

—Enfermera Coyle...

—No te preocupes, mi niña —dice ella, levantándose mientras la nave se prepara para aterrizar—. No tienes que ser mi amiga —tiene los ojos ardientes—. Es suficiente con que seas su enemiga.

Notamos el pequeño retumbe del aterrizaje.

Llegó la hora.

Me levanto de la cama y me dirijo a las puertas de la plataforma. Lo primero que veo cuando se abren a la plaza es a Todd al frente de una hilera de soldados, plantado con Angharrad a un lado y Bellota y Wilf al otro.

Está en medio del RUGIDO de los soldados que nos observan. También está el alcalde, con el uniforme planchado y elegante y esa expresión que te hace sentir ganas de abofetearlo. Las sondas están surcando el aire. Van a transmitir la reunión en una proyección para todo el campamento. Y tras de mí, en la rampa, la gente se acumula, ansiosa por iniciar una jornada tan tan importante...

En medio de todo esto, Todd me ve y dice:

—Viola.

Sólo entonces siento el peso de lo que estamos a punto de acometer.

Bajamos por la plataforma, con los ojos del mundo de los hombres sobre nosotros, y que yo sepa, también del mundo zulaque. Hago caso omiso de la mano tendida del alcalde y dejo que salude a los demás.

Voy directamente hacia Todd, que está entre los caballos.

—Hola —dice con su sonrisa ladeada—. ¿Estás lista?

—Tanto como podría estarlo.

Los caballos charlan entre ellos: *Chico potro, chica potro, conducir, seguir*. Hablan con toda la calidez que un animal siente por otro miembro de su misma manada, dos muros felices que por un momento nos protegen de la multitud.

—Viola Eade —dice Todd—. La pacificadora.

Me río nerviosa.

—Tengo tanto miedo que apenas puedo respirar.

Lo veo algo tímido conmigo, después de la última vez que hablamos, pero me da la mano. Nada más.

—Sabrás lo que tienes que hacer —dice.

—¿Cómo puedes estar tan seguro?

—Porque siempre sabes lo que tienes que hacer. Cuando la ocasión lo merece, siempre haces lo correcto.

«Menos cuando disparé el misil», me digo. Él debe de ver en mi cara lo que pienso, porque vuelve a apretarme la mano. De pronto eso solo ya no es suficiente para mí. Y aunque detesto no oír su ruido, aunque sea como hablar con una fotografía del Todd que había conocido, me hundo en él y él me abraza. Aprieta la cara contra mi pelo, huele la fiebre y el sudor, pero el simple hecho de estar cerca de él, de sentir sus brazos alrededor de mi cuerpo y de estar rodeada por todo lo que sé de él, a pesar de no poder oírlo...

Tengo que confiar en que Todd sigue estando ahí.

Entonces, junto a nosotros, en el mundo exterior, el alcalde empieza su maldito discurso.

[TODD]

El alcalde se ha encaramado a un carro estacionado junto a la nave de reconocimiento y se yergue por encima de la multitud.

—¡Hoy celebramos a la vez una culminación y un nuevo principio! —grita, y su voz retumba por el ruido de los soldados reunidos en la plaza y de los ciudadanos también allí reunidos. Y el ruido amplifica su voz, de modo que no hay nadie que no lo oiga, todo el mundo lo mira, con cautela pero con esperanza, incluidas las mujeres, algunas de las cuales se han situado al borde de la plaza con niños en brazos, cuando normalmente hacen lo posible por mantenerse escondidas. Pero hoy cada persona, joven o vieja, desea que lo que dice el alcalde sea verdad—. Combatimos a nuestro enemigo con gran astucia y valentía —continúa—, ¡y los pusimos de rodillas!

Suena una gran ovación, aunque lo que dijo el alcalde no es exactamente lo que sucedió.

La enfermera Coyle contempla la estampa con los brazos cruzados, y vemos que se acerca al carro de Prentiss.

—¿Qué hace? —dice Bradley, colocándose junto a nosotros.

Vemos cómo se encarama al carro hasta quedar justo al lado del alcalde, que le dirige una mirada asesina, pero no interrumpe su discurso.

—¡Este día será recordado por sus hijos y por los hijos de sus hijos!

—¡Buena gente! —grita la enfermera Coyle, tapando las palabras del alcalde. Pero no mira a la multitud, mira hacia arriba, a la sonda que retransmite al campamento de la montaña—. ¡Hoy es un día que recordaremos el resto de nuestra vida!

El alcalde alza la voz para igualar la de ella.

—¡Gracias a su coraje y sacrificio...!

—¡Tiempos duros que soportaron con fortaleza...! —grita la enfermera Coyle.

—¡Logramos lo imposible...! —grita el alcalde.

—¡Los colonos que están de camino verán el mundo que edificamos para ellos...!

—¡Hemos forjado este nuevo mundo con nuestra propia sangre y determinación...!

—Deberíamos irnos —dice Viola.

Bradley y yo la miramos, sorprendidos, y en ese momento veo un resquicio de falsedad en su ruido. Pido a Bellota y a Angharrad que se arrodillen y ayudo a Viola a montar a Bellota. Wilf echa una mano a Bradley para que se suba sobre Angharrad. No parece demasiado seguro en su montura.

—No te preocupes —lo tranquilizo—. Te cuidará bien.

Chico potro, dice ella.

—Angharrad —respondo.

—Todd —dice Viola, imitándola.

La miro y digo:

—Viola.

Eso es todo, sólo su nombre.

Sabemos que llegó el momento.

No hay vuelta atrás.

—¡¡Un brillante ejemplo de paz en nuestra era...!!

—¡¡¡Los conduje a una gran victoria...!!!

Los caballos echan a caminar por la plaza, pasan junto al carro de los discursos, se abren paso entre los soldados y se dirigen a la carretera, la que lleva a la montaña de los zulaques.

La voz del alcalde flaquea un poco al ver lo que está pasando, pero la enfermera Coyle sigue aullando porque está mirando la sonda y todavía no los ve, hasta que el alcalde se apresura a decir:

—¡Y ahora mandamos a nuestros embajadores de paz!

La multitud estalla al unísono, interrumpiendo a la enfermera Coyle a media frase, cosa que no parece hacerle demasiada gracia.

—Viola estará bien —dice Wilf, mientras ambos vemos cómo se empequeñece carretera abajo—. Siempre sale adelante.

La multitud sigue vitoreando, pero el alcalde baja de un brinco del carro y se acerca a nosotros.

—Allá van —dice con la voz algo irritada—. Un poco antes de lo que esperaba.

—Usted no paraba de hablar —digo—. Y a ellos les espera un gran peligro en lo alto de esa montaña.

—Señor presidente —le espeta la enfermera Coyle al pasar delante de nosotros camino de la rampa de la nave de reconocimiento.

Sigo observando a Viola y a Bradley hasta que los pierdo más allá de la plaza. Entonces desvío la mirada hacia la gran proyección que Simone instaló mientras todo el mundo escuchaba estupefacto los discursos y que se cierne sobre las ruinas de la catedral, una imagen que se retransmite al campamento de la montaña, la imagen de Viola y Bradley trotando por la carretera, dirigiéndose a la zona muerta del campo de batalla.

—Yo no estaría preocupado, Todd —dice el alcalde.

—Lo sé —respondo—. Al primer indicio de algún movimiento en falso, la nave de reconocimiento hará saltar a los zulaques por los aires.

—Por supuesto —confirma. Pero lo dice de un modo que me hace volverme hacia él. Usó ese tono que usa para dar a entender que sabe más de lo que está diciendo.

—¿Qué pasa? —pregunto—. ¿Qué hizo?

—¿Por qué siempre sospechas que hice algo, Todd?

Pero sigue con su típica sonrisa.

Dejamos atrás los límites de la ciudad y nos adentramos en un campo lleno de cadáveres quemados, que siguen ahí tras los ataques de las bolas de fuego, esparcidos por todas partes como árboles talados.

—En un lugar tan lleno de belleza y posibilidades —dice Bradley, mirando a su alrededor—, seguimos repitiendo los mismos errores. ¿Tanto odiamos el paraíso que tenemos que asegurarnos de convertirlo en un montón de basura?

—¿Es ésa tu idea de una charla preparatoria? —pregunto.

Se echa a reír.

—Tómatelo como un voto para hacerlo mejor.

—Mira —digo—. Nos limpiaron el camino.

Nos acercamos a la falda de la montaña que sube al campamento zulaque. Las rocas y las piedras fueron retiradas, junto a cadáveres de zulaques y restos de sus monturas, restos causados por la artillería del alcalde, un misil disparado por mí y una bomba de la enfermera Coyle, de modo que todos somos responsables de este desastre.

—Sólo puede ser buena señal —dice Bradley—. Facilitarnos el camino es un modo de darnos la bienvenida.

—¿Facilitar que nos metamos en la trampa? —digo, agarrando nerviosa las riendas de Bellota.

Él hace un intento de subir primero por el camino, pero Bellota se coloca por delante de Angharrad, al notar sus dudas, e intenta tranquilizarla con una apariencia confiada. **Sigue**, dice su ruido, casi con suavidad. **Sigue**.

La yegua sigue. Y vamos subiendo.

A medida que ascendemos, oímos el rumor de los motores en el valle de más abajo, pues Simone despegó con la nave, desde la cual nos observa como un halcón que se cierne sobre su presa, lista para lanzarse con sus armas en el caso de que algo se tuerza.

Suena mi comunicador. Lo saco del bolsillo y veo a Todd que me mira.

«¿Estás bien?», pregunta.

—Acabo de salir —respondo—. Y Simone ya está de camino.

«Sí», dice él. «Te estamos viendo a tamaño real. Como si fueras la estrella de tu propia película.»

Intento reírme, pero sólo consigo toser.

«Ante el menor signo de peligro», dice con mayor seriedad, «ante cualquier signo, lárgate de ahí».

—No te preocupes —respondo. Y luego añado—: ¿Todd?

Me mira por el comunicador, adivina lo que estoy a punto de decir.

«Todo irá bien», dice.

—Si algo me sucede...

«No pasará.»

—Pero si pasa...

«No pasará», dice, casi enojado. «No voy a despedirme de ti, Viola, de modo que ni lo intentes. Sube a esa montaña, consigue la paz, y vuelve conmigo para que pueda curarte de una vez.» Se inclina más hacia el comunicador. «Te veré muy pronto, ¿de acuerdo?»

Trago saliva.

—De acuerdo —digo.

Cuelga.

—¿Todo bien? —pregunta Bradley.

Asiento.

—Acabemos con esto.

Subimos por el sendero improvisado, acercándonos a la cima de la colina. La nave está lo bastante alta como para ver lo que nos espera.

«Parece un comité de bienvenida», dice Simone a través del comunicador de Bradley. «Un campo abierto, con el que debe de ser su líder sentado en uno de esos unicornios.»

—¿Hay algo amenazador? —pregunta él.

«Nada evidente. Pero son muchísimos.»

Seguimos adelante y, entre las ruinas de la colina, veo lo que debe de ser el punto donde Todd y yo corrimos para huir de Aaron, saltando por la repisa bajo la cascada, la misma repisa donde los zulaques se alinearon y dispararon sus flechas en llamas, la misma repisa que ahora ya no existe, después de que yo la volara en mil pedazos. Pasamos por el lugar donde me dispararon y donde Todd derrotó al joven Davy Prentiss...

Ya nos acercamos a la última elevación, apenas quedan unos fragmentos de su forma original, pero estamos bastante cerca del último lugar donde Todd y yo pensamos que estábamos a salvo y contemplamos lo que creíamos que era Puerto.

Y terminamos metidos en este lío.

—¿Viola? —dice Bradley en voz baja—. ¿Estás bien?

—Creo que me está subiendo la fiebre. Me mareé.

—Ya casi llegamos —dice con suavidad—. Voy a saludarlos. Estoy seguro de que ellos nos responderán.

Y entonces veremos lo que sucede, dice su ruido.

Escalamos la última parte de la carretera zigzagueante en ruinas y llegamos a lo alto de la colina.

Entramos en el campamento zulaque.

[TODD]

—Ya casi llegan —digo.

Wilf, el alcalde, yo y el resto de la plaza vemos en la gran proyección sobre las ruinas de la catedral que Viola, Bradley y dos caballos que de pronto parecen pequeñísimos se acercan al semicírculo de zulaques que los esperan.

—Ése debe de ser el líder —dice el alcalde, señalando al que está plantado a lomos del unicornio más grande de todos los que esperan. Está mirando cómo Viola y Bradley coronan la colina con sus monturas y se introducen en el semicírculo de zulaques, que no permite otra escapatoria que volver por donde han venido—. Primero intercambiarán saludos —continúa, sin apartar los ojos de la imagen—. Así empiezan estas cosas. Luego ambos bandos dirán lo fuertes que son y finalmente harán una declaración de intenciones. Es todo muy formal.

Vemos a Bradley en la proyección. Parece estar haciendo justo lo que predijo el alcalde.

—El zulaque desmonta —indico.

El líder, lenta pero elegantemente, pasa una pierna por encima de su montura. Baja, se quita el casco y se lo entrega al zulaque que tiene al lado.

Entonces empieza a caminar a través del claro.

—Viola baja de su caballo —dice Wilf.

Y así es. Bellota se arrodilla para facilitarle el desmonte y ella baja con cuidado. Da la espalda a Bellota y se prepara para saludar al líder, que sigue acercándose con lentitud, con la mano tendida.

—Todo va bien, Todd —dice el alcalde—. Muy bien.

—No diga ese tipo de cosas.

—¡Ey! —grita Wilf, de pronto, incorporándose...

Y lo veo.

Se produce un murmullo entre los soldados que lo vieron también.

Un zulaque sale corriendo del semicírculo.

Rompe filas y corre hacia su líder.

Se dirige hacia él.

El líder se gira.

Parece sorprendido.

Y a la luz fría del amanecer, podemos ver...

Que el zulaque que corre empuña un cuchillo.

—Va a matar al líder —digo, poniéndome de pie.

El RUGIDO de la multitud aumenta.

El zulaque llega donde está el líder con el cuchillo levantado.

Llega...

Y pasa de largo...

El líder mueve los brazos para detenerlo...

Pero él lo esquiva...

Y sigue corriendo...

Hacia Viola...

Entonces lo reconozco...

—¡No! —digo—. ¡No!

Es 1017...

Corre directo hacia Viola...

Lleva un cuchillo...

Va a matarla...

Va a matarla para castigarme...

—¡Viola! —grito—. ¡¡¡Viola!!!

El alma gemela

Se acerca el amanecer, muestra el Cielo. *Pronto estarán aquí.*

Se planta ante mí ataviado con una coraza de arcilla intrincadamente esculpida que cubre su pecho y sus brazos, demasiado ornamentada y bella como para lucirla en la batalla. El casco ceremonial corona su cabeza como un capitel y hace juego con la espada de piedra ceremonial igual de pesada que lleva al costado.

Estás ridículo, muestro.

Parezco un líder, responde sin parecer molesto por mi comentario.

Ni siquiera sabemos si acudirán.

Acudirán, contesta. *Acudirán.*

Me oyó jurar que derrotaría a la paz. Lo sé. Yo estaba demasiado furioso para intentar ocultarlo, aunque probablemente lo habría oído de todos modos. Y, aun así, me ha mantenido a su lado, tan seguro de mi insignificancia que ni siquiera finge verme como una amenaza.

No creas que regalo la paz a cambio de nada, muestra. *No creas que tendrán rienda suelta para hacer lo que quieran con este mundo. La Carga no se repetirá, no mientras yo sea el Cielo.*

Y veo algo en su voz, en lo más profundo, que parpadea.

Tienes un plan, me burlo.

Digamos que no participo en estas conversaciones sin haber preparado cada eventualidad.

Sólo lo dices para mantenerme callado, muestro. *Tomarán lo que puedan conseguir y luego tomarán el resto por la fuerza. No se detendrán hasta que nos lo hayan quitado todo.*

Suspira.

El Cielo vuelve a pedir la confianza del Regreso. Y para demostrarlo, al Cielo le gustaría mucho que el Regreso estuviera a su lado cuando el Claro acuda a nosotros.

Lo miro, con sorpresa. Su voz parece sincera.

(... y mi propia voz ansía tocar la suya, ansía saber que actúa correctamente por mí, por la Carga, por la Tierra. Quiero confiar en él con tantas fuerzas que me duele el pecho...)

La promesa que te hice permanece, muestra. *La Fuente será tuya para que hagas lo que te plazca.*

Sigo mirándolo, leo su voz, leo todo lo que contiene: la responsabilidad terrible y espeluznante que siente por la Tierra es como una losa constante, esté despierto o dormido; la preocupación que siente por mí, por cómo me consumo de odio y de venganza; la preocupación por los días venideros y las semanas y meses que seguirán, por cómo, independientemente de lo que suceda hoy, la Tierra cambiará para siempre, ya está cambiando para siempre. Y veo también que, si se siente obligado, actuará al margen de mí, me dejará atrás si debe hacerlo por el bien de la Tierra.

Pero también veo el dolor que eso le causaría.

Y también veo, sin duda oculto en el Final de los Senderos, que tiene un plan.

Acudiré, muestro.

El color rosáceo del sol empieza a mostrarse por el horizonte lejano. El Cielo está de pie sobre la silla del unicornio. Sus mejores soldados, ataviados también con ropajes y espadas ceremoniales, se han colocado en un amplio semicírculo que abarca el borde accidentado de la colina. El Claro podrá entrar aquí, pero no ir más allá.

La voz de la Tierra está abierta y observa el límite de la colina a través del Cielo. *Hablamos como uno*, muestra el Cielo, enviándolo a través de ellos. *Somos la Tierra y hablamos como uno.*

La Tierra repite el cántico, se une en un único lazo irrompible que se enfrenta al enemigo.

Somos la Tierra y hablamos como uno.

Excepto el Regreso, pienso, porque la cinta del brazo vuelve a doler. Retiro el liquen para mirarla, la piel que la rodea se tensa de mala manera al agarrarse al metal, está hinchada y llena de cicatrices. No ha dejado de dolerme desde el momento en que me la pusieron.

Pero el dolor físico no es nada comparado con lo que delata mi voz.

Porque esto me lo hizo el Claro. Me lo hizo el Cuchillo. Es lo que me marca como el Regreso, lo que me separa para siempre de la Tierra que canta a mi alrededor, alzando su voz única en una lengua comprensible para el Claro.

Somos la Tierra y hablamos como uno.

Excepto el Regreso, que habla solo.

No hablas solo, muestra el Cielo, mirándome desde su montura. *El Regreso es la Tierra y la Tierra es el Regreso.*

La Tierra es el Regreso, resuena el cántico a nuestro alrededor.

Dilo, me pide el Cielo. *Dilo para que el Claro sepa con quién está tratando. Dilo para que podamos hablar juntos.*

Tiende la mano como para tocarme, pero está demasiado alto. Me pide que me una a él, que me una a la Tierra, que pase a formar parte de algo mayor, más grande, algo capaz de...

El bajel del Claro se alza de pronto por el aire ante nosotros, se detiene y espera.

El Cielo lo otea mientras el cántico continúa a nuestras espaldas.

Es el momento, muestra. *Ya vienen.*

La reconozco al instante. Mi sorpresa es tan aguda que el Cielo me mira por un breve momento.

La enviaron, muestro.

Enviaron al alma gemela del Cuchillo.

Mi voz se eleva. ¿Es posible que haya venido con ella? ¿Podría ser...?

Pero no. Es otro del Claro, con la voz tan audible y caótica como la de los demás. Caótica y llena de paz. Le invade el deseo de lograr la paz, y también la esperanza, el miedo, el coraje necesario.

Desean la paz, muestra el Cielo, y hay alegría en la voz de la Tierra.

Alzo la vista al Cielo, y también veo en él la paz.

El Claro avanza con sus monturas hacia el semicírculo, pero se detiene a cierta distancia, nos mira nervioso, la voz de él es fuerte y esperanzada, la de ella es el silencio de los sin voz.

—Me llamo Bradley Tench —dice él por la boca y la voz—. Ella es Viola Eade.

Espera a ver si comprendemos su lenguaje y, tras un leve gesto afirmativo por parte del Cielo, continúa:

339

—Venimos a hacer la paz, a terminar esta guerra para que no haya más derramamiento de sangre, a intentar corregir el pasado y construir un nuevo futuro en el que nuestros dos pueblos puedan vivir el uno junto al otro.

El Cielo no muestra nada durante un largo momento, y el eco quedo del cántico resuena sin cesar detrás de él.

Yo soy el Cielo, muestra, en el lenguaje de la Carga.

El hombre del Claro parece sorprendido, pero por su voz podemos ver que comprende. Observo al alma gemela del Cuchillo. Nos mira fijamente, pálida y temblorosa en el frío de la mañana. El primer sonido que emite es una tos que tapa con el puño. Luego habla.

—Tenemos el apoyo de todo nuestro pueblo —dice, chasqueando las palabras sólo por la boca, y el Cielo abre su propia voz para asegurarse de que la comprende. Ella hace un gesto hacia el bajel que sobrevuela la colina, listo sin duda para disparar sus armas al primer signo de problemas por nuestra parte—. El apoyo para conseguir la paz.

Paz, pienso amargamente. *Una paz que nos convertirá en esclavos.*

Calla, muestra el Cielo desde su montura. Una orden mostrada suavemente, pero real.

Entonces baja del unicornio. Pasa la pierna por encima del lomo, pisa el suelo con un fuerte golpetazo. Se quita el casco, se lo entrega al soldado que tiene al lado y empieza a caminar hacia el Claro. Hacia el hombre que, ahora que puedo leer más atentamente su voz, es un recién llegado, una avanzadilla de los que aún están por venir. Los que vendrán a expulsar a la Tierra de su propio mundo. Los que vendrán a convertirnos a todos en la Carga. Y otros que sin duda vendrán después. Y otros más.

Pienso que sería mejor morir que permitir que eso suceda.

A mi lado, un soldado se gira, con la voz sorprendida, y me pide en la lengua de la Tierra que me tranquilice.

Lleva una espada ceremonial.

El Cielo avanza lenta, pesadamente, como un líder, acercándose al Claro.

Acercándose al alma gemela del Cuchillo.

El Cuchillo, que, aunque sin duda sufre y se preocupa por la paz, aunque sin duda intenta hacer lo correcto, envía en su lugar a su alma gemela, demasiado asustado para enfrentarse a nosotros en persona.

Pienso en él cuando me sacó de entre los cadáveres de la Carga...

Pienso en cuando juré con él...

Y me descubro diciendo: *No*.

Noto la voz de la Tierra sobre mí, siento cómo intenta calmarme en este momento tan importante.

Y una vez más pienso: *No*.

No, no puede ser.

El alma gemela baja de su montura para saludar al Cielo.

Y yo me pongo en movimiento antes de querer hacerlo.

Le arrebato tan rápido la espada ceremonial al soldado que tengo a mi lado que no le da tiempo a impedírmelo, sólo lanza un grito de sorpresa. La empuño en alto y empiezo a correr. Tengo la voz extrañamente clara, sólo veo lo que hay delante de mí, las piedras del camino, el lecho del río seco, la mano del Cielo que trata de detenerme al pasar junto a él, pero, con su elaborada coraza, se mueve demasiado lento para conseguirlo.

Avanzo hacia ella...

Mi voz es cada vez más fuerte, emite un grito sin palabras en la lengua de la Carga y de la Tierra.

Sé que nos vigilan, que nos vigilan desde el bajel, desde las luces que gravitan a su lado.

Espero que el Cuchillo pueda verlo.

Espero que pueda ver cómo corro a matar a su alma gemela.

Con la pesada espada entre mis manos.

Ella me ve venir y retrocede hacia su montura.

El hombre del Claro grita algo, su propia montura intenta colocarse entre el alma gemela del Cuchillo y yo.

Pero soy demasiado rápido y no hay mucho espacio entre nosotros.

El Cielo grita detrás de mí...

Su voz, la voz de la Tierra entera retumba detrás de mí, intenta detenerme...

Pero una voz no puede detener a un cuerpo.

El alma gemela retrocede todavía más...

Cae contra las patas de su propia montura, que también intenta protegerla, pero se enreda con ella.

No hay tiempo...

Sólo estoy yo...

Sólo mi venganza...

Alzo la espada...

La echo hacia atrás...

Lista y pesada, con ansias de descargar...

Doy los últimos pasos...

Coloco mi peso tras la espada para asestar el golpe...

Y ella levanta el brazo para protegerse...

NEGOCIACIÓN

{VIOLA}

El ataque se produce de improviso. El líder, el Cielo, como se hace llamar, se acerca para saludarnos.

Pero, de pronto, un zulaque corre hacia él empuñando una enorme espada de piedra, pulida y pesada.

Va a matar al Cielo.

Va a matar a su propio líder...

En plenas conversaciones de paz, va a suceder un magnicidio.

El Cielo se gira, ve que el zulaque de la espada va hacia él y alarga el brazo para detenerlo.

Pero el de la espada se agacha y lo esquiva fácilmente.

Pasa de largo y corre hacia mí y hacia Bradley.

Corre hacia mí...

—¡Viola! —oigo que grita Bradley.

Intenta interponer a Angharrad entre nosotros, pero están por lo menos dos pasos atrás.

Y entre el que corre y yo el campo está vacío.

Yo tropiezo con las patas de Bellota.

¡Chica potro!, dice el caballo.

Caigo al suelo.

No queda tiempo...

El zulaque está encima de mí...

Levanta la espada...

Levanto el brazo en un intento desesperado por protegerme...

Y...

La espada no cae...

No lo hace...

Vuelvo a mirar hacia arriba.

El zulaque me está mirando el brazo.

La manga se bajó y la venda se cayó y él mira fijamente la cinta metálica de mi brazo.

La piel roja, infectada, enfermiza; la cinta con el número 1391 grabado.

Y entonces la veo.

A media altura de su antebrazo, tan mellada y estropeada como la mía...

Una cinta con el número 1017...

Es el zulaque que Todd liberó tras el genocidio del monasterio. Lleva una cinta que también le provocó una grave infección.

Congeló el golpe, la espada sigue alzada, lista para caer, pero no cae. El zulaque sigue mirándome el brazo.

Entonces un par de cascos de caballo lo golpean en el pecho y sale disparado hacia la otra punta...

[TODD]

—¡¡¡Viola!!!

Grito como un loco, busco un caballo, un vehículo de fisión, cualquier cosa que pueda llevarme a lo alto de la colina.

—¡Todo está bien, Todd! —me grita el alcalde, sin dejar de mirar la proyección—. ¡No pasó nada! Tu caballo lo pateó.

Vuelvo la vista hacia la imagen justo a tiempo para ver cómo 1017 impacta contra el suelo a unos cuantos metros de donde estaba, hecho una piltrafa, mientras las patas de Angharrad tocan de nuevo el suelo.

—¡Buena chica! —grito—. ¡Buen caballo! —echo mano al comunicador y grito—: ¡Viola! Viola, ¿estás ahí?

Ahora veo que Bradley se arrodilla junto a ella y que el líder de los zulaques agarra a 1017 y lo lanza hacia atrás, hacia los otros zulaques, que se lo llevan a rastras. Veo que Viola busca el comunicador en el bolsillo.

«¿Todd?», dice.

—¿Estás bien? —pregunto yo.

«¡Era el zulaque que dejaste ir, Todd!», grita.

—Lo sé, y si alguna vez lo vuelvo a ver, voy a...

«Se detuvo cuando vio mi cinta en el brazo.»

«¿Viola?», interrumpe Simone desde la nave de reconocimiento.

«¡No dispares!», dice Viola rápidamente. «¡No dispares!»

«Vamos a sacarte de ahí», informa la comandante.

«¡No!», grita Viola. «¿No vieron que no esperaban este ataque?»

—¡Deja que Simone te saque de ahí! —grito—. No es seguro. Sabía que no tendría que haber dejado...

«Escúchenme bien los dos», dice ella. «Ya está todo controlado, ¿no pueden...?»

La comunicación se interrumpe. Vemos en la imagen que el líder de los zulaques ha vuelto a acercarse a Viola y a Bradley con las manos tendidas de un modo pacífico.

«Está diciendo que lo lamenta», explica Viola. «Dice que no es lo que querían...» Se interrumpe un segundo. «Su ruido está compuesto más por imágenes que por palabras, pero creo que dice que el zulaque que me atacó está loco o algo parecido.»

Siento una punzada al oír esto. 1017 está loco. 1017 se ha vuelto loco.

Por supuesto. ¿Quién no se habría vuelto loco después de lo que ha vivido?

Pero eso no le da derecho a atacar a Viola...

«Dice que quiere que continúen las conversaciones de paz», informa Viola. «Y, ah, vaya...»

En la imagen vemos que el líder le da la mano y le ayuda a levantarse. Hace un gesto hacia los zulaques del semicírculo y éstos se separan y otros zulaques traen unas sillas trenzadas con delgadas tiras de madera, una para cada uno.

—¿Qué está pasando? —pregunto por el comunicador.

«Creo que están...», se interrumpe. El semicírculo se abre una vez más y aparece otro zulaque con fruta y pescado y otro que transporta una mesa de madera trenzada. «Nos están ofreciendo comida», dice Viola, y al mismo tiempo oigo a Bradley que, de fondo, les da las gracias.

«Creo que se retoman las conversaciones de paz», dice ella.

—Viola...

«No, lo digo en serio, Todd. ¿Cuántas oportunidades vamos a tener?»

Estoy enfurecido, pero ella parece muy decidida a continuar.

—Bueno, pero deja el comunicador abierto, ¿de acuerdo?

«De acuerdo», dice Simone por el otro canal. «Y dile al líder lo cerca que estuvieron de verse reducidos a vapores y escombros.»

Se produce una pausa en la proyección, el líder de los zulaques se endereza en su silla.

«Dice que ya lo sabe», nos informa Viola. «Dice que...»

Oímos entonces las palabras del líder. Habla en nuestro idioma, con una voz que suena un poco como la nuestra, pero como si estuviera compuesta por un millón de voces que dicen exactamente lo mismo.

La Tierra lamenta los actos del Regreso, dice.

Miro al alcalde.

—¿Se puede saber qué significa eso?

{VIOLA}

—La pura verdad —dice Bradley— es que no podemos irnos. Fue un viaje sólo de ida, de décadas de duración. Nuestros antepasados eligieron este planeta como principal candidato para la colonización, y las sondas espaciales... —se aclara la voz con incomodidad, aunque en su ruido ya se vislumbra lo que va a decir—. Las sondas no mostraron ningún rastro de vida inteligente aquí, de modo que...

Entonces el Claro no puede irse, dice el Cielo, mirando más allá de nosotros, a la nave de reconocimiento que cuelga en el aire. *El Claro no puede irse.*

—¿Perdón? —dice Bradley—. ¿El qué?

Pero el Claro debe responder de muchas cosas, continúa el Cielo. Su ruido muestra entonces la imagen del zulaque que corrió hacia nosotros con la espada, el que tenía la cinta metálica en el brazo, el que Todd conoció...

Hay un sentimiento que lo respalda, que se comunica directamente en forma de sentimiento, fuera del lenguaje, un sentimiento de terrible tristeza, no por nosotros, no por la interrupción de las conversaciones de paz, sino por quien nos atacó, una tristeza que ahora llega aderezada con imágenes del genocidio zulaque, imágenes de 1017 sobreviviendo y encontrando al resto de los zulaques, imágenes de lo herido que está, del daño que le hicimos...

—No quiero excusar nada de esto —interrumpo—, pero no fuimos nosotros.

El Cielo detiene su ruido y me mira. Tengo la sensación de que cada zulaque en la capa de este planeta me está mirando también.

Elijo las palabras con sumo cuidado.

—Bradley y yo somos nuevos en este lugar —digo—. Y estamos deseosos por no repetir los errores de los primeros colonos.

¿Errores?, dice el Cielo. Su ruido se abre otra vez con imágenes que sólo pueden ser de la primera guerra de los zulaques.

Imágenes de muerte a una escala que nunca hubiera imaginado.

Imágenes de zulaques muriendo por miles.

Imágenes de atrocidades cometidas por los hombres.

Imágenes de niños, de recién nacidos.

—No podemos hacer nada respecto a lo que ya pasó —digo intentando apartar la mirada, pero su ruido es omnipresente—, pero podemos hacer algo para impedir que se repita.

—Empezando por un alto el fuego inmediato —añade Bradley, que parece que hubiera quedado sepultado bajo el peso de las imágenes—. Ésa es la primera cosa que podemos acordar. No volveremos a atacarlos y ustedes no volverán a atacarnos a nosotros.

El Cielo se limita a abrir su ruido otra vez, y muestra un muro de agua de la altura de diez hombres que baja por el lecho del río en el que estamos sentados, arrasa con todo lo que sale a su paso antes de impactar contra el valle y borrar Nueva Prentiss del mapa.

Bradley suspira y luego abre su propio ruido con imágenes de misiles de la nave de reconocimiento que incendian esta colina y diez misiles más cayendo desde la órbita, a una altura imposible de combatir para los zulaques, y destruyendo a toda la especie zulaque bajo una nube de fuego.

El ruido del Cielo transmite una sensación de satisfacción, como si acabara de confirmar lo que ya sabía.

—Entonces la situación es ésta —digo entre toses—. Y ahora, ¿qué vamos a hacer al respecto?

Se produce una pausa más larga y después el ruido del Cielo se vuelve a abrir.

Y empezamos a hablar.

[TODD]

—Llevan horas hablando —digo, observando la proyección desde el campamento—. ¿Por qué tardan tanto?

—Silencio, por favor, Todd —me pide el alcalde, que trata de captar cada palabra que sale de mi comunicador—. Es importante que conozcamos todo lo que se discute.

—¿Qué hay que discutir? Se trata de dejar de pelearnos y vivir en paz.

Él me mira con displicencia.

—Okey, de acuerdo —digo—. Pero Viola está enferma. No puede pasar todo el día ahí arriba con este frío.

Estamos sentados alrededor de una fogata, mirando la proyección con los señores Tate y O'Hare. En la ciudad, todo el mundo mira las imágenes, aunque con menos interés a medida que pasa el tiempo, porque mirar a unas personas que hablan durante horas no es tan interesante, por muy importante que sea la conversación. Al final, Wilf nos dijo que tenía que volver con Jane y se llevó el carro de bueyes de la enfermera Coyle al campamento de la montaña.

«¿Viola?», oímos por el comunicador. Es Simone.

«¿Sí?», responde Viola.

«Tengo que recargar combustible, cariño —dice la comandante—. Las células pueden mantenernos a flote durante la primera parte de la noche, pero tal vez sería mejor que se plantearan continuar mañana la reunión.»

Pulso un botón de mi comunicador.

—No la dejes ahí —veo que el líder de los zulaques y Bradley miran sorprendidos la imagen—. No la pierdas de vista.

Pero quien responde es la enfermera Coyle:

«No te preocupes, Todd», dice. «Van a saber lo fuertes y comprometidos que estamos, aunque tengamos que dejar la nave seca de combustible.»

Miro desconcertado al alcalde.

—Transmitiendo para sus amigos del campamento, ¿no es así, enfermera? —dice en voz alta, para que se pueda oír por el comunicador.

«¿Puede callar todo el mundo, por favor?», nos pide Viola. «De lo contrario, desconectaré este aparato.»

Esto le provoca otro ataque de tos. Me fijo en lo pálida, delgada y pequeña que se le ve en la proyección. Esa pequeñez es la que duele. En cuanto a tamaño, siempre ha sido apenas un poco más pequeña que yo.

Pero cuando pienso en ella, siento que es tan enorme como el mundo entero.

—Llámame si necesitas algo —digo—. Cualquier cosa.

«Lo haré», responde.

Entonces suena un bip y ya no oímos nada más.

El alcalde mira con sorpresa la imagen. Bradley y Viola siguen hablando con el líder zulaque, pero ya no oímos nada de lo que dicen. Ya no hay sonido.

«Muchas gracias, Todd», dice la enfermera Coyle a través del comunicador, muy enojada.

—No es a mí a quien hacía callar —respondo—. Son ustedes quienes no paran de entrometerse.

—Qué chica tan estúpida —oigo que murmura el señor O'Hare desde el lado opuesto de la fogata.

—¿Qué dijo? —grito, y me levanto, lanzándole una mirada asesina.

El señor O'Hare se levanta también, respirando pesadamente, con ganas de pelea.

—Ahora no oímos lo que está pasando. Eso es lo que pasa por enviar a una niña pequeña a...

—¡Cierre el pico! —le espeto.

Hincha las fosas nasales y cierra los puños.

—¿Cómo vas a impedirlo, muchacho?

Veo que el alcalde está a punto de intervenir.

Pero yo digo:

—Dé un paso adelante...

Tengo la voz tranquila y el ruido ligero.

«Yo soy el Círculo...»

El señor O'Hare obedece sin dudarlo...

Y se mete en la fogata.

Permanece allí parado durante un segundo, sin darse cuenta de nada. Luego suelta un alarido de dolor y empieza a dar saltos en el aire, con los bajos de los pantalones en llamas, y corre a buscar agua para apagarlos. El alcalde y el señor Tate ríen y ríen sin parar.

—Vaya, Todd —dice el alcalde—. Fue impresionante.

Parpadeo. Estoy temblando.

Podría haberle hecho mucho daño.

Podría haberlo hecho sólo pensando en ello.

(y eso me gusta...)

(cállate...)

—Ahora que vamos a tener que matar el tiempo mientras continúan las negociaciones —dice el alcalde sin parar de reír—, ¿qué te parece si leemos un poco?

Yo todavía estoy recuperando el aliento, de modo que tardo aún un minuto largo en darme cuenta de lo que está queriendo decir.

{VIOLA}

—No —dice Bradley, negando una vez más con la cabeza, y su aliento se convierte en una nube contra el sol que empieza a ponerse—. No podemos empezar con un castigo. El modo de comenzar impone el tono para todo lo que sigue.

Cierro los ojos y recuerdo que me dijo exactamente la misma frase hace una eternidad. Y tenía razón. Empezamos con un desastre y el desastre se alargó hasta el final.

Me pongo la cabeza entre las manos. Estoy muy cansada. Sé que me ha vuelto a subir la fiebre, por muchas medicinas que hayamos traído, y aunque los zulaques han encendido un fuego para combatir el frío, sigo temblando y tosiendo.

A pesar de todo, la jornada ha ido muy bien, mejor de lo que esperábamos. Llegamos a todo tipo de acuerdos: un alto al fuego absoluto por ambas partes, la creación de un consejo para resolver las disputas, tal vez incluso un principio de acuerdo sobre las tierras que los colonos podrían ocupar para vivir.

Pero durante el día ha habido una piedra inamovible.

Crímenes, dice el Cielo en nuestro idioma. *Crímenes es la palabra en la lengua del Claro. Crímenes contra la Tierra.*

Hemos comprendido que la Tierra son ellos y el Claro somos nosotros, y que, para ellos, incluso nuestro nombre es un crimen. Pero es algo más específico que eso. Quieren que les entreguemos al alcalde y a sus principales soldados para que sean castigados por los crímenes cometidos contra una parte de los zulaques a los que llaman la Carga.

—Pero ustedes también mataron hombres —señalo—. Mataron a miles de ellos.

El Claro empezó esta guerra, responde.

—Pero los zulaques no son inocentes —insisto—. Ha habido maldades en ambos bandos.

De inmediato, las imágenes del genocidio reaparecen en el ruido del Cielo.

Incluyendo una de Todd caminando entre montones de cadáveres hacia 1017...

—¡No! —grito, y el Cielo se echa atrás, sorprendido—. Él no tuvo nada que ver con eso. Le aseguro...

—De acuerdo, de acuerdo —interviene Bradley, con las manos levantadas—. Se hace tarde. ¿Estamos de acuerdo en que éste fue un primer día muy productivo? Miren lo lejos que hemos llegado. Sentados en la misma mesa, comiendo la misma comida, trabajando por un objetivo común.

El ruido del Cielo se tranquiliza un poco, pero vuelvo a tener la misma sensación, la sensación de que todos los ojos de los zulaques nos vigilan.

—Volveremos a vernos mañana —continúa Bradley—. Hablaremos con nuestra gente, tú habla con la tuya. Todos tendremos una nueva perspectiva.

El Cielo reflexiona durante un momento.

El Claro y el Cielo se quedarán aquí esta noche, dice. *El Claro será nuestro invitado.*

—¿Cómo? —digo, alarmada—. No, no podemos...

Pero unos zulaques ya están colocando tres tiendas de campaña, por lo que está claro que todo estaba planeado desde el principio.

Bradley pone una mano sobre mi brazo.

—Tal vez deberíamos quedarnos... —me susurra—. Es una muestra de confianza.

—Pero la nave...

—La nave no tiene necesidad de estar en el aire para usar sus armas —responde en voz alta, para que el Cielo pueda oírlo, y en su ruido percibimos que en efecto lo ha oído.

Miro a los ojos de Bradley, a su ruido, veo la bondad y la esperanza que siempre han estado ahí, que no le han sido arrebatadas ni por este planeta ni por el ruido ni por la guerra ni por nada que haya sucedido hasta ahora. Y más por mantener esa bondad que por estar de acuerdo, digo finalmente:

—Bien.

Las tiendas, que están hechas con lo que parece un musgo muy trenzado, se levantan en cuestión de momentos. El Cielo nos da unas buenas noches largas y formales antes de desaparecer en el interior de la suya. Bradley y yo nos levantamos para atender a nuestros caballos, que nos saludan con cálidos relinchos.

—Fue bastante bien —digo.

—Creo que el ataque que sufriste puede haber jugado a nuestro favor —comenta Bradley—. Los predispuso a llegar a un acuerdo —baja la voz—. Pero ¿tú no tuviste la sensación de que nos estaba observando hasta el último zulaque viviente?

—Sí —respondo muy bajito—. Llevo todo el día notándolo.

—Creo que su ruido es algo más que una simple comunicación —murmura Bradley, que parece maravillado—. Creo que son así. Creo que son su voz. Si pudiéramos hablar como lo hacen ellos, si aprendiéramos a unirnos a su voz...

Se interrumpe. Su ruido es vibrante y resplandeciente.

—¿Qué? —digo.

—Bueno, me pregunto si no estaríamos a medio camino de convertirnos en un solo pueblo.

[TODD]

Veo dormir a Viola en la proyección. Insistí en que no se quedara a pasar la noche, y también lo hicieron Simone y la enfermera Coyle, pero se quedó de todos modos. La nave de reconocimiento regresó al caer la noche. Dejó la puerta de la tienda abierta de cara a la fogata, y la veo ahí adentro, tosiendo y dando vueltas. Me gustaría estar allí con ella.

Me pregunto qué estará pensando. Me pregunto si piensa en mí. Me pregunto cuánto va a durar todo esto, cuándo podremos empezar a llevar una vida en paz para que se pueda curar. Quiero cuidarla y hablar con ella en persona, no a través de un comunicador, y que me lea el libro de mi mamá.

O también podría leérselo yo a ella.

—¿Todd? —dice el alcalde—. Yo estoy listo, cuando tú quieras.

Asiento con la cabeza y entro en mi tienda. Saco el libro de mi mamá de la mochila y paso las manos sobre la cubierta como siempre hago, por el lugar donde Aaron clavó el cuchillo la noche en que el libro me salvó la vida. Abro las páginas para mirar la escritura, la letra escrita por la mano de mi mamá, escrita poco después de que yo naciera y antes de que ella muriera en la guerra de los zulaques o asesinada por el propio alcalde o, según la mentira que éste esgrime como verdad ante todos, antes de que se suicidara. Vuelvo a enfurecerme un poco contra él, me enfurezco ante el hormiguero de letras esparcidas por las páginas, densas y huidizas, y estoy a punto de cambiar de opinión respecto a hacer esto con él y...

«Querido hijo», leo, y de pronto las palabras aparecen en la página, claras y meridianas. «¡No tienes siquiera un mes y la vida ya te está poniendo desafíos!»

Trago saliva, mi corazón late con fuerza, se me hace un nudo en la garganta, pero no aparto los ojos de la página, porque ahí está ella, ahí está ella...

«La cosecha de maíz se ha estropeado, hijo mío. Por segundo año consecutivo, lo que es un golpe duro, porque el maíz da de comer a las ovejas de Ben y de Cillian, y las ovejas de Ben y de Cillian nos dan de comer a todos nosotros...»

Siento el murmullo grave, siento al alcalde detrás de mí en la abertura de la tienda, inculcando su conocimiento en mi cabeza, compartiéndolo conmigo.

«... y para colmo, hijo mío, el predicador Aaron empezó a echar la culpa a los zulaques, esas pequeñas criaturas tímidas que parece que nunca comen lo suficiente. También nos llegan noticias de Puerto sobre problemas con los zulaques, pero nuestro militar, David Prentiss, dice que debemos respetarlos, que no debemos buscar chivos expiatorios por una simple cosecha.»

—¿Usted dijo eso? —pregunto sin quitar la vista de la página.

—Si tu madre lo dice —responde él con la voz forzada—. No puedo seguir tanto rato, Todd. Lo siento, pero es demasiado esfuerzo...

—Sólo un segundo más —le pido.

«Ése eres tú, que te despiertas en la habitación de al lado. Es curioso que siempre seas tú, al llamarme, quien me obliga a dejar de hablar contigo aquí. Pero eso significa que siempre estoy hablando contigo, hijo mío, y nada puede hacerme más feliz. Como siempre, mi fuerte hombrecito, tienes...»

Y entonces las palabras se deslizan de la página, salen de mi cabeza y suelto un gemido de sorpresa. Aunque adivino lo que viene a continuación («todo mi amor», dice ella, dice que tengo todo su amor), cada vez me cuesta más leer, cada vez veo las letras más enredadas y espesas, el bosque de palabras se cierra ante mí.

Me vuelvo hacia el alcalde. Tiene la frente sudada y me doy cuenta de que yo también.

(y una vez más, ese débil murmullo sigue flotando en el aire...)

(pero no me molesta, no...)

—Lo siento, Todd —se disculpa—. Sólo aguanto un rato —sonríe—. Pero sigo mejorando.

No respondo. Tengo la respiración pesada y el pecho también. Las palabras de mi mamá estallan en mi cabeza como una cascada. Allí estaba, allí estaba hablando conmigo, hablando conmigo, transmitiéndome sus esperanzas, declarándome su amor.

Trago saliva.

Trago saliva otra vez.

—Gracias —digo por fin.

—Bueno, no hay de qué, Todd —susurra—. No hay de qué.

Y ahora me doy cuenta, al vernos plantados en el interior de la tienda, de cuánto he crecido.

Casi le llego a la altura de los ojos.

Y otra vez veo al hombre que tengo delante.

(un murmullo imperceptible, casi agradable...)

No al monstruo.

Tose.

—Escucha, Todd, yo podría...

—¿Señor presidente? —oímos.

El alcalde sale de la tienda y yo lo sigo por si sucedió alguna cosa.

—Llegó la hora —anuncia el señor Tate, en posición de firmes. Vuelvo a mirar a la imagen. Nada ha cambiado. Viola duerme en su tienda y todo lo demás está igual que antes.

—¿La hora de qué? —pregunto.

—La hora de vencer —contesta el alcalde, enderezándose.

—¿Cómo? —exclamo—. ¿A qué se refiere? Si Viola corre peligro...

—Corre peligro, Todd —dice él con una sonrisa—. Pero yo voy a salvarla.

—Viola —oigo, y abro los ojos y por un instante no sé ni dónde estoy.

Más allá de mis pies, la lumbre calienta de la manera más agradable, y veo que estoy acostada en una cama que parece fabricada de virutas de madera entretejidas. No tengo palabras para describir lo cómoda que es...

—Viola —vuelve a susurrar Bradley—. Está pasando algo.

Me incorporo demasiado rápido y la cabeza me da vueltas. Tengo que inclinarme hacia delante con los ojos cerrados para recuperar el aliento.

—El Cielo se levantó hace unos diez minutos —susurra—. Todavía no ha vuelto.

—Tal vez tenía que hacer sus necesidades —respondo, y noto un pálpito en la cabeza—. Supongo que también las tienen.

La hoguera nos impide ver con claridad el semicírculo de zulaques situados al otro lado, la mayoría se acostó para pasar la noche. Me envuelvo con las mantas. Parecen estar hechas de liquen, como el que se dejan crecer sobre el cuerpo para vestirse, pero visto de cerca es distinto a lo que esperaba, mucho más parecido a una tela, más pesado y muy abrigado.

—Hay otra cosa —continúa Bradley—. Vi algo en su ruido. Poco más que una imagen. Rauda y veloz, pero clara.

—¿Qué era?

—Un grupo de zulaques armados hasta los dientes entrando sigilosamente en la ciudad.

—Bradley, el ruido no funciona así. Son fantasías, recuerdos, deseos y cosas reales al lado de otras falsas. Se necesita mucha práctica para calibrar incluso lo que puede ser verdad y no lo que una persona quiere que sea verdad. En general, no es más que un gran galimatías.

Él no responde, pero la imagen que vio se repite en su propio ruido. Es todo lo que describió. También se derrama hacia el mundo, hacia el semicírculo, hacia los zulaques.

—Estoy segura de que no es importante —insisto—. Hubo uno que nos atacó, ¿verdad que sí? Tal vez no fuera el único que no votó por la paz...

Un sonoro pitido del comunicador nos sobresalta a los dos. Lo saco de debajo de las mantas.

«¡Viola!», grita Todd cuando respondo. «¡Corres peligro! ¡Tienen que largarse de ahí!»

[TODD]

El alcalde me arrebata el comunicador de la mano y lo tira al suelo.

—Con esto la pones todavía más en peligro —me advierte, mientras yo me agacho para recoger el aparato. No parece roto, pero se desconectó y pulso los botones para recuperar el contacto—. Hablo en serio, Todd —continúa, con la firmeza suficiente para que me detenga—. Si tienen indicios de que sabemos lo que está pasando, no puedo garantizar la seguridad de Viola.

—Entonces dígame lo que está pasando —digo—. Si corre peligro...

—Así es. Todos corremos peligro, pero si confías en mí, nos salvaremos —se vuelve hacia el señor Tate, que sigue rondando por ahí—. ¿Todo listo, capitán?

—Sí, señor.

—¿Listo para qué? —pregunto, mirándolos.

—Bien, eso es lo interesante, Todd —contesta el alcalde al tiempo que se gira hacia mí.

En mi mano, el comunicador vuelve a cobrar vida.

«¿Todd?», oigo. «¿Todd, estás ahí?»

—¿Confías en mí? —insiste el alcalde.

—Cuénteme qué está pasando.

Pero él repite:

—¿Confías en mí?

«¿Todd?», dice Viola.

{VIOLA}

«¿Viola?», oigo por fin.

—Todd, ¿qué ocurre? —pregunto, y miro preocupada a Bradley—. ¿Por qué dices que corremos peligro?

«Es que...» Hay una pausa. «Esperen un momento.»

Cuelga.

—Voy por los caballos —dice Bradley.

—No —replico—. Dijo que esperáramos un momento.

—También dijo que corremos peligro. Y si lo que vi es cierto...

—Si de verdad quieren hacernos daño, ¿hasta dónde crees que llegaríamos?

Algunos rostros nos observan desde el semicírculo de zulaques, parpadeando en la noche. No parecen amenazadores, pero yo me aferro con fuerza al comunicador, con la esperanza de que Todd sepa lo que está haciendo.

—¿Y si ése era el plan desde el principio? —pregunta Bradley en voz baja—. Convocarnos para iniciar las negociaciones y luego demostrar lo que son capaces de hacer.

—Mientras hablábamos con el Cielo no tuve ninguna sensación de que corriéramos peligro. Ni una sola vez. ¿Por qué iba a traicionarnos así? ¿Por qué iba a arriesgarse?

—Para cobrar ventaja.

Hago una pausa al darme cuenta de lo que insinúa.

—Los castigos.

Bradley asiente.

—Van por el presidente.

Me incorporo un poco más, recordando las imágenes que mostraba el Cielo sobre el genocidio.

—Y eso significa que van por Todd.

[TODD]

—Hagan los preparativos finales, capitán.

—Sí, señor —dice el señor Tate.

—Y despierte al capitán O'Hare, por favor.

Tate sonríe.

—Sí, señor —repite, y se va.

—Cuénteme lo que está pasando —digo— o subiré en persona a esa colina a llevármela de ahí. De momento confío en usted, pero esto no va a durar siempre.

—Estoy al corriente de todo, Todd —dice el alcalde—. Te encantará saber hasta qué punto.

—¿En qué sentido? ¿Cómo puede saber lo que está sucediendo?

—Podemos decir que al zulaque que capturamos se le fue la lengua —contesta con los ojos resplandecientes.

—¿Cómo? ¿Qué dijo?

Sonríe con una expresión de incredulidad.

—Vienen por nosotros, Todd —dice con un tono divertido en la voz—. Vienen por mí y por ti.

{VIOLA}

«¿Qué estamos buscando?», pregunta Simone desde la nave de reconocimiento, todavía estacionada en lo alto de la colina.

—Cualquier anomalía en las sondas —miro a mi compañero—. Bradley cree haber visto una patrulla de asalto en su ruido.

«Es una demostración de fuerza», dice la enfermera Coyle. «Intentan dejarnos claro que todavía llevan las de ganar.»

—Pensamos que tal vez vayan por el alcalde —les explico—. Nos pidieron repetidas veces que lo entregáramos para castigarlo por sus crímenes.

«¿Y eso les parece mal?», pregunta la sanadora.

—Si van por el presidente, encontrarán a Todd a su lado —contesta Bradley, mirándome a los ojos.

«Vaya...», dice la enfermera Coyle. «Eso es un poco más problemático para todos, ¿no es así?»

—No sabemos nada seguro —digo—. Podría ser un malentendido. Su ruido no es como el nuestro, es...

«Esperen», dice Simone. «Veo algo.»

Miro a lo lejos desde lo alto y veo que una de las sondas vuela hacia el sur de la ciudad. Oigo el ruido de los zulaques detrás de nosotros. Ellos también lo vieron.

—¿Simone?

«Luces», dice. «Alguien se mueve.»

[TODD]

—¡Señor! —exclama el señor O'Hare. Tiene la cara hinchada, lo que indica que se acaba de despertar—. ¡Se han visto luces al sur de la ciudad! ¡Los zulaques marchan hacia nosotros!

—¿En serio? —pregunta el alcalde, fingiendo sorpresa—. Entonces será mejor que envíe a las tropas para recibir a nuestro enemigo, ¿no es así, capitán?

—Ya ordené a los escuadrones que se preparen para salir, señor —dice O'Hare, que parece complacido y me mira con desprecio.

—Excelente. Esperaré ansioso sus informes.

—¡Sí, señor! —saluda O'Hare, y se aleja trotando hacia sus soldados, listos para la batalla.

Frunzo el ceño. Pasa algo raro.

La voz de Viola surge por el comunicador.

«¡Todd! Simone dice que hay luces en la carretera, al sur. ¡Son los zulaques!»

—Lo sé —respondo, mirando al alcalde—. El alcalde envió a sus hombres a combatirlos. ¿Estás bien?

«Los zulaques no nos molestan, pero hace rato que no vemos a su líder.» Baja la voz. «Simone está preparando la nave para volver a despegar, y también las armas.» Oigo la decepción en su voz. «Parece que finalmente no vamos a tener paz.»

Estoy a punto de responder cuando oigo la voz del alcalde que se dirige al señor Tate, que esperaba pacientemente.

—Ahora, capitán.

Tate recoge una antorcha encendida de la fogata.

—¿Ahora qué? —pregunto.

El hombre alza la antorcha por encima de su cabeza.

—¿Ahora qué?

Y el mundo se parte en dos.

{VIOLA}

¡BUM!

Una explosión retumba por todo el valle, resonando una y otra vez, rugiendo como un trueno. Bradley me ayuda a levantarme, y miramos al exterior. Las lunas apenas son dos rodajas delgadas en el cielo nocturno y es difícil ver más allá de las fogatas de la ciudad.

—¿Qué pasó? —pregunta Bradley—. ¿Qué fue eso?

Oigo una oleada de ruido y miro detrás de nosotros. Ahora el semicírculo de zulaques se ha despertado. Todos se levantan, se acercan a nosotros, avanzan hacia el borde de la colina y miran también al valle...

Donde todos vemos una columna de humo.

—Pero... —empieza a decir Bradley.

El Cielo irrumpe entre la fila de zulaques. Lo oímos antes de verlo. Su ruido es una ráfaga de sonido e imágenes y...

Y de sorpresa...

Está sorprendido.

Se apresura hasta el límite de la colina y contempla la ciudad a sus pies.

«¿Viola?», oigo a Simone por el comunicador.

—¿Fuiste tú? —pregunto.

«No, todavía no estábamos listos...»

«Entonces, ¿quién disparó?», la corta la enfermera Coyle.

—¿Y dónde? —dice Bradley.

Porque el humo no viene del sur, donde todavía se ven luces entre los árboles y otro conjunto de luces que sale de la ciudad para recibirlas. El humo y la explosión proceden del norte del río y se encaraman por la colina entre los huertos abandonados.

Entonces suena otra bomba.

[TODD]

¡BUM!

La segunda explosión es tan potente como la primera e ilumina la noche al norte y al oeste de la ciudad. Los soldados salen de las tiendas al oírla y contemplan el humo que asciende hacia el cielo.

—Creo que con una más será suficiente, capitán —dice el alcalde.

El señor Tate vuelve a levantar la antorcha. Ahora veo que hay un hombre encaramado al frágil campanario de la catedral que enciende una antorcha cuando el capitán levanta la suya, pasando el mensaje a otros hombres apostados en el lecho del río.

Hombres que controlan la artillería que todavía comanda el alcalde.

Una artillería que quedó desfasada cuando apareció la nave de reconocimiento y nos proporcionó armas más potentes y efectivas para protegernos.

Una artillería que sigue funcionando a la perfección, gracias...

¡BUM!

Intento hablar por el comunicador, que es un revoltijo de voces, incluyendo la de Viola, que trata de entender qué es lo que pasó.

—Es el alcalde —explico.

«¿Adónde dispara?», pregunta ella. «Las luces no vienen de ahí...»

El alcalde me arrebata el comunicador de la mano, con una expresión triunfal y brillante a la luz del fuego.

—No, pero ahí es donde están los zulaques en realidad, mi querida niña —afirma, dándome la espalda para que no pueda recuperar el aparato—. ¿Por qué no se lo preguntas a tu amigo el Cielo? Él te lo dirá.

Cuando por fin le quito el comunicador, su sonrisa es tan enervante que a duras penas puedo mirarla.

Es la sonrisa de quien acaba de ganar, de quien acaba de ganar lo más importante.

{VIOLA}

«¿Qué quiso decir?», pregunta la enfermera Coyle a través del comunicador, presa del pánico. «Viola, ¿qué quiso decir?»

Ahora el Cielo se vuelve hacia nosotros, con el ruido tan lleno de imágenes y sentimientos que es imposible interpretar nada.

Pero es evidente que no está contento.

«Mandé las sondas al lugar donde disparó el presidente», informa Simone. «Ay, Dios mío.»

—Dámelo —me dice Bradley, quitándome el comunicador. Pulsa un par de botones y de pronto el aparato exhibe una imagen tridimensional más pequeña parecida a las de los proyectores remotos que tenemos abajo, y ahí, cerniéndose en el aire de la noche, iluminados por mi pequeño comunicador, vemos...

Cuerpos.

Cuerpos de zulaques. Cargados con todas las armas que Bradley vislumbró en su ruido. Docenas de ellos, suficientes para sembrar el pánico en toda la ciudad...

Suficientes para capturar a Todd y al alcalde, y para matarlos si oponían resistencia...

Pero no hay luces por ninguna parte.

—Si esos cuerpos están en las colinas del norte —pregunto—, ¿qué son esas luces del sur?

—¡Nada! —grita el señor O'Hare, que regresa corriendo al campamento—. ¡Allí no hay nada! ¡Algunas antorchas que dejaron encendidas en el suelo, pero nada más!

—Sí, capitán —dice el alcalde—. Ya lo sabía.

O'Hare se detiene en seco.

—¿Lo sabía?

—Por supuesto que sí —el alcalde se vuelve hacia mí—. ¿Puedo utilizar otra vez el comunicador, por favor, Todd?

Tiende la mano. No se lo doy.

—Prometí que salvaría a Viola, ¿no es así? —dice—. ¿Qué crees que le habría pasado si los zulaques hubieran logrado esta noche su pequeña victoria? ¿Qué crees que nos habría pasado a nosotros?

—¿Cómo sabía que nos iban a atacar? —pregunto—. ¿Cómo sabía que era una trampa?

—¿Cómo nos salvé a todos, quieres decir? —continúa con la mano tendida—. Te lo preguntaré una vez más, Todd. ¿Confías en mí?

Miro su cara, una cara que no es de fiar, irredimible.

(y oigo el murmullo, apenas un poco...)

(y sí, lo sé...)

(sé que está dentro de mi cabeza...)

(no soy ningún idiota...)

(pero es cierto que nos salvó...)

(y me dio las palabras de mi mamá...)

Le entrego el comunicador.

El ruido del Cielo ruge como una tormenta. Todos vemos en las imágenes de la proyección lo que pasó. Todos oímos los vítores de los soldados que llegan desde la ciudad. Todos percibimos el murmullo lejano de la nave de reconocimiento que despega y vuelve a cruzar el valle.

Me pregunto qué va a ser de mí y de Bradley. Me pregunto si será rápido.

Pero él sigue discutiendo.

—Nos atacaron —dice—. Vinimos de buena fe y ustedes...

Suena el comunicador, mucho más fuerte de lo habitual.

«Creo que ya es hora de que se oiga mi voz, Bradley.»

Vuelve a ser el alcalde, y de algún modo aparece también su cara, grande, reluciente y muy sonriente, en la imagen. Está colocado de manera que parece encararse al Cielo.

Lo mira directamente a los ojos.

«Creías que habías aprendido algo, ¿verdad?», pregunta. «Creías que tu soldado capturado me había mirado y había visto que yo era capaz de leer el ruido tan profundamente como tú, ¿no es así? Y entonces pensaste: esto es algo que puedo utilizar.»

«¿Cómo lo consigue?», oímos que dice la enfermera Coyle por sólo una línea de voz. «Está transmitiendo al campamento de la montaña...»

«Así que lo enviaste como mensajero de paz —continúa el alcalde— y le hiciste mostrar lo suficiente para que yo pensara que había descubierto tu plan de atacarnos desde el sur. Pero por debajo había otro plan, ¿verdad? Demasiado enterrado para que... —hace una pausa para causar un mayor efecto— el Claro te leyera.

El ruido del Cielo se agiganta.

«¡Quítenle el comunicador!», grita la enfermera Coyle. «¡Que no siga hablando!»

«Pero no contabas con mi capacidad —continúa el alcalde—. No contabas con que soy capaz de leer más profundamente incluso que cualquier zulaque, y que por ello pude ver el verdadero plan.»

El rostro del Cielo carece de expresión, pero su ruido es audible y abierto. Está hirviendo de indignación.

Quiere saber si las palabras del alcalde son ciertas.

«Miré a los ojos de tu enviado de paz», explica el alcalde, «a tus ojos, y lo leí todo. Oí hablar a la voz y los vi venir.» Se acerca el comunicador para que su cara se agigante en la proyección. «Debes saber una cosa, y te debe quedar muy clara. Si hay una batalla entre nosotros, la victoria será mía.»

Y entonces desaparece. El rostro y la imagen se desvanecen y sólo queda el Cielo mirándonos a nosotros. Oímos los motores de la nave de reconocimiento, que está sólo a media altura del valle. Los zulaques van fuertemente armados, pero eso apenas tiene importancia porque el propio Cielo podría acabar conmigo y con Bradley si lo creyera conveniente.

Sin embargo, permanece inmóvil, con el ruido revoloteando de manera sombría, como si todos los ojos de los zulaques moraran en su interior, observándonos y ponderando lo que había sucedido.

Decidiendo el siguiente movimiento.

Entonces da un paso adelante.

Retrocedo de manera intuitiva y tropiezo con Bradley, que me pone la mano en el hombro.

Que así sea, dice el Cielo.

Y añade: *Paz*.

[TODD]

Paz, oímos en el ruido del líder de los zulaques, y la palabra resuena por toda la plaza, como antes la voz del alcalde, y su cara llena la imagen de la proyección.

Y el griterío que nos rodea es fuerte como el mundo.

—¿Cómo lo consiguió? —pregunto, mirando el comunicador.

—Tú también tienes que dormir alguna vez, Todd —dice—. No puedes culparme de que me interesen las nuevas tecnologías.

—Felicidades, señor —dice el señor Tate, estrechando la mano del alcalde—. Les dio una lección.

—Gracias, capitán —se vuelve hacia el señor O'Hare, que aún parece enojado por haber sido mandado a toda prisa sin motivo alguno.

—Hizo usted un trabajo satisfactorio —le dice el alcalde—. Teníamos que ser convincentes. Por eso no podía informarle.

—Por supuesto, señor —dice O'Hare, que no parece nada satisfecho.

Entonces los soldados se arremolinan, todos quieren estrechar la mano del alcalde, decirle que fue más listo que los zulaques, que él es el responsable de haber conseguido la paz, sin ayuda alguna de la nave de reconocimiento, y que les dio a todos una buena lección, vaya si se las dio.

El alcalde escucha y acepta cada palabra.

Cada palabra de alabanza por su victoria.

Por un segundo, sólo por un segundo...

Me siento un poco orgulloso.

Levanto el cuchillo

Levanto el cuchillo, el que robé en la cocina antes de venir, un cuchillo que se usa para matar gamos, largo, pesado, afilado y brutal.

Lo levanto sobre la Fuente.

Podría haber imposibilitado la paz, podría haber alargado la guerra eternamente, podría haber arrancado la vida y el corazón al Cuchillo...

Pero no lo hice.

Vi la cinta que llevaba su alma gemela.

Vi el dolor evidente incluso en un miembro del Claro sin voz.

Ella también estaba marcada, tal como habían marcado a la Carga, y parecía haber surtido el mismo efecto.

Recordé el daño, el dolor no sólo en el brazo, sino en el modo en que la cinta envolvía mi yo, se apoderaba de mí y me hacía más pequeño, hasta que lo único que el Claro veía era la cinta del brazo, no a mí, no mi rostro, no mi voz, que también me habían quitado.

Nos la habían quitado para hacernos parecer a los sin voz del Claro.

Y no pude matarla.

Era como yo. Estaba marcada, como yo.

Entonces la bestia puso en acción las patas traseras y me dio una coz que me hizo saltar por los aires, seguramente me rompió más de un hueso del pecho. Huesos que me duelen incluso ahora. Pero ello no impidió que el Cielo me agarrara y me lanzara a los brazos de la Tierra, mostrando: *Si no hablas con la Tierra, es porque tú lo has elegido.*

Y comprendí. Me estaban exiliando. El Regreso no regresaría.

La Tierra me sacó de los terrenos de paz y me adentró en el campamento, de donde me expulsaron de mala manera.

Pero no iba a irme sin cumplir la última promesa del Cielo.

Robé un cuchillo y vine aquí...

Ahora estoy listo para matar a la Fuente.

Levanto la vista cuando la noticia de los intentos del Cielo de atacar en secreto al Claro parpadean por el Final del Sendero. Entonces ése era el plan, el que iba a demostrar al Claro lo efectivos que somos como enemigos, capaces de penetrar en su baluarte en plenas conversaciones de paz, capturar a los enemigos específicos que eligiéramos y ajusticiarlos como merecían. La paz que fluiría de ello, si es que era paz, sería la que nosotros dictáramos.

Por eso me pidió que confiara en él.

Pero fracasó. Reconoció la derrota. Solicitó la paz. La Tierra se acobardará ante el Claro y la paz no será una paz de fuerza para la Tierra, será una paz de debilidad...

Y aquí estoy yo junto a la Fuente, con el cuchillo en la mano. A punto de tomarme la venganza que desde hace tanto tiempo se me niega.

A punto de matarlo.

Sabía que vendrías aquí, muestra el Cielo, que acaba de entrar en el Final de los Senderos.

¿Acaso no tienes una paz que construir?, respondo, sin moverme de mi lugar. *¿Acaso no tienes una Tierra que traicionar?*

¿Acaso no tienes tú un hombre a quien matar?, muestra él.

Tú me lo prometiste, contesto. *Me prometiste que podría hacer con él lo que quisiera. De modo que lo mataré y después me iré.*

Y así perderemos al Regreso, muestra el Cielo. *Se perderá él mismo.*

Me vuelvo hacia él y señalo la cinta con el cuchillo.

Me perdí cuando me pusieron esto. Me perdí cuando mataron a cada uno de los miembros de la Carga. Me perdí cuando el Cielo me negó la venganza.

Hazlo, pues, contesta. *No te detendré.*

Lo miro fijamente, miro su voz, miro su fracaso.

Y veo, aquí en el Final de los Senderos, donde residen los secretos, que el fracaso es todavía mayor.

Ibas a entregarme al Cuchillo, me maravillo. *Ésa era la sorpresa. El Cuchillo.*

Mi voz quema al darme cuenta. Haber podido tener al Cuchillo, tenerlo en mis manos...

Pero fracasaste incluso en eso, muestro, furioso.

Y así, te vengarás con la Fuente, responde. *Lo repito, no te detendré.*

No, casi le escupo. *No lo harás.*

Me giro hacia la Fuente...

Y levanto el cuchillo...

Ahí yace, con la voz burbujeante de los sueños. Reveló todos sus secretos en el Final de los Senderos, acostado durante semanas y meses, abierto y útil, regresando del umbral del silencio, inmerso en la voz de la Tierra.

La Fuente. El padre del Cuchillo.

Cómo llorará el Cuchillo cuando se entere. Cómo aullará, gemirá, se culpará y me odiará cuando sepa que le arrebaté a alguien al que quiere tanto.

(Noto la voz del Cielo detrás de mí, mostrando a mi alma gemela. ¿Por qué ahora...?)

Me vengaré.

Haré que el Cuchillo sufra tanto como yo.

Lo haré...

Lo haré ahora...

Y...

Y...

Empiezo a rugir.

A través de mi voz, lanzo al mundo exterior un rugido que surge de todo mi ser, de toda mi voz, de cada uno de mis sentimientos y cicatrices, de cada herida y cada dolor. Rujo por mis recuerdos y mi pérdida, rujo por mi alma gemela.

Rujo por mí mismo.

Por mi debilidad.

Porque...

No puedo hacerlo...

No puedo hacerlo...

Soy tan malo como el propio Cuchillo.

No puedo hacerlo.

Me derrumbo en el suelo, y el rugido resuena por el Final de los Senderos, resuena en la voz del Cielo, resuena por todo lo que sé a través de la Tierra lejana y vuelve por el vacío que se ha abierto en mí, un vacío lo bastante grande como para que me trague entero.

Entonces siento la voz del Cielo sobre mí, amable...

Siento que me toma por el brazo y me ayuda a levantarme.

Siento una calidez que me rodea. Siento comprensión.

Siento amor.

Me lo quito de encima y me alejo unos pasos.

Lo sabías, muestro.

El Cielo no lo sabía, contesta. *Pero lo esperaba.*

Lo hiciste para torturarme con mi propio fracaso.

No es un fracaso, muestra. *Es un éxito.*

Alzo la mirada.

¿Un éxito?

Sí, porque ahora tu regreso es completo, responde. *Ahora, justo cuando se convierte en mentira, tu nombre es cierto. Has regresado a la Tierra y ya no eres el Regreso.*

Lo miro con desconfianza.

¿De qué estás hablando?

Sólo el Claro mata por odio y hace la guerra por razones personales. Este acto te habría convertido en uno de ellos. Y nunca hubieras regresado a la Tierra.

Tú mataste al Claro, muestro. *Los mataste por cientos.*

Nunca cuando no estaban en juego las vidas de la Tierra.

Pero accediste a su paz.

Yo deseo lo mejor para la Tierra, muestro. *Esto es lo que el Cielo siempre debe desear. Cuando el Claro nos mató, los combatí, porque era lo mejor para la Tierra. Cuando el*

Claro quiso la paz, les di la paz, porque era lo mejor para la Tierra.

Esta noche los atacaste, muestro.

Para entregarte al Cuchillo y entregar a su líder a la justicia por sus crímenes contra la Carga. Y lo hice también por el bien de la Tierra.

Lo miro, pensativo.

El Claro todavía podría entregarnos a su líder. Hemos visto sus desacuerdos. Tal vez lo entreguen por sus crímenes.

El Cielo se pregunta qué le estoy pidiendo.

Posiblemente, muestra.

En cambio, habrían luchado por el Cuchillo, continúo. *Si me lo hubieras traído...*

No lo habrías matado. Acabas de demostrarlo.

Pero podría haberlo hecho. Y entonces la guerra no habría tenido fin. ¿Por qué arriesgar tanto por mí? ¿Por qué arriesgarlo todo por mí?

Porque perdonar la vida al Cuchillo hubiera demostrado al Claro nuestra compasión. Hubiera demostrado que somos capaces de no matar, aunque tengamos razones para hacerlo. Un gesto poderoso.

Me le quedo mirando.

Pero tú no sabes lo que yo habría hecho.

El Cielo desvía la mirada hacia la Fuente, que sigue dormida, que sigue viva.

Confiaba en que no lo hicieras.

¿Por qué?, muestro, insistente. *¿Por qué es tan importante lo que yo haga?*

Porque son conocimientos que necesitarás cuando seas el Cielo, muestra.

¿Qué dijiste?, muestro, tras un instante largo y pesado.

Pero él se acerca a la Fuente, le coloca las manos sobre los oídos y le mira el rostro.

¿Cuando yo sea el Cielo?, pregunto audiblemente. *¿Qué quieres decir?*

Creo que la Fuente ya cumplió su cometido. Me mira, con la voz brillante. *Creo que llegó el momento de despertarla.*

Pero el Cielo eres tú, balbuceo. *¿Adónde vas? ¿Estás enfermo?*

No, muestra, mirando de nuevo a la Fuente. *Pero un día me iré.*

Tengo la boca abierta.

Y cuando te vayas...

Despierta, muestra el Cielo, lanzando su voz al interior de la Fuente como una piedra lanzada al agua...

¡Espera!, le pido.

Pero los ojos de la Fuente ya parpadean. Respira ruidosamente. Su voz se acelera y se acelera otra vez, se ilumina con un insomnio espeso, y parpadea un poco más, nos mira al Cielo y a mí, sorprendido.

Pero sin miedo.

Se incorpora, vuelve a caer a causa de la debilidad, pero el Cielo lo ayuda a apoyarse sobre los codos. Él nos mira con atención. Se lleva la mano a la herida del pecho, su voz resuena llena de recuerdos confusos y vuelve a mirarnos.

Tuve un sueño rarísimo, dice.

Y aunque lo muestra en el lenguaje del Claro...

Lo muestra también en la voz perfecta e inconfundible de la Tierra.

LA VIDA
EN TIEMPOS DE PAZ

DÍAS DE GLORIA

{VIOLA}

—Escúchalos —dice Bradley. Incluso a tanta distancia, el RUGI-DO de la ciudad es tan fuerte que le obliga a levantar la voz—. Por fin se alegran por algo positivo.

—¿Crees que nevará? —pregunto, alzando la vista hacia las nubes que se empiezan a acumular. Una estampa rara en este invierno tan claro y tan frío—. Nunca he visto la nieve.

Sonríe.

—Yo tampoco.

Su ruido también sonríe por la arbitrariedad de mi comentario.

—Perdón —me disculpo—. Es la fiebre.

—Ya casi llegamos. Pronto podrás calentarte y ponerte cómoda.

Regresamos a caballo desde la colina, bajando por la zigza-gueante carretera que conduce a la plaza.

Volvemos la mañana después del ataque nocturno de la artillería.

La mañana después de haber asegurado la paz. Y esta vez es la buena.

Lo conseguimos. Aunque la clave haya sido una acción del alcalde (lo que no va a hacerle ninguna gracia a la enfermera

Coyle), lo conseguimos. Dentro de dos días tendrá lugar la primera reunión de un consejo humano-zulaque para ultimar todos los detalles. Por ahora, el consejo está compuesto por mí, Bradley, Simone, Todd, el alcalde y la enfermera Coyle. Los seis vamos a tener que trabajar juntos para asegurar la convivencia con los zulaques.

Ellos nos obligarán probablemente a trabajar juntos.

Sin embargo, desearía sentirme mejor. Ha llegado la paz, la paz real, la que yo deseaba, pero la cabeza me palpita tanto y tengo tanta tos...

—¿Viola? —Bradley está preocupado por mí.

De pronto, por la carretera, veo a Todd que sale corriendo a recibirnos y, por los efectos de la fiebre, me parece que está surfeando sobre una ola de alegría y que el mundo se vuelve muy brillante por un instante. Tengo que cerrar los ojos, pero Todd ya está a mi lado, tendiéndome las manos...

—No te oigo —digo.

Y caigo de la silla de Bellota entre sus brazos.

[TODD]

—En este nuevo y glorioso día —retumba la voz del alcalde—. ¡Este día en el que derrotamos a nuestro enemigo y comenzamos una nueva era...!

La multitud, a nuestros pies, lo ovaciona.

—Ya me estoy hartando —murmuro a Bradley mientras sujeto a Viola junto a mí en la banqueta donde estamos sentados. Subimos a un carro, frente a la plaza llena de gente, y el rostro del alcalde no aparece sólo en la proyección que se cierne detrás de nosotros, sino también en los laterales de dos edificios. Es otra de las cosas que ha aprendido a hacer por su cuenta.

Bradley frunce el ceño mientras el alcalde sigue a lo suyo. La enfermera Coyle y Simone están frente a nosotros, y también parecen molestas.

Noto que Viola gira la cabeza.

—Estás despierta —digo.

—¿Estaba durmiendo? —pregunta—. ¿Por qué nadie me ha metido en la cama?

—Tienes razón. Es que el alcalde dijo que primero tenías que venir aquí, pero si tarda un par de segundos más...

—¡Nuestra pacificadora se recuperó! —dice el alcalde, mirando hacia nosotros. Tiene un micrófono delante, pero estoy convencido de que ni siquiera lo necesita—. ¡Agradezcámosle como merece que nos haya salvado la vida y haya terminado esta guerra!

De pronto parece que nos ahogamos bajo el RUGIDO creciente de la multitud.

—¿Qué pasa? —dice Viola—. ¿Por qué habla así de mí?

—Porque necesita una heroína que no sea yo —rabia la sanadora.

—Y no nos olvidemos por supuesto de la muy formidable enfermera Coyle —continúa el alcalde—, que tan útil resultó en mi campaña contra la insurgencia zulaque.

La cara de la enfermera se vuelve tan roja que prácticamente se podría freír un huevo en ella.

—¿Útil? —escupe.

Pero apenas se le oye, ensordecida por la voz del alcalde.

—Antes de ceder la palabra a la enfermera Coyle —dice el alcalde—, debo hacer un anuncio. Un anuncio que quiero muy especialmente que oiga Viola.

—¿Qué anuncio? —me pregunta Viola.

—Ni idea.

Realmente lo desconozco.

—Hoy mismo hicimos un gran avance en el terrible e inesperado problema de las cintas de identificación —anuncia el alcalde.

Aprieto con más fuerza a Viola sin quererlo. La multitud ha callado, se produce un silencio total. Las sondas transmiten el acto también al campamento de la montaña. El alcalde tiene a todos los humanos del planeta escuchándolo.

Y dice:

—Encontramos una cura.

—¡¿Qué?! —grito, pero el rugido de la gente ya ahoga mis palabras.

—Qué apropiado es que haya llegado en el día de nuestra paz —continúa el alcalde—. ¡Qué maravilloso y afortunado que, en el umbral de una nueva era, pueda también anunciarles que la enfermedad causada por las cintas de identificación terminó!

Ahora se dirige a las sondas, que transmiten sus palabras al lugar donde casi todas las mujeres están enfermas, donde las enfermeras no han sido capaces de curarlas.

—No hay tiempo que perder —dice—. Procederemos a distribuir la cura sin mayor dilación.

Entonces se vuelve de nuevo hacia mí y hacia Viola.

—Y empezaremos con nuestra pacificadora.

{VIOLA}

—¡Se está adjudicando todo el mérito! —grita la enfermera Coyle, paseándose furiosa por la sala de enfermería de la nave de reconocimiento mientras volamos de regreso al campamento—. ¡Los tenía comiendo de sus manos!

—¿Ni siquiera va a probar la cura? —le pregunta Bradley.

Ella lo mira como si le acabara de pedir que se quitara la ropa.

—¿De veras crees que la acaba de descubrir? ¡La tenía desde el principio! Y habrá que ver si es una cura de verdad y no otra de sus bombas de relojería.

—Pero ¿por qué iba a hacer algo así? —dice Bradley—. Curar a todas las mujeres lo hace todavía más popular.

—Es un genio —concluye ella, sin parar de despotricar—. Hasta yo debo reconocerlo. Es un maldito, terrible, salvaje y brutal genio.

—¿Tú qué opinas, Viola? —pregunta Lee desde la cama contigua.

Respondo con un ataque de tos. La enfermera Coyle se puso delante de mí cuando el alcalde intentó entregarme los nuevos vendajes y se negó a dejar que me tocara hasta que ella y las otras enfermeras los hubieran estudiado exhaustivamente.

La multitud la abucheó. La abucheó muchísimo.

En especial, cuando el alcalde llamó a tres mujeres con cintas. Tres mujeres que no tenían ningún rastro de infección.

—Todavía no hemos descubierto el modo de quitar las cintas de manera segura —dijo—, pero los primeros resultados son evidentes.

A partir de ahí, la situación se fue apaciguando y la enfermera Coyle ni siquiera tuvo ocasión de pronunciar su discurso, aunque probablemente sólo hubiera cosechado más abucheos. Al bajar del carro, Todd nos dijo que tenía tan poca información como nosotras.

—Lo mejor es que la enfermera Coyle lleve a cabo sus pruebas —me dijo—, y yo veré qué puedo descubrir.

Pero me agarró el brazo con tanta fuerza que dudé en interpretarlo como una señal de esperanza o de temor.

Porque no podía oírlo.

Por fin, el resto de nosotros regresó a la nave de reconocimiento, y la enfermera Lawson nos acompañó para ayudar a analizar la cura del alcalde.

—No sé qué creer —respondo ahora—, aparte de que le interesa salvarnos.

—Entonces, ¿hemos de basar nuestra decisión en lo que mejor le convenga? —pregunta la enfermera Coyle—. Magnífico, simplemente magnífico.

«Vamos a aterrizar», anuncia Simone por el sistema de comunicación.

—Te diré una cosa —continúa la enfermera Coyle—. Cuando estemos juntos en el consejo, sabrá que sus días de maniobras interesadas han terminado —la nave toca el suelo con una sacudida—. Y ahora debo dar mi propio discurso —nos anuncia, llena de furia.

Antes de que los motores se hayan apagado, sale de la habitación, sale por la puerta de la plataforma y se funde con la multitud que nos espera, una multitud que veo en los monitores.

La reciben con algunos vítores.

Pero no muchos.

Nada que ver con la llegada del alcalde a la ciudad.

Y, entonces, un grupo liderado por Ivan y otras voces empieza a abuchearla.

[TODD]

—¿Por qué iba a dañar yo a las mujeres? —me dice el alcalde desde el otro lado de la fogata cuando la noche de su día de gloria empieza caer—. Aunque todavía quieras creer que siento inclinación por matar a todas y cada una de las mujeres, ¿por qué iba a hacerlo ahora, en el momento de mi mayor triunfo?

—¿Por qué no me lo dijo, entonces? —pregunto—. ¿Por qué no me contó que estaba tan cerca de encontrar una cura?

—Porque no quería causarte una decepción si no la conseguía.

Me mira durante un largo momento, intentando leerme, pero he mejorado tanto que creo que ni siquiera es capaz de oírme.

—Deja que intente adivinar lo que piensas —dice por fin—. Creo que quieres hacer llegar la cura a Viola lo antes posible. Que te preocupa que la enfermera Coyle no haga esas pruebas lo bastante rápido para no tener que darme la razón.

Es verdad que lo pienso. Sí.

Deseo con tanta fuerza que la cura sea real que apenas puedo respirar.

Pero se trata del alcalde.

Pero podría salvar a Viola.

Pero se trata del alcalde...

—También creo que deseas confiar en mí —añade—. Pensar que soy capaz de hacerlo de verdad. Si no por ella, por lo menos por ti.

—¿Por mí?

—Creo haber comprendido cuál es tu talento más especial, Todd Hewitt. Es algo que se hizo evidente en el comportamiento de mi hijo.

Mi estómago se tensa de rabia, de dolor, como siempre me pasa cuando menciona a Davy.

—Tú lo hiciste mejor —continúa con voz suave—. Lo hiciste más listo, más amable y más consciente del mundo y del lugar que ocupaba en él —deja en el suelo la taza de café—. Y, te guste o no, has hecho lo mismo por mí.

Ahí está ese leve murmullo...

Que nos conecta...

(pero sé que está ahí y no me está afectando...)

(no lo hace...)

—Lamento lo que sucedió con Davy —dice.

—Usted lo mató. No es algo que «sucediera».

Asiente.

—Lo lamento más cada día que pasa. Cada día que paso contigo, Todd, porque cada día me haces ser mejor persona. Te necesito para controlar las cosas que hago —suspira—. Incluso hoy, en la que seguramente sea la mayor victoria que he obtenido nunca, mi primer pensamiento fue: «¿Qué pensará Todd?».

Hace un gesto hacia el cielo, cada vez más oscuro.

—¡Este mundo, Todd...! ¡Cómo habla, qué voz tan potente tiene! —pierde el hilo, tiene los ojos descentrados—. A veces no oyes nada más que el mundo, que trata de hacerte desaparecer en él, convertirte en nada —ahora casi está murmurando—. Pero entonces oigo tu voz, Todd, y me hace resucitar.

No sé de qué habla, de modo que le pregunto:

—¿Ha tenido la cura durante todo este tiempo? ¿La guardaba expresamente?

—No —responde—. Mis hombres han trabajado las veinticuatro horas del día para poder salvar a Viola. Lo hice por ti, para demostrarte lo mucho que significas para mí —ahora tiene la voz firme, llena de emoción—. Tú me redimiste, Todd Hewitt. Me redimiste cuando nadie habría pensado que eso fuera posible —vuelve a sonreír—. O ni siquiera deseable.

Sigo sin decir nada. Porque no es redimible. Viola también me lo dijo.

Pero...

—La analizarán —continúa—. Descubrirán que se trata de una cura efectiva y entonces verás que te digo la verdad. Es tan importante, que ni siquiera te pido que confíes en mí.

Vuelve a esperar mi respuesta. Pero permanezco en silencio.

—Y ahora —dice, dándose una palmada en los muslos—, es hora de prepararnos para la primera reunión del consejo.

Me dirige una última mirada y luego regresa a su tienda. Me levanto al cabo de un minuto y voy a ver a Angharrad, que está amarrada junto a Tesoro de Juliet cerca de mi tienda, comiendo a sus anchas una buena ración de heno y manzanas.

Salvó a Viola en lo alto de la colina. Nunca lo olvidaré.

Ahora el alcalde se ofrece para salvarla aquí abajo.

Deseo poder creerle. Quiero hacerlo.

(redimido...)

(pero ¿hasta qué punto...?)

Chico potro, dice Angharrad, empujándome el pecho con el hocico.

¡Ríndete!, responde Tesoro de Juliet con los ojos muy abiertos.

Y sin darme tiempo a intervenir, Angharrad responde todavía más fuerte: **¡RÍNDETE!**

Y Tesoro de Juliet agacha la cabeza.

—¡Pequeña! —exclamo, asombrado—. Muy bien.

Chico potro, añade. La abrazo, noto su calor, el olor cargado que me hace cosquillas en la nariz.

Y, abrazado a ella, pienso en la redención.

{VIOLA}

—No vas a participar en el consejo con los zulaques, Ivan —dice la enfermera Coyle, que entra en la nave de reconocimiento con el joven pisándole los talones—. Y no tienes permiso para entrar aquí.

Es el día posterior a nuestro regreso de la ciudad. Yo sigo en la cama, me encuentro peor que nunca, la fiebre no responde a la nueva combinación de antibióticos de la enfermera Lawson.

Ivan permanece plantado un instante, desafiando con la mirada a la enfermera Coyle, a mí, a Lee, que está tumbado en la otra cama, y a la enfermera Lawson, que se dispone a retirarle los últimos vendajes.

—Sigue actuando como si estuviera al mando, enfermera —dice.

—Estoy al mando, señor Farrow —responde ella, echando humo—. Que yo sepa, nadie le ha entregado a usted la batuta.

—¿Por eso tanta gente está regresando a la ciudad? —pregunta él—. ¿Por eso la mitad de las mujeres está tomando ya la nueva cura del alcalde?

La sanadora se vuelve hacia la enfermera Lawson.

—¿Qué?

—Sólo la administré a las que se estaban muriendo, Nicola —se excusa la enfermera Lawson, avergonzada—. Cuando debes elegir entre una muerte segura y una muerte posible, ya no se trata de una elección.

—Ahora ya no son sólo las que se están muriendo las que quieren la cura —dice Ivan—. Sobre todo cuando han visto lo bien que funciona.

La enfermera Coyle no le hace el menor caso.

—¿Y por qué no me lo dijiste?

La enfermera Lawson baja la vista.

—Sabía lo mucho que te disgustaría. Intenté convencer a las otras...

—Sus propias enfermeras cuestionan su autoridad —dice Ivan.

—Cierra el pico, Ivan Farrow —ladra la enfermera Lawson.

Ivan se lame los labios, nos mira una vez más y luego se va, fundiéndose de nuevo con la gente.

La enfermera Lawson empieza a disculparse de inmediato.

—Nicola, lo siento mucho...

—No —la detiene Coyle—. Tienes razón, por supuesto. Las que estaban peor, las que no tenían nada que perder... —se frota la frente—. ¿Es cierto que la gente vuelve a la ciudad?

—No tantos como él dijo —dice la enfermera Lawson—, pero algunos sí.

La enfermera Coyle sacude la cabeza.

—Está ganando.

Todos sabemos que se refiere al alcalde.

—Todavía le queda el consejo —le recuerdo—. Ahí usted será la mejor.

Vuelve a sacudir la cabeza.

—Es probable que ya esté planeando algo ahora mismo.

Suspira por la nariz y luego sale sin decir nada más.

—No es el único que debe de estar planeando algo —dice Lee.

—Y ya hemos visto lo bien que funcionaron sus planes en el pasado —añado.

—Cállense los dos —nos riñe la enfermera Lawson—. Muchas personas están vivas hoy gracias a ella.

Arranca la última venda de la cara de Lee con más vigor del estrictamente necesario. Luego se muerde el labio inferior y alza la vista hacia mí. Sobre el puente de la nariz de Lee, el lugar que ocupaban los ojos no es más que un tejido cicatrizado, de color rosa brillante, con las cuencas cubiertas de una piel lívida. Sus ojos azules desaparecieron para siempre.

Él oye nuestros silencios.

—¿Tan mal aspecto tengo?

—Lee... —empiezo a decir, pero su ruido indica que no está preparado y él mismo cambia de tema.

—¿Vas a tomar la cura? —pregunta.

Veo lo que siente por mí en la parte frontal de su ruido. Y también veo imágenes mías. Mucho más guapa de lo que nunca llegaré a ser.

Pero es así como me verá siempre.

—No lo sé —respondo.

Y es cierto que no lo sé. No estoy mejorando en absoluto. Además, no sólo faltan semanas para que llegue el convoy, sino que no sé si podrán ayudarme cuando lo hagan. «Mortal», no paro de pensar, y ahora ya no parece únicamente un truco de la enfermera Coyle para meterme el susto en el cuerpo. Me pregunto si seré una de esas mujeres que mencionó la enfermera Lawson, una de las que deben elegir entre una muerte segura y una muerte posible.

—No lo sé —repito.

—¿Viola? —Wilf aparece en el umbral de la puerta.

—¡Ah...! —exclama Lee cuando su ruido conecta con el del recién llegado y, sin quererlo, ve lo que éste está viendo.

Sus propios ojos cicatrizados.

—Uf... —resopla. Su nerviosismo es patente, y también la falsa valentía—. No está tan mal. Ustedes me hacían sentir casi como un zulaque.

—Traje a Bellota de la ciudad —me informa Wilf—. Lo puse en el establo junto a mis bueyes.

—Gracias —digo.

Asiente y luego añade:

—Joven Lee, si alguna vez necesitas que vea por ti, sólo tienes que pedírmelo.

Una oleada de sorpresa y sentimiento invade el ruido de Lee. Es lo bastante claro como para que Wilf vea su respuesta.

—Oye, Wilf —digo, porque se me ocurrió una idea que a cada segundo que pasa me parece más acertada.

—¿Sí?

—¿Te gustaría participar en el nuevo consejo?

[TODD]

—Es una idea buenísima —digo, mirando el rostro de Viola en mi comunicador—. Cada vez que propongan alguna estupidez,

Wilf ni siquiera la rechazará, se limitará a decir lo que es mejor que hagamos.

«Yo pienso lo mismo», dice ella, y vuelve a doblarse en un ataque de tos.

—¿Cómo van las pruebas? —pregunto.

«Las mujeres que han tomado la cura no han tenido hasta ahora ningún problema, pero la enfermera Coyle quiere seguir haciendo comprobaciones.»

—No la va a aprobar nunca, ¿verdad?

Viola no me lleva la contraria.

«¿Tú qué opinas?»

Respiro hondo.

—No me fío de él —digo—, por mucho que diga que se redimió.

«¿Eso es lo que te dice?»

Asiento.

«Bueno, decir ese tipo de cosas es muy propio de él.»

—Sí.

Espera a que diga algo más.

«¿Pero?»

Vuelvo a mirarla a los ojos, a través del comunicador, en el campamento de la montaña, en este mismo mundo, pero tan lejos de mí a la vez.

—Parece que me necesita, Viola. No sé por qué, pero es como si yo fuera importante para él.

«Una vez te llamó hijo cuando luchábamos contra él. Dijo que tenías poder.»

Asiento.

—No creo que esté haciendo nada de esto por altruismo. Carece de bondad —trago saliva—. Pero sí creo que puede hacerlo para mantenerme a su lado.

«¿Es razón suficiente para arriesgarnos?»

—Te estás muriendo —digo, y sigo hablando porque ella ya intenta interrumpirme—. Te estás muriendo y me mientes al negarlo. Si te sucediera algo, Viola, si te sucediera algo...

Tengo un nudo tan grande en la garganta que no puedo respirar.

Y por un segundo no puedo decir nada más.

(«Yo soy el Círculo...»)

«Todd, si me pides que tome la cura, lo haré —dice por fin. Es la primera vez que no niega que está muy enferma—. No esperaré a que la apruebe la enfermera Coyle.»

—Pero yo no estoy seguro… —digo con los ojos llenos de lágrimas.

«Mañana iremos en la nave a la ciudad para asistir al primer consejo.»

—¿Y?

«Si quieres que pruebe la cura, quiero que tú mismo me pongas las vendas.»

—Viola...

«Si eres tú quien lo hace, nada puede ir mal. Si eres tú quien lo hace, sé que estaré a salvo.»

Espero un largo minuto.

No sé qué decir.

No sé qué hacer.

{VIOLA}

—Entonces, ¿tú también la tomarás? —pregunta la enfermera Coyle desde el umbral de la puerta cuando cuelgo el comunicador.

Podría quejarme de que haya vuelto a escuchar una conversación privada, pero lo ha hecho ya tantas veces que en realidad no estoy enojada.

—Todavía no está decidido.

Estoy a solas con ella. Simone y Bradley preparan la reunión de mañana, y Lee salió con Wilf para aprender sobre los bueyes, cuyo ruido puede ver.

—¿Cómo van los análisis? —pregunto.

—Muy bien —responde sin descruzar los brazos—. Antibióticos agresivos combinados con un aloe que, según afirma Prentiss, encontró en las armas de los zulaques y que permite una difusión de la medicina diez o quince veces más rápida de lo que habíamos probado. Impacta tan deprisa contra el virus que no le da tiempo a reagruparse. Es realmente brillante —me mira a los ojos y juro que veo en ellos una gran tristeza—. Un verdadero avance.

—Pero ¿sigue sin fiarse?

Se sienta a mi lado y emite un largo suspiro.

—¿Cómo voy a fiarme después de todo lo que ha hecho? ¿Cómo puedo no desesperarme al ver a todas las mujeres que siguen pidiendo la cura, pero a la vez están preocupadas ante la posibilidad de caer en una trampa? —se muerde el labio—. Y ahora tú.

—Tal vez —digo.

Respira hondo y suelta el aire.

—No todas las mujeres la están tomando, ¿sabes? Hay algunas, un buen número, que prefieren confiar en que yo descubra una cura mejor. Y lo haré. Lo conseguiré.

—Le creo —le aseguro—. Pero ¿lo conseguirá lo suficientemente pronto?

La expresión de su cara es tan poco habitual en ella que tardo un segundo en darme cuenta de lo que significa.

Parece casi derrotada.

—Estás tan enferma —dice—, tan atrapada en esta habitación, que no eres consciente de que ahí afuera te consideran una heroína.

—No lo soy —digo, sorprendida.

—Por favor, Viola. Te enfrentaste a los zulaques y los venciste. Eres todo lo que ellos quieren ser. Un símbolo perfecto para el futuro —cambia de postura—. Los demás formamos parte del pasado.

—No creo que eso sea cierto...

—Subiste a ese campamento siendo una niña y bajaste hecha una mujer —dice—. Me preguntan cien veces al día cómo se encuentra nuestra pacificadora.

En este momento me doy cuenta de la importancia de lo que está diciendo.

—Si yo tomo la cura —digo—, cree que todas las mujeres la tomarán también.

La enfermera Coyle no responde.

—Y él habrá vencido por completo —continúo—. Eso es lo que cree.

Sigue mirando al suelo, sin decir nada. Cuando por fin habla, me sorprende:

—Echo de menos el mar —dice—. En un caballo rápido, podría salir ahora mismo y llegar antes de la puesta de sol, pero no he vuelto desde que fracasamos en nuestro intento de crear el pueblo de pescadores. Me trasladé a Puerto y nunca miré atrás —su voz es más suave que nunca—. Creía que aquella vida había terminado. Pensaba que en Puerto había cosas por las que valía la pena luchar.

—Todavía puede luchar por ellas —digo.

—Es posible que ya haya sido derrotada, Viola —replica.

—Pero...

—No, vi cómo se me escapaba el poder de las manos anteriormente, mi niña. Sé lo que se siente. Pero siempre supe que me recuperaría —voltea su rostro hacia mí, con unos ojos tristes, pero imposibles de interpretar—. Pero tú no estás vencida, ¿verdad? Todavía no.

Asiente para sí misma, vuelve a asentir de nuevo, y se levanta.

—¿Adónde va? —pregunto.

Pero ella sale sin mirar atrás.

[TODD]

Sostengo el libro de mi mamá.

—Quiero leer el final.

El alcalde alza la vista de sus informes.

—¿El final?

—Quiero saber lo que sucedió —digo—. Quiero saber cómo mi mamá lo cuenta.

El alcalde se reclina hacia atrás.

—¿Y crees que tengo miedo de que lo oigas?

—¿Lo tiene? —pregunto, sosteniéndole la mirada.

—Sólo por lo triste que te resultará, Todd.

—¿Triste para mí?

—Fue una época terrible —me asegura—. Y no hay ninguna versión de la historia, ni la mía, ni la de Ben, ni la de tu mamá, que tenga un final feliz.

Sigo mirándolo fijamente.

—Muy bien —concluye—. Ábrelo por el final.

Lo miro durante un segundo más y luego abro el libro y voy pasando las páginas hasta llegar a la última entrada. Mi corazón está lleno de inquietud ante lo que pueda encontrar. Las palabras son el barullo habitual, se derraman por todas partes como un deslizamiento de tierras (aunque estoy mejorando en reconocer algunas de ellas, es cierto) y mis ojos van directo al final, a los últimos párrafos, a las últimas cosas que me llegó a escribir...

Y entonces, de pronto, cuando apenas estoy preparado...

«Esta guerra, querido hijo...»

(ahí está...)

«Esta guerra que odio por cómo amenaza tus días venideros, Todd, esta guerra ya era lo bastante mala cuando luchábamos sólo contra los zulaques, pero ahora se están produciendo divisiones sobre cómo hay que manejar esta guerra entre David Prentiss, el jefe de nuestro pequeño ejército, y Jessica Elizabeth, nuestra alcaldesa, que está reclutando a las mujeres y a muchos hombres, Ben y Cillian incluidos.»

—¿Estaba dividiendo la ciudad? —pregunto.

—Yo no era el único —responde.

«Y me parte el corazón, Todd, ver cómo nos dividimos antes incluso de que haya paz. Me pregunto cómo vamos a construir un Nuevo Mundo si lo único que hacemos es repetir en él nuestras viejas disputas.»

La respiración del alcalde es ligera y me doy cuenta de que guiarme no le cuesta ni la mitad de esfuerzo que antes.

(y también está ese murmullo...)

(sé que es él que nos conecta...)

«Pero también estás tú, hijo mío, que por ahora eres el niño más pequeño de la ciudad, tal vez incluso de todo este mundo. Vas a ser tú quien tenga que corregirlo, ¿me oyes? Eres nativo del Nuevo Mundo, de modo que no tienes por qué repetir nuestros errores. Puedes deshacerte del pasado y tal vez, sólo tal vez, convertirás este lugar en un paraíso.»

Se me encoge un poco el estómago porque eso es lo que deseaba para mí desde la primera página.

«Pero ya es bastante responsabilidad para un solo día, ¿verdad? Ahora tengo que salir para asistir a la reunión secreta que la alcaldesa Elizabeth convocó... Ay, mi niño precioso, tengo miedo de lo que nos va a proponer.»

Eso es todo.

Después, las páginas están en blanco.

Nada más.

Alzo la vista hacia el alcalde.

—¿Qué propuso la alcaldesa Elizabeth?

—Propuso el ataque contra mí y mi ejército —dice—. Un enfrentamiento que las mujeres perdieron, por mucho que intentamos no convertirlo en una lucha peligrosa. Y luego se suicidaron para asegurar nuestra perdición. Lo siento, pero eso es lo que sucedió.

—No, no lo es —contesto. Siento que me hierve la sangre—. Mi mamá nunca me habría hecho algo semejante. Ben dijo...

—No puedo convencerte, Todd —dice frunciendo el ceño con tristeza—. Nada de lo que pueda decir podrá hacerlo, ya lo sé. Seguro que en aquel tiempo cometí errores que tuvieron consecuencias que yo nunca quise. Tal vez eso sea verdad —se inclina hacia delante—. Pero eso fue antes. No ahora.

Todavía tengo los ojos humedecidos tras conocer lo último que me escribió mi mamá.

Temía lo que iba a venir.

Fuera lo que fuera.

La respuesta no está ahí. Lo que pasó en realidad no está ahí. Sé tanto sobre el alcalde como antes.

—Soy un mal hombre, Todd —asegura—. Pero estoy mejorando.

Toco la tapa del diario de mi mamá con las yemas de los dedos, sintiendo la marca del cuchillo. No creo en la versión de la historia del alcalde, no lo hago y no lo haré jamás.

Pero me parece que él la cree.

Me parece que tal vez esté incluso arrepentido.

—Si alguna vez lastima a Viola —digo—, sabe que lo mataré.

—Es una de las muchas razones por las cuales nunca le haría daño.

Trago saliva.

—¿La cura hará que se recupere? ¿Le salvará la vida?

—Sí, Todd, lo hará.

Y no añade nada más.

Miro al cielo, a la noche helada, nublada y silenciosa, pero sigue sin nevar. Otra noche durmiendo poco o nada. Es la noche previa a la primera gran reunión del consejo. La noche antes de que empecemos a construir en serio un mundo nuevo.

Como decía mi mamá.

—Tráigame los vendajes —le pido—. Se los colocaré yo mismo.

Suelta un sonido grave, como si procediera de su ruido, y su rostro reprime una sonrisa, una sonrisa verdadera, sincera y sentida.

—Gracias, Todd —dice.

Pareciera que lo dijera en serio.

Espero un largo rato antes de decirlo...

Pero lo digo por fin.

—De nada.

—¿Señor presidente? —oímos. O'Hare se acerca a nosotros, incómodo por habernos interrumpido.

—¿Qué sucede, capitán? —pregunta el alcalde sin dejar de mirarme.

—Hay un hombre ahí afuera —le informa el capitán—. Lleva toda la noche insistiendo en que quiere hablar con usted. Quiere mostrarle su apoyo.

El alcalde ni siquiera intenta disimular su impaciencia.

—Si tengo que escuchar a cada hombre que quiera mostrarme su apoyo...

—Quiere que le diga que su nombre es Ivan Farrow —dice el señor O'Hare.

El alcalde parece sorprendido.

Y entonces esboza otro tipo de sonrisa.

Ivan Farrow. El que va donde está el poder.

{VIOLA}

«¡Miren qué bonito!», dice Simone por el sistema de comunicación mientras notamos que la nave de reconocimiento empieza a despegar. Se oye un clic y todas las pantallas de la enfermería muestran el sol, que se alza de color rosado por encima del océano lejano.

Sólo está ahí un instante, antes de que las nubes vuelvan a esconderlo.

—El amanecer —dice Bradley, y su ruido conecta con Lee para enseñárselo.

—Un buen augurio —comenta Lee—. El sol sacando la cabeza en una mañana gris.

—Volamos hacia la construcción de un nuevo mundo —el ruido de Bradley parece cálido y emocionado—. Un nuevo mundo de verdad, esta vez.

Sonríe, y la sala se ilumina con su sonrisa.

Wilf es el único que no viaja con nosotros. Bajó a la ciudad a lomos de Bellota para entregarme el caballo, y se reunirá allí con nosotros. La enfermera Coyle está sentada en una silla, junto a mi cama. Pasó toda la noche afuera, pensando sin duda en el mejor modo de recuperar el lugar predominante en su lucha con el alcalde.

O tal vez aceptando su derrota.

Cosa que, sorprendentemente, me entristece.

—¿Decidiste ya si tomarás la cura, Viola? —me pregunta en voz baja.

—No lo sé. Hablaré con Todd. Pero si la tomo, no será para dejarla a usted en mal lugar. La situación no tiene por qué cambiar...

—Pero lo hará, mi niña —se vuelve hacia mí—. No me malinterpretes. Ya me resigné. Ser un líder también consiste en saber cuándo debes entregar las riendas.

Intento enderezarme.

—No quiero quitarle las riendas a nadie.

—Tienes la simpatía de la gente, Viola. Con un poco de habilidad, podrías transformar fácilmente eso en poder.

Toso.

—No tengo ganas de...

—Este mundo te necesita, mi niña —dice—. Si eres el rostro de la oposición, a mí me parecerá bien. Siempre que la oposición tenga un rostro.

—Sólo intento conseguir el mejor mundo posible.

—Muy bien. Sigue así y todo irá perfectamente.

No dice nada más. Poco después aterrizamos, y cuando la rampa cae sobre la plaza, el RUGIDO de la gente nos recibe de inmediato.

—Los zulaques nos esperan a mediodía —dice Simone al salir. Yo lo hago con la ayuda de Bradley—. El presidente prometió caballos para todos y tiempo suficiente por la mañana para discutir la agenda.

—Todd dice que accedió a que los discursos sean cortos —digo, volviéndome hacia la enfermera Coyle—. Asegura que esta vez usted tendrá ocasión de hablar.

—Muchas gracias, mi niña —dice—. Aunque será mejor que empieces a pensar en lo que quieres decir tú.

—¿Yo? Pero yo no...

Todd se acerca a nosotros atravesando la multitud.

Lleva un rollo de vendajes bajo el brazo.

En voz baja, oigo a la enfermera Coyle que dice:

—Que así sea.

—La verdad es que no sé cómo se hace —digo, desenrollando los vendajes que me dio el alcalde.

—Envuélvelos como una tela —me indica Viola—. Fuerte, pero no demasiado.

Estamos en mi tienda, sentados en el catre, mientras el mundo exterior continúa con sus estruendosos asuntos. El alcalde, la enfermera Coyle, Bradley, Simone, Wilf y Lee, que se autoinvitó al consejo, discuten quién será el primero en dirigirse a los zulaques y qué van a decir y bla-bla-bla.

—¿En qué estás pensando? —pregunta Viola, mirándome fijamente.

Sonrío un poco.

—Estoy pensando: «La verdad es que no sé cómo se hace».

Ella también sonríe.

—Si ahora eres así, supongo que tendré que acostumbrarme.

—¿Ya no lo odias?

—Sí, pero es problema mío, no tuyo.

—Sigo siendo el mismo —le aseguro—. Sigo siendo Todd.

Desvía la mirada hacia los vendajes.

—¿Estás seguro? ¿Estás seguro de que nada de esto es mentira?

—Él sabe que lo mataría si te hiciera daño. Y tal como está actuando...

Levanta la vista.

—Pero lo más probable es que sea sólo una actuación...

—Creo que soy yo quien lo está cambiando lo bastante como para que quiera salvarte, al menos.

Ella sigue mirando, sigue intentando leerme.

No sé lo que ve.

Al cabo de un minuto estira el brazo.

—Muy bien —digo—. Allá vamos.

Empiezo a desenrollar los antiguos vendajes de la herida. Quito el primero, luego otro y ahí está la cinta, 1391, expuesta. Tiene mal aspecto, peor de lo que esperaba, la piel que la rodea está roja, irritada y tensa de un modo que no augura nada bueno, y la piel de debajo aparece oscura, con un desagradable tono carmesí y amarillento, y luego está el olor, el olor a enfermedad.

—Dios mío, Viola —murmuro.

Ella no dice nada, pero veo cómo traga saliva, de modo que tomo el primer vendaje nuevo y lo coloco sobre la cinta metálica. Suelta un pequeño gemido cuando el primer aguijón de medicina penetra en su organismo.

—¿Duele? —pregunto.

Se muerde el labio y asiente rápidamente, pero me hace un gesto para que continúe. Desenrollo el segundo y el tercer vendaje, envuelvo con ellos los bordes del primero como me dijo el alcalde, y ella vuelve a gemir.

—Mira, Todd —dice.

Su respiración es rápida y superficial. Las heridas y la oscuridad de su brazo se están desvaneciendo. Se puede ver cómo la medicina está actuando en ella, cómo combate la infección justo por debajo de su piel.

—¿Qué sientes? —pregunto.

—Como cuchillos en llamas —responde, y sendas lágrimas le caen de los ojos.

Tiendo la mano...

Y toco la mejilla con el pulgar...

Con suavidad...

Le retiro una de las lágrimas.

Siento su piel bajo mi mano.

Siento el calor, la suavidad.

Siento que quiero seguir tocándola para siempre.

Me avergüenza pensarlo...

Pero enseguida recuerdo que no puede oírlo.

Y empiezo a pensar en lo horrible que debe de ser para ella.

Siento cómo presiona su mejilla con más fuerza contra mis dedos.

Vuelve la cabeza, para que la palma de mi mano la sujete.

Y así lo hago.

Cae otra lágrima.

Ella se gira un poco más...

Y sus labios presionan la palma de mi mano.

—Viola... —digo.

—Estamos listos —anuncia Simone, asomando la cabeza por la abertura de la tienda.

Retiro rápidamente la mano, aunque sé que no estamos haciendo nada malo y, al cabo de un incómodo segundo, Viola dice:

—Ya me siento mejor.

{VIOLA}

—¿Empezamos? —pregunta el alcalde con una amplia sonrisa en el rostro. Su uniforme de franjas doradas parece acabado de estrenar.

—Si no hay más remedio —responde la enfermera Coyle.

Wilf ha llegado también y nos hemos reunido ante las ruinas de la catedral, detrás de un carro donde colocaron una plataforma con un micrófono para que las palabras de la enfermera Coyle puedan oírse. La proyección se retransmite al campamento de la montaña, se exhibe también en los laterales de dos edificios y se cierne sobre los escombros a nuestras espaldas.

La multitud ya lanza sus vítores.

—¿Viola? —pregunta el alcalde, y me tiende la mano para conducirme al escenario. Todd sube detrás de mí.

—Si nadie tiene inconveniente —dice la enfermera Coyle—, propongo que esta mañana sólo haya unos breves discursos por parte del presidente Prentiss y de mí misma.

El alcalde parece sorprendido, pero yo me adelanto.

—Es una idea excelente —digo—. Así todo irá mucho más rápido. Yo prefiero quedarme sentada y así dejar que la cura me surta efecto.

—Gracias —dice la enfermera Coyle, con mucha intención en la voz—. Serás una muy buena líder, Viola Eade —luego, como si hablara para sí misma, añade—: Desde luego que lo serás.

El alcalde sigue buscando la forma de hacer las cosas a su manera, pero Simone y Bradley no se mueven y por fin accede.

—Bien, de acuerdo —dice, y ofrece el brazo a la enfermera Coyle—. ¿Nos dirigimos al populacho?

Ella ignora su brazo y se dirige al escenario. Él se apresura a adelantarla para que la gente vea que él la deja subir primero.

—¿De qué va todo esto? —dice Todd, viendo cómo se alejan.

—Sí —me dice Bradley, con el ruido inquieto—. ¿Cuándo empezaste a dejar que se saliera con la suya?

—Sean un poco más amables con la enfermera Coyle, por favor —les pide Simone—. Creo que entiendo lo que está haciendo Viola.

—¿Y qué es? —pregunta Todd.

—Buena gente del Nuevo Mundo —oímos que retumba la voz de la enfermera Coyle por los altavoces—. Qué lejos hemos llegado.

—La enfermera Coyle cree que sus días como líder tocan a su fin —dice Simone—. Ésta es su manera de decir adiós.

Wilf observa con expresión de extrañeza.

—¿Adiós?

—Qué lejos nos ha llevado el presidente Prentiss —continúa la sanadora—. Nos ha llevado a lugares que nunca supimos que existían.

—Aún sigue siendo una líder —dice Lee, sentado detrás de nosotros—. Hay muchas personas, muchas mujeres...

—Pero el mundo está cambiando —le recuerdo—. Y no fue ella quien lo cambió.

—Por eso va a dejarlo a su manera —explica Simone con cierta emoción—. La admiro por ello. Hay que saber cuándo retirarse de los escenarios.

—Nos sacó del borde de un abismo... —continúa la enfermera Coyle— para llevarnos al borde de otro.

—¿Adiós? —repite Wilf con más energía.

Me vuelvo hacia él, percibiendo la inquietud de su ruido.

—¿Qué pasa?

Pero ahora Todd también se ha dado cuenta y sus ojos se abren todavía más.

—Ha matado para protegernos —dice la enfermera Coyle—. Ha matado y matado y matado...

Un murmullo de incomodidad surge de la multitud y va en aumento.

—Cree que esto es el fin, Viola —dice Todd con la voz llena de alarma—. Cree que esto es el fin.

Me giro hacia el escenario.

Y comprendo, demasiado tarde, lo que está haciendo la enfermera Coyle.

[TODD]

Echo a correr antes de saber exactamente por qué lo hago, sólo sé que tengo que saltar al escenario y llegar al alcalde antes de que...

—¡Todd! —oigo que me llama Viola a mis espaldas. Me giro en plena carrera y veo que Bradley la agarra por el hombro para retenerla mientras Simone y Wilf corren detrás de mí hacia el escenario...

Corren hacia el lugar donde el discurso de la enfermera Coyle no está encajando demasiado bien en el público...

—Una paz bañada en sangre —dice al micrófono—. Una paz pavimentada con cadáveres de mujeres...

Cuando llego al borde de la plataforma, la multitud la está abucheando.

El alcalde sonríe a la enfermera Coyle. Es una sonrisa peligrosa. Una sonrisa que conozco demasiado bien, una sonrisa para dejar que ella continúe y empeore todavía más su situación.

Pero no es eso lo que estoy pensando...

Me encaramo de un salto a la parte posterior de la plataforma, con la enfermera Coyle a mi derecha y el alcalde a mi izquierda...

Simone salta detrás de mí a mi derecha, con Wilf detrás de ella...

—Una paz —continúa la enfermera Coyle— que Prentiss obtuvo llenándose las manos de sangre...

El alcalde me mira para ver lo que estoy haciendo.

Justo cuando la enfermera Coyle se gira hacia él y dice:

—Pero algunas todavía nos preocupamos demasiado por este mundo para permitir que eso suceda...

Se abre los botones del abrigo...

Y deja al descubierto la bomba que lleva atada alrededor de la cintura.

{VIOLA}

—¡Suéltame! —grito, intentando deshacerme todavía de Bradley mientras Todd salta a la plataforma, con Simone y Wilf pisándole los talones.

Yo también acabo de entenderlo.

«Te sorprendería saber lo poderosa que puede llegar a ser una mártir», me dijo una vez la enfermera Coyle.

La fuerza con la que la gente lucha en nombre de los muertos.

Y oigo la exclamación de la multitud al ver la imagen proyectada.

Bradley y yo también la vemos.

La enfermera Coyle, en tamaño ampliado, con el rostro tranquilo como una taza de leche, se abre el abrigo para enseñar la bomba que lleva atada alrededor del torso como un corsé, con explosivos suficientes para matarse a ella, matar al alcalde...

Y matar a Todd...

—¡¡¡Todd!!! —grito.

[TODD]

—¡¡¡Todd!!! —oigo que grita Viola detrás de nosotros.

Pero estamos demasiado lejos de la enfermera Coyle.

He de dar demasiados pasos por la plataforma para detenerla.

Ella acerca la mano a un botón de la bomba.

—¡¡¡Salten!!! —grita—. ¡¡¡Salten del carro!!!

Y salto lanzando un grito.

Salto para alejarme...

Hacia un lado...

Agarro la chamarra de Simone para llevarla conmigo.

—Por un mundo nuevo —dice la enfermera Coyle, con el micrófono retumbando todavía—. Por un futuro mejor.

Y pulsa el botón.

¡BUM!

Las llamas se esparcen en todas direcciones desde la enfermera Coyle y la onda expansiva me lanza hacia Bradley, que aúlla de dolor cuando mi cráneo impacta contra su barbilla. Pero me mantengo en pie y me sumerjo en el estallido, veo el fuego que cae como una cascada y grito «¡Todd!». Vi cómo saltaba del carro y que arrastraba a alguien con él al hacerlo. Ay, por favor, ay, por favor, ay, por favor... El estallido inicial ha inundado el aire de humo y fuego. El carro está en llamas y la gente grita. El ruido generalizado es terrible. Me libero de Bradley y echo a correr...

—¡¡¡Todd!!!

[TODD]

—¡Todd! —oigo otra vez, los oídos me retumban, noto la ropa ardiente.

Pero pienso en Simone...

La agarré y nos lanzamos los dos por uno de los lados del carro cuando el fuego arrasó con todo lo que nos rodeaba. Rodamos y ella se llevó la peor parte. El fuego la alcanzó de lleno. Estoy tratando de apagarle la ropa palmeándosela con las manos, pero el humo me ciega.

—¡Simone! —grito—. ¿Estás bien? ¡Simone!

Alguien, gruñendo de dolor, contesta:

—¿Todd?

Pero...

No es la voz de Simone.

El humo se empieza a disipar.

No es Simone.

—Me salvaste, Todd —dice el alcalde, tumbado en el suelo, con graves quemaduras en la cara y en las manos, y la ropa humeante como una hoguera—. Me salvaste la vida.

Tiene los ojos maravillados.

En medio de la confusión de la explosión, la persona a la que elegí salvar...

La persona a la que elegí sin pensarlo...

(sin tiempo siquiera para que me controlara...)

(sin tiempo para que me obligara a hacerlo...)

Fue el alcalde.

—¡¡¡Todd!!! —oigo gritar a Viola.

Me doy la vuelta para mirar.

Wilf se levanta trabajosamente en el lugar donde cayó al saltar del carro.

Y ahí está Viola, corriendo todavía...

Nos mira a mí y al alcalde, que yace en el suelo; al alcalde, que todavía respira, que todavía habla...

—Creo que necesito una sanadora, Todd —dice.

No hay rastro de Simone...

Estaba justo delante de la enfermera Coyle cuando la bomba estalló.

Simone estaba a mi alcance...

—¿Todd...? —me llama Viola. Se detiene a cierta distancia de nosotros, mientras Wilf tose y también nos mira. Bradley corre para acercarse a donde estamos.

Todos se dan cuenta de que salvé al alcalde...

Y no a Simone...
Viola repite:
—¿Todd?
Nunca la he visto tan lejos de mí.

La Fuente

A través del círculo del Final del Sendero que nos rodea, apenas vislumbramos el sol rosado que se alza por el este antes de desaparecer tras la manta de nubes grises que cuelgan sobre nosotros desde hace dos días.

Cuelgan sobre mí y sobre la Fuente mientras esperamos a que llegue la hora del consejo de paz.

Éste fue el deseo del Cielo. Me pidió que me quedara aquí mientras él se preparaba para la reunión del consejo, y que diera de comer a la Fuente y le ayudara a recuperar las fuerzas para volver a caminar después del largo sueño, que lo lavara, lo vistiera y lo afeitara al modo del Claro, y que le mostrara todo lo que sucedió mientras él servía de Fuente para la Tierra.

Mientras, aparentemente, se convertía en la Tierra.

Él abre su voz, muestra otros amaneceres que vivió, cuando los campos se volvían dorados y la Fuente y su alma gemela hacían una pausa en sus labores tempranas para ver salir el sol, un recuerdo sencillo, y sin embargo lleno de alegría, amor, dolor...

Y esperanza.

Todo ello lo muestra perfectamente con la voz de la Tierra y con la misma extraña alegría que luce desde que despertó.

Y entonces su voz muestra la razón de su esperanza. La Fuente será retornada hoy al Claro como gesto sorpresa de buena voluntad.

Va a reencontrarse con el Cuchillo.

Me mira, y su voz rebosa de cordialidad, una cordialidad que no puedo evitar sentir yo también.

Me levanto enseguida para alejarme de ella.

Voy a buscar el desayuno, muestro.

Gracias, contesta él mientras me dirijo a la cocina.

No respondo nada.

Escuchamos su voz durante los meses pasados, mostró el Cielo la noche en que despertamos a la Fuente. *Él nos escuchó a su vez, aprendió a hablar con nuestra voz, a adaptarse a ella y finalmente la integró.* La propia voz del Cielo cambia de forma a mi alrededor. *Tal como el Cielo esperaba que hiciera el Regreso.*

Yo he integrado la voz tanto como he podido, respondo.

La Fuente habla el idioma de la Tierra como si fuera el suyo, pero tú sigues hablando sólo el idioma de la Carga.

Es mi primer idioma, muestro, y desvío la mirada. *Era el idioma de mi alma gemela.*

Entonces también estaba junto al fuego, preparando la primera comida sólida para la Fuente después de meses de haber sido alimentado con líquidos introducidos por la garganta.

El hecho de que la Fuente hable con nuestra voz, mostré, *no significa que sea uno de los nuestros.*

¿Eso crees?, preguntó el Cielo. *¿Qué es la Tierra, sino su voz?*

Me le quedé mirando.

¿No estarás insinuando...?

Sólo sugiero que si la Fuente ha podido sumergirse en la Tierra con una comprensión tan evidente y sentirse parte de la Tierra...

¿Acaso eso no lo hace peligroso?, mostré. *¿Acaso no lo convierte en una amenaza para nosotros?*

¿Acaso no lo convierte en un aliado?, respondió el Cielo. *¿Acaso no nos proporciona una mayor esperanza para el futuro de la que nunca creímos posible? Si él puede hacerlo, ¿podrán los demás? ¿Es posible una mayor comprensión?*

Yo no tenía respuesta alguna y él se dispuso a salir.

¿A qué te referías cuando dijiste que me convertiría en el Cielo?, mostré. *¿Por qué yo, de entre toda la Tierra?*

Al principio pensé que no respondería. Pero lo hizo.

Porque tú, de entre toda la Tierra, comprendes al Claro, mostró. *Tú, de entre toda la Tierra, comprendes más plenamente el significado de invitarlos a nuestra voz si algún día llega el momento. Y, de entre toda la Tierra, tú eres quien elegiría la guerra con mayor presteza. Por lo tanto, tu elección de la paz,* terminó con voz más firme, *tendría un peso mucho mayor.*

Llevo el desayuno a la Fuente, un estofado de pescado que nunca he visto comer al Claro, pero la Fuente no se queja.

No se queja de nada.

Tampoco de que lo hayamos tenido prisionero durante tanto tiempo. En cambio, nos da las gracias. Me da las gracias a mí, como si yo lo hubiera hecho personalmente, por haberle curado la herida de bala del pecho, una bala que puso ahí, para mi asombro, el amigo ruidoso del Cuchillo, el mismo que me puso a mí la cinta del brazo.

Tampoco se queja de que leyéramos su voz para obtener toda la ventaja posible. Aunque le entristece que tantos de su raza hayan muerto en la guerra, está contento por haber hecho algo por la victoria sobre el líder del Claro, y más contento todavía de que esto haya conducido a la paz.

No me quejo porque me he transformado, muestra mientras le sirvo el desayuno. *Oigo la voz de la Tierra. Es muy extraño, porque sigo siendo yo, un individuo, pero también soy muchos, parte de algo mayor.* Da un bocado al desayuno. *Creo que podría ser el próximo paso evolutivo de mi gente. Tal como lo eres tú.*

Me incorporo, alarmado.

¿Yo?

Tú perteneces a la Tierra, muestra, *pero eres capaz de esconder y emborronar tus pensamientos como un hombre. Perteneces a la Tierra, pero hablas mi idioma mejor que yo, mejor que ningún hombre que haya conocido. Tú y yo somos los puentes entre nuestros dos pueblos.*

Me erizo. Hay algunos puentes que nunca deberían cruzarse.

Él sigue sonriendo. Ese modo de pensar es lo que nos ha mantenido tanto tiempo en guerra.

Deja de estar tan contento, muestro.

Bien, lo intentaré, pero es que hoy, contesta, *hoy volveré a ver a Todd.*

El Cuchillo. Ha mostrado al Cuchillo una y otra vez, hasta el punto de que a menudo parece que el Cuchillo estuviera con nosotros en el Final del Sendero, como una tercera presencia. Y qué brillante aparece en la voz de la Fuente, qué joven y fresco y fuerte. Qué amado.

Le he contado a la Fuente cada episodio de la historia hasta el día en que despertó, incluyendo cada acto que cometió o no cometió el Cuchillo, pero en vez de estar decepcionado, está orgulloso. Orgulloso de cómo el Cuchillo ha superado las dificultades. Y se muestra comprensivo y afligido por todo lo que ha sufrido, por cada error que ha cometido. Cada vez que la Fuente piensa en el Cuchillo, una extraña melodía del Claro lo acompaña. Es una canción que le cantaba al Cuchillo cuando era pequeño, una canción que los une a ambos...

—Llámame Ben, por favor —dice la Fuente con su boca—. El Cuchillo se llama Todd.

La Tierra no utiliza nombres, respondo. *Si nos comprendes, comprenderás también esto.*

¿Es eso lo que piensa el Regreso?, muestra, sonriendo con la boca llena.

Y una vez más mi voz se llena de cordialidad y buen humor, muy a mi pesar.

Estás decidido a que te caiga mal, ¿verdad?, pregunta.

Mi voz se endurece.

Mataron a mi gente. Los mataron y los esclavizaron.

Me tiende la voz con una amabilidad que nunca había oído en el Claro. Sólo algunos de nosotros actuamos de este modo.

El hombre al que combates mató también a mi alma gemela, de modo que lo combatiré a tu lado.

Me levanto para irme, pero él muestra: *Espera, por favor.* Me detengo. *Nosotros, mi gente, les hemos causado un gran mal, lo sé, y es evidente que ustedes, tu gente, me han perjudicado a mí al tenerme aquí todo este tiempo. Sin embargo, ni yo te he causado mal alguno a ti personalmente ni tú me los has causado a mí.*

Intento ahuyentar de mi voz el momento en que sostuve el cuchillo por encima de él.

Luego dejo de hacerlo. Le muestro lo que podría haberle hecho. Lo que deseaba hacerle...

Pero te detuviste, muestra. *Y eso, sin duda, es porque nos comprendemos, porque hay una sola voz de un hombre conectando con una sola voz de la Tierra. Éste es el principio de la verdadera paz.*

Sin duda, lo es, dice el Cielo, que acaba de entrar en el Final del Sendero. *Es el mejor principio posible.*

La Fuente deja el plato.

¿Es la hora?, pregunta.

Así es, confirma el Cielo.

La Fuente suspira de felicidad y una vez más su voz se llena del Cuchillo.

—Todd —dice con el chasquido del Claro.

Y entonces oímos la explosión en la lejanía.

Todos volteamos rápidamente hacia el horizonte, aunque no hay modo de ver nada con nuestros ojos físicos.

¿Qué pasó?, pregunta la Fuente. *¿Nos atacan a nosotros?*

¿Nosotros?, respondo.

Esperen, muestra el Cielo. *Llegará...*

Un instante más tarde, las voces de los Senderos reciben las voces de la Tierra de más abajo. Nos muestran una explosión en el centro de la ciudad, una explosión frente a una gran congregación del Claro, aunque los ojos a través de los cuales lo vemos todo están muy por encima de la ciudad en el borde de la montaña, y lo único que vemos es un destello de fuego y una columna de humo.

¿La Tierra hizo esto?, pregunta la Fuente.

No, muestra el Cielo. Sale rápidamente del Final del Sendero y hace un gesto para que lo sigamos. Llegamos al camino empinado por el cual tendré que ayudar a bajar a la Fuente, todavía débil, y entonces la voz de la Fuente se llena de una sola cosa...

Miedo.

No por sí mismo, no por el proceso de paz...

Miedo por el Cuchillo. Lo único que muestra su voz es lo mucho que teme perderlo la misma mañana en que iban a reunirse. Tiene miedo de que haya sucedido lo peor, de que haya perdido a su hijo, su hijo más querido. Noto que su corazón muere de preocupación, muere de amor y de inquietud...

Es un dolor que conozco, un dolor que he sentido.

Un dolor que se transmite de la Fuente a mí mientras bajamos por el camino.

El Cuchillo...

Todd...

Presente en mi voz, tan real y frágil y merecedor de la vida como cualquier otro...

Y yo no lo quiero.

No lo quiero.

SEPARACIONES

[TODD]

El alcalde apenas emite un leve suspiro cuando la enfermera Lawson le aplica los vendajes sobre la parte posterior del cuero cabelludo, aunque las quemaduras son horribles de ver.

—Graves —dice la sanadora—, pero superficiales. El estallido fue tan rápido que las heridas no son muy profundas. Quedarán cicatrices, pero se curará.

—Gracias, enfermera.

Ella le aplica un gel transparente sobre las quemaduras de la cara, que no son tan graves como las de la nuca.

—Sólo hago mi trabajo —responde bruscamente la enfermera Lawson—. Y ahora debo tratar a otras personas.

Abandona la enfermería de la nave de reconocimiento, llevándose consigo una pila de vendajes. Estoy sentado en una silla cerca del alcalde, con las manos untadas también con gel para las quemaduras. Wilf está acostado en la otra cama, se quemó toda la parte frontal, pero sigue vivo porque ya estaba cayendo cuando la bomba estalló.

Lo que pasa en el exterior es otra historia. Guiándose por el ruido de la multitud, Lee trata de ayudar a las personas que resultaron heridas en el suicidio de la enfermera Coyle.

También hay muertos. Por lo menos cinco hombres y una mujer del público.

Y la propia enfermera Coyle, por supuesto.

Y Simone.

Viola no me ha dirigido la palabra desde la explosión. Bradley y ella salieron a ayudar.

Lejos de mí.

—Todo irá bien, Todd —dice el alcalde, al ver que miro sin cesar hacia la puerta—. Comprenderán que tuviste que tomar una decisión en una décima de segundo y que yo estaba más cerca...

—No es verdad —contesto. Cierro los puños y hago una mueca de dolor por las quemaduras—. Tuve que alargar más las manos para agarrarlo a usted.

—Y me agarraste —dice él, un poco asombrado.

—Sí, sí, de acuerdo.

—Me salvaste —insiste, casi hablando para sí.

—Sí, lo sé...

—No, Todd —continúa, incorporándose en la cama, aunque es evidente que le resulta doloroso—. Me salvaste. Sin necesidad de hacerlo. No puedo expresar lo mucho que significa para mí.

—Siga intentándolo.

—Nunca olvidaré esto, que me consideres digno de ser salvado. Y lo soy, Todd. Y lo soy gracias a ti.

—Deje de hablar así. Murieron otras personas. Personas a las que no salvé.

Él se limita a asentir, asiente y deja que vuelva a sentirme como una mierda por no haber salvado a Simone.

Y entonces añade:

—No habrá muerto en vano, Todd. Nos aseguraremos de que así sea.

Y suena sincero, como siempre.

(sin duda parece sincero…)

(y el leve murmullo…)

(resplandece de alegría…)

Me fijo en Wilf. Está mirando al techo. Su piel cubierta de hollín asoma por entre las vendas blancas.

—Oye, piensa que también me salvaste a mí —me dice—. Dijiste: «Salta». Dijiste: «Salta del carro».

Me aclaro la garganta.

—Eso no es exactamente salvarte, Wilf. Eso no salvó a Simone.

—Te metiste en mi cabeza —responde él—. Te metiste en mi cabeza y me dijiste que saltara, y mis pies saltaron antes de que yo se lo ordenara. Tú me hiciste saltar —parpadea en mi dirección—. ¿Cómo lo conseguiste?

Desvío la mirada. Es probable que lo hiciera, que conectara y los controlara, pero como Simone carecía de ruido, no respondió a ello.

Tal vez el alcalde hubiera respondido también. Tal vez ni siquiera hubiera tenido que agarrarlo.

Coloca los pies en el suelo y de manera penosa y lenta procede a levantarse.

—¿Adónde cree que va? —le pregunto.

—A dirigirme a la gente —dice—. Tenemos que decirles que el proceso de paz no se detiene por las acciones de una enfermera. Tenemos que mostrar que sigo vivo y que Viola también lo está —se coloca cautelosamente una mano en la nuca—. Ésta es una paz frágil. El pueblo es frágil. Tenemos que decirles que no hay razón para abandonar la esperanza.

Hago una mueca al oír la última palabra.

El señor Tate aparece por la puerta con un montón de ropa entre las manos.

—Lo que me pidió, señor —dice, y le entrega la ropa al alcalde.

—¿Va a ponerse ropa limpia?

—Y tú también —contesta, pasándome la mitad del montón—. En ningún caso vamos a salir ahí con harapos quemados.

Miro la ropa que llevo puesta, lo que queda de ella después de que la enfermera Lawson me arrancara de la piel la parte chamuscada.

—Póntela, Todd —dice—. Te sorprenderá ver lo bien que te vas a sentir cuando lo hagas.

(y el leve murmullo…)

(la alegría que contiene…)

(hace que no me sienta tan mal…)

Empiezo a ponerme la ropa nueva.

{VIOLA}

—Ahí está —Bradley señala la pantalla de la cabina—. Está más cerca de Simone, pero Prentiss está más cerca del límite de la plataforma.

Ralentiza la grabación y la detiene en el momento en que la enfermera Coyle está a punto de pulsar el botón de la bomba. El momento en que Simone sigue caminando hacia ella y en que Wilf se echa atrás para saltar del carro.

Y Todd ya alarga la mano hacia el alcalde.

—No tuvo ocasión de pensar —dice Bradley con la voz espesa—. Y mucho menos de elegir.

—Fue directo por el alcalde —replico—. No necesitó pensar.

Volvemos a contemplar la explosión, una imagen que fue retransmitida a la ciudad y al campamento de la montaña. Quién sabe lo que deben de estar pensando ahora.

Contemplamos cómo Todd vuelve a salvar al alcalde.

Y no a Simone.

El ruido de Bradley es tan triste, tan roto, que a duras penas puedo mirarlo.

—Me aseguraste que, por mucho que dudara de todos en este planeta, siempre podría confiar en Todd —dice cerrando los ojos—. Me lo dijiste, Viola. Y tú nunca te equivocas.

—Excepto esta vez —porque leo el ruido de Bradley, leo lo que piensa en realidad—. Tú también le echas la culpa.

Desvía la mirada, y veo que su ruido lucha consigo mismo.

—Es evidente que Todd lo lamenta —dice—. Lo lleva escrito en la cara.

—Pero no puedo oírlo. En su ruido no se oye la verdad.

—¿Se lo has preguntado?

Vuelvo a mirar la pantalla, el fuego y el caos que siguió a la autoinmolación de la enfermera Coyle.

—Viola...

—¿Por qué lo hizo? —pregunto demasiado fuerte, intentando ignorar el vacío que Simone dejó de pronto en este mundo—. ¿Por qué, si habíamos alcanzado la paz?

—Tal vez esperaba que el planeta se pusiera del lado de alguien como tú una vez que ella y el alcalde hubieran desaparecido —dice Bradley con tristeza.

—Yo no quiero esa responsabilidad. No la he pedido.

—Pero es probable que pudieras aceptarla —continúa— y utilizarla sabiamente.

—¿Cómo lo sabes? Ni siquiera yo lo sé. Tú dijiste que la guerra no debía ser nunca algo personal, pero para mí ha sido así todo el tiempo. Si no hubiera disparado aquel misil, ni siquiera estaríamos aquí. Simone todavía estaría...

—Ey... —me interrumpe porque cada vez me ve más deprimida—. Mira, tengo que contactar con el convoy y contarles lo que sucedió —su ruido se inunda de dolor—. Debo decirles que perdimos a Simone.

Asiento y noto que mis ojos se humedecen todavía más.

—Y tú tienes que hablar con tu chico —me levanta la barbilla—. Y si tienes que salvarlo, sálvalo. ¿No es eso lo que hicieron tantas veces el uno por el otro?

Vierto algunas lágrimas más, pero luego asiento.

—Una y otra vez.

Me da un abrazo, fuerte y triste, y yo lo dejo para que pueda llamar al convoy. Recorro el corto pasillo hasta la enfermería lo más lentamente que puedo, con la sensación de que alguien me ha partido en dos. No puedo creer que Simone haya muerto. No puedo creer que la enfermera Coyle haya muerto.

Y no puedo creer que Todd haya salvado al alcalde.

Pero se trata de Todd. Todd, a quien confiaría mi vida. Literalmente. Confié en que me pusiera los vendajes, y la verdad es que me siento mejor que en muchos meses.

Si salvó al alcalde, tiene que haber una razón. Tiene que haberla.

Respiro hondo antes de cruzar la puerta de la enfermería.

Y la razón es su bondad, ¿verdad? Porque eso es Todd básicamente. A pesar de los errores que cometió, a pesar de haber matado al zulaque a la orilla del río, a pesar de los trabajos que hizo para el alcalde, es bueno por naturaleza. Lo sé, lo he visto, lo he notado en su ruido...

Pero ya no lo noto.

—No —repito—. Se trata de Todd. Se trata de Todd.

Empujo el panel y abro la puerta.

Y veo a Todd y al alcalde vestidos con uniformes idénticos.

[TODD]

La veo en el umbral de la puerta y me doy cuenta del buen aspecto que tiene.

Veo también que se fija en la ropa que el alcalde y yo llevamos, idéntica incluso en la franja dorada de las mangas de las chaquetas.

—No es lo que piensas —digo—. Es que mi ropa estaba quemada...

Pero ella ya se aleja de la puerta, se va...

—Viola —el alcalde la llama con la fuerza suficiente para detenerla—. Sé que éste es un momento duro para ti, pero debemos dirigirnos a la gente. Debemos asegurarles que el proceso de paz seguirá adelante como estaba planeado. Lo antes que podamos, debemos enviar una delegación a los zulaques para asegurarles lo mismo.

Ella lo mira fijamente a los ojos.

—Dice «debemos» con demasiada facilidad.

El alcalde intenta sonreír, a pesar de las quemaduras.

—Si no hablamos con la gente ahora mismo, perderemos esta oportunidad de conseguir la paz. La Respuesta podría utilizar este momento de caos para intentar terminar la acción de la enfermera Coyle. Los zulaques podrían atacarnos por la misma razón. Mis propios hombres podrían incluso pensar que estoy incapacitado y dar un golpe de Estado. Confío en que nada de eso es lo que tú desearías.

Veo que ella también nota la extraña alegría que emana del alcalde.

—¿Qué les va a decir? —pregunta.

—¿Qué quieres que les diga? —dice él—. Dímelo y yo lo repetiré palabra por palabra.

Ella estrecha los ojos.

—¿A qué está jugando?

—No estoy jugando a nada. Podría haber muerto hoy y no fue así. No fue así porque Todd me salvó —da un paso adelante, con la voz llena de ansiedad—. Tal vez no fuera lo que tú querías, pero si Todd me salvó, significa que soy digno de ser salvado, ¿no lo ves? Y si yo soy digno de ello, entonces todos nosotros, todo este lugar, todo este mundo, lo somos.

Viola me mira en busca de ayuda.

—Creo que está en estado de shock —digo.

—Me parece que tienes razón —dice el alcalde—, pero no me equivoco en lo de dirigirme a la gente, Viola. Tenemos que hacerlo. Y deprisa.

Ahora ella me está mirando. Mira el uniforme que llevo, busca algo de verdad. Intento reforzar mi ruido, hacerle ver cómo me siento, mostrarle que todo se ha descontrolado, que yo no quería que sucediera lo que sucedió, pero que ya puestos, tal vez...

—No te oigo —susurra.

Intento abrirme otra vez, pero hay algo que me bloquea...

Echa un vistazo a Wilf y frunce todavía más el ceño.

—De acuerdo —dice por fin, sin mirarme—. Hablemos a la gente.

{VIOLA}

—Viola... —Todd me llama cuando ya estoy bajando por la rampa—. Viola, lo siento. ¿Por qué ni siquiera me dejas decirte que lo siento?

Me quedo quieta, intentando leerlo.

Pero sigue habiendo sólo silencio.

—¿De verdad que lo sientes? Si pudieras volver a elegir, ¿estás seguro de que no harías lo mismo?

—¿Cómo puedes preguntar algo así? —dice frunciendo el ceño.

—¿Ya viste cómo vas vestido últimamente? —vuelvo a mirar al alcalde, que camina lentamente hacia lo alto de la rampa, cauteloso con las heridas, pero sonriendo tras el gel que le cubre la cara, con su uniforme limpio e inmaculado.

Como el de Todd.

—Podrían ser padre e hijo.

—¡No digas eso!

—Pero es verdad. Mírense.

—Viola, tú me conoces. De todos los que siguen vivos en este planeta, eres la única que me conoce.

Niego con la cabeza.

—Tal vez ya no. Desde que dejé de oírte...

Ahora sí que frunce el ceño.

—Entonces, esto es lo que quieres, ¿verdad? Todo va bien mientras puedas oír lo que pienso, pero al revés no. ¿Somos amigos mientras tú tengas todo el poder?

—No se trata de poder, Todd. Se trata de confianza...

—¿Y acaso no he hecho bastante para que confíes en mí? —señala al alcalde, que está plantado sobre la rampa—. Ahora él lucha por la paz, Viola. Y lo hace gracias a mí. Porque yo lo he cambiado.

—Sí... —digo, mirando inconscientemente la franja dorada de su manga—. ¿Y no será que él te ha cambiado a ti, hasta el punto de que lo salvaste a él en vez de a Simone?

—No me ha cambiado...

—¿Controlaste a Wilf para hacerlo saltar del carro?

Abre los ojos como platos.

—Lo vi en su ruido —digo—. Y si eso molestó a Wilf, no puede ser nada bueno.

—¡Le salvé la vida! —grita—. Lo hice por su bien...

—¿Y eso le da validez? ¿Da validez a que dijeras que no eras capaz de hacerlo? ¿Que no lo harías? ¿A cuántas otras personas has controlado por su propio bien?

Lucha un rato por encontrar las palabras correctas, y veo un arrepentimiento real en sus ojos, un arrepentimiento por algo que no me ha dicho, pero sigo sin poder verlo en su falta absoluta de ruido...

—¡Todo esto lo hago por ti! —grita finalmente—. ¡Lo que quiero es que este mundo sea seguro para ti!

—¡Y yo hago lo mismo por ti, Todd! —respondo también a gritos—. ¡Pero he descubierto que ya no eres el mismo!

La expresión de su rostro es de enojo, pero también de terror. Está tan asombrado y dolido por lo que estoy diciendo que casi...

Por un segundo casi...

—¡Es él!

Oímos una única voz que corta el RUGIDO de la multitud apiñada alrededor de la nave de reconocimiento.

—¡Es el presidente!

Le siguen otras voces, una, luego cien, luego mil, y el RUGIDO va en aumento, hasta que parece que nos encontramos en un océano de ruido, que inunda la rampa y alza al alcalde por encima de las olas. Desciende lentamente, con la cabeza alzada, el rostro reluciente, la mano tendida hacia la gente para demostrar que sí, que está bien, que sobrevivió, que sigue siendo su líder.

Sigue estando al mando. Sigue siendo victorioso.

—Todd, Viola, vengan —nos dice—. El mundo nos espera.

[TODD]

—El mundo nos espera —dice el alcalde, tomándome del brazo y alejándome de Viola, sin desviar la mirada de la multitud que lo vitorea, que RUGE por él.

Veo que las proyecciones siguen conectadas, las sondas todavía están programadas para seguirnos, para seguirlo a él, y ahí estamos en las paredes de los edificios que rodean la plaza. El alcalde delante, tirando de mí, y Viola todavía de pie en la rampa, con Bradley y Wilf bajando tras ella.

—Escúchalos, Todd —me dice el alcalde, y vuelvo a notar el murmullo...

El murmullo de alegría...

Lo noto incluso en el RUGIDO de la multitud.

—Podemos hacerlo —dice cuando la gente se separa ante nosotros, abriéndonos paso para que nos encaminemos a una nueva plataforma que los señores Tate y O'Hare deben de haber improvisado—. Podemos gobernar este mundo —afirma—. Podemos convertirlo en un lugar mejor.

—Suélteme —digo.

Pero no me suelta.

Ni siquiera me mira.

Me giro en busca de Viola. No se ha movido de la rampa. Lee se le ha acercado desde la multitud y ambos miran cómo me dejo arrastrar por el alcalde, cómo ambos vamos con el mismo uniforme...

—Suélteme —repito, y tiro hacia el otro lado.

El alcalde se da la vuelta y me agarra con fuerza por los hombros mientras la gente va cerrando el camino que me separa de Viola.

—Todd, ¿no lo ves? —dice el alcalde. El murmullo de alegría emana de él como la luz del sol—. Lo conseguiste. Me has conducido por el camino de la redención y hemos llegado a la meta.

La multitud sigue RUGIENDO con una intensidad inaudita ahora que el alcalde apareció. Él se endereza un poco más, mira a su alrededor, a los soldados y a los ciudadanos, e incluso a las mujeres que lo vitorean, y con una sonrisa en el rostro dice:

—Silencio, por favor.

{VIOLA}

—¿Qué demonios? —exclamo cuando el RUGIDO de la multitud se desvanece casi al instante, esparciéndose en círculos hasta que los vítores cesan, en la voz y en el ruido. Toda la plaza se queda en silencio. Incluso las mujeres callan al ver cómo han callado los hombres.

—Lo oí —susurra Bradley.

—Yo también lo oí —susurra Wilf.

—¿Qué oyeron? —digo, demasiado fuerte en este nuevo silencio, y algunos rostros de la gente se giran y me piden que me calle.

—Oí «silencio, por favor» en medio de mi cabeza —susurra Bradley—. Y juro que mi ruido también está más tranquilo.

—Y el mío —apunta Lee—. Es como si me hubiera vuelto a quedar ciego.

—¿Cómo es posible? —pregunto—. ¿Cómo puede tener tanto poder?

—Hay algo raro en él desde la explosión —dice Wilf.

—Viola, si es capaz de controlar a mil personas a la vez... —empieza a decir Bradley, poniéndome la mano sobre el brazo.

Miro al frente y veo al alcalde delante de Todd, mirándolo fijamente a los ojos.

Echo a caminar hacia la multitud.

[TODD]

—He estado esperando este momento toda mi vida —me dice el alcalde, y yo comprendo que no puedo apartar la mirada.

Comprendo que no quiero hacerlo.

—Ni siquiera lo sabía, Todd —continúa—. Lo único que quería era someter a este planeta y, en caso de fracasar, destruirlo por completo. Si yo no podía tenerlo, nadie más podría.

El ruido que nos rodea es casi inexistente.

—¿Cómo lo consigue? —pregunto.

—Pero estaba equivocado, ¿entiendes? Cuando vi lo que iba a hacer la enfermera Coyle, cuando vi que no había sido capaz de adivinar lo que tenía pensado, pero en cambio tú sí, Todd, y me salvaste... —se detiene y juro que su voz está demasiado llena de emoción para continuar—. Cuando me salvaste, Todd, entonces fue cuando todo cambió. Cuando todo sucedió.

(y el murmullo reluce como un faro dentro de mi cabeza...)

(esa alegría...)

(me siento bien...)

—Podemos convertir este mundo en un lugar mejor —dice—. Tú y yo podemos hacer de él un lugar mejor. Si combinamos tu bondad, todo lo que en ti siente, se duele, se lamenta y se niega a ceder, Todd, con mi capacidad de liderar a los seres humanos, con mi capacidad de controlarlos...

—Ellos no quieren ser controlados —digo.

No puedo dejar de mirarlo a los ojos...

—No se trata de esa clase de control. Es un control pacífico, un control benevolente...

Y la alegría...

La siento...

—Como el que utiliza el líder de los zulaques sobre su propio pueblo —continúa el alcalde—. Ésa es la voz que he estado oyendo. La única voz. Ellos son él, y él es ellos, y así sobreviven, así aprenden y crecen y existen —ahora respira con dificultad. El gel para quemaduras que lleva en la cara hace que parezca que acabara de salir del agua—. Yo puedo ser lo mismo para nuestra gente, Todd, puedo ser su voz. Y tú puedes ayudarme. Puedes ayudarme a ser mejor. Puedes ayudarme a ser bueno.

Y yo pienso…

Podría ayudarlo…

Podría…

(no…)

—Suélteme —digo.

—He sabido que eras especial desde los tiempos de Prentisstown —dice—, pero sólo hoy, al salvarme, me di cuenta exactamente de cuál era la razón.

Me agarra con más fuerza.

—Tú eres mi alma, Todd —la gente que nos rodea se extasía ante lo fuerte que habla y su ruido lo confirma y responde—. Eres mi alma y yo te estaba buscando sin saberlo —sonríe con asombro—. Y te encontré. Te encontré…

En ese momento se oye un sonido distinto que procede del lugar donde termina la gente, un murmullo en el ruido que retumba hacia nosotros desde el extremo más alejado de la plaza.

—Un zulaque —susurra el alcalde, segundos antes de que yo lo vea sorprendentemente claro en el ruido de la multitud.

Un zulaque se acerca por la carretera montado en un unicornio.

—Y también… —continúa el alcalde, frunciendo levemente el ceño e irguiéndose para mirar mejor.

—¿Y también qué? —pregunto.

Pero ahora lo veo también en el ruido de la gente.

El zulaque no está solo.

Hay dos unicornios.

Y entonces lo oigo.

Oigo el sonido que pone el mundo entero patas arriba.

{VIOLA}

Me abro paso entre la gente. Cada vez me importa menos si los piso o los empujo para apartarlos, sobre todo porque la mayoría parece que no se da cuenta. También las mujeres parecen absortas en el momento. Tienen los rostros inundados de la misma y extraña expectación…

—Apártense —digo con los dientes apretados.

Pero ahora me doy cuenta, demasiado tarde, demasiado tarde, de que por supuesto el alcalde se metió en el interior de Todd, por supuesto que sí. Tal vez Todd lo haya cambiado y haya conseguido que sea mejor, no lo dudo; pero el alcalde siempre ha sido más fuerte, siempre ha sido más listo, y cambiar a mejor no significa que vaya a alcanzar nunca la bondad. Él, por supuesto, sí ha cambiado también a Todd. Cómo pude ser tan estúpida para no verlo, para no hablar con él…

Para no salvarlo…

—¡Todd! —grito.

Pero mi intento queda ahogado por una oleada de ruido por parte de la multitud, por las imágenes que llegan del extremo más alejado de la plaza, donde algo está sucediendo, algo que se está transmitiendo a través del ruido de la gente que lo ve, y se está propagando entre la multitud…

El ruido muestra a dos zulaques que se acercan por la carretera.

Dos zulaques montados en sus unicornios. Uno de ellos va sentado en vez de estar plantado sobre el lomo.

Sobresaltada, veo que el que va de pie es el mismo zulaque que me atacó.

Pero no hay tiempo para sentir nada, porque ahora el ruido se corrige a sí mismo.

El zulaque sentado no es un zulaque.

Es un hombre.

Y en el ruido de la multitud, que pasa de una persona a otra como el testigo en una carrera de relevos, lo oigo...

El hombre está cantando...

[TODD]

Se me encoge el estómago y se me corta la respiración. Mis piernas se mueven y forcejeo para separarme del alcalde. Noto las heridas porque él se niega a soltarme...

Pero me voy.

Claro que me voy.

—¡Todd! —me llama a mis espaldas, con la voz conmocionada, afligido al verme salir corriendo.

Pero ya estoy corriendo.

Nada va impedirme que siga haciéndolo.

—¡Apártense! —grito.

Los soldados y los hombres que tengo delante se apartan de mi camino, como si no lo decidieran ellos...

Y es que no lo han decidido...

—¡Todd! —oigo todavía a mis espaldas. Es el alcalde, pero cada vez queda más atrás...

Porque adelante...

Dios mío, no lo creo, no lo creo...

—¡¡¡Apártense!!!

Intento escuchar otra vez el sonido, intento escuchar la canción...

La multitud sigue moviéndose, apartándose como si yo fuera un incendio que hubiera venido a quemarlos vivos.

Y el zulaque también atraviesa el ruido...

Es 1017.

El zulaque es 1017.

—¡No! —grito, y corro todavía más.

No sé lo que significa que 1017 esté ahí.

Pero ahí está en el ruido de la multitud.

Es cada vez más brillante y claro a medida que me acerco.

Mucho más claro de lo que suele ser el ruido.

—¡Todd! —oigo a mis espaldas.

Pero no me detengo.

Porque a medida que me acerco ni siquiera el ruido creciente de la multitud puede impedir que oiga la canción.

Clara como el aire…

Partiendo mi corazón en dos.

La canción, mi canción…

Por la mañana temprano, justo cuando el sol salía…

Mis ojos se humedecen. Cada vez hay menos gente, y el camino que me abren para que yo pueda seguir avanzando se encuentra con el camino que están despejando para el zulaque…

Sólo quedan algunas personas más…

Sólo unas pocas más…

La multitud se aparta.

Y ahí está…

Lo tengo delante de mis ojos…

Tengo que parar…

Tengo que parar porque creo que ni siquiera puedo tenerme en pie…

Y al pronunciar su nombre, apenas me sale un susurro…

Pero él lo oye…

Sé que lo oye…

—Ben.

{VIOLA}

Es Ben.

Lo veo tan claramente en el ruido de la multitud como si estuviera delante de mí. Ahí está el zulaque que intentó matarme, 1017, montado en un unicornio, y Ben lo sigue en otro unicornio. La canción que canta llega con claridad: *Oí a una doncella que llamaba desde el valle...*

Pero su boca no se mueve.

Debe de ser un error del ruido de la gente.

Pero ahí está, acercándose por la carretera. Como aquí nadie lo conoce, debo tratar de ver bien su rostro. Tiene que ser Ben...

Noto que la medicina del alcalde me inunda el organismo y utilizo mi nueva fuerza para apartar a la gente de mi camino todavía con más ímpetu.

En el ruido veo también que el alcalde se lanza hacia delante.

Y que ya Todd ha llegado junto a Ben.

Lo veo como si estuviera allí, con ellos...

Lo siento como si estuviera allí, porque el ruido de Todd se ha abierto. A medida que se aleja del alcalde y se acerca a Ben, su ruido se abre tanto como antes, se abre de asombro y de alegría, y de tanto amor que se hace casi insoportable mirarlo, y sus sentimientos se esparcen entre la multitud como una ola y la gente se tambalea bajo su empuje, se tambalea bajo el sentimiento que Todd transmite...

Y transmite como sólo el alcalde es capaz de hacerlo.

[TODD]

Soy incapaz de decir nada, no puedo. No hay palabras mientras corro hacia Ben, corro dejando atrás a 1017. Ben baja del uni-

cornio y su ruido se eleva para saludarme con todo lo que sé sobre él, desde que yo era un niño pequeño, todo lo que significa
que Ben esté aquí realmente...

Y no lo dice con palabras...

Abre los brazos y me abalanzo sobre él. Chocamos tan fuerte
que caemos contra la bestia en la que iba montado y...

Qué mayor estás, dice.

—¡Ben! —lo llamo, jadeando—. Ay, Dios mío, Ben...

Eres tan alto como yo, dice. *Ya eres todo un hombre.*

Y casi no me doy cuenta de que habla raro porque lo abrazo
con fuerza y tengo los ojos empañados en lágrimas. Además,
apenas puedo hablar al tenerlo aquí, aquí, aquí en carne y hueso,
vivo vivo vivo...

—¿Cómo es posible? —pregunto por fin, separándome un
poco, pero sin dejar de abrazarlo todavía. No puedo decir nada
más, pero él sabe de qué hablo.

Los zulaques me encontraron, contesta. *Davy Prentiss me
disparó...*

—Lo sé —el pecho me pesa. Mi ruido también parece más
pesado, como hace tiempo que no lo sentía. Ben se da cuenta y
dice:

Muéstramelo.

Y lo hago, ahí mismo, antes de poder pronunciar palabra, le
muestro la terrible historia de lo que sucedió después de que lo
dejáramos. Y juraría que él me ayuda a mostrárselo todo. Me
ayuda a mostrarle la muerte de Aaron, la herida de Viola, nuestra
separación, los ataques de la Respuesta, el encintado de los zulaques, el encintado de las mujeres, las muertes de los zulaques...
Miro a 1017, que sigue montado en su unicornio, y le muestro
a Ben todo también sobre ese tema, y todo lo que sucedió después. Cómo Davy Prentiss recuperó su humanidad y luego murió a manos del alcalde y la guerra y más muertes...

Está bien, Todd, dice. Se terminó. La guerra terminó.
Y puedo ver…

Puedo ver que me perdona.

Me perdona por todo. Me dice que ni siquiera necesito ser perdonado, que lo hice lo mejor que pude, que cometí errores, pero que eso es lo que me hace humano, y que lo importante no son los errores que cometí, sino cómo respondí a ellos. Noto que sale de él, noto que sale de su ruido, me dice que ahora ya puedo parar, que todo va a salir bien…

Y me doy cuenta de que no lo dice con palabras. Lo envía directamente al centro de mi cabeza. No, en realidad no; lo que hace es rodearme con lo que dice. Deja que me siente en medio de todo ello, me hace saber que tengo su perdón y la… —me ofrece una palabra que hasta ahora ni siquiera conocía— absolución por su parte, si la deseo. Me da la absolución por todo lo que he hecho…

—Ben, ¿qué está pasando? —pregunto, desconcertado, más que desconcertado—. Tu ruido…

Tenemos que hablar de muchas cosas, dice sin mover la boca. Me siento raro, pero noto que la cordialidad me rodea. Ben está en todas partes, y mi corazón vuelve a abrirse y le devuelvo la sonrisa que me ofrece.

—¿Todd? —oigo a nuestras espaldas.

Ambos nos giramos.

El alcalde está plantado al borde de la multitud, observándonos.

{VIOLA}

—¿Todd? —oigo decir al alcalde cuando me detengo justo a su lado.

Y veo que en efecto se trata de Ben. Es él. No sé cómo pudo pasar, pero es él...

Todd y Ben se dan la vuelta, rodeados por una confusa nube de ruido lleno de felicidad, que se expande sobre todas las cosas, incluso sobre el zulaque que sigue montado en el unicornio. Avanzo hacia Ben con el corazón lleno de emoción.

Pero al pasar miro de reojo el rostro del alcalde.

Y por un instante veo dolor, un dolor fugaz que le atraviesa los rasgos brillantes por el gel contra las quemaduras, pero enseguida desaparece y es sustituido por el rostro que tan bien conocemos, el del alcalde, sorprendido pero inmutable.

—¡Ben! —digo, y él abre los brazos para acogerme. Todd da un paso atrás, pero los sentimientos que emanan de Ben son tan buenos, tan potentes, que al cabo de un instante Todd nos abraza a los dos, y yo me siento tan feliz que me echo a llorar.

—Señor Moore —dice el alcalde desde cierta distancia—. Parece que los informes sobre su muerte eran exagerados.

Como los informes sobre la suya, contesta Ben, pero de una forma rarísima, sin utilizar la boca, usando el ruido del modo más directo que he oído nunca.

—Esto es realmente inesperado —continúa Prentiss, mirando a Todd—. Aunque sea motivo de alegría. De una gran alegría, por supuesto.

Sin embargo, no veo demasiada alegría en su sonrisa.

Pero parece que Todd no se ha dado cuenta.

—¿Qué pasa con tu ruido? —le pregunta a Ben—. ¿Por qué hablas así?

—Se me ocurrió una idea —dice el alcalde.

Pero Todd no lo escucha.

—Lo explicaré todo —afirma Ben, utilizando la boca por primera vez. Su voz suena rasposa y congestionada, como si hiciera siglos que no la usara. *Pero antes déjenme que les diga,* continúa, comunicándose de nuevo a través del ruido, dirigiéndose al alcalde y a toda la multitud que tiene tras él, *que la paz sigue con nosotros. La Tierra todavía la quiere. Un nuevo mundo sigue estando abierto a todos nosotros. Esto es lo que vine a decirles.*

—¿De veras? —pregunta el alcalde, sonriendo con frialdad.

—Entonces, ¿qué hace él aquí? —dice Todd, señalando a 1017—. Intentó matar a Viola. Él no quiere la paz.

El Regreso cometió un error, dice Ben, *por el cual debemos perdonarlo.*

—¿Que hizo qué? —pregunta Todd, perplejo.

1017 ya dirige al unicornio hacia el sendero, sin hacernos caso alguno, y se abre camino entre la muchedumbre para salir de la ciudad.

—Muy bien... —empieza a decir el alcalde, con la sonrisa atascada en el rostro. Ben y Todd se apoyan el uno contra el otro, despidiendo sentimientos en oleadas, oleadas que me hacen sentir estupendamente, a pesar de todas mis preocupaciones—. Muy bien... —repite un poco más fuerte, intentando captar toda nuestra atención—. Me encantaría mucho, muchísimo, oír lo que Ben tiene que explicarnos.

Estoy seguro de ello, David, dice Ben a su extraña manera. *Pero antes debo ponerme al día de muchas cosas con mi hijo.*

El sentimiento de Todd lo inunda todo...

Y no ve el destello de dolor que vuelve a cruzar el rostro del alcalde.

[TODD]

—Pero no lo entiendo —digo, y no por primera vez—. Entonces, ¿esto te convierte en una especie de zulaque?

No, dice Ben, a través de su ruido, pero con una claridad mucho mayor que la del ruido habitual. *Los zulaques hablan con la voz del planeta. Viven en su interior. Y yo, al pasar tanto tiempo inmerso en esa voz, también vivo en ella. He conectado con ellos.*

Y ahí vuelve a aparecer esa palabra «conectar».

Estamos en mi tienda, él y yo solos, con Angharrad atada a la puerta para bloquear la entrada. Sé que el alcalde, Viola y Bradley esperan a que salgamos y les contemos qué diablos está pasando.

Que esperen.

Recuperé a Ben, y no pienso perderlo de vista.

Trago saliva y reflexiono un instante.

—No lo entiendo —repito.

—Creo que éste podría ser el camino para todos nosotros —dice con la boca rugosa y agrietada. Tose y vuelve a soltar el ruido. *Si todos aprendemos a hablar de este modo, no habrá más divisiones entre los zulaques y nosotros, no habrá más divisiones entre los humanos. Éste es el secreto de este planeta, Todd. Una comunicación real y abierta, para que todos podamos comprendernos de una vez por todas.*

Me aclaro la garganta.

—Las mujeres no tienen ruido. ¿Qué pasará con ellas?

Se detiene.

Lo había olvidado, dice. *Hace mucho que no convivo con ellas.* Vuelve a animarse. *Las mujeres zulaques tienen ruido. Y si existe un modo para que los hombres dejen de tener ruido* (me mira), *entonces debe haber un modo para que las mujeres empiecen a tenerlo.*

—Tal como han ido las cosas por aquí, no sé si vas a tener demasiado éxito con este planteamiento.

Permanecemos un minuto callados. Bueno, no callados, porque el ruido de Ben no para de agitarse a nuestro alrededor, tomando mi propio ruido y mezclándolo como si fuera lo más natural del mundo, y a cada instante puedo saber cualquier cosa sobre él. Por ejemplo, que después de que Davy le disparara, cayó gravemente herido entre los matorrales y permaneció allí tirado un día y una noche hasta que una partida de caza zulaque lo encontró. A eso le siguieron meses de ensoñación en los que estuvo prácticamente muerto, meses inmerso en un mundo de voces extrañas, aprendiendo la sabiduría y las historias de los zulaques, aprendiendo nuevos nombres y sentimientos y formas de comprender.

Y entonces despertó y había cambiado.

Pero también seguía siendo Ben.

Yo le cuento, usando lo mejor que puedo mi ruido, que vuelvo a notar más abierto y libre que en muchos meses, todo lo que ha sucedido aquí y cómo sigo sin entender cómo terminé llevando do el mismo uniforme que el alcalde...

Pero lo único que él pregunta es: *¿Por qué no está Viola aquí con nosotros?*

{VIOLA}

—¿No te sientes excluida? —me pregunta el alcalde, que no para de deambular alrededor de la fogata.

—La verdad es que no —contesto, observándolo—. Está con su padre.

—No es su verdadero padre —responde con el ceño fruncido.

—Pues es un padre bastante verdadero.

Él sigue caminando de un lado a otro.

—A no ser que se refiera... —digo.

—Cuando salgan —dice, señalando la tienda donde Ben y Todd siguen hablando y desde la cual oímos y vemos una nube de ruido que gira en remolinos más densos e intrincados que los del ruido habitual—, dile a Todd que venga a buscarme.

Se aleja con el capitán O'Hare y el capitán Tate pisándole los talones.

—¿Qué le pasa? —pregunta Bradley, observándolo.

Es Wilf quien contesta.

—Cree que perdió a su hijo.

—¿Su hijo? —dice Bradley.

—Al alcalde se le ha metido en la cabeza que Todd es el sustituto de Davy —aclaro—. Ya viste cómo le hablaba.

—He oído hablar a la gente —dice Lee, que está sentado al lado de Wilf—. Cuentan que Todd lo ha transformado.

—Pues ahora llegó el verdadero padre de Todd —comunico.

—En el peor momento posible —opina Lee.

—O tal vez en el momento justo —replico.

Se abre la cortina de la tienda y Todd asoma la cabeza.

—¿Viola? —dice.

Me giro para mirarlo.

Y al hacerlo, puedo oír todo lo que está pensando.

Todo.

Más claro que antes, más claro de lo que parece posible.

Y no sé si debo hacerlo, pero lo miro a los ojos y lo veo.

En medio de todos sus sentimientos.

Aunque hayamos discutido.

Aunque haya dudado de él.

Aunque le haya hecho daño.

Veo lo mucho que me quiere.

Y también veo más cosas.

—¿Y qué va a pasar ahora? —pregunta Viola, sentada a mi lado sobre el catre. Le di la mano. No dije nada, sólo se la di, y ella me dejó y estamos sentados juntos.

Que tendremos paz, contesta Ben. *El Cielo me envió para conocer el motivo de la explosión, para ver si la paz todavía es posible.* Sonríe, y vuelve a hacerlo a través de todo su ruido, conectando de tal modo con nosotros que es difícil no sonreír también. *Y es posible. Es lo que el Regreso está explicando ahora mismo al Cielo.*

—¿Qué te hace pensar que 1017 es de fiar? —pregunto—. Atacó a Viola.

Le aprieto la mano.

Y ella aprieta la mía.

Porque lo conozco, dice. *Oigo su voz, oigo el conflicto que habita en ella, oigo el bien que va a llegar. Es como tú, Todd. Incapaz de matar.*

Miro al suelo al oír esto.

—Es mejor que hables con el alcalde —le dice Viola a Ben—. Me parece que no está demasiado contento de que hayas vuelto.

No. Yo también tuve esa impresión, aunque es muy difícil de leer, ¿verdad? Se levanta.

—Pero debe ser consciente de que la guerra terminó —añade, en voz alta, carraspeando un poco.

Nos mira a mí y a Viola, allí sentados. Sonríe otra vez y nos deja en la tienda.

Durante un minuto, no decimos nada.

Y tampoco durante el siguiente minuto.

Luego le cuento lo que llevo pensando desde que vi a Ben.

—Quiero volver a la antigua Prentisstown —dice Todd.

—¿Cómo? —pregunto, sorprendida, aunque ya había visto ese deseo revolviéndose en su ruido.

—Tal vez no precisamente allí. Pero no quiero quedarme aquí.

Me incorporo.

—Todd, quedan muchas cosas por hacer...

—Pero las haremos, y muy pronto —responde sin soltarme la mano—. Las naves llegarán y los colonos se despertarán y se creará una ciudad nueva. Con gente totalmente nueva —desvía la mirada—. Después de vivir en una de ellas durante tanto tiempo, creo que las ciudades no me gustan demasiado.

Ahora que Ben se ha ido, su ruido se está calmando, pero todavía puedo ver cómo se imagina la vida después del convoy, con la vuelta a la normalidad y la gente instalándose de nuevo a lo largo del río.

—Quieres irte —digo.

Vuelve a mirarme.

—Quiero que vengas conmigo. Y también Ben, y Wilf y Jane, tal vez. Y Bradley, si él quiere, y la enfermera Lawson, que es una buena mujer. ¿Por qué no podemos fundar una ciudad? Una ciudad lejos de todo esto —suspira—. Una ciudad lejos del alcalde.

—Pero es preciso vigilarlo...

—Habrá cinco mil personas nuevas que sabrán perfectamente quién es —vuelve a mirar al suelo—. Además, creo que ya he hecho por él todo lo posible. Y estoy cansado.

Lo dice de un modo que hace que me dé cuenta de lo cansada que estoy yo también. Estoy cansada de todo esto, y entiendo que él también lo esté. Al verlo tan quemado y harto, se me hace un nudo en la garganta.

—Quiero irme de aquí —dice—. Y quiero que vengas conmigo.

Nos quedamos en silencio durante un rato muy largo.

—Se metió en tu cabeza, Todd —digo por fin—. Lo vi. Era como si de algún modo estuvieran conectados.

Vuelve a suspirar al oír la palabra «conectados».

—Lo sé. Por eso me quiero ir. Faltó poco, pero no he olvidado quién soy. Ben me recordó todo lo que necesitaba saber. Y sí, también estoy conectado con el alcalde, pero conseguí alejarlo de sus afanes de guerra.

—¿Viste lo que hizo con la multitud?

—Esto está a punto de terminar —dice—. Tendremos paz, él tendrá su victoria y no me necesitará, por mucho que crea que sí. Llegará el convoy, él se las dará de héroe, pero los otros serán muchos más, y nosotros nos largaremos de aquí. ¿Te parece bien?

—Todd...

—Está a punto de terminar —repite—. Puedo aguantar hasta el final.

Entonces me mira de un modo distinto.

Su ruido sigue apaciguándose, pero todavía puedo ver...

Veo cómo aprieta mi mano contra la suya, veo cómo quiere tomarla y llevársela a la boca, cómo desea impregnarse de mi olor y lo guapa que me ve, lo fuerte que me ve después de la enfermedad. Veo cómo desea tocarme ligeramente el cuello, justo ahí, y cómo desea tomarme entre sus brazos y...

—Dios mío —dice, apartando de pronto la mirada—. Viola, lo siento. No quería...

Pero yo le pongo la mano en la nuca...

—¿Viola...?

Me lanzo sobre él...

Y le doy un beso.

Y pienso: «Por fin».

[TODD]

—Estoy completamente de acuerdo —dice el alcalde a Ben.

¿En serio?, pregunta éste, sorprendido.

Nos hemos reunido todos alrededor de la fogata. Viola está sentada a mi lado.

Vuelve a darme la mano.

Me la da como si nunca la fuera a soltar.

—Por supuesto que sí —contesta Prentiss—. Como he dicho tantas veces, mi objetivo es la paz. Es lo que quiero de verdad. Créanlo, aunque sea por su propio interés.

Excelente, entonces, dice Ben. *Celebraremos el consejo tal como estaba planeado. Es decir, si sus heridas le permiten formar parte del mismo.*

Los ojos del alcalde relucen ligeramente.

—¿A qué heridas se refiere, señor Moore?

Se produce un silencio, porque todos vemos el gel para las quemaduras que le cubre el rostro y los vendajes en la nuca y la cabeza.

Pero no, no parece que note herida alguna.

—Mientras tanto —continúa diciendo el alcalde—, hay ciertas cosas que es necesario llevar a cabo de inmediato. Hemos de asegurar ciertas garantías.

—¿Garantías para quién? —pregunta Viola.

—Para la gente del campamento de la montaña, para empezar —contesta—. Es posible que todavía no hayan organizado un Ejército de la Mártir, pero no me sorprendería que la enfermera Coyle hubiera dejado instrucciones a la enfermera Braithwaite por si su plan fracasaba. Alguien tiene que volver y tranquilizar los ánimos.

—Iré yo —se ofrece la enfermera Lawson—. Las enfermeras me harán caso.

—Yo también iré —dice Lee, desviando su ruido de Viola y de mí.

—Y nuestro amigo Wilf los llevará en su carro —añade el alcalde.

Todos levantamos la vista al oír esto.

—Será mejor que los lleve yo en la nave —dice Bradley.

—¿Y pasar toda la noche fuera? —pregunta el alcalde, mirándolo con dureza (y me pregunto si oigo el murmullo...)—. ¿Y no regresar hasta mañana cuando hay una unidad de quemados que sobrepasa en mucho a la que tenemos en la ciudad? Creo que usted debería volver hoy mismo con los zulaques, acompañado de Ben y Viola.

—¿Cómo? —dice Viola—. Acordamos que iríamos mañana...

—Mañana, el cisma que la enfermera Coyle deseaba puede haber tomado mayor fuerza —replica él—. ¿Acaso no sería mucho mejor que tú, la heroína de las primeras conversaciones, volvieras esta noche con los asuntos ya solucionados? ¿Con, por ejemplo, el río fluyendo lentamente por su lecho?

—Quiero ir con Ben —intervengo—. No quiero...

—Lo siento, Todd —dice el alcalde—. De veras que lo siento, pero tienes que quedarte aquí conmigo y asegurarte de que no hago nada censurable.

—No —se opone Viola, alzando la voz a un volumen sorprendente.

—Después de tanto tiempo, ¿ahora te preocupa que se quede conmigo? —le dice el alcalde, sonriendo—. Serán apenas unas horas, Viola, y ahora que la enfermera Coyle ya no está con nosotros, el mérito de haber ganado la guerra recae únicamente en mí. Tengo razones de sobra para comportarme bien, créeme. Es posible que el convoy me corone como rey.

Hay una larga pausa durante la cual todos nos miramos, reflexionando.

Debo decir que todo esto me parece bastante sensato, dice Ben al fin. *Menos la cuestión de la coronación como rey, evidentemente.*

Observo al alcalde cuando todo el mundo empieza a hacer comentarios. Él me devuelve la mirada. Espero ver rabia.

Pero sólo veo tristeza.

Y me doy cuenta...

De que está diciendo adiós.

{VIOLA}

—El ruido de Ben es asombroso —dice Lee mientras le ayudo a subir al carro que los llevará de vuelta a la cima de la montaña.

Decidimos, después de algo más de debate, seguir el plan del alcalde. Bradley, Ben y yo subiremos ahora para hablar con los zulaques. Lee, Wilf y la enfermera Lawson volverán al campamento a calmar la situación. Todd y el alcalde permanecerán en la ciudad para controlar lo que suceda aquí. Y todos intentaremos volver a reunirnos en cuanto podamos.

Todd dice que cree que el alcalde sólo quiere despedirse de él en privado, ahora que Ben ha regresado, y que probablemente sería más peligroso para él no estar aquí. Yo me resistía hasta que Ben le dio la razón, dijo que éstas eran las últimas horas antes de alcanzar la verdadera paz y que la buena influencia de Todd sobre el alcalde sería ahora más necesaria que nunca.

Sin embargo, sigo sintiéndome inquieta.

—Él dice que todos los zulaques hablan así —respondo a Lee—. Que así son los zulaques, así han evolucionado, para integrarse en el planeta a la perfección.

—Y nosotros, sin embargo, no lo hemos conseguido...

—Dice que, si él lo hizo, nosotros también podríamos aprender.

—¿Y las mujeres? —pregunta—. ¿Qué pasará con ellas?

—¿Y el alcalde? Él ya no tiene ruido.

—Todd tampoco —dice Lee, y tiene razón. Cuanto más se aleja de Ben, más silencioso está Todd. Y entonces, en el ruido de Lee, me veo a mí y a Todd en la tienda de campaña, me veo a mí y a Todd...

—¡Oye! —digo, sonrojándome—. ¡Eso no ha pasado!

—Pero pasó algo —murmura—. Estuvieron siglos ahí adentro.

Yo no respondo, me limito a observar cómo Wilf enyuga a los bueyes en la parte frontal del carro y la enfermera Lawson se apresura a preparar las provisiones que va a llevar al campamento.

—Me pidió que me fuera con él —digo al cabo de un minuto.

—¿Cuándo? —pregunta Lee—. ¿Dónde?

—Cuando todo esto termine. Tan pronto como sea posible.

—¿Y lo harás?

No respondo.

—Él te quiere, tonta —dice Lee, amistosamente—. Hasta un ciego podría verlo.

—Lo sé —suspiro, y desvío la vista hacia la fogata junto a la cual Todd ensilla a Angharrad para que Bradley monte en ella.

—Estamos listos —anuncia Wilf, acercándose.

Le doy un abrazo.

—Buena suerte, Wilf —digo—. Hasta mañana.

—Buena suerte para ti también, Viola.

Y abrazo a Lee, que me susurra al oído:

—Cuando te vayas, te extrañaré.

Me separo de él y abrazo incluso a la enfermera Lawson.

—Tienes muy buen aspecto —dice—. Pareces una chica nueva.

Entonces Wilf chasquea las riendas y el carro empieza a avanzar por entre las ruinas de la catedral, rodeando el campanario solitario, que todavía sigue en pie después de tanto tiempo.

Los miro hasta que desaparecen.

Y de pronto un copo de nieve aterriza en la punta de mi nariz.

[TODD]

Sonrío como un bobo y tiendo la mano para pescar los copos a medida que van cayendo. Aterrizan como pequeños cristales perfectos antes de fundirse casi de inmediato en mi palma, donde la piel de las quemaduras sigue estando roja.

—Es la primera vez en años —dice el alcalde, mirando al cielo como todos los demás, mirando los copos de nieve que caen como plumas blancas por todas partes y por todas partes y por todas partes.

—¿Verdad que es increíble? —digo, sonriendo todavía—. ¡Oye, Ben!

Salgo hacia el lugar donde Angharrad está haciendo amistad con el unicornio.

—Espera un momento, Todd —dice el alcalde.

—¿Qué? —respondo con algo de impaciencia, porque tengo muchas más ganas de compartir la nevada con Ben que con él.

—Creo que sé lo que le sucedió —dice, y ambos miramos de nuevo a Ben, que sigue hablando con Angharrad y con el resto de los caballos.

—No le sucedió nada. Sigue siendo Ben.

—¿Tú crees? Los zulaques lo abrieron. No sabemos las consecuencias que eso puede tener en un hombre.

Frunzo el ceño y noto cierta agitación en el estómago. Es rabia.

Pero también hay un poco de miedo.

—Está perfectamente —insisto.

—Lo digo porque me preocupo por ti, Todd —dice, y parece sincero—. Entiendo lo feliz que estás de haberlo recuperado. Lo mucho que significa para ti volver a tener a tu padre.

Me le quedo mirando, intento descifrarlo, disimulando el ruido, y somos como dos piedras que no transmiten nada la una a la otra.

Dos piedras que van cubriéndose lentamente de nieve.

—¿Cree que podría estar en peligro? —pregunto por fin.

—Este planeta es información. La información fluye de una manera continua, incesante. A veces te dan información y otras veces tienes información que te quieren quitar para compartirla con otros. Yo creo que puedes responder a ello de dos maneras. Puedes controlar cuánta información vas a dar al planeta, como hemos hecho tú y yo al cerrar nuestro ruido…

—O puedes abrirte a ella totalmente —concluyo, mirando de nuevo a Ben, que se da cuenta y me sonríe.

—¿Y cuál es la manera adecuada? —continúa el alcalde—. Bueno, eso tendremos que verlo. Pero yo que tú no perdería de vista a Ben. Por su propio bien.

—No tiene que preocuparse por eso. No pienso perderlo de vista durante el resto de su vida.

Y sonrío al decirlo, radiante por la sonrisa que Ben me ha dirigido. Pero al mismo tiempo veo un breve destello en los ojos del alcalde, que ya se desvanece, pero que sigue ahí.

Es un destello de dolor.

Finalmente desaparece.

—Espero que te quedes aquí y no me pierdas de vista tampoco a mí —dice, y ya vuelve a sonreír un poco—. Para mantenerme en el camino recto.

Trago saliva.

—Saldrá adelante con o sin mí.

Ahí está otra vez el dolor.

—Sí —responde—. Espero que sí.

{VIOLA}

—Parece que te hubieras rebozado en harina —le digo a Todd cuando se acerca.

—Tú también —responde él.

Sacudo la cabeza y la nieve cae a mi alrededor. Ya he montado a Bellota y oigo a los caballos que saludan a Todd, sobre todo Angharrad, que se mantiene debajo de Bradley.

Es una belleza, dice Ben a nuestro lado, montado en su unicornio. *Y creo que se ha encaprichado de ti.*

Chico potro, dice Angharrad, agachando la cabeza ante el unicornio y apartando la mirada.

—Sugiero que su primer orden del día sea la confirmación de la paz —dice el alcalde, acercándose—. Expliquen a los zulaques que estamos más comprometidos con la paz que nunca. E intenten obtener de ellos algún acto palpable de inmediato.

—Que liberen el río, por ejemplo —añade Bradley—. Estoy de acuerdo. Necesitamos un gesto así para demostrar que hay motivos para la esperanza.

—Haremos lo posible —digo.

—Estoy seguro de ello, Viola —dice el alcalde—. Nunca has fallado.

Pero no aparta la vista de Todd cuando él y Ben se despiden.

Sólo serán unas horas, oigo decir a Ben, con el ruido brillante, cordial y tranquilizador.

—Ten cuidado —dice Todd—. No pienso perderte por tercera vez.

Eso sería tener muy mala suerte, ¿no crees?, sonríe Ben.

Y se dan un abrazo, cálido y fuerte, como padre e hijo.

Sigo observando el rostro del alcalde.

—Buena suerte —dice Todd, acercándose a mi silla. Baja la voz.

—Piensa en lo que te dije. Piensa en el futuro —sonríe tímidamente—. Ahora que por fin lo tenemos.

—¿Estás seguro del plan? —pregunto—. Porque si quieres puedo quedarme. Bradley puede...

—Ya te lo dije. Creo que sólo quiere despedirse. Por eso es todo tan raro. Es el final.

—¿Seguro que estarás bien?

—Perfectamente. Llevo mucho tiempo controlándolo. Puedo hacerlo un par de horas más.

Volvemos a apretarnos las manos y las mantenemos así un segundo más.

—Lo haré, Todd —susurro—. Iré contigo.

Él no dice nada, sólo me sujeta la mano con más fuerza y se la lleva a la cara como si quisiera olerme.

[TODD]

—La nevada es cada vez más fuerte —señalo.

Viola y Ben llevan ya un rato en el camino y yo observo en la proyección cómo inician el ascenso a la colina de los zulaques. Avanzan lentamente por culpa del mal tiempo. Ella dijo que me llamaría al llegar, pero prefiero comprobar cada paso del trayecto.

—Los copos son demasiado grandes para representar un peligro —dice el alcalde—. En cambio, cuando son pequeños y caen como si fuera lluvia, significa que se acerca una buena tempestad —se limpia la nieve de la manga—. Éstos son como una falsa promesa.

—Sigue siendo nieve —digo, observando los caballos y los unicornios en la lejanía.

—Ven, Todd. Necesito tu ayuda.

—¿Mi ayuda?

Se señala el rostro.

—Por mucho que afirme no tener heridas, el gel para quemaduras me da mayor credibilidad.

—Pero la enfermera Lawson…

—Volvió al campamento de la montaña. Puedes aprovechar para ponerte un poco en las manos. Va muy bien.

Me miro las manos, que empiezan a escocer ahora que pasó el efecto del medicamento.

—De acuerdo —digo.

Nos dirigimos a la nave de reconocimiento, que se encuentra en una esquina de la plaza no lejos de nosotros, subimos la rampa y entramos en la sala de enfermería, donde el alcalde se acuesta en una cama, se quita la chaqueta del uniforme y la dobla a su lado. Empieza a desenrollarse los vendajes de la nuca y el cuello.

—No debería quitárselos. Todavía están frescos.

—Me aprietan —dice—. Me gustaría que me pusieras unos nuevos, un poco más flojos, por favor.

—De acuerdo —suspiro. Reviso los estantes del botiquín y saco algunas vendas para quemaduras, así como un bote de gel para aplicárselo en la cara. Abro los sobres de las vendas, le digo que se incline hacia delante y se las coloco con suavidad sobre la zona horriblemente quemada de la nuca—. No tiene buen aspecto —digo, enrollando con cuidado la venda.

—Peor estaría si no me hubieras salvado, Todd —suspira de alivio cuando la medicina penetra en la quemadura y avanza por su organismo. Se incorpora para que le aplique la crema, mostrándome su cara sonriente, una sonrisa que parece casi triste—.

¿Recuerdas cuando te vendé yo? —pregunta—. Hace ya muchos meses.

—No creo que pueda olvidarlo —digo, esparciendo gel por su frente.

—Creo que ése fue el momento en que nos comprendimos por primera vez. Allí viste que quizá yo no era malo del todo.

—Tal vez —digo, con cuidado, usando dos dedos para ponerle la crema sobre las mejillas enrojecidas.

—Ése fue el momento en que todo comenzó.

—Para mí comenzó muchísimo antes.

—Y ahora eres tú quien me venda. Justo cuando todo se termina.

Me detengo, con las manos todavía en el aire.

—¿Qué se termina?

—Ben regresó, Todd. No ignoro lo que eso significa.

—¿Qué significa? —pregunto, mirándolo con precaución.

Vuelve a sonreír y la tristeza lo inunda todo.

—Todavía puedo leerte —dice—. Nadie más puede, pero nadie más en este planeta es como yo, ¿verdad? Puedo leerte incluso cuando estás tan silencioso como el fondo del mar.

Me separo de él.

—Quieres irte con Ben —continúa, encogiéndose de hombros—. Perfectamente comprensible. Cuando todo termine, quieres llevarte a Ben y a Viola y empezar una nueva vida lejos de aquí —hace una mueca—. Lejos de mí.

No son palabras amenazadoras, en realidad se trata de la despedida que yo esperaba, pero hay una sensación en la sala, una sensación rara...

(y el murmullo...)

(ahora me doy cuenta por primera vez...)

(ha desaparecido totalmente de mi cabeza...)

(y en cierto modo es más espeluznante que su misma presencia…)

—No soy su hijo —digo.

—Podrías haberlo sido —susurra—. ¡Y vaya hijo! Alguien en quien por fin podría haber delegado. Alguien con poder en el ruido.

—Yo no soy como usted —insisto—. Nunca voy a ser como usted.

—No, no lo vas a ser ahora que tu verdadero padre regresó. Por mucho que llevemos uniformes iguales, ¿verdad?

Observo mi uniforme. Tiene razón. Es casi de la misma talla que el suyo.

Entonces gira ligeramente la cabeza y mira detrás de mí.

—Ya puede salir, soldado. Sé que está ahí.

—¿Cómo? —digo, girándome hacia la puerta, a tiempo para ver entrar a Ivan.

—La rampa estaba bajada —se justifica, algo avergonzado—. Sólo quería asegurarme de que no había nadie que no debiera.

—Siempre yendo al lugar donde está el poder, soldado Farrow —dice el alcalde con una sonrisa triste—. Pues bien, me temo que ya no está aquí.

El joven me dirige una mirada nerviosa.

—Entonces ya me voy.

—Sí —dice el alcalde—. Sí, creo que te irás, por fin.

Y alarga tranquilamente la mano hacia la chaqueta del uniforme, que sigue perfectamente doblada sobre la cama, e Ivan y yo nos quedamos plantados viendo cómo mete la mano en un bolsillo, saca una pistola y, sin cambiar la expresión de su cara, dispara a Ivan en la cabeza.

{VIOLA}

Estamos ya en lo alto de la colina cuando lo oímos, nos acercamos al campamento zulaque donde nos esperan el Cielo y 1017 para recibirnos.

Me giro sobre la silla y miro hacia la ciudad.

—¿Fue un disparo? —pregunto.

[TODD]

—¿Se volvió loco? —digo, con las manos en alto, acercándome a la puerta, donde el cuerpo de Ivan está esparciendo sangre por todas partes. No se movió, ni siquiera se inmutó cuando el alcalde le apuntó con el arma, no hizo nada para impedir su propia muerte.

Y sé por qué.

—No puede controlarme —le recuerdo—. No puede. Lucharé contra usted y venceré.

—¿Lo harás, Todd? —susurra—. Detente ahí.

Y me detengo.

Parece que tuviera los pies congelados en el suelo. Sigo con las manos en alto y no voy a ninguna parte.

—Todo este tiempo, ¿de veras pensaste que llevabas las de ganar? —el alcalde se levanta de su cama de enfermo, con el arma en la mano—. Qué ingenuo… —se echa a reír, como si le gustara la ingenuidad—. ¿Sabes una cosa? Así era. Llevabas las de ganar. Cuando te comportabas como un verdadero hijo, hubiera hecho cualquier cosa que me pidieras. Salvé a Viola, salvé esta ciudad, luché por la paz, todo porque tú me lo pediste.

—Atrás —le ordeno, pero mis pies siguen sin moverse. No puedo despegarlos del maldito suelo.

—Y entonces me salvaste la vida, Todd —dice, acercándose todavía más—. Me salvaste a mí, en vez de salvar a aquella mujer, y yo pensé: «Está de mi lado. Está realmente de mi lado. Es todo lo que he deseado en un hijo».

—Déjeme ir —digo, pero ni siquiera puedo taparme los oídos con las manos.

—Y entonces Ben llega a la ciudad —aparece un destello de fuego en su voz—. Justo en el momento en que todo era perfecto. El momento en que tú y yo teníamos el destino del mundo en la palma de la mano —abre la palma como si me mostrara el destino del mundo—. Y todo se fundió como si fuera nieve.

«VIOLA», pienso contra él, directo a su cabeza.

Sonríe.

—No eres tan fuerte como antes, ¿verdad? No es tan fácil cuando no tienes ruido.

Se me cae el alma a los pies al darme cuenta de lo que hizo.

—No fui yo, Todd —me aclara, colocándose justo enfrente de mí—. Lo hiciste tú. Se trata de lo que hiciste tú.

Levanta el arma.

—Me rompiste el corazón, Todd Hewitt. Rompiste el corazón de tu padre.

La culata de la pistola impacta contra mi sien y el mundo se vuelve negro.

El futuro ya está aquí

El Cielo se acerca en su montura cruzando el hielo que cae suavemente de las nubes que nos cubren. Parecen hojas blancas. Están dejando un manto sobre el suelo y cubriéndonos también a nosotros, que seguimos montados en los unicornios.

Es un mensaje de lo que va a venir, muestra el Cielo con alegría. *La señal de un nuevo principio, una limpieza del pasado para poder iniciar un nuevo futuro.*

O tal vez sea sólo el clima, muestro.

Él se echa a reír. *Así es justamente como debe pensar el Cielo. ¿Es el futuro o simplemente el clima?*

Cabalgo hasta el borde de la montaña, desde donde veo con mayor claridad el grupo de tres que atraviesa el último campo vacío antes de la ascensión. Vienen ahora, sin esperar a mañana, ansiosos sin duda por encontrar nuevas señales de paz que calmen la disensión que los está destrozando. El Cielo ya preparó a la Tierra en el lugar donde bloqueamos el río, pues sabemos que pedirán que lo liberemos, lentamente, dejando que prosiga su curso natural.

Nosotros se lo concederemos. Después de negociar, pero se lo concederemos.

¿Cómo sabes que seré el Cielo?, pregunto. *No puedes imponer a la Tierra a quién debe elegir. Lo he visto en sus voces. La Tierra llega a un acuerdo tras la muerte del Cielo.*

Correcto, dice, arropándose con su abrigo de liquen. *Pero no veo que puedan tomar ninguna otra decisión.*

No estoy preparado, muestro. *Sigo enojado con el Claro, pero no puedo matarlo aunque lo merezca.*

¿Y acaso no es el conflicto lo que hace al Cielo?, muestra. *¿Buscar una tercera voz cuando las dos que se ofrecen parecen imposibles? Sólo tú sabes lo que significa cargar con ese peso. Sólo tú has tomado ya esas decisiones.*

Al mirar hacia abajo, veo ahora que a la Fuente la acompañan los del Claro de la vez anterior, el hombre ruidoso de piel oscura...

Y el alma gemela del Cuchillo.

¿Y qué te parece el Cuchillo ahora que lo has vuelto a ver?, pregunta el Cielo.

Porque ahí estaba.

Corrió hacia la Fuente, me vio, pero ni siquiera aminoró el paso. Saludó a la Fuente con tanta alegría, con tanto amor, que estuve a punto de largarme en aquel preciso instante. Y la voz de la Fuente se abrió con tal amplitud con esos mismos sentimientos que se expandió a todos los que los rodeábamos.

Incluyendo al Regreso.

Por un instante, me vi inmerso en aquella alegría, inmerso en aquel amor y aquella felicidad, inmerso en el reencuentro y en la reconexión, y volví a ver al Cuchillo como el Claro defectuoso que era, y cuando la Fuente lo perdonó, cuando le dio su absolución por todo lo que había hecho...

Por todo lo que Todd había hecho...

Sentí que mi voz también le concedía la absolución, sentí que se unía a la de la Fuente y le ofrecía mi propio perdón, que le ofrecía ceder y olvidar todo el mal que me había causado, todo el mal que había causado a nuestro pueblo.

Porque vi en la voz de la Fuente que el Cuchillo se castiga por sus crímenes más de lo que yo podría hacerlo...

Es sólo uno del Claro, muestro al Cielo. *Tan poco extraordinario como cualquier otro.*

No lo es, dice suavemente. *Es tan extraordinario entre ellos como lo es el Regreso entre la Tierra. Y por esa razón no pudiste perdonarlo cuando llegaste. Por esa razón el hecho de que ahora lo perdones, aunque sólo sea a través de la voz de la Fuente...*

No lo perdono por voluntad propia...

Pero viste que es posible. Y eso, en sí mismo, vuelve a indicar que eres extraordinario.

Yo no me siento extraordinario, muestro. *Sólo estoy cansado.*

La paz ha llegado por fin, contesta el Cielo, y me pone la mano sobre el hombro. *Descansarás. Serás feliz.*

Ahora su voz me rodea y yo respiro sorprendido.

El futuro está en la voz del Cielo, un futuro del que pocas veces habla, porque últimamente ha sido tan oscuro...

Pero aquí está, tan reluciente como los copos de hielo que caen.

Un futuro en el que el Claro cumple su palabra y permanece dentro de sus fronteras y en el que la Tierra que ahora nos rodea en la cima de esta montaña puede vivir sin tener que preocuparse por la guerra.

Un futuro en el que el Claro pueda aprender a hablar también con la voz de la Tierra, y la comprensión no sólo sea posible, sino deseada.

Un futuro en el que yo trabaje al lado del Cielo, aprendiendo lo que significa ser un líder.

Un futuro en el que él me guíe y me enseñe.

Un futuro de sol y descanso.

Un futuro sin más muertes.

La mano del Cielo me aprieta el hombro con la máxima ligereza.

El Regreso no tiene padre, muestra. *El Cielo no tiene hijo.*

Y comprendo lo que está diciendo, lo que me está pidiendo.

Él ve mi indecisión...

Si lo perdiera como a mi alma gemela...

Es un futuro posible, muestra con cordialidad. *Puede haber otros.* Alza la mirada. *Y uno de ellos está llegando ahora.*

La Fuente va delante, pero la felicidad y el optimismo de su voz lo preceden. Nos saluda al llegar a la cima. El hombre del Claro va en segundo lugar, Bradley en su idioma, y tiene una voz más fuerte y cruda y de mucho menos alcance que la de la Fuente.

Y finalmente va ella. El alma gemela del Cuchillo.

Viola.

Sube la colina en su montura, que va dejando huellas de cascos en el manto blanco que ha formado el hielo. Tiene un aspecto mucho más saludable que antes, casi parece curada. Por un instante me pregunto cuál es la razón de este cambio, me pregunto si han encontrado la cura para las heridas de las cintas de identificación, pues a mí me sigue escociendo y ardiendo en el brazo...

464

Pero sin tiempo para preguntarlo, sin tiempo para que el Cielo pueda recibirlos adecuadamente, un bang resuena por todo el valle, extrañamente amortiguado bajo el manto blanco.

Un bang inconfundible.

El alma gemela del Cuchillo se gira sobre la silla del caballo.

—¿Fue un disparo? —pregunta.

Enseguida, una nube cubre también la voz de la Fuente y del hombre del Claro.

Y del Cielo.

Es posible que no sea nada, muestra.

—¿Cuándo has visto que no ocurra nada en este lugar? —pregunta el hombre del Claro.

La Fuente se gira hacia el Cielo.

¿Pueden verlo tus ojos?, pregunta. *¿Estamos lo bastante cerca para verlo?*

—¿Qué quieres decir? —pregunta el hombre del Claro—. ¿Para ver qué?

Un momento, dice el Cielo.

El alma gemela del Cuchillo sujeta una pequeña caja que se sacó del bolsillo.

—¿Todd? —dice a la caja—. Todd, ¿estás ahí?

Pero no hay respuesta.

Hasta que todos oímos ese sonido tan familiar...

—¡Es la nave! —exclama el hombre del Claro, girando a su montura para ver mejor el bajel que se alza desde el valle.

—¡Todd! —grita el alma gemela del Cuchillo a la caja de metal.

Pero sigue sin haber respuesta.

¿Qué está pasando?, pregunta el Cielo con voz autoritaria. *Pensábamos que la piloto de la nave había muerto...*

—Así es —dice el hombre del Claro—. Yo soy la única otra persona que sabe pilotarla...

Sin embargo, ahí está, despegando con pesadez desde el centro de la ciudad...

Volando hacia nosotros...

Cada vez más rápido...

—¡Todd! —grita el alma gemela del Cuchillo, presa del pánico—. ¡Respóndeme!

Es Prentiss, muestra la Fuente al Cielo. *Sólo puede ser él.*

—Pero ¿cómo es posible? —pregunta el hombre del Claro.

Ahora eso no tiene importancia, contesta la Fuente. *Si se trata del alcalde...*

Tenemos que huir, termina el Cielo, volviéndose hacia la Tierra y transmitiendo un mensaje inmediato: *huyan y huyan y HUYAN...*

Y llega un sonido de batidora procedente del bajel, que ya está casi encima de nosotros. Es un sonido de batidora que nos hace volver la mirada en plena huida...

El bajel dispara sus armas más poderosas...

Contra nosotros.

EL FIN DEL NUEVO MUNDO

LA BATALLA FINAL

[TODD]

«Despierta, Todd», suena la voz del alcalde por el sistema de comunicación. «Te va a gustar ver esto.»

Gruño y ruedo sobre mí mismo.

Tropiezo con el cadáver de Ivan. Las manchas de su sangre se esparcen por el suelo mientras la nave se tambalea…

Mientras la nave se tambalea…

Alzo la vista hacia los monitores. Estamos en el aire. Estamos en el maldito aire…

—¿Qué demonios…? —grito.

El rostro del alcalde aparece en una de las pantallas.

«¿Qué te parezco como piloto?», dice.

—¿Qué? —pregunto mientras me levanto—. ¿Cómo aprendió…?

«El intercambio de sabiduría, Todd», dice, y lo veo ajustar algunos mandos. «¿No escuchaste nada de lo que te dije? Cuando conectas con la voz, sabes todo lo que ella sabe.»

—Bradley —digo, cayendo en la cuenta—. Conectó con él para aprender a pilotar la nave…

«Exacto», reconoce, y ya está ahí otra vez la sonrisa. «Es sorprendentemente fácil cuando le agarras el truco.»

—¡Vuelva a tierra firme! —grito—. Vuelva a tierra firme ahora mismo...

«¿O qué harás, Todd?», pregunta. «Tomaste tu decisión. La tomaste de una manera clarísima.»

—¡Pero no se trata de elegir! Ben es el único padre que he tenido...

En cuanto lo digo, me doy cuenta de que es lo menos indicado, porque veo que los ojos del alcalde se oscurecen más que nunca, y al hablar parece que la oscuridad más profunda hubiera salido a la superficie y le saliera por la boca.

«Yo también fui tu padre», dice. «Te formé y te enseñé, y hoy no serías quien eres de no ser por mí, Todd Hewitt.»

—No pretendía herirlo. No pretendía herir a nadie...

«Las intenciones no importan, Todd. Sólo los actos. Como éste, por ejemplo...»

Alarga la mano y pulsa un botón azul.

«Mira esto», dice.

—¡No! —grito.

«Mira el fin del Nuevo Mundo.»

Y en las otras pantallas...

Veo dos misiles que salen disparados del lateral de la nave de reconocimiento...

Hacia la cima de la montaña...

Donde está ella...

—¡Viola! —grito—. ¡¡¡Viola!!!

{VIOLA}

No hay lugar adonde ir, ningún sitio donde poder refugiarnos de los misiles que zumban hacia nosotros a una velocidad imposible, como relámpagos de vapor que atraviesan la nieve que sigue cayendo.

«Todd», pienso en una fracción de segundo.

Y entonces se oyen dos estallidos enormes y el ruido zulaque grita y los escombros inundan el aire...

Y...

Y...

Y seguimos aquí...

¿Qué pasó?, pregunta Ben cuando volvemos a levantar la cabeza.

Hay un tajo en el lecho del río y un poco de humo emana del lugar donde impactó el misil, pero...

—No explotó —digo.

—El otro tampoco —dice Bradley, señalando la ladera de la montaña, donde una franja de arbustos y matorrales quedó también arrancada y donde se ve la cubierta del misil hecha pedazos.

Está destrozada por el impacto contra la roca, no porque haya explotado.

—No pueden ser los dos defectuosos —digo. Miro a Bradley, y siento una ráfaga de excitación—. ¡Desconectaste las cabezas explosivas!

—No fui yo —responde, mirando de nuevo a la nave de reconocimiento que se cierne sobre nosotros. Sin duda el alcalde debe de preguntarse también cómo es posible que sigamos aquí—. Fue Simone —dice. Se vuelve hacia mí—. Nunca llegamos a superar el hecho de que yo tuviera ruido. Yo pensaba que había intimado demasiado con la enfermera Coyle, pero... —vuelve a mirar la nave—. Debió de ver el daño potencial —veo cómo se ahoga en el ruido—. Nos salvó.

El Cielo y 1017 también están sorprendidos de que los misiles no hayan matado a nadie.

¿Son ésas las únicas armas de la nave?, pregunta Ben.

Miro al cielo, donde la nave de reconocimiento ya está dando la vuelta.

—Los enganches —digo, cayendo en la cuenta...

«¿Qué demonios…?», gruñe el alcalde.

Observo las pantallas que muestran la cima de la montaña, donde los misiles no explotaron…

Cayeron y eso fue todo, no causaron el mismo daño que si hubiéramos tirado una roca grande.

«¡Todd! ¿Qué sabes de esto?», grita el alcalde a la cámara.

—¡Disparó contra Viola! —le respondo también a gritos—. Su vida no vale nada, ¿me oye? ¡¡¡Nada!!!

Emite otro gruñido y corro a la puerta de la enfermería, pero por supuesto está cerrada con llave. Entonces el suelo da una sacudida porque él acelera la nave. Caigo sobre las camas y resbalo sobre la sangre de Ivan, pero intento no desviar la mirada de las pantallas, intento verla en algún lugar de la montaña…

Con la mano me palpo los bolsillos en busca del comunicador, pero por supuesto me lo quitó…

Entonces empiezo a buscar por toda la habitación, porque Simone solía hablarnos desde la nave. Si el sistema de comunicación llega desde la cabina, tal vez pueda transmitir también al exterior.

Oigo dos zumbidos más.

En las pantallas, otros dos misiles se dirigen a la cima de la montaña, esta vez desde más cerca, y ambos impactan con fuerza contra la multitud de zulaques que huyen por el lecho del río.

Pero sigue sin haber verdaderas explosiones.

«Muy bien, de acuerdo», oigo que dice el alcalde con esa voz contenida que significa que está muy enojado.

Sobrevolamos a los zulaques.

Realmente son muchísimos…

¿Cómo demonios llegamos a pensar que podríamos combatir a un ejército tan gigantesco?

«Tengo entendido que hay otra clase de armas en esta nave», dice el alcalde.

Las pantallas muestran las bombas de racimo que caen sobre los zulaques que huyen…

Caen e impactan contra el suelo, pero tampoco explotan.

«¡¡¡Maldita sea!!!», le oigo gritar.

Me acerco dando tumbos al panel de comunicaciones por el cual emerge la voz del alcalde. Toco la pantalla lateral y aparece una lista de palabras.

«Pues muy bien», dice, furioso, en la pantalla. «Lo haremos a la vieja usanza.»

Veo las palabras de la pantalla y me concentro en ellas, me concentro en todo lo que el alcalde me enseñó.

Y muy lenta, lenta, lentamente, aquellas palabras empiezan a cobrar sentido…

{VIOLA}

—¡Nosotros queremos la paz! —grita Bradley al Cielo, mientras observamos cómo caen las bombas sin causar casi ningún efecto, excepto para los pobres zulaques que están justo debajo—. ¡Esto es obra de un solo hombre!

Pero el ruido del Cielo no contiene palabras, sólo ira, ira por haber sido embaucado, ira por estar en una posición de debilidad, ira por haber propuesto la paz, ira porque lo hemos traicionado.

—¡No es cierto! —grito—. ¡A nosotros también intenta matarnos!

El corazón me explota de preocupación ante lo que el alcalde pueda haberle hecho a Todd.

—¿Pueden ayudarnos? —pregunta Bradley al Cielo—. ¿Pueden ayudarnos a detenerlo?

El Cielo lo mira sorprendido. Los zulaques que tiene detrás siguen corriendo, pero los árboles de la orilla del río empiezan a disfrazar su número a medida que se alejan de la nave de reconocimiento, que ha dejado de lanzar las bombas de racimo desactivadas y planea ominosamente entre la nieve que va cayendo.

—Aquellos objetos que lanzaban fuego —digo—. Lo que disparan con los arcos.

¿Funcionarían contra una nave acorazada?, pregunta el Cielo.

—En gran número, tal vez —dice Bradley—. Siempre que la nave esté a tiro para alcanzarla.

Ahora la nave da la vuelta, planeando aún a la misma altitud, pero oímos un cambio de marcha en los motores.

Bradley mira súbitamente hacia arriba.

—¿Qué está haciendo? —pregunto.

Sacude la cabeza.

—Está cambiando la mezcla del combustible —contesta. Su ruido aumenta de pronto, desconcertado y alarmado, como si recordara algo que queda ligeramente fuera de su alcance.

—Es el último obstáculo para conseguir la paz —le digo al Cielo—. Si pudiéramos detenerlo...

Entonces otro ocuparía su lugar, dice el Cielo. *Ésa ha sido siempre la maldad del Claro.*

—¡Entonces tendremos que trabajar más duro! —digo—. Si pudimos llegar tan lejos a pesar del hombre de la nave, ¿no cree que eso demuestra lo mucho que significa la paz para algunos de nosotros?

El Cielo vuelve a mirar hacia arriba y comprendo sus dudas, veo cómo se dirime entre reconocer que lo que digo es cierto y la verdad distinta que ofrece la nave que sigue colgando del aire...

Además, sabe que vendrán más naves...

El Cielo se vuelve hacia 1017.

Manda un mensaje a través de los Senderos, le dice. *Que todos preparen las armas.*

(1017)

¿Yo?, muestro.

La Tierra tendrá que aprender a escucharte, muestra el Cielo. *Es mejor que empiecen ahora mismo.*

Y me abre la voz y yo transmito sus órdenes en el lenguaje de la Tierra casi antes de saber que lo estoy haciendo.

Dejo que fluya a través de mí, como si yo simplemente fuera un canal...

Fluye y llega a los Senderos, a los soldados y a la Tierra que espera alrededor, y no es mi voz, ni siquiera la voz del Cielo la que habla por mí, sino una voz del Cielo más grande, el Cielo que existe al margen de que un individuo lleve su nombre, el Cielo que la Tierra ha acordado, la voz acumulada de todos nosotros, la voz de la Tierra hablándose a sí misma, la voz que la mantiene con vida, a salvo y dispuesta a encarar el futuro, eso es lo que habla por mí...

Ésa es la voz del Cielo...

Llama a los soldados a la batalla, llama al resto de la Tierra a luchar también, a cargar las bolas de fuego y las armas en los lomos de los unicornios en nuestra hora de necesidad.

Funciona, muestra la Fuente a la gente del Claro. *La ayuda está por llegar...*

Y entonces se oye un sonido sibilante que viene desde arriba y todos miramos.

Una cascada de fuego sale de los motores del bajel...

475

Como sangre de una herida, cae sobre la Tierra y la incendia mientras el humo y el vapor se hinchan en el aire frío, y cuando el bajel empieza a trazar un amplio círculo a nuestro alrededor, el fuego prende y se alza en el suelo en verdaderos muros, quema todo lo que puede quemar: árboles, cabañas escondidas, la Tierra, el mundo...

—Combustible sólido —señala el hombre del Claro.

—Es una trampa mortal —dice el alma gemela del Cuchillo, girando sobre su bestia, que grita alarmada ante las llamas que nos rodean por todas partes.

El bajel se eleva un poco, traza un arco algo más amplio, sigue vertiendo fuego...

Está destruyendo todo a su paso, dice la Fuente. *Está incendiando todo el valle.*

[TODD]

La nave va dando tumbos y yo apenas consigo tenerme en pie frente al panel de comunicaciones.

Las pantallas muestran fuego por todas partes.

—¿Qué está haciendo? —grito, intentando no caer presa del pánico mientras me esfuerzo por descifrar las palabras del panel.

«Un viejo truco de piloto que Bradley había olvidado. Al parecer se lo enseñó su abuelo», dice el alcalde. «Cambias la mezcla del combustible, la oxigenas, y todo empieza a quemar y a quemar y a quemar.»

Miro hacia arriba y veo que nos hemos elevado un poco más, sobrevolamos el límite superior del valle, trazando círculos y vertiendo una lluvia de fuego sobre los árboles. Es un fuego pegajoso y muy caliente, parecido a los fogonazos de los zulaques, y aunque está nevando, los árboles explotan con el calor y lo propagan a otros árboles. El fuego los atraviesa con un zumbido, más rápido de lo que pueden correr los zulaques, y las pantallas muestran un abanico de llamas en expansión masiva que nos sigue mientras volamos y rodea el valle, atrapándolo todo en su interior...

Lo ha incendiado todo.

Vuelvo a mirar a la pantalla del comunicador. Hay una serie de casillas que podría pulsar, pero aún estoy intentando leer la de más arriba. «Rekentes», creo que dice. «Coms rekentes.» Respiro hondo, cierro los ojos, intento aligerar el ruido, intento sentirlo como cuando el alcalde habitaba en él...

«Mira cómo arde el mundo, Todd», me dice el alcalde. «Mira cómo empieza la última batalla.»

«Comunicaciones recientes.» Eso es lo que dice. «Recientes.»

Lo pulso.

«¿Todd?, ¿estás mirando?»

Veo su rostro en la pantalla. Comprendo que él no puede verme. Vuelvo a estudiar el panel de comunicaciones. Hay un círculo rojo en la parte inferior derecha donde dice: «Visores apagados».

Lo leo a la primera.

—Le da igual quién gane, ¿verdad? —digo. Ahora sobrevuela la Nueva Prentiss en círculos, empapa los bosques del norte y del sur con un fuego que sin duda alcanzará la ciudad. De hecho, las llamas ya recorren una hilera de casas de las afueras.

«¿Sabes una cosa, Todd?», dice. «Descubrí que me da igual, sí. ¿No te parece increíble? Mientras se termine... Mientras todo esto termine por fin.»

—Podría haber terminado ya —le recuerdo—. Podríamos haber tenido paz.

Ahora la pantalla muestra una lista de «comunicaciones recientes», supongo, y yo las voy repasando...

«Podríamos haber conseguido la paz juntos, Todd», dice él. «Pero decidiste que eso no era para ti.»

«Com», leo, «com…, comuni…, comunica…»

«Y debo darte las gracias por devolverme a mi verdadero objetivo», continúa.

«Comunicador 1», sí. Eso es lo que dice: «Comunicador 1». Es una lista de comunicadores. Va del uno al seis, aunque no en ese orden. El uno está en lo más alto, luego va el tres (creo que es el tres), luego tal vez el dos, los otros no sé cuáles son…

—Dijo que había cambiado—continúo, sudando al mirar el panel—. Dijo que era un hombre distinto.

«Me equivocaba. Los hombres no pueden transformarse. Siempre seré quien soy. Y tú siempre serás Todd Hewitt. El chico incapaz de matar.»

—Bueno —digo con emoción—, la gente cambia.

El alcalde se echa a reír.

«¿Acaso no me oíste? La gente no cambia, Todd. No cambia.»

La nave se inclina de nuevo para hacer otro pase y prende fuego al mundo bajo nuestros pies, mientras yo sigo pasando las de Caín frente al panel de comunicaciones. No sé qué número es el de Viola, pero si esas comunicaciones son recientes y están por orden, tiene que ser el uno o el tres porque…

«¿Qué tramas ahí adentro, Todd?», pregunta el alcalde.

Y el panel de comunicaciones se queda en blanco.

{VIOLA}

Ahora la nave de reconocimiento es apenas visible entre el humo que se eleva por doquier. De momento estamos a salvo en el rocoso lecho del río, pero no existe posibilidad alguna de salir, porque estamos rodeados de incendios. El alcalde ha sobrevolado todo el

valle, que arde con tanta fuerza que se hace difícil mirarlo directamente...

¿Cómo puede llevar tanto combustible?, pregunta Ben
mientras contemplamos el fuego que se propaga por los bosques
a una velocidad imposible.

—Unas pocas gotas son suficientes para hacer estallar un
puente —explico—. Imagina lo que puede llegar a hacer el depósito entero de un avión.

¿No puedes contactar con el bajel?, me pregunta el Cielo.

Levanto el comunicador.

—No hay respuesta —contesto—. Sigo intentándolo.

*Entonces, como está fuera del alcance de nuestras ar-
mas*, dice el Cielo, cuyo ruido ha tomado una decisión, *sólo hay
una manera de actuar.*

Todos nos le quedamos mirando un instante y comprendemos
lo que quiere decir.

—El río —digo.

Un rugido en el aire nos hace girar.

—¡Vuelve hacia aquí! —grita Bradley.

Y entonces vemos, a través de una zona sin humo, que la nave
de reconocimiento sobrevuela la cima de la montaña, atronando
desde el cielo como si fuera el día del juicio...

Y viene directo hacia nosotros...

[TODD]

Ahora las pantallas no muestran más que fuego, fuego por todas
partes, rodeando el valle, rodeando Nueva Prentiss, arrasando el
campamento de la montaña donde sigue estando Viola, en algún
lugar entre las llamas...

—¡Lo mataré! —grito—. ¿Me oye? ¡¡¡Lo mataré!!!

«Eso espero que hagas por fin, Todd», dice el alcalde, con una extraña sonrisa en el rostro, desde la pantalla que dejó conectada para sí mismo. «Ya esperaste bastante.»

Pero yo ya busco alguna otra manera de contactar con Viola (por favor por favor por favor). El panel de comunicaciones no se abre, pero juraría que vi a la enfermera Lawson haciendo algo en una de las pantallas junto a las camas de los enfermos. Me acerco y pulso una de ellas.

Se enciende al tocarla con un torbellino de palabras.

Y una de ellas es «Comunicación».

«Ahora debo decirte lo que va a pasar, Todd», continúa el alcalde. «Es importante que lo sepas.»

—¡Cállese! —le espeto, pulsando la casilla de «Comunicación» en la pantalla. Aparece otra serie de casillas, y esta vez muchas de ellas comienzan por la palabra «Comunicación». Respiro hondo e intento concentrar mi ruido en el modo de lectura. Si el alcalde es capaz de robar sabiduría, seguro que yo también lo soy.

«Ordené al capitán O'Hare que comande una pequeña fuerza para combatir a los zulaques que inevitablemente atacarán la ciudad», sigue el alcalde. «Evidentemente es una misión suicida, pero el capitán O'Hare siempre ha sido prescindible.»

«Ceintro de comuncaiciones», leo. Entrecierro los ojos y vuelvo a respirar. Por favor por favor por favor. «Ceintro de comunicaiciones.» Respiro hondo por tercera vez y cierro los ojos («Yo soy el Círculo y el Círculo soy yo»). Los vuelvo a abrir. «Centro de comunicaciones.» Ahí está. Eso es lo que dice. Pulso la casilla.

«El capitán Tate ya estará comandando al resto del ejército en dirección al campamento de la Respuesta», sigue diciendo el alcalde, «para aplastar los restos de la rebelión.»

Alzo la mirada.

—¿Cómo?

«Bueno, no podemos arriesgarnos a que esas terroristas me hagan saltar por los aires, ¿no crees?»

—¡Usted es un maldito monstruo!

«Y luego el capitán Tate llevará el ejército hacia la costa.»

Ahora sí que me quedé de piedra.

—¿La costa?

«Donde libraremos la batalla final, Todd», me explica, y veo que está sonriendo. «El océano a nuestra espalda, el enemigo al frente. ¿Qué mejor guerra podríamos pedir? Sin otra opción que luchar y morir.»

Vuelvo a concentrarme en la pantalla de comunicaciones.

Y ahí está. «Comunicaciones recientes.» Lo pulso. Aparecen más casillas.

—Pero lo primero es la muerte del líder de los zulaques —continúa el alcalde—. Y lamento decirte que eso significa la muerte de todos los que estén cerca de él.

Vuelvo a mirar. Nos acercamos al borde de la montaña, la sobrevolamos y bajamos hacia el lecho seco del río por donde huyen los zulaques…

Hacia Viola…

A quien ahora veo en las pantallas…

Veo que sigue montada en Bellota, con Bradley y Ben a su lado, el líder de los zulaques está detrás de ellos, urgiéndolos a huir…

—¡¡¡No!!! —grito—. ¡¡¡No!!!

«Me sabrá mal perderla», dice el alcalde, mientras la nave se abalanza sobre ellos, dejando un rastro de fuego. «Pero perder a Ben no me importa tanto, tengo que reconocerlo.»

Pulso el botón superior de la pantalla de comunicación, el que indica «Comunicador 1» y grito:

—¡¡¡Viola!!! —mi voz se rompe con el volumen—: ¡Viola!

Pero por las pantallas veo que ya estamos encima de ellos…

El Cielo hace girar bruscamente a su unicornio, acorrala a las bestias del Claro y las aparta de la trayectoria del bajel, dirigiéndolas hacia los árboles que arden a la orilla del río...

Pero las bestias del Claro se resisten...

¡Fuego!, oigo que gritan con gran violencia. *¡Fuego!*

¡Que viene el bajel!, muestro, no sólo al Cielo, sino a la Tierra que me rodea, irradiando la advertencia en todas direcciones, y tiro de mi propia bestia hacia los árboles en llamas, donde hay un pequeño rincón que podríamos utilizar como refugio...

¡Vamos!, oigo gritar al Cielo, y mi unicornio obedece. Se revuelve hacia el fuego y las bestias del Claro hacen lo mismo. Y ahí va la Fuente, el hombre del Claro y el alma gemela del Cuchillo...

Ben, Bradley y Viola.

Ahora sus bestias corren hacia mí, hacia el pequeño espacio que queda entre los árboles que arden, donde no podremos permanecer mucho tiempo, pero que tal vez nos sirva para esquivar al bajel que sigue bajando con un estruendo infernal.

A nuestro alrededor el horror de la Tierra me atraviesa, su miedo, sus muertes. Siento más allá de los que veo, más allá de los que corren junto a mi unicornio enloquecido. Los siento a todos, siento a los soldados que permanecen al norte del valle y a los soldados del sur, que intentan salvarse en un bosque donde se quema hasta el último árbol, donde el fuego sigue brincando de rama en rama, a pesar del hielo que continúa cayendo, brincando más deprisa de lo que nadie puede correr, y siento también a la Tierra de río arriba, lejos de este infierno, que observa cómo asciende por el valle en su dirección, alcanzando ya a algunos de los que huyen, y lo veo todo, lo veo a través de los ojos de cada uno de la Tierra.

Veo los ojos de este planeta, que contemplan cómo arde...

Y yo también ardo...

—¡Deprisa! —oigo gritar al alma gemela del Cuchillo.

Me giro de nuevo y veo que grita al Cielo, cuyo unicornio se quedó un poco rezagado, pues el Cielo no para de dar órdenes a la Tierra para salvarla.

El bajel pasa justo por encima.

Lanza una lluvia de fuego sobre el lecho del río.

Los ojos del Cielo se encuentran con los míos a través del humo, el fuego y el hielo que cae...

No, muestro.

¡No!

El Cielo desaparece en un muro de llamas...

{VIOLA}

Los caballos saltan hacia delante mientras el muro de llamas *ARRASA* el lecho del río a nuestras espaldas.

A duras penas hay lugar donde refugiarse, los árboles que tenemos delante están en llamas y las rocas de la ladera también están ardiendo, incluso los copos de nieve se evaporan en medio del aire, dejando pequeños hilos de vapor en el lugar donde colgaban. Nos hemos alejado del lugar del primer ataque, pero si la nave regresa no tenemos escapatoria, no hay ningún sitio adonde ir...

—¡Viola! —grita Bradley.

Angharrad topa contra Bellota y se saludan con relinchos aterrorizados.

—¡¿Cómo vamos a salir de aquí?! —digo, tosiendo a causa del humo, y al girarme veo una pared de fuego de diez metros de alto que incendia el lecho del río donde estábamos hace un segundo.

—¿Dónde está el Cielo? —pregunta Bradley.

Nos giramos para mirar a Ben y me doy cuenta por primera vez de que no oímos su ruido, que lo concentra lejos de nosotros, que todos los zulaques cercanos se han detenido también, como si estuvieran congelados. Es una visión espeluznante en medio de este infierno, del que no hay escapatoria posible...

—¿Ben? —digo.

Pero él mira fijamente al muro de fuego del lecho del río.

Y entonces lo oímos.

Un sonido rasgado, como si el aire se hubiera partido en dos, que llega desde atrás.

1017...

Bajó del unicornio.

Corre hacia las llamas, que disminuyen sobre la roca pelada dejando montones de ceniza.

Como en el campo de batalla cuando los zulaques dispararon las bolas de fuego...

Pero esta vez sólo son dos...

1017 corre hacia ellos, y su ruido emite el sonido más horrible, más lleno de ira y dolor que he oído en toda mi vida.

Corre hacia los cadáveres ennegrecidos del Cielo y su unicornio...

(1017)

Corro...

Sin pensar en nada...

Sin sonido alguno en mi voz, excepto un aullido que apenas soy capaz de oír.

Un aullido que exige que el Cielo nos sea devuelto.

Un aullido que se niega a creer lo que vi, se niega a aceptar lo que ocurrió.

Soy vagamente consciente del Claro y de la Fuente cuando paso de largo a su lado.

Soy vagamente consciente del rugido que se forma en mis oídos, en mi cabeza, en mi corazón.

En mi voz...

Las piedras del lecho del río siguen ardiendo, pero el fuego se va desvaneciendo a medida que me aproximo, de modo que este ataque fue un fracaso si tenía como objetivo incendiar más cosas.

Pero no fue ningún fracaso porque claramente tenía un único objetivo...

Me lanzo hacia las llamas, noto cómo me chamuscan la piel, algunas piedras están rojas como las brasas.

Pero no me importa...

Llego al lugar donde el Cielo montaba su bestia.

Llego al punto donde cayó sobre las piedras.

Donde él y su bestia siguen ardiendo...

Y golpeo las llamas, intento apagarlas con las manos desnudas, y el aullido aumenta, me sobrepasa, sale de mí, al mundo, a la Tierra, tratando de borrar todo lo que ha sucedido...

Tomo al Cielo por debajo de los brazos en llamas y lo arranco de la montura en llamas...

Y muestro en voz alta:

¡No!

Mi piel se quema al tocar las rocas, mi propio liquen arde por el calor...

¡NO!

No es más que un peso muerto en mis brazos...

Y...

Y...

Y entonces lo oigo...

Me quedo helado...

Incapaz de moverme...

El cuerpo del Cielo está en mis manos...

Pero su voz...

Salió de su cuerpo...

Se detiene en el aire mientras deja atrás el cuerpo...

Pero apunta hacia mí...

Y muestra...

El Cielo...

Me muestra: *El Cielo*...

Luego desaparece...

Y al cabo de un instante, las oigo...

Oigo las voces de toda la Tierra.

Todas están heladas.

Heladas, a pesar de que muchos estamos ardiendo.

Heladas, a pesar de que muchos estamos muriendo.

Heladas como yo, que sujeto el cuerpo del Cielo...

Pero ya no es el cuerpo del Cielo.

El Cielo, oigo.

Ahora quien habla es la Tierra.

La voz de la Tierra, hermanada.

El Cielo es la voz de la Tierra y por un instante queda cortada, liberada de sí misma, perdida y lanzada al mundo, sin una boca que la pronuncie.

Pero sólo por un instante...

El Cielo, oigo.

Es la Tierra la que me habla.

Su voz entra en mí.

Su sabiduría entra en mí, la sabiduría de toda la Tierra, de todos los Cielos que en el mundo han sido.

Su lenguaje entra en mí también de una sola ráfaga, de un modo que ahora comprendo que siempre he intentado evitar. Siempre he querido mantenerme al margen, pero en un instante lo sé todo.

Los conozco a todos.

Nos conozco a todos.

Y sé que fue él.

Él me lo pasó.

La Tierra elige al Cielo.

Pero en tiempo de guerra no debe haber demora.

El Cielo, dijo a la Tierra al morir.

Y *el Cielo*, me dice la Tierra.

Y yo respondo.

Respondo: *la Tierra...*

Y me levanto, dejando atrás al Cielo. El dolor tendrá que esperar...

Porque la carga recae sobre mí de inmediato...

La Tierra está en peligro.

Y el bien de la Tierra debe ser lo primero.

De modo que sólo puedo hacer una cosa.

Me vuelvo hacia la Tierra, hacia la Fuente, que también me llama *el Cielo*, hacia el hombre del Claro y el alma gemela del Cuchillo, con todos los ojos fijos en mí, con todas las voces fijas en mí...

Yo soy el Cielo...

Yo hablo el lenguaje de la Tierra...

(pero mi propia voz está también ahí...)

(mi propia voz, llena de rabia...)

Y digo a la Tierra que libere toda el agua del río...

De inmediato...

—¡Destruirá la ciudad! —exclama Bradley, antes incluso de que Ben nos cuente lo que está pasando.

Porque lo vimos en el ruido que nos rodea, vemos a 1017 que ordena que liberen el río.

—Sigue habiendo personas inocentes ahí abajo —dice Bradley—. ¡La fuerza de un río contenido tanto tiempo los borrará del mapa!

Ya está hecho, dice Ben. *El Cielo ha hablado y ya han comenzado...*

—¿El Cielo? —digo.

El nuevo Cielo, replica él, y mira detrás de nosotros.

Nos giramos. 1017 emerge de las rocas en llamas del lecho del río, entre la neblina resplandeciente, con una expresión distinta a la de antes.

—¿Él es el nuevo Cielo? —pregunta Bradley.

—Mierda —digo.

Hablaré con él, muestra Ben. *Intentaré convencerlo para que haga lo correcto, pero no puedo impedir que el río baje...*

—Tenemos que avisar a la ciudad —dice Bradley—. ¿Cuánto tiempo nos queda?

Los ojos de Ben se desenfocan por un instante y en su ruido vemos las presas de los zulaques que retienen una cantidad ingente de agua, acumulada en el llano donde Todd y yo vimos aquella vez una manada de criaturas que se gritaban **AQUÍ** las unas a las otras, de horizonte a horizonte, pero ahora está todo lleno de agua, como un mar interior. *Está bastante lejos*, dice Ben. *Y liberarlo conllevará bastante trabajo*. Parpadea. *Veinte minutos, como máximo*.

—¡No es suficiente! —exclama Bradley.

Es todo lo que tienes, responde Ben.

—Ben... —digo.

Todd está en la nave, dice, mirándome a los ojos, y parece que su ruido me penetra. Lo oigo de un modo en que nunca había oído a nadie en este planeta. *Todd está en la nave y sigue luchando por ti, Viola.*

—¿Cómo lo sabes?

Oigo su voz, contesta.

—¿Qué?

No claramente, continúa, tan sorprendido como yo, *nada específico, pero lo noto ahí arriba. Noté a todo el mundo cuando elegíamos al Cielo.* Se le agrandan los ojos. *Y oí a Todd. Oí cómo luchaba por ti.* Se acerca un poco más, montado en el unicornio. *Tienes que luchar por él.*

—Pero los zulaques están muriendo. Y la gente de la ciudad...

Si luchas por él, luchas por todos nosotros.

—Pero la guerra no puede ser algo personal —digo, en tono casi suplicante.

Si se trata de la persona que acabará con la guerra, contesta él, *deja de ser personal, es universal.*

—Tenemos que irnos —dice Bradley—. ¡Ahora mismo!

Me tomo un último segundo y asiento mirando a Ben, luego damos la vuelta a los caballos en busca de un camino seguro para atravesar el fuego.

Pero vemos que 1017 se interpone en nuestro camino.

—Déjanos ir —le pide Bradley—. El hombre de la nave es enemigo de todos nosotros. Es enemigo de cada criatura de este planeta.

Y como si lo estuviera esperando, oímos el rugido de la nave de reconocimiento que regresa hacia aquí, dispuesta a hacer otra pasada.

—Por favor —suplico.

Pero 1017 nos mantiene ahí.

Y nos veo en su ruido.

Nos veo muriendo en su ruido.

No, dice Ben, avanzando a lomos del unicornio. *No hay tiempo para venganzas. Debes apartar a la Tierra del río.*

Pero todos vemos que 1017 se está debatiendo, vemos el ruido que se retuerce, que desea venganza y que desea también salvar a su gente.

—Un momento —digo. Acabo de acordarme de algo.

Me levanto la manga y descubro la cinta metálica, que tiene un color rosado, se está curando, ya no me está matando, pero quedará ahí para siempre…

Noto la sorpresa en el ruido de 1017, pero sigue sin moverse.

—Odio al hombre que mató a tu Cielo tanto como tú —digo—. Haré cualquier cosa por detenerlo.

Nos observa un instante más, con el fuego ardiendo a nuestro alrededor y la nave de reconocimiento que se acerca por el valle…

Vayan, dice. *Antes de que el Cielo cambie de opinión.*

[TODD]

—¡Viola! —grito, pero el comunicador 1 y el comunicador 3 siguen sin obtener respuesta mientras noto que el suelo se tambalea bajo mis pies. Miro las pantallas y veo que estamos dando la vuelta después de haber incendiado completamente el lecho del río.

Pero hay demasiado humo y no veo ni a Viola ni a Ben…

(por favor por favor por favor…)

«Fíjate en los zulaques, Todd, ni siquiera corren», dice, intrigado, el alcalde por el comunicador.

Lo mataré, maldita sea, lo mataré…

Entonces pienso que detenerlo es lo que quiero, lo que deseo más que ninguna otra cosa, y si todo se reduce a desear…

«Detenga el ataque», pienso, concentrándome con todas mis fuerzas, pese a las sacudidas que da la nave, tratando de encontrarlo en la cabina. «Detenga el ataque y aterrice.»

«¿Eres tú a quién oigo llamar a mi puerta, Todd?», se burla.

Y se produce un fogonazo en el centro de mi cabeza, un fogonazo de dolor blanco y ardiente y de unas palabras que el alcalde ha usado desde el principio conmigo: NO ERES NADA NO ERES NADA NO ERES NADA, y caigo hacia atrás, con los ojos borrosos y los pensamientos hechos un lío…

«De todos modos, no era necesario que lo intentaras», dice el alcalde. «Al parecer, nuestra Viola sobrevivió.»

Parpadeo ante las pantallas y veo que volamos hacia dos figuras a caballo, una de ellas es Viola…

(gracias a Dios gracias a Dios…)

Cabalgan hacia la falda de la montaña con un ímpetu furioso, esquivando el fuego cuando pueden, saltando por encima cuando es imposible…

«No te preocupes, Todd, aquí ya terminé el trabajo. Si no estoy equivocado, el río bajará en breve y nosotros esperaremos nuestro destino a la orilla del océano.»

Sigo respirando con dificultad, pero vuelvo a abalanzarme sobre el panel de comunicaciones.

Tal vez mi comunicación era el comunicador 1 y el número 3 era la enfermera Coyle…

Alargo la mano y pulso el comunicador 2.

—¿Viola? —digo.

Y aparece en la pantalla, diminuta a lomos de Bellota, en el instante en que alcanzan la base de la montaña en llamas y se lanzan hacia el camino abrupto de más abajo…

Veo su expresión de sorpresa, veo que Bellota y ella se detienen bruscamente, veo cómo mete la mano en el interior del abrigo.

«¿Todd?», oigo con una claridad absoluta.

«¿Qué fue eso?», pregunta el alcalde.

Pero yo sigo pulsando el botón.

—¡La costa, Viola! —grito—. ¡Vamos a la costa!

Y me golpea un nuevo estallido de ruido...

{VIOLA}

—¡¿La costa?! —grito al comunicador—. Todd, ¿qué quieres decir...?

—¡Miren! —grita Bradley, que bajó un poco más por la carretera zigzagueante destrozada a lomos de Angharrad. Señala la nave de reconocimiento.

Se precipita por el valle y se aleja de nosotros en dirección este. En dirección a la costa...

—¿Todd? —repito, pero no hay respuesta del comunicador—. ¡¿Todd?!

—Viola, tenemos que irnos —dice Bradley, y arrea a Angharrad colina abajo. El comunicador sigue sin emitir sonido alguno, pero Bradley tiene razón. Se acerca un muro de agua y tenemos que advertir de ello a quienes podamos.

Aunque, cuando Bellota se lanza de nuevo colina abajo, soy muy consciente de que probablemente vamos a poder salvar muy pocas vidas...

Tal vez ni siquiera las nuestras...

[TODD]

Suelto un gruñido y me levanto como puedo del suelo, donde caí tras tropezar con el cadáver de Ivan. Vuelvo a mirar las pantallas pero ahora no reconozco nada, ni siquiera hay incendios, sólo árboles y colinas verdes a nuestros pies.

Entonces, nos dirigimos a la costa.

Para terminar con todo esto…

Me limpio la sangre de Ivan de la chaqueta, del estúpido uniforme idéntico al del alcalde, y la sola idea de que tengamos el mismo aspecto me llena de vergüenza.

«¿Has visto alguna vez el mar, Todd?», me pregunta.

Y no puedo evitar mirarlo.

Porque ahí está.

El mar…

Por un segundo, no puedo dejar de mirarlo…

De repente, llena todas las pantallas, las llena y las llena y las llena, un tramo de agua tan enorme que no tiene fin, apenas una playa al principio, cubierta de arena y de nieve, y luego el agua interminable que se funde con el horizonte nuboso…

Me marea tanto que tengo que apartar la vista.

Vuelvo a la pantalla del comunicador desde la cual conseguí contactar con Viola durante un segundo, pero por supuesto está apagada, el alcalde cerró todo lo que pueda utilizar para hablar con ella.

Ahora estamos los dos solos, volando hacia el mar.

Él y yo solos para el ajuste de cuentas definitivo.

Fue por Viola. Fue por Ben. Si los incendios no los mataron, tal vez lo haga la inundación, de modo que sí, habrá un maldito ajuste de cuentas.

Por supuesto que sí.

Empiezo a pensar en su nombre. Empiezo a pensar en él con fuerza, para practicarlo, para calentarlo en mi mente, en mi ruido…

Noto la ira, la preocupación que siento por ella.

Tal vez sea más difícil luchar ahora que acalló mi ruido, pero si él todavía puede golpearme con el suyo, seguro que yo también puedo.

«Viola», pienso.

«VIOLA...»

(EL CIELO)

La Tierra debe atravesar el fuego para salvarse. Debo hacer que escale las colinas en llamas del valle, que supere los árboles que arden, que cruce las cabañas secretas que se derrumban y estallan, que pase grandes peligros para escapar de un peligro todavía mayor que ya baja por el lecho del río.

Un peligro mayor provocado por mí.

Un peligro mayor que el Cielo consideraba necesario.

Porque éstas son las decisiones del Cielo, éstas son las decisiones que el Cielo debe tomar por el bien de la Tierra. El fuego nos matará a miles si dejamos que siga ardiendo el bosque, miles de nosotros podríamos morir también durante la huida.

Pero, si lo segundo sucede, nos llevaremos por delante a cientos del Claro...

No, oigo que muestra la Fuente, que asciende la cuesta empinada detrás de mí. Montados en nuestros unicornios, intentamos encontrar un camino entre las llamas para alejarnos al máximo del lecho del río antes de que el agua golpee. Los unicornios sufren al avanzar, pero debemos seguir espoleándolos, confiando en que la coraza los salve.

El Cielo no puede pensar así, muestra la Fuente. *La guerra contra el Claro sólo servirá para destruir a la Tierra. La paz todavía es posible.*

Me vuelvo hacia él desde el lugar donde estoy plantado sobre mi montura y lo miro, cabalga sentado a la manera de los hombres.

¿Paz?, muestro, indignado. *¿Esperas paz después de lo que han hecho?*

Después de lo que uno de ellos hizo, contesta. *La paz no sólo es posible, es vital para nuestro futuro.*

¿Nuestro futuro?

Él ignora mi pregunta.

La única alternativa es la destrucción mutua y absoluta.

¿Y cuál sería el problema de ser así?

Pero su voz ya resplandece de ira.

Ésa no es una pregunta digna del Cielo, muestro.

¿Y qué sabes tú del Cielo?, pregunto. *¿Qué sabes tú de cualquiera de nosotros? Has hablado con nuestra voz durante una fracción de tu vida. Tú no eres de los nuestros. Nunca serás de los nuestros.*

Mientras haya un ellos y un nosotros, responde, *la Tierra nunca estará segura.*

No contesto, pero la voz de la Tierra llama desde el oeste del valle, advirtiéndonos. Nuestras monturas escalan todavía más deprisa. Miro el valle de más arriba, a través de los copos de hielo que siguen cayendo, a través de las llamas que arden a ambos lados y del humo que se eleva hacia las nubes.

Del lecho del río llega un banco de niebla vaporosa, que corre por delante del agua como el silbido precede a la flecha.

Ahí viene, muestro.

La niebla nos alcanza y cubre el mundo con un manto blanco.

Miro a la Fuente por última vez...

Y entonces abro la voz.

La abro a toda la Tierra que pueda oírla, busco a los Senderos para que puedan transmitirla, hasta que sé que estoy hablando en efecto a toda la Tierra, a todas partes...

Oigo ecos de la primera orden que mandé, la orden de preparar las armas...

Está en espera, como un destino que hay que cumplir...

Tomo la orden en mi voz y la transmito de nuevo, la envío aún más lejos que antes...

Prepárense, digo a la Tierra.

Prepárense para la guerra.

¡¡¡No!!!, grita la Fuente una vez más.

Pero sus palabras se pierden cuando un muro de agua alto como una ciudad irrumpe en el valle a nuestros pies, engulléndolo todo a su paso.

{VIOLA}

Cabalgamos por la carretera hasta llegar a la ciudad. Bellota galopa tan deprisa que me cuesta mantener el equilibrio, agarrada a su crin.

Chica potro aguanta, me dice, y acelera todavía más.

Bradley va delante de mí a lomos de Angharrad, la nieve que cae nos da latigazos al atravesarla. Nos acercamos rápidamente a las afueras de la ciudad, donde la carretera se encuentra con las primeras casas.

¿Qué demonios...?, oigo gritar a Bradley en su ruido...

Un pequeño grupo de soldados desfila por la carretera. Van en formación, comandados por el capitán O'Hare, con las armas en alto y una aprensión creciente en su ruido, como el humo que se eleva en los horizontes del norte y del sur.

—¡¡¡Den la vuelta!!! —grita Bradley cuando nos acercamos a ellos—. ¡Tienen que dar la vuelta!

O'Hare se detiene, con el ruido desconcertado, y los hombres que lo siguen hacen lo mismo. Los alcanzamos y los caballos patinan al pararse.

—Se acerca un ataque de los zulaques —nos dice el capitán O'Hare—. Tengo órdenes...

—¡Soltaron el río! —grito.

—¡Hay que subir a un terreno más alto! —grita Bradley—. Debemos avisar a la gente de la ciudad...

—La mayoría se fue ya —nos informa O'Hare, con el ruido al rojo vivo—. Siguen al ejército carretera arriba a toda marcha.

—¿Cómo? —exclamo.

El hombre está cada vez más furioso.

—Él lo sabía —dice—. Sabía que era un suicidio.

—¿Por qué va todo el mundo carretera arriba? —exijo saber.

—Se dirigen al campamento de las enfermeras para asegurarlo —contesta. Su voz está llena de amargura.

En un destello de ruido vemos lo que significa «asegurar».

Pienso en Lee, que está en el campamento. Pienso en Lee, incapaz de ver.

—¡Bradley! —grito, chasqueando de nuevo las riendas de Bellota.

—¡Lleve a sus hombres a un terreno más elevado! —grita Bradley mientras rodeamos a los soldados y nos lanzamos de nuevo por la carretera—. ¡Salve al máximo de personas posible!

Pero entonces oímos el rugido.

No es el RUGIDO de ruido de un grupo de hombres.

Es el rugido y el estallido del río.

Miramos atrás...

Y vemos que un muro de agua extraordinariamente enorme arrasa la cima de la montaña.

[TODD]

Las pantallas cambian. El mar desaparece y es el turno de las sondas de la ciudad. El alcalde apuntó una de ellas directamente a la cascada vacía.

«Ahí viene, Todd», dice.

—¿Viola? —suspiro de manera frenética, tratando de encontrarla en las pantallas, intentando desesperadamente ver si alguna de las sondas vigila cómo cabalga hacia la ciudad.

Pero no veo nada.

Sólo veo el enorme muro de agua que sale disparado por encima de la montaña, empujando ante él una nube de niebla y vapor del tamaño de una ciudad.

—Viola —susurro de nuevo.

«Ahí está», repite él.

Y cambia a una vista de la sonda que la muestra a ella y a Bradley montando sus caballos, corriendo para salvar la vida por la carretera que lleva a la ciudad.

También hay personas que corren, pero es imposible que puedan correr más que el agua que impacta contra el fondo de las cascadas y se lanza hacia delante, a través de nubes de vapor y niebla.

Es una ola que va directamente a la ciudad.

—Más deprisa, Viola —susurro, acercando el rostro a la pantalla—. Más deprisa.

{VIOLA}

—¡Más deprisa! —grita Bradley delante de mí.

Pero apenas puedo oírlo.

El rugido del agua a nuestras espaldas es literalmente ensordecedor.

—¡¡¡Más deprisa!!! —vuelve a gritar él, mirando atrás.

Yo también miro atrás.

Dios mío...

Es casi algo sólido, un muro blanco y sólido de agua embravecida, más alto que el edificio más alto de Nueva Prentiss, que se abre paso violentamente por el valle del río, borrando al instante el campo de batalla de la falda de la colina y rugiendo hacia delante, devorando todo lo que encuentra a su paso.

—¡Vamos! —grito a Bellota—. ¡¡¡Vamos!!!

Noto el terror que le recorre el organismo. Sabe perfectamente lo que nos persigue, la oleada que ya destruyó las primeras casas de Nueva Prentiss y sin duda también al capitán O'Hare y a todos sus hombres...

Hay más personas que salen gritando de las casas y corren hacia las colinas del sur, pero están demasiado lejos para alcanzarlas... Todas esas personas van a morir.

Me giro y, de puro miedo, vuelvo a espolear a Bellota con los tobillos. Echa espuma por la boca a causa del esfuerzo.

—¡Vamos, pequeño! —le digo entre las orejas—. ¡Vamos!

Pero él no responde, sólo corre y corre. Pasamos la plaza y dejamos atrás la catedral, y cuando llegamos a la carretera que sale de la ciudad, miro atrás y veo que el muro de agua impacta contra los edificios del extremo más lejano de la plaza.

—¡No vamos a conseguirlo! —grito a Bradley.

Me mira y luego mira detrás de mí.

La expresión de su cara me dice que tengo razón.

[TODD]

Con el rabillo del ojo veo una pantalla que muestra que estamos aterrizando en la orilla, y hay nieve y arena y agua sin fin. Las olas rompen contra la costa y unas sombras oscuras las cruzan bajo la superficie.

Pero mi atención está puesta en la sonda que sigue a Viola y a Bradley.

Los sigue mientras atraviesan la plaza hasta salir de la ciudad por la carretera, tras sobrepasar a la gente que se queda atrás, más allá de la catedral.

Pero el agua es demasiado rápida, demasiado alta, demasiado poderosa…

No van a conseguirlo.

—No —digo con el corazón rasgándome el pecho—. ¡Vamos! ¡Vamos!

El muro de agua impacta contra las ruinas de la catedral y derriba por fin el campanario que se erigía en solitario.

Desaparece en un remolino de agua y ladrillos.

Pero me doy cuenta de una cosa.

El agua está disminuyendo su velocidad…

Mientras arrasa Nueva Prentiss, mientras borra la ciudad del mapa, todos los escombros y los edificios la están lentificando, sólo un poco, una pizca, pero ahora el muro de agua es algo más bajo, algo más lento…

—Pero no lo suficiente —dice el alcalde.

Y veo que está en la habitación, detrás de mí…

Me giro para hacerle frente.

—Siento que fuera a morir, Todd —dice—. De verdad.

Y lo golpeo con un **VIOLA** cargado de todo lo que tengo…

{VIOLA}

—No —me oigo murmurar mientras Nueva Prentiss queda hecha pedazos a nuestras espaldas, mientras el muro de agua avanza repleto de maderas y ladrillos y árboles y quién sabe cuántos cadáveres...

Miro atrás.

La fuerza del agua se está lentificando.

Se atraganta con tantos escombros.

Pero aún continúa avanzando a gran velocidad.

Alcanzó el tramo de carretera que está justo detrás de nosotros, y sigue arrollándolo todo de forma brutal...

«Todd», pienso.

—¡Viola! —me llama Bradley. Tiene la cara congestionada.

No hay escapatoria.

No hay escapatoria.

Chica potro, oigo.

—¿Bellota?

Chica potro, dice, con el ruido rasposo por el esfuerzo.

Y también oigo a Angharrad, más adelantada.

¡Sigan!, dice.

—¿«Sigan»? —repito, alarmada, mirando el agua que se encuentra apenas a cien metros de nosotros.

Noventa...

Chica potro, repite Bellota.

—¡Bradley! —grito, viendo que se agarra a la crin de Angharrad con la misma fuerza con la que yo me agarro a la de Bellota.

¡Sigan!, vuelve a bramar la yegua.

¡Sigan!, responde Bellota.

¡Aguanten!, gritan los dos a la vez.

Y casi me caigo de espaldas con el impulso de un increíble aumento de velocidad...

Un aumento de velocidad que le debe de estar rompiendo los músculos de las patas a Bellota, que le debe de estar reventando los pulmones.

Pero lo estamos consiguiendo.

Miro atrás…

Corremos más rápido que la riada.

[TODD]

«¡VIOLA!», pienso contra él.

Lo golpeo con toda la rabia que me causa que ella corra tanto peligro, la rabia de no saber qué ha sido de ella, la rabia que siento porque tal vez haya…

Toda esa rabia…

«¡VIOLA!»

El alcalde se retuerce de dolor y se balancea hacia atrás.

Pero no cae…

—Te dije que te habías hecho más fuerte, Todd —dice, recuperando el equilibrio y sonriendo—. Pero no lo suficiente.

En mi cabeza noto un fogonazo tan potente de ruido que caigo sobre una cama y luego ruedo hasta el suelo. El mundo se ha reducido al ruido que resuena en mi interior: NO ERES NADA NO ERES NADA NO ERES NADA, y todo se comprime en ese único sonido.

Pero entonces pienso «Viola».

Pienso en ella ahí afuera.

Y mantengo este pensamiento.

Apoyo las manos contra el suelo…

Me pongo de rodillas…

Levanto la cabeza…

Y veo el rostro sorprendido del alcalde, apenas a un metro de distancia, que se me acerca con algo en la mano.

—¡Vaya! —exclama, casi con alegría—. Eres más fuerte de lo que pensaba.

Sé que se avecina otro estallido y decido actuar a la antigua usanza antes de que él pueda recomponer sus fuerzas.

Salto sobre él, tomo impulso con los pies…

No esperaba mi ataque, y lo golpeo a la altura de la cintura. Ambos caemos sobre las pantallas.

(donde el río sigue bajando disparado por el valle…)

(donde Viola no se ve por ninguna parte…)

Él impacta contra las pantallas y suelta un gruñido. Tiene encima todo mi peso, preparo el puño para golpearlo…

Pero noto un golpecito en el cuello.

Un ligero toque.

Me pegó algo. Lo toco con la mano…

Una venda…

La que llevaba en la mano.

—Dulces sueños —me dice sonriendo.

Y me derrumbo sobre el suelo. Las pantallas llenas de agua son lo último que veo.

{VIOLA}

—¡Bellota! —grito contra su crin.

Pero él no me hace caso y continúa su carrera enloquecida. Angharrad hace lo mismo, con Bradley montado sobre ella.

Está funcionando, llegamos a una curva de la carretera mientras el río que nos persigue sigue avanzando, lleno de ruinas y de árboles.

Pero cada vez va más lento, ya no es tan alto, se ciñe más al lecho…

Aun así, los caballos siguen corriendo.

Carretera abajo, la avalancha de niebla nos alcanza, lame las colas de los caballos…

Y el río sigue aproximándose…

Pero se queda cada vez más atrás…

—¡Lo estamos consiguiendo! —me grita Bradley.

—Un poco más lejos, Bellota —lo animo, hablándole entre sus orejas—. Ya casi estamos a salvo.

Él no responde, sigue corriendo.

La carretera está cada vez más llena de árboles, la mitad de ellos en llamas, que ralentizan el río todavía más. Reconozco el lugar al cual estamos llegando. Nos acercamos al antiguo sanatorio donde estuve tanto tiempo confinada, el sanatorio del cual hui...

Y desde el cual encontré la colina de la torre de comunicaciones.

La colina por la cual desfila el ejército, delante de nosotros.

Tal vez ya hayan llegado.

—¡Conozco un atajo! —grito. Apunto a la carretera, a una pequeña granja a la derecha, a una colina boscosa que el fuego todavía no ha alcanzado—. ¡Por ahí arriba!

Chica potro, oigo decir a Bellota, agradecido. Los caballos giran, doblan la esquina y se lanzan por el camino de la granja, en dirección al sendero estrecho que yo sé que atraviesa el bosque.

Se oye un enorme estallido detrás de nosotros y el río irrumpe en el punto de la carretera que acabamos de abandonar, salpicándolo todo de agua, árboles y escombros, apagando el fuego, pero ahogando todo lo demás, subiendo por el camino que dejamos atrás, tragándose la pequeña granja...

Pero nosotros ya estamos en el bosque. Las ramas me azotan la cara. Oigo que Bradley da un grito, pero veo que no suelta a Angharrad.

Subimos la colina hasta llegar a un llano.

Luego subimos otra colina.

Y atravesamos unos matorrales.

Cuando salimos al claro, los cascos de los caballos irrumpen entre la gente, obligándoles a apartarse, y aprehendemos la escena en un instante...

Vemos que las cámaras de las sondas siguen proyectadas sobre los laterales de las tiendas de campaña.

Saben lo que está pasando.

Saben lo que les espera.

—¡Viola! —oigo un grito de sorpresa cuando los caballos atraviesan el campamento.

—¡Saca a la gente del camino, Wilf! ¡El río...!

—¡Viene un ejército! —grita Jane a su lado, señalando la entrada del claro.

Y sí, por ahí llega el capitán Tate al mando de lo que debe de ser casi el ejército entero.

Suben por la colina con las armas alzadas, listas para atacar...

Y con la artillería dispuesta para hacer saltar el campamento en mil pedazos.

(EL CIELO)

El Cielo lo oye todo.

Lo suponía, pero no lo supe realmente hasta ahora. Oye cada secreto escondido en cada corazón de la Tierra. Oye cada detalle, importante y absurdo, cariñoso y homicida. Oye cada deseo de cada niño, cada recuerdo de cada anciano, cada deseo y sentimiento y opinión de cada voz de la Tierra.

Él es la Tierra.

Yo soy la Tierra.

Y la Tierra debe sobrevivir, continúa diciéndome la Fuente mientras cabalgamos sobre los unicornios a toda velocidad, en dirección este hacia las colinas.

La Tierra está sobreviviendo, le respondo. *Y continuará haciéndolo bajo el mando del Cielo.*

Veo lo que estás planeando, pero no debes hacerlo...

Me giro bruscamente hacia él.

No te corresponde a ti decir al Cielo lo que debe hacer.

La combinación de niebla y hielo ha apagado algunos de los incendios de los bosques que rodean el valle por el que transcurrimos. Los del norte siguen ardiendo y veo en las voces de la Tierra que seguirán ardiendo a pesar del río. Entre los daños que el líder del Claro ha causado habrá un país ennegrecido y chamuscado.

Pero el sur es más rocoso. Hay senderos a través de las montañas en los cuales los árboles son delgados y los arbustos bajos, y los incendios no arden con tanta intensidad.

De modo que avanzamos por las colinas del sur.

Avanzamos hacia el este.

Todos nosotros. Cada miembro de la Tierra que ha sobrevivido a las llamas, cada Sendero, cada soldado, cada madre, padre e hijo.

Avanzamos hacia el este persiguiendo al Claro.

Avanzamos hacia el este hasta el campamento lejano.

Nuestras armas están listas. Son armas que una vez ya los hicieron retroceder, armas que los mataron por cientos, armas que ahora los destruirán...

Entonces oigo la voz de un soldado que cabalga a mi lado.

Me trae mi propia arma.

Porque el Cielo no debe entrar desarmado en la batalla.

Doy las gracias al soldado y la acepto. Es un rifle de ácido de la Tierra, parecido al rifle que llevaba el Cuchillo.

Parecido al rifle que prometí que utilizaría algún día para...

Abro mi voz a la Tierra.

Vuelvo a convocarlos a todos.

Avanzamos hacia el este, muestro. *La Tierra superviviente avanza hacia el Claro.*

¿Con qué objeto?, pregunta la Fuente una vez más.

No respondo.

Y aceleramos el paso.

{VIOLA}

—¡Viola, detente! —grita Bradley detrás de mí.

Pero yo sigo adelante, y apenas tengo que decir nada a Bellota, que está agotado.

Cruzamos el campamento al galope y la gente grita y huye del ejército que se acerca, algunos empuñan las armas de la Respuesta, las enfermeras corren por sus propias armas.

La guerra es inminente, y tendrá lugar aquí, en una demencial versión en miniatura. El mundo se desmorona y la gente desperdiciará sus últimos momentos luchando entre sí.

—¡¡¡Viola!!! —oigo.

Es Lee, entre la multitud, que trata de leer el ruido de los hombres que lo rodean, intenta dibujar una imagen de lo que sucede, intenta detenerme.

Pero yo no seré responsable de que muera una persona más, si puedo evitarlo.

Todo empezó con el misil que disparé, con la decisión que nos involucró en esta guerra, una decisión que desde entonces he intentado rectificar por todos los medios, y lo que me indigna más que el incendio o la inundación o el hecho de que el alcalde haya secuestrado a Todd en la nave es que, ahora que la cooperación pacífica es la solución obvia, nuestra única opción de mantenernos con vida...

Todavía hay personas que se negarán a aceptarlo.

Dirijo a Bellota hasta la primera línea de soldados y obligo al capitán Tate a detenerse.

—¡Suelte el arma! —me descubro gritando—. ¡Ahora mismo!

Pero él alza el rifle.

Y me apunta a la cabeza.

—¿Y luego qué? —grito—. ¿La ciudad ya no existe y van a matar a las únicas personas que pueden ayudarles a reconstruirla?

—Apártate de mi camino, niña —me espeta el capitán Tate, con una sonrisa desdibujada en el rostro.

Me entristece hasta el infinito ver lo fácil que para él sería matarme.

Levanto la mirada hacia el ejército que lo secunda, hacia los hombres que preparan la artillería.

—¿Qué pasará después de este ataque? —les grito—. ¿Desfilarán todos hacia la costa para encontrar una muerte segura cuando los intercepten los zulaques? ¿Son ésas sus órdenes?

—En efecto —dice el capitán Tate. Y amartilla el rifle.

—¿Vinieron a este planeta para ser soldados? —sigo gritando, y ahora también grito a la gente del campamento que tengo detrás. La Respuesta y lo que queda de ella, la gente ahí reunida, que ya prepara sus propias armas—. ¿Y ustedes? ¿Es eso lo que querían? ¿O acaso vinieron en busca de una vida mejor?

Vuelvo a mirar al capitán Tate.

—¿Vinieron a crear un paraíso? —pregunto—. ¿O a morir porque un hombre les dice que lo hagan?

—Es un gran hombre —contesta el capitán Tate, que sigue encañonándome.

—Es un asesino —respondo—. Cuando no puede controlar algo, lo destruye. Envió al capitán O'Hare y a sus hombres a la muerte. Lo vi con mis propios ojos.

Al oír esto se desata un murmullo entre el ejército, sobre todo cuando Bradley aparece a lomos de su caballo y abre su ruido a la imagen del capitán O'Hare y sus hombres en la carretera. Estoy lo bastante cerca del capitán Tate para ver cómo una gota de sudor le baja por la sien, a pesar del frío, a pesar de la nieve.

—Hará lo mismo con ustedes —les aseguro—. Hará lo mismo con todos ustedes.

El rostro de Tate denota que se debate consigo mismo y empiezo a preguntarme si será capaz de desobedecer al alcalde. Si el alcalde no habrá hecho algo para...

—¡No! —grita—. ¡Tengo órdenes!

—¡Viola...! —oigo gritar a Lee desde muy cerca.

—¡Lee, atrás! —grito...

—¡¡Tengo órdenes!! —aúlla el capitán Tate.

Y se oye un disparo.

(EL CIELO)

La niebla se espesa, se entrelaza con el humo y el vapor que se elevan desde el valle.

Pero la niebla no detiene a la Tierra. Simplemente abrimos todavía más nuestras voces e informamos de cada paso que tenemos enfrente, del uno al otro, hasta que una imagen general de la senda se abre ante nosotros y nuestra visión física limitada de la niebla se convierte en una única visión para caminar.

La Tierra no es ciega. La Tierra avanza.

El Cielo avanza enseguida.

Siento que la Tierra se congrega tras de mí, fluye desde el norte y desde el sur, se abre paso a través de los bosques incendiados y las colinas que rodean el valle, se une para marchar a cientos, luego a miles y luego con muchos más. La voz del Cielo llega cada vez más y más lejos, se transmite por los Senderos y la propia Tierra, por bosques que nunca he visto, por terrenos desconocidos para el Claro, y alcanza voces de la Tierra con acentos exóticos y distintos...

Que siguen siendo la voz de la Tierra.

El Cielo los llama a todos, a cada voz. Ningún cielo había llegado nunca tan lejos de una sola vez.

La voz entera de la Tierra se introduce en la marcha.

Avanzamos todos juntos.

Para enfrentarnos al Claro.

¿Y luego?, muestra la Fuente, que sigue montada sobre su bestia, pisándome los talones, molestándome...

Es hora de que nos dejes, digo. *Es hora de que la Fuente regrese con su gente.*

Bien, pero no me obligas a ello, muestra. *Podrías haberlo hecho en cualquier momento.* Su voz sube de intensidad. *Pero no lo hiciste. Y eso significa que el Cielo sabe que tengo razón, que no puedes atacar al Claro...*

¿El Claro que mató a la Carga?, respondo con una ira creciente. *¿El Claro que mató al Cielo? ¿Me pides que el Cielo no responda a ese ataque? ¿Me pides que el Cielo dé marcha atrás y permita la muerte de la Tierra?*

¿Y si el Cielo logra una victoria que costará posteriormente a la Tierra su pervivencia?, muestra la Fuente.

Doy media vuelta.

Quieres salvar a tu hijo.

Sí. Todd es mi Tierra. Representa todo lo que vale la pena salvar. Todo lo que el futuro puede ser.

Y otra vez veo al Cuchillo en la voz de la Fuente, vivo y real y frágil y humano...

Lo interrumpo. Una vez más, abro la voz a la Tierra. Les digo que aceleren el paso.

Y entonces un extraño sonido surge de la voz de la Fuente...

{VIOLA}

Me sobresalto al oír el disparo, esperando la misma quemazón que me partió en dos cuando Davy Prentiss me disparó.

Pero no noto nada.

Abro los ojos, que ni siquiera sabía que había cerrado.

El capitán Tate yace de espaldas, con un brazo retorcido sobre el pecho y un agujero de bala en la frente.

—¡Alto al fuego! —grito, y doy media vuelta para ver quién disparó, pero lo único que veo son los rostros desconcertados de las mujeres y los hombres armados.

Y a Wilf plantado junto a Lee, que tiene un rifle en las manos.

—¿Acerté? —pregunta—. Fue Wilf quien apuntó.

Miro inmediatamente a los soldados, todos ellos fuertemente armados, todos ellos con las armas todavía en las manos.

Parpadean de un modo extraño, como si acabaran de despertarse, algunos parecen totalmente desconcertados.

—No creo que lo siguieran voluntariamente —dice Bradley.

—Pero ¿era el capitán Tate? —pregunto—. ¿O el alcalde a través del capitán Tate?

Se oye el ruido creciente de los soldados, cada vez más claro, observando los rostros asustados de la gente del campamento, los rostros a los cuales estaban a punto de disparar.

Se oye incluso la inquietud de las últimas filas, que ya notan que el río se aproxima peligrosamente.

—Tenemos comida —grita la enfermera Lawson, que acaba de emerger de entre la multitud—. Y levantaremos tiendas para cada hombre que haya perdido su casa —cruza los brazos—. Que ahora somos todos, según creo.

Miro a los soldados y me doy cuenta de que tiene razón.

Ya no son soldados.

De algún modo, vuelven a ser hombres normales y corrientes.

Lee se acerca, pegado a Wilf, cuyo ruido le muestra el camino.

—¿Estás bien?

—Lo estoy —contesto, y me veo a mí misma en el ruido de Wilf y luego en el de Lee—. Gracias.

—Bienvenida —dice Wilf—. ¿Qué va a pasar ahora?

—El alcalde se fue a la costa —respondo—. Tenemos que llegar allí.

Aunque por el modo en que Bellota jadea debajo de mí, no estoy segura de que vaya a conseguirlo.

De pronto, Bradley da un chillido y suelta las riendas de Angharrad para llevarse las manos a la cabeza, abriendo tremendamente los ojos...

Un sonido raro, muy raro, resuena a través de su ruido. Es ininteligible como lenguaje o imagen. Sólo es un sonido...

—¿Bradley?

—Se acercan —dice él con una voz que es la suya, pero que también es mucho más. Resuena de una manera extraña y potente por todo el campamento. Sus ojos, desenfocados y oscuros, parecen no ver nada de lo que tiene delante—. ¡¡¡Se acercan!!!

(EL CIELO)

¿Qué fue eso?, inquiero a la Fuente. *¿Qué hiciste?*

Espío en el interior de su voz, para saber qué fue ese sonido.

Y lo veo...

Al principio estoy demasiado sorprendido para enojarme.

¿Cómo lo haces?, muestro.

Hablaba la voz, responde, aturdido. *La voz de este mundo.*

A través de él resuena un lenguaje que no es de la Tierra, pero tampoco del Claro; es una combinación más profunda del lenguaje hablado del Claro y la voz de la Tierra, transmitida a través de los Senderos, a través de los nuevos Senderos...

A través de Senderos del Claro.

Mi voz se estrecha.

¿Cómo es posible?

Creo que estaba en nosotros desde el principio, muestra, con la respiración pesada, *pero hasta que tú abriste mi voz, no fuimos capaces. Creo que Bradley debe de ser un Sendero por naturaleza...*

Les avisaste, muestro, enojado.

Tenía que hacerlo, dice la Fuente. *No tenía elección.*

Levanto el rifle de ácido y le apunto.

Si matarme sacia tu venganza, muestra, *si sirve para detener esta marcha que significará la muerte de todos nosotros, mátame. Con mucho gusto me sacrificaré.*

Y en su voz veo que dice la verdad. Veo que piensa en el Cuchillo, en Todd, con el amor de siempre, con ese sentimiento capaz de decir adiós si eso significa salvarlo. Todo esto resuena a través de él como la información que acaba de transmitir...

No, muestro, y bajo el arma. Noto que su voz se llena de esperanza. *No*, muestro de nuevo, *vendrás con nosotros y contemplarás su final*. Doy media vuelta y emprendo la marcha, más deprisa que antes. *Vendrás con nosotros y verás morir al Cuchillo.*

—Se acercan —susurra Bradley.

—¿Quiénes? —pregunto—. ¿Los zulaques?

Él asiente, todavía confundido.

—Todos —dice—. Todos y cada uno de ellos.

Suena una exclamación inmediata por parte de las personas que están más cerca de nosotros y el ruido de los hombres se propaga rápidamente.

Bradley traga saliva.

—Fue Ben. Él me lo dijo.

—¿Qué? ¿Cómo...?

—No tengo ni idea —sacude la cabeza—. ¿Ustedes no lo oyeron?

—No —dice Lee—. Pero no importa. ¿Es verdad?

Bradley asiente.

—Seguro que sí —mira a la gente del campamento—. Vienen por nosotros.

—Entonces debemos preparar la defensa —dice Lee, que ya se gira hacia los soldados, la mayoría de los cuales sigue allí plantada—. ¡Vuelvan a formar las filas! ¡Preparen la artillería! ¡Vienen los zulaques!

—¡Lee! —le grito—. Es imposible que podamos vencer a tantos...

—Así es —dice, girándose y enfocando el ruido directamente hacia mí—. Pero podemos aguantar el tiempo suficiente para que llegues a la costa.

Me detengo en seco.

—Neutralizar al alcalde es el único modo de terminar con todo esto —dice—. Y Todd también va a tener un papel importante.

Miro a Bradley, desesperada. Miro todos los rostros del campamento, los rostros cansados y destrozados que de algún modo han conseguido sobrevivir hasta hoy, después de tantas penurias, y que esperan a ver si ésta es realmente la hora final. Una niebla espesa asciende rápidamente en espiral desde el valle, lo amortigua todo, lo convierte todo en tinieblas blancas y transparentes. Todas las personas parecen fantasmas.

—Entregarles al alcalde podría detenerlos de una vez por todas —dice Bradley.

—Pero... —dudo. Bellota sigue respirando con dificultad, y veo el sudor espumoso que se forma en sus flancos—. Los caballos tienen que descansar. Es imposible que...

Chica potro, dice Bellota, con la cabeza pegada al suelo. **Vamos. Vamos ahora.**

Zulaques, dice Angharrad, jadeando también. **Salvar chico potro.**

—Bellota... —digo.

Vamos ahora, repite con más fuerza.

—Ve —dice Lee—. Salva a Todd. Tal vez nos salves también a todos nosotros.

Me le quedo mirando.

—¿Podrás comandar al ejército, Lee?

—¿Por qué no? —sonríe—. Todos los otros tuvieron ya su oportunidad.

—Lee... —empiezo a decir.

—No es necesario —me interrumpe, y alarga la mano como para tocarme la pierna, pero no llega a hacerlo—. Lo sé —se gira de nuevo hacia los soldados—. ¡Dije que vuelvan a formar filas!

Ellos obedecen.

—Intenten pactar una tregua —le digo a Wilf—. Traten de ganar tiempo, díganles que les entregaremos al alcalde, intenten que el máximo número de gente posible se mantenga viva...

Él asiente.

—Así lo haremos. Ve con cuidado, ¿me oyes?

—Lo haré —echo un último vistazo a Lee, a Wilf y a todo el campamento.

Me pregunto si los volveré a ver.

—La carretera está inundada —dice Bradley—. Tendremos que atravesar el bosque y las montañas.

Me inclino sobre las orejas de Bellota.

—¿Estás seguro?

Chica potro, tose. **Preparado**.

Y no hay más que hablar. Es nuestra última oportunidad.

Bradley, Angharrad, Bellota y yo nos internamos entre los árboles, en dirección a la costa.

Sin saber lo que encontraremos allí.

[TODD]

Abro los ojos, parpadeo, la cabeza me palpita de dolor. Intento incorporarme desde el lugar donde yazco, pero estoy atado de pies y manos.

—De todos modos no hay nada que ver, Todd —me dice el alcalde mientras lo que me rodea empieza a tomar forma—. Estamos en una capilla abandonada en una costa abandonada —lo oigo suspirar—. Se parece bastante a la historia de nuestros días en este planeta, ¿no crees?

Intento levantar la cabeza y esta vez lo consigo. Estoy echado sobre una mesa larga de piedra, con una esquina agrietada junto a mi pie izquierdo, y veo las hileras de bancos de piedra y un Nuevo Mundo blanco y sus dos lunas grabadas en la pared opuesta al podio del predicador. La otra pared está medio derruida y deja entrar la nieve.

—Te han pasado muchas cosas importantes en iglesias —afirma—. Pensé que sería bonito traerte a ésta para lo que tal vez sea tu último capítulo —se me acerca un poco más—. O el primero.

—Suélteme —digo, concentrándome para controlarlo, pero noto un gran peso en la cabeza—. Suélteme y regresemos con la nave. Todavía hay tiempo para evitarlo.

—Uy, no va a ser tan fácil, Todd —sonríe y saca una pequeña caja metálica. La pulsa y proyecta una imagen en el aire, poco más que un revoltijo de niebla blanca y humo.

—No veo nada —digo.

—Un momento —sigue sonriendo. La imagen cambia y resplandece bajo la niebla…

Y entonces, por un instante, se despeja.

Ahí están los zulaques, desfilando por las colinas.

Son muchísimos…

Todo un mundo…

—Avanzan hacia la cima de la montaña —me informa el alcalde—. Donde descubrirán que mi ejército ya despachó a mis enemigos antes de continuar la marcha hacia la costa —se vuelve hacia mí—. Donde libraremos nuestra última batalla.

—¿Dónde está Viola? —pregunto, tratando de preparar la voz para atacarlo con su nombre.

—Me temo que las sondas le perdieron la pista entre la niebla —responde, y pulsa varios botones para mostrarme las distintas panorámicas del valle, todas ellas desdibujadas por la niebla y el humo, con incendios en los únicos espacios que quedan despejados, ardiendo con gran violencia en la parte norte.

—Suélteme.

—Todo a su debido tiempo, Todd. Ahora…

Se detiene y mira al cielo, con el rostro algo inquieto, pero no por nada que suceda en esta sala. Devuelve la atención a la proyección de la sonda, pero la niebla lo cubre todo y no hay nada que ver.

«¡**VIOLA!**», pienso con fuerza contra él, con la esperanza de que no esté listo para recibirlo.

Apenas se inmuta. Vuelve a mirar fijamente el espacio vacío, y cada vez frunce más y más el ceño. Entonces sale de la pequeña capilla por la pared derrumbada, dejándome ahí dentro, fuertemente amarrado a la mesa, temblando de frío y con la sensación de que peso una tonelada.

Permanezco tumbado durante mucho tiempo, más del que me gustaría, intentando pensar en ella, intentando pensar en toda la gente que morirá si no hago algo.

Y entonces, muy lentamente, empiezo a desatarme.

(EL CIELO)

Ahora la niebla es espesa como la blanca noche y la Tierra desfila al único compás de su voz, bien coordinada y que nos muestra el camino que lleva al campamento, a través de los árboles.

Ordeno que suene el cuerno de batalla.

El sonido se derrama por todo el mundo e incluso a esta distancia notamos el terror del Claro al oírlo.

Espoleo a mi unicornio, aceleramos la marcha a través del bosque y noto que la Tierra sube el ritmo a mis espaldas. Ahora estoy al frente de la formación, con la Fuente a mi lado, delante de los soldados que llevan las flechas encendidas y listas para disparar, y tras ellos...

Tras ellos toda la voz de la Tierra...

Que acelera el paso...

Estamos llegando, muestro a la Fuente cuando dejamos atrás una granja desierta del Claro, empantanada por las aguas en receso, y continuamos por un denso bosque.

Lo cruzamos más deprisa, más deprisa todavía...

Ahora las voces del Claro nos oyen llegar, oyen nuestra voz, oyen la voz incontable que se abalanza sobre ellos, oyen otra vez el cuerno de batalla.

Cuando llegamos a un pequeño llano de terreno, escalamos otro saliente...

Y me interno entre una pared de follaje, con el rifle de ácido alzado.

Soy el Cielo.

Yo soy el Cielo.

Comando a la Tierra hacia su mayor batalla contra el Claro.

La niebla es espesa y busco la luz del llano, preparo el arma para ser el primero en disparar y ordeno a los soldados que alcen las bolas de fuego y se preparen también para dispararlas.

Para purgar al Claro de este mundo de una vez por todas.

Y entonces aparece un solitario hombre del Claro.

—Un momento —dice con calma, desarmado, solo entre el mar de niebla—. Tengo algo que decir.

{VIOLA}

—Mira el valle —dice Bradley mientras atravesamos a gran velocidad los bosques que coronan las colinas.

Echando un vistazo a la izquierda, a través de las hojas y las sortijas de niebla, se ve el río desbordado. La primera oleada de escombros ha pasado y ahora sólo baja agua, demasiada agua para el lecho del río, y la carretera que conduce directamente a la costa está inundada.

—No llegaremos a tiempo —le grito—. Está demasiado lejos...

—Hemos recorrido un largo camino. Y vamos muy deprisa.

«Demasiado deprisa», pienso. Los pulmones de Bellota chirrían de un modo enervante.

—¿Estás bien, chico? —le pregunto acercándome a sus orejas.

En lugar de responder, sigue cabalgando entre resoplidos, y la saliva espumosa sale volando de la boca.

—¿Bradley? —digo preocupada.

Lo sabe. Él también observa a Angharrad, que está mejor que Bellota, pero no demasiado. Me lanza una mirada.

—Es la única opción que tenemos, Viola —dice—. Lo siento.

Chica potro, oigo decir a Bellota, en una voz baja y doliente.

Y no dice nada más.

Pienso en Lee, en Wilf y en el resto del campamento.

Y seguimos adelante.

(EL CIELO)

—Me llamo Wilf —dice el hombre, solo entre la niebla, pero oigo a cientos a sus espaldas, oigo sus miedos y su disposición a luchar si deben hacerlo.

Y así será.

Pero hay algo en la voz de este hombre...

Las primeras filas de soldados montados en sus unicornios se alinean a mi lado, con las armas listas, encendidas y llameantes, preparadas para el combate.

Pero la voz de este hombre...

Es abierta como la de un pájaro, como la de una bestia de carga, como la superficie de un lago.

Abierta, sincera e incapaz de engañar.

Y es un canal, un canal para las voces que tiene detrás, las voces del Claro que se esconden entre la niebla, llenas de terror, llenas de preocupación.

Llenas de deseo de terminar todo esto.

Llenas de deseo de paz.

Demostraron lo falso que es ese deseo, muestro al hombre llamado Wilf.

Pero él no responde, permanece ahí plantado, con la voz abierta, y otra vez tengo la sensación, la seguridad de que es un hombre incapaz de mentir.

Abre la voz todavía más y veo con mayor claridad todas las voces que lo respaldan, que llegan a través de él, un hombre que ignora las mentiras de los demás, las separa y me da...

—Yo sólo escucho —dice—. Yo sólo escucho lo que es verdad.

¿Estás escuchando?, muestra la Fuente, a mi lado.

No hables, le pido.

Pero ¿estás escuchando?, pregunta. *¿Escuchas como lo hace él?*

Sé a qué te refieres...

Y entonces, a través de este hombre llamado Wilf, oigo la voz tranquila y abierta que habla las voces de toda su gente.

Como si fuera su Cielo.

Y con esa idea, escucho mi propia voz.

Escucho a la Tierra que se acumula a mis espaldas, que avanza hacia este lugar, a las órdenes del Cielo.

Pero...

Pero ellas también hablan. Hablan de miedo y de arrepentimiento. De preocupación por el Claro y por el Claro que vendrá de la gran oscuridad. Ven al hombre llamado Wilf delante de mí, ven su deseo de paz, ven su inocencia...

No todos son como él, muestro a la Tierra. *Son criaturas violentas. Nos matan, nos esclavizan...*

Pero ahí está el hombre llamado Wilf con el Claro tras él (y un ejército dispuesto, lo veo en su voz, un ejército asustado pero dispuesto, comandado por un hombre ciego) y aquí está el Cielo con la Tierra tras él, dispuesta a hacer lo que el Cielo quiere, dispuesta a seguir adelante y borrar al Claro de la faz de este planeta si yo le digo que lo haga...

Pero ellos también tienen miedo. Vieron la paz como el hombre llamado Wilf, como una oportunidad, una ocasión, una manera de vivir sin una amenaza constante...

Harán lo que les diga...

Sin dudarlo, lo harán.

Pero lo que les digo no es lo que quieren...

Ahora me doy cuenta. Lo veo tan claro como el resto de las cosas que me muestra la voz del hombre llamado Wilf.

Hemos venido a cumplir mi venganza. No es ni siquiera la venganza del Cielo, es la venganza del Regreso. He convertido esta guerra en algo personal. Algo personal para el Regreso.

Y yo ya no soy el Regreso.

Sólo se necesita un acto, muestra la Fuente. *El destino de este mundo, el destino de la Tierra, reside en lo que hagas ahora.*

Me vuelvo hacia él.

Pero ¿qué he de hacer?, digo, formulando una pregunta inesperada, incluso para mí mismo. *¿Cómo actúo?*

Actúa como el Cielo.

Vuelvo la vista hacia el hombre llamado Wilf, veo el Claro tras él a través de su voz, siento el peso de la Tierra en mi propia voz.

La voz del Cielo.

Yo soy el Cielo.

Yo soy el Cielo.

Y actuaré como tal.

{VIOLA}

Ahora vamos más deprisa que la niebla, pero la nieve sigue cayendo. Aquí es más espesa, a pesar de los árboles. Avanzamos tan rápido como nos lo permiten los caballos, con el río desbordado a nuestra izquierda.

Los caballos.

Bellota ya no responde a nada de lo que le pregunto, concentra su ruido en el galope, a pesar del dolor que siente en las patas y en el pecho. Me doy cuenta de lo mucho que le cuesta seguir...

Y me doy cuenta de que él sabe, al igual que yo, que...

No hará el viaje de vuelta.

—Bellota —susurro entre sus orejas—. Bellota, amigo mío.

Chica potro, responde con ternura, y continúa el galope, atravesando un bosque cada vez menos espeso que se abre a una llanura inesperada, cubierta por nubes de nieve y una espesa capa blanca que se acumula por toda su superficie. Pasamos junto a una sorprendida manada de animales que se gritan **Aquí** los unos a los otros, alarmados, y justo antes de volver a internarnos en el bosque...

—¡Ahí está! —grita Bradley.

Nuestra primera y fugaz visión del océano.

Es tan grande que me siento abrumada.

Devora el mundo hasta el horizonte nuboso, parece más grande que la profunda oscuridad, tal como dijo la enfermera Coyle, porque esconde su enormidad...

En un segundo volvemos a estar entre los árboles.

—Todavía está lejos —grita Bradley—. Pero llegaremos al anochecer.

Y Bellota se derrumba debajo de mí.

Se produce un largo silencio cuando bajo el arma y el mundo entero espera a ver cuál es el significado de este acto.

Yo espero también a ver cuál es el significado.

Vuelvo a ver al Claro a través del ruido del hombre llamado Wilf, veo que le inunda un sentimiento, un sentimiento del cual sé muy poco.

Es esperanza, muestra la Fuente.

Ya lo sé, respondo.

Siento la Tierra detrás de mí, también a la espera...

Y noto que en ella también hay esperanza.

Y el Cielo toma la decisión. El Cielo debe actuar en interés de la Tierra. Ése es el Cielo.

El Cielo es la Tierra.

Y el Cielo que olvida no es ningún Cielo.

Abro mi voz a la Tierra y transmito un mensaje a todos los que se unieron al combate, a todos lo que me respaldaron cuando los llamé...

Y que ahora respaldan mi decisión de no atacar.

Porque otra decisión la acompaña. Una decisión necesaria para el Cielo, necesaria para la seguridad de la Tierra.

Debo encontrar al hombre que nos atacó, muestro a la Fuente. *Y debo matarlo. Es lo mejor para la Tierra.*

La Fuente asiente y cabalga hacia la niebla que nos precede, desaparece más allá del hombre llamado Wilf y oigo que llama al Claro, les dice que no vamos a atacar. El alivio es tan puro y poderoso que la oleada que produce casi me hace caer de la montura.

Observo a los soldados que me flanquean para ver si sólo obedecen la decisión por fidelidad al Cielo, pero ya están dirigiendo las voces a sus propias vidas, a las vidas de la

Tierra, las vidas que ahora, inevitablemente, involucrarán al Claro de modos impredecibles, modos que al principio implicarán arreglar los desastres que el Claro provocó.

Tal vez los ayudarán incluso a sobrevivir.

¿Quién puede saberlo?

La Fuente regresa. Noto su preocupación cuando se aproxima.

El alcalde viajó con la nave hacia la costa, muestra. *Bradley y Viola partieron ya en su busca.*

Entonces el Cielo irá también, afirmo.

Iré contigo, dice la Fuente, y comprendo la razón.

El Cuchillo está con él, muestro.

La Fuente asiente.

Crees que mataré al Cuchillo si por fin tengo la ocasión, digo.

Niega con la cabeza, pero no parece convencido.

Iré contigo, repite.

Nos quedamos mirando un rato largo, y luego me giro hacia los soldados de la Tierra que están en primera línea y les muestro mi intención. Pido a diez de ellos que me acompañen.

Que nos acompañen a mí y a la Fuente.

Me vuelvo hacia él.

Partamos, pues.

Y ordeno a mi unicornio que corra hacia la costa, más deprisa de lo que nunca ha corrido.

{VIOLA}

Las patas delanteras de Bellota se doblan a media zancada y yo caigo de forma aparatosa sobre unos arbustos, golpeándome dolorosamente la cadera y el brazo izquierdos contra el suelo. Oigo que Bradley grita: «¡Viola!», pero Bellota sigue cayendo hacia delante, hasta quedar tendido entre la maleza.

—¡Bellota! —grito, y me levanto y, tan rápido como puedo, voy cojeando hacia el lugar donde yace, retorcido y roto. Me acerco a su cabeza. Jadea con un sonido rasgado y tiene el pecho henchido por el esfuerzo—. Bellota, por favor...

Bradley y Angharrad se acercan a nosotros; él desmonta y ella coloca el hocico junto al del caballo.

Chica potro, dice Bellota, presa del dolor, no sólo porque sus patas delanteras están rotas, sino porque está extenuado, ha corrido mucho tiempo y demasiado rápido...

Chica potro, repite.

—Tranquilo... Todo va bien, todo va bien...

Y entonces dice...

Dice...

Viola.

Y luego se queda callado, su aliento y su ruido se detienen con un suspiro final.

—¡No! —exclamo, abrazándolo con más fuerza, hundiendo el rostro en su crin. Detrás de mí, siento las manos de Bradley sobre mis hombros mientras lloro, y oigo la voz quieta de Angharrad que dice **Seguir**, al tiempo que frota el hocico contra el de Bellota.

—Lo siento mucho —dice Bradley, tan amable como siempre—. Viola, ¿te lastimaste?

No puedo hablar, sigo abrazada a Bellota, pero niego con la cabeza.

—Lo siento, cariño —repite—, pero tenemos que continuar. Hay demasiado en juego.

—¿Cómo vamos a hacerlo? —pregunto, destrozada.

Bradley reflexiona.

—¿Angharrad? —pregunta—. ¿Puedes llevar a Viola el resto del camino para salvar a Todd?

Chico potro, dice la yegua, y su ruido aumenta al oír el nombre de Todd. **Chico potro sí.**

—No podemos matarla a ella también —digo.

Pero Angharrad ya colocó el hocico bajo mi brazo y me urge a levantarme. **Chico potro**, dice. **Chico potro salvar.**

—Pero Bellota...

—Yo me ocuparé de él —dice Bradley—. Tú llega hasta allí. Llega hasta allí y haz que todo esto haya valido la pena, Viola Eade.

Levanto la mirada, veo la fe que tiene depositada en mí, la seguridad de que todavía es posible corregir la situación.

Le doy a Bellota un último y lacrimoso beso en la cabeza inmóvil, y me levanto. Angharrad se arrodilla a mi lado y monto en ella lentamente, aún tengo la visión borrosa, la voz pastosa.

—Bradley... —digo.

—Sólo tú puedes hacerlo —me asegura, y sonríe con tristeza—. Sólo tú puedes salvarlo.

Asiento lentamente e intento concentrarme en Todd, en lo que le puede estar sucediendo ahora mismo...

En salvarlo, en salvarnos, de una vez por todas...

Me siento incapaz de despedirme de Bradley, pero creo que él lo entiende cuando aliento a Angharrad y ambas partimos a recorrer el último trecho que queda hasta el océano.

«Ahí voy, Todd», pienso. «Ahí voy...»

[TODD]

No sé cuánto tardo en aflojar ligeramente las ataduras de una de las muñecas. No sé qué medicamento puso en ese vendaje, que todavía llevo enganchado al cuello y me pica sin que pueda rascarme, pero le bastó para ralentizarme muchísimo, tanto en el cuerpo como en el ruido…

De todas formas, sigo y sigo, y durante todo este rato el alcalde está afuera. Quién sabe dónde. Supongo que afuera está la playa, pues a través de la pared derrumbada veo un pequeño trecho de arena cubierta de nieve.

Veo también las olas que rompen contra la orilla, un sonido constante acompañado de otro sonido más allá, un rugido que reconozco como el del río, violento y rebosante del agua que por fin regresa al océano. Supongo que el alcalde ha pilotado la nave directamente hasta aquí y ahora está esperando a que pase lo que tenga que pasar. A que los dos ejércitos libren su última guerra.

A que todos muramos a manos de un millón de zulaques.

Vuelvo a tirar de la atadura de la muñeca derecha y noto que cede un poco.

Me pregunto cómo debió de ser vivir aquí, crear una comunidad junto al mar inmenso y dedicarse a la pesca. Viola me contó que con los peces que hay en este planeta es más probable que te coman ellos que viceversa, pero supongo que podrían encontrarse maneras de labrarse una vida aquí, una vida como la que casi conseguimos llevar en el valle.

Qué cosa tan triste son los hombres. No somos capaces de hacer nada bien sin estropearlo por culpa de nuestras debilidades. No podemos construir algo sin derrumbarlo después.

No fueron los zulaques los que nos llevaron al fin.

Fuimos nosotros mismos.

—No podría estar más de acuerdo —dice el alcalde, que volvió a entrar en la capilla.

Su expresión es distinta, muy abatida. Como si algo fuera mal. Como si algo muy importante fuera muy mal.

—Los acontecimientos se me escapan de las manos, Todd —tiene la mirada perdida, como si hubiera oído algo que le hubiera decepcionado sobremanera—. Los acontecimientos en una colina lejana…

—¿Qué colina? —pregunto—. ¿Qué le pasó a Viola?

Suspira.

—El capitán Tate me falló y los zulaques también me fallaron.

—¿Qué? —pregunto—. ¿Cómo puede saberlo?

—Este mundo, Todd, este mundo… —dice, ignorando mi pregunta—. Pensaba que podría controlarlo y, de hecho, lo controlaba… —sus ojos resplandecen al mirarme— hasta que te conocí.

No digo nada.

Porque cada vez da más miedo.

—Tal vez sí que me transformaste —dice—. Pero no lo hiciste solo.

—¡Suélteme! —grito—. Le demostraré en qué voy a transformarlo.

—No me escuchas —continúa, y un pinchazo de dolor en la cabeza basta para dejarme sin habla por un instante—. Me transformaste, sí, y yo también he ejercido una gran influencia sobre ti —camina hasta la mesa—. Pero también he sido transformado por este mundo.

Por primera vez me doy cuenta de lo rara que suena su voz, como si ya no fuera la suya. Parece extraña y reverberante.

—Este mundo, por el hecho de haberlo estudiado tanto, me ha vuelto irreconocible. Ya no soy el hombre orgulloso y fuerte que fui —se detiene a mis pies—. Una vez me dijiste que la guerra convierte a los hombres en monstruos, Todd. Pues bien, también lo hace el exceso de conocimiento. El exceso de conocimiento del prójimo, de sus debilidades, de su avaricia y vanidad patéticas, de lo risiblemente fácil que resulta controlarlo.

Se ríe entre dientes, amargado.

—¿Sabes?, sólo los estúpidos son capaces de manejar verdaderamente el ruido. Los sensibles, los inteligentes, las personas como tú y como yo lo sufrimos. Por eso, las personas como nosotros deben controlar a los otros. Por su propio bien y por el nuestro.

Pierde el hilo, tiene la mirada vacía. Forcejeo todo lo que puedo contra las cuerdas.

—Me cambiaste, Todd —repite—. Me hiciste mejor. Pero sólo me sirvió para ver lo malo que era en realidad. No lo supe hasta que me comparé contigo. Pensaba que estaba haciendo el bien —se detiene a mi lado—. Hasta que tú me demostraste que no era así.

—Fue malo desde el principio —digo—. Yo no hice nada.

—Claro que hiciste algo, Todd —me asegura—. Ése era el murmullo que oías en tu cabeza, el murmullo que nos conectaba. Era el bien que había en mí, el bien que tú me hiciste ver. Que sólo fui capaz de ver a través de ti —sus ojos se vuelven más negros—. Y entonces llegó Ben y quisiste llevártelo. Me dejaste vislumbrar una bondad que yo nunca hubiera captado por mí mismo, y todo fue por ese pecado, Todd Hewitt, por el pecado del autoconocimiento.

Alarga el brazo y empieza a desatarme la pierna.

—Uno de nosotros tendrá que morir.

{VIOLA}

Angharrad transmite una sensación distinta a la de Bellota, es más corpulenta, más fuerte, más rápida, pero me preocupa igual.

—Por favor, que no te pase nada —susurro al aire, consciente de que mi deseo no servirá de nada.

Angharrad sólo responde **Chico potro** y corre todavía más deprisa.

Seguimos avanzando a través de los árboles mientras las colinas empiezan a allanarse y a acercarse cada vez más y más al río, y éste aparece cada vez más a menudo a mano izquierda, ancho y arrollador por el curso desbordado de su propio lecho.

Pero no veo el mar, sólo árboles y más árboles. La nieve sigue siendo espesa, cae en copos enormes que dan vueltas en el aire y empiezan a dejar montones visibles, incluso en un bosque tan denso como éste.

Y cuando la luz del día empieza a diluirse, noto un peso en el corazón por no saber lo que sucedió en el campamento, qué será de Bradley, qué será de Todd junto al océano que me espera...

Y entonces, de pronto, ahí está...

Por una abertura entre los árboles, veo que ya estoy bastante cerca porque puedo distinguir las olas que rompen. Estoy lo bastante cerca para ver los muelles de un pequeño puerto con edificios abandonados y ahí, descansando entre ellos, la nave de reconocimiento.

Otra vez vuelve a desaparecer tras los árboles...

Pero ya casi hemos llegado. Ya casi hemos llegado.

—Aguanta, Todd —ruego—. Aguanta.

[TODD]

—Va a ser usted quien muera —afirmo mientras me desata la otra pierna.

—¿Sabes una cosa, Todd? —susurra—. En parte espero que tengas razón.

Me mantengo inmóvil mientras me desata la mano derecha y entonces le lanzo un puñetazo, pero él ya retrocede hacia la abertura que da a la playa, contemplando con expresión divertida cómo me libero de la otra mano.

—Te estaré esperando, Todd —dice, y sale a la playa.

Intento enviarle un **VIOLA**, pero aún estoy débil; él me ignora y desaparece. Deshago los últimos nudos y, cuando me libero, salto de la mesa. Estoy dopado. Necesito un minuto para recuperar el equilibrio, pero no tardo en ponerme en movimiento y atravesar la abertura...

Salgo al frío helador de la playa.

Lo primero que veo es una hilera de casas en ruinas, algunas de ellas son poco más que pilas de madera y arena. Las pocas que son de cemento, como la capilla, han resistido algo mejor. Al norte del punto donde me encuentro, veo una carretera que se adentra en el bosque, la carretera que sin duda conduce a Nueva Prentiss, pero antes del segundo árbol ya está inundada por un río furioso y desbordado.

Ahora la nieve cae con mucha fuerza y el viento también ha aumentado. El frío me corta el uniforme como la puñalada de un cuchillo de acero y me arropo con la chaqueta.

Entonces me giro hacia el océano...

Dios mío...

Es increíblemente enorme.

Mayor de lo que creía posible. Se alarga hasta perderse de vista no sólo hacia el horizonte, sino también hacia el norte y el sur, como si el infinito se hubiera instalado a tu puerta, esperando para devorarte en cuanto vuelvas la espalda. La nieve no le causa ningún efecto. El mar sigue batiendo, como si quisiera luchar contigo, como si las olas fueran puñetazos que intentaran noquearte.

Y está lleno de criaturas. A pesar de las aguas heladas y embarradas que baten contra la orilla, a pesar de la espuma del río que impacta un poco más al norte, las sombras que se mueven en el agua son totalmente visibles.

Sombras grandes…

—No está mal, ¿verdad? —oigo.

Es el alcalde.

Me doy la vuelta. No se le ve por ninguna parte. Vuelvo a girarme con lentitud. Me doy cuenta de que hay un trecho de cemento cubierto de arena bajo mis pies, como si antiguamente esto hubiera sido una plaza o un paseo paralelo a la orilla o algo parecido, un paseo que saliera de la puerta de la capilla mucho tiempo atrás, donde la gente soliera sentarse a tomar el sol.

Pero yo ahora estoy aquí y me estoy congelando.

—¡Muéstrese, cobarde! —grito.

—Ey, no creo que puedas acusarme nunca de cobardía, Todd.

Vuelve a ser su voz, pero suena como si viniera de algún otro lugar.

—Entonces, ¿por qué se esconde? —grito, girándome de nuevo, cruzando los brazos para combatir el frío. Ambos vamos a morir si nos quedamos aquí afuera.

Pero entonces veo la nave de reconocimiento en la playa, esperando…

—Yo no lo intentaría, Todd —me advierte—. Morirías antes de llegar a ella.

Me giro una vez más.

—¡Su ejército no va a venir, ¿no es eso?! —grito—. ¡A eso se refería al decir que el señor Tate le había fallado! ¡No va a venir!

—Correcto, Todd —dice el alcalde, y esta vez la voz suena distinta.

Suena como una voz real, emitida desde un lugar real.

Doy media vuelta otra vez.

Y ahí está, junto a una de las casas de madera destrozadas.

—¿Cómo lo sabe? —pregunto, flexionando mi ruido, preparándome.

—Lo oí, Todd. Ya te dije que lo oía todo —empieza a caminar hacia mí—. Y lenta, muy lentamente, se ha hecho realidad, literalmente. Me he abierto a la voz de este mundo. Y ahora… —se detiene en el límite de la plaza cubierta de arena, con la nieve soplando por todas partes—. Ahora oigo cada fragmento de información.

Veo sus ojos.

Y por fin lo comprendo.

Es cierto que lo oye todo.

Y eso lo está volviendo loco.

—Todavía no —dice, con los ojos negros y la voz reverberante—. No hasta que termine lo que tú y yo tenemos entre manos. Porque un día, Todd Hewitt, tú también oirás lo mismo que yo.

Bombeo mi ruido, elevo la temperatura, doy círculos alrededor de la única palabra, le doy el mayor peso posible. No me importa si lo oye porque igualmente ya sabe lo que le espera…

—Por supuesto —dice.

Y me manda un violento fogonazo de ruido.

Salto para apartarme, oigo el zumbido que me pasa rozando…

Aterrizo rodando sobre la nieve y la arena y lo miro desde el suelo, viene por mí.

¡VIOLA!, le lanzo.

El combate ha comenzado…

Hiciste lo correcto, muestra la Fuente mientras cabalgamos cruzando el bosque hacia la costa.

El Cielo no necesita que corroboren sus decisiones, respondo.

Vamos deprisa. Los unicornios son más rápidos que los animales del Claro, están más habituados a los árboles y a correr sin carreteras. El río se ha instalado con fuerza en el valle a nuestros pies, tal vez cambió incluso su curso. La niebla sigue siendo espesa y la nieve continúa cayendo, pero aun así algunos incendios se mantienen activos en el valle que dejamos atrás. Mientras, nosotros estamos en movimiento, nos dirigimos hacia nuestro enemigo a través de un llano que aparece de repente y que cruza una manada de animales sorprendidos.

Espera, me pide la Fuente. Me doy cuenta de que se está quedando atrás, al igual que los soldados. *¡Espera!*, muestra otra vez. *Oigo algo delante de nosotros...*

No aminoro la marcha, pero abro la voz ante mí.

Y ahí está, oída antes que vista, la voz de un hombre del Claro...

Bradley, oigo decir a la Fuente, y enseguida lo alcanzamos, atravesamos un sector de árboles y vemos que da un paso atrás mientras nosotros detenemos nuestras monturas.

—¿Ben? —dice el hombre llamado Bradley, mirándome alarmado.

Tranquilo, dice la Fuente. *La guerra terminó.*

Por ahora, muestro. *¿Dónde está el alma gemela del Cuchillo?*

El hombre llamado Bradley me mira desconcertado hasta que la Fuente muestra a Viola.

Y entonces vemos el cuerpo de un animal, cubierto de hojas y maleza, y una fina capa de nieve.

—Es su caballo —dice el hombre—. Lo tapé y estaba empezando a prender una hoguera...

¿Y Viola?, muestra la Fuente.

—Fue a la costa —responde Bradley—. A ayudar a Todd.

Se produce una oleada de sentimiento en la voz de la Fuente, una oleada que llena mi propia voz, una oleada de amor y miedo por el Cuchillo.

Pero yo ya he arrancado, espoleo a mi unicornio para alcanzar velocidades cada vez más y más rápidas, dejo atrás a la Fuente y a los soldados que la siguen.

Espera, oigo llamar otra vez a la Fuente.

Pero seré el primero en llegar a la costa.

Llegaré solo a la costa.

Y si el Cuchillo está ahí...

Bueno, en su momento veremos cómo actúo...

[TODD]

Alcanzo al alcalde con el primer **VIOLA** que le lanzo y veo cómo se tambalea hacia un lado, demasiado lento para esquivarlo...

Pero él ya está girando y respondiéndome con su ruido, y aunque vuelvo a agacharme, noto un golpe terrible en la coronilla, salto de la pequeña superficie de arena y cemento, y bajo rodando la pendiente de arena y nieve hacia las olas, consiguiendo salir por un breve segundo del campo de visión del alcalde.

—Ah, pero no necesito verte, Todd —oigo.

Y ¡bam!, otro fogonazo de ruido blanco, que grita: NO ERES NADA NO ERES NADA NO ERES NADA...

Me incorporo de golpe, me presiono un lado de la cabeza y me obligo a abrir los ojos…

Entonces veo el río más arriba de la playa, enfrente de mí, que desemboca en el océano. Contemplo el agua de más allá, que baja llena de escombros, empujados por las olas, escombros compuestos de árboles y casas y, sin duda, también de algunas personas…

Personas a las que conozco…

Tal vez una de ellas sea Viola…

Noto que la rabia de mi ruido va en aumento…

Y me levanto…

¡VIOLA!

Pienso con todas mis fuerzas, y me doy cuenta de que lo hago sin tener que concentrarme como antes. Noto dónde está mi voz de manera instintiva y se la envío. Me giro y lo veo caer de bruces sobre la plaza de cemento, intentando amortiguar el golpe con la muñeca…

Oigo que se le rompe con un crac muy satisfactorio.

Suelta un gruñido.

—Impresionante —dice con la voz ronca de dolor—. Muy impresionante, Todd. Tu control es cada vez mejor y más potente —trata de levantarse del suelo apoyándose en el brazo sano—. Pero el control tiene su precio. ¿Oyes la voz del mundo que se acumula detrás de ti, Todd?

¡VIOLA!, vuelvo a lanzarle.

Y él se tambalea de nuevo.

Pero esta vez no se cae.

—Porque yo sí que la oigo —dice—. Lo oigo todo.

Sus ojos parpadean y me quedo helado.

Se mete en mi cabeza, y el murmullo también, conectando conmigo…

—¿Lo oyes? —repite.

Y…

Lo oigo.

Sí que lo oigo.

Está ahí, como una especie de rugido tras el rugido de las olas, tras el rugido del río…

El rugido de todo lo que vive en este planeta…

Hablando con una voz increíblemente fuerte y única…

Por un segundo me abruma.

Y eso es todo lo que él necesita.

Noto un pinchazo de dolor en la cabeza, tan intenso que me quedo en blanco.

Caigo de rodillas.

Pero sólo es un instante…

Porque en medio de ese rugido de voces…

Aunque no sea posible…

Aunque ella no tenga ruido…

Juro que la oigo…

Juro que la oigo venir.

Y así, sin tan siquiera abrir los ojos, lanzo…

¡VIOLA!

Y oigo otro gruñido de dolor.

Me levanto una vez más…

{VIOLA}

El terreno empieza a inclinarse de manera pronunciada y vemos el mar constantemente.

—Ya casi llegamos —jadeo—. Ya casi llegamos.

Chico potro, dice Angharrad.

Y con un par de saltos damos cuenta de la última hilera de árboles y salimos a la playa. Los cascos de Angharrad patean la nieve y la arena, mientras se revuelve hacia la izquierda, hacia la ciudad abandonada, hacia el río…

Hacia Todd y el alcalde…

—¡Ahí están! —grito.

Angharrad también los ve y se lanza hacia ellos a través de la arena.

¡Chico potro!, grita.

—¡Todd! —aúllo yo.

Pero las olas que rompen contra la playa son enormes y ruidosas.

Aun así, juro que oí algo, un ruido que viene del mar, y bajo las aguas violentas vislumbro unas formas oscuras que se agitan.

Pero vuelvo a mirar hacia delante, gritando su nombre una y otra vez…

Entonces lo veo…

Está luchando contra el alcalde en una especie de plaza cubierta de arena junto a lo que parece una capilla.

Se me encoge el estómago al pensar en cuántas cosas horribles nos han pasado a Todd y a mí en las iglesias.

—¡Todd! —vuelvo a gritar.

Veo que uno de ellos se tambalea por culpa de un golpe de ruido.

Luego el otro da un salto para alejarse, pero se agarra la cabeza.

Desde tan lejos no consigo discernir quién es quién.

Van vestidos con el mismo estúpido uniforme.

Vuelvo a darme cuenta de cuánto ha crecido Todd.

Hasta el punto de que cuesta distinguirlo del alcalde.

La inquietud me encoge el pecho todavía más…

Angharrad lo nota…

¡Chico potro!, lo llama.

Y corremos todavía más rápido.

«Atrás», pienso contra el alcalde, y veo cómo retrocede un paso, pero sólo uno, y a continuación otro fogonazo de ruido me golpea. Gruño de dolor y me tambaleo hacia un lado. Veo un trozo de cemento roto en la arena, lo agarro y me preparo para tirárselo...

—Suéltalo —zumba.

Y lo suelto...

—Sin armas, Todd —dice—. ¿Verdad que no me ves armado?

Sí, así es. No lleva arma alguna y la nave de reconocimiento está demasiado lejos para usarla. Quiere que luchemos sólo con nuestros ruidos.

—Exacto —me confirma—. Que gane el más fuerte.

Y vuelve a golpearme...

Gruño y le respondo con un **VIOLA**. Luego echo a correr por la placita, me deslizo sobre la nieve y me dirijo a las casas de madera en ruinas.

—Ni hablar —zumba él.

Mis pies se detienen.

Pero entonces muevo uno...

Y luego el otro...

Y ya vuelvo a correr hacia las casas.

Oigo al alcalde que se ríe detrás de mí.

—Bien hecho —dice.

Me escondo detrás de un montón de madera vieja, me pego al suelo para que no pueda verme, aunque sé que no servirá de nada, pero necesito un segundo para pensar.

—Hacíamos un buen equipo —empieza a decir. Lo oigo claramente, a pesar de las olas, a pesar del río, a pesar de todo lo que debería bloquear su voz. Habla al interior de mi cabeza.

Como siempre lo ha hecho.

—Siempre fuiste mi mejor discípulo, Todd.

—¡Basta ya de parloteo! —le grito, espiando por un lado de la pila de madera, para ver si hay algo, alguna cosa que pueda ayudarme.

—Eres capaz de controlar tu ruido mejor que cualquier otro hombre, excepto yo —continúa diciendo mientras se acerca—. Controlas a otros hombres con tu ruido. Lo utilizas como arma. Siempre dije que tu poder superaría al mío.

En ese momento me golpea más fuerte que nunca y el mundo se vuelve blanco, pero sigo pensando: «Viola», y agarro los tablones de madera, me levanto y pienso con todas las fuerzas que consigo reunir: «¡ATRÁS!».

Él retrocede.

—¡Vaya, Todd! —exclama, todavía impresionado.

—No voy a ocupar su lugar —digo, emergiendo de las ruinas—. Pase lo que pase.

Él da otro paso atrás, aunque yo no se lo haya dicho.

—Alguien tiene que ocupar mi lugar. Alguien tiene que controlar el ruido, decirle a la gente cómo utilizarlo y lo que deben hacer.

—Nadie tiene que decir nada a nadie —contesto, dando otro paso adelante.

—Nunca has sido un poeta, ¿verdad, Todd? —se mofa.

Retrocede un paso más. Ahora se encuentra al límite de la plaza arenosa, sigue sujetándose la muñeca rota, un hueso ensangrentado asoma a través de la piel, pero no parece que sienta ningún dolor. A sus espaldas, una larga pendiente desemboca en las olas y en las formas oscuras que reptan debajo de ellas.

Veo lo negros que son sus ojos, noto la reverberación que está adquiriendo su voz…

—Este mundo me está devorando vivo, Todd —dice—. Este mundo y la información que contiene. Es demasiado. Demasiado para controlarlo.

—Entonces deje de intentarlo —le espeto al tiempo que lo golpeo con un **VIOLA**.

Se retuerce de dolor, pero no pierde el equilibrio.

—No puedo —sonríe—. No sería propio de mí. Pero tú, Todd. Tú eres más fuerte que yo. Tú podrías manejarlo. Podrías gobernar este mundo.

—Este mundo no me necesita. Por última vez, yo no soy usted.

Mira mi uniforme.

—¿Estás seguro?

Noto una oleada de ira y vuelvo a golpearlo con fuerza con otro **VIOLA**.

Él gesticula, pero no retrocede y me lanza otro fogonazo. Aprieto los dientes y preparo otro ataque, me preparo para estamparle un nuevo **VIOLA** en su estúpido rostro sonriente.

—Podríamos estar aquí toda la tarde haciéndonos papilla —dice—. Deja que te diga cuál es la situación, Todd.

—Cállese...

—Si ganas tú, el mundo te pertenecerá.

—Yo no quiero...

—Pero si gano yo...

De pronto me enseña su ruido.

Es la primera vez que lo veo en su totalidad, en no sé cuánto tiempo, tal vez desde los tiempos de la vieja Prentisstown, tal vez nunca lo había visto...

Y está frío, más frío incluso que esta playa helada.

Y está vacío...

La voz del mundo lo rodea como una oscuridad eterna que acude a aplastarlo bajo un peso imposible.

Conocerme hizo que durante un tiempo se le hiciera soportable, pero ahora...

Quiere destruirlo, quiere destruirlo todo.

Veo con claridad que eso es lo que quiere.

Lo que desea por encima de todo.

Para no oír nada...

Veo todo el odio que hay en él, el odio que existe en su ruido, el odio que surge de él. Es tan fuerte que no sé si seré capaz de combatirlo. Es más fuerte que yo, siempre lo ha sido. Miro directamente el vacío que respira en él, el vacío que le permite destruir y destruir, y yo no sé si...

—¡Todd!

Desvío la mirada y el alcalde grita como si le hubiera arrancado algo de su interior.

—¡Todd!

Y ahí, a través de la nieve, montada en mi yegua, montada en mi gran yegua...

Viola...

El alcalde me golpea con todo su poder...

{VIOLA}

—¡¡¡Todd!!! —grito.

Él se vuelve para mirarme... y grita de dolor al encajar un ataque del alcalde. Rueda hacia atrás, le sangra la nariz. Angharrad grita *¡Chico potro!*, y se abalanza hacia él, atravesando la arena mientras yo sigo diciendo su nombre a gritos...

—¡Todd!

Me oye...

Me está mirando desde el suelo...

Yo todavía no oigo su ruido, sólo puedo escuchar el que usa para el combate.

Pero veo la expresión de sus ojos...

—¡Todd! —vuelvo a gritar.

Porque ésta es la manera de vencer al alcalde.

Uno solo no puede acabar con él.

Tenemos que vencerlo juntos.

—¡Todd!

Se vuelve hacia el alcalde, y entonces veo el miedo en su rostro al oír mi nombre rugido como un trueno...

[TODD]

VIOLA

Ahí está.

Vino.

Vino a buscarme.

Y grita mi nombre.

Noto que su fuerza recorre mi ruido como un incendio.

El alcalde se tambalea hacia la hilera de casas como si le hubieran dado un puñetazo en la cara.

—Ya veo —gruñe—. Llegó tu piedra de toque.

—¡Todd! —la oigo gritar otra vez.

Y lo tomo y lo uso.

Porque la siento aquí, conmigo, capaz de viajar hasta el fin del mundo para encontrarme, para salvarme si lo necesito.

Cosa que es cierta.

Y...

VIOLA

El alcalde vuelve a tambalearse, se agarra la muñeca rota y veo que le sale un poco de sangre por las orejas.

—¡Todd! —repite ella, pero esta vez para pedirme que la mire, y así lo hago. Ella frena a Angharrad al borde de la plaza y me mira a los ojos...

Y la leo...

Sé exactamente lo que está pensando.

Mi ruido, mi corazón y mi cabeza se llenan hasta casi reventar, se llenan como si estuvieran a punto de estallar.

Porque lo que dice...

Lo que me dice con los ojos, con el rostro y con todo su ser...

—Lo sé —le respondo con la voz rasposa—. Yo también.

Entonces me giro hacia el alcalde lleno de ella, lleno del amor que siente por mí y del amor que yo siento por ella.

Y eso me hace crecer como una maldita montaña...

Tomo todo ese amor y se lo lanzo al alcalde con todas mis fuerzas.

{VIOLA}

El alcalde salió despedido por la pendiente, se tambalea y se desliza hacia las olas que rompen en la orilla. Se detiene hecho una piltrafa.

Todd me mira.

Noto que se me hace un nudo en la garganta.

Todavía no oigo su ruido, pero sé que lo está reuniendo para lanzar otro ataque contra el alcalde.

Dijo: «Lo sé. Yo también».

Ahora me mira con los ojos resplandecientes y una sonrisa en la cara.

Y aunque no lo oigo...

Lo conozco...

Sé lo que está pensando...

Ahora mismo, en este momento entre todos los momentos, estoy leyendo a Todd Hewitt sin necesidad de oír su ruido.

Él ve cómo lo hago.

Y por un instante...

Volvemos a reconocernos.

Noto la fuerza que tenemos juntos cuando él se vuelve otra vez hacia el alcalde.

Pero no lo golpea con su ruido.

Envía un zumbido grave que atraviesa el aire.

—Camine hacia atrás —le dice.

El alcalde, que se levantó lentamente y está sujetándose la muñeca, empieza a caminar hacia atrás...

Hacia las olas.

—¿Todd? —pregunto—. ¿Qué estás haciendo?

—¿No los oyes? ¿No oyes lo hambrientos que están?

Miro el mar.

Veo las sombras, unas sombras enormes, grandes como casas, nadando por aquí y por allá, incluso en las olas que rompen.

Y lo que oigo es *COMER*.

Sólo eso.

COMER...

Se refieren al alcalde.

Se reúnen en el lugar hacia el cual él está retrocediendo.

Adónde Todd lo está obligando a ir.

—¿Todd? —repito.

Entonces el alcalde dice:

—Espera.

—Espera —dice el alcalde.

No es un truco de control que esté probando, no es un zumbido con el que trate de oponerse a la orden que yo le estoy enviando de caminar hacia las aguas, para ahogarse en ellas, para
ser devorado por las criaturas que se acercan cada vez más, a la
espera de dar el primer bocado. Su «Espera» es una petición
educada.

—No voy a perdonarle la vida —le aviso—. Lo haría si pensara que puedo salvarlo, pero no es así. Lo siento, pero no hay
salvación posible.

—Lo sé —responde. Vuelve a sonreír, y ahora está lleno de
tristeza, una tristeza que, según puedo leer, es real—. Es cierto
que me cambiaste, Todd, y lo sabes. Me hiciste una persona un
poco mejor. Lo bastante como para reconocer el amor cuando lo
veo —mira a Viola y luego me mira a mí otra vez—. Lo bastante
para salvarte ahora.

—¿Salvarme a mí? —pregunto, y pienso «Retroceda». Él retrocede un paso más.

—Sí, Todd —contesta. Una gota de sudor se forma en su
labio superior por el esfuerzo que está haciendo—. Quiero que
dejes de obligarme a entrar en el oleaje...

—Ni lo sueñe...

—Voy a entrar yo mismo.

Parpadeo.

—Basta de juegos —digo, y lo obligo a retroceder otro
paso—. Éste es el final.

—Pero, Todd Hewitt, tú eres el niño que no puede matar.

—Ya no soy un niño. Y voy a matarlo a usted.

—Sé que puedes hacerlo. Pero eso te haría parecerte un poco
más a mí, ¿verdad?

Me detengo, lo dejo ahí un segundo, con las olas rompiendo a sus espaldas. Las criaturas han empezado a luchar entre ellas, y vaya si son grandes...

—Nunca mentí sobre tu poder, Todd —dice—. Tienes poder suficiente para ser el nuevo yo, si tú quisieras...

—No quiero...

—O para ser como Ben.

Frunzo el ceño.

—¿Qué tiene que ver Ben con todo esto?

—Él también oye la voz del planeta, igual que yo. E igual que tú, con el tiempo. Pero él vive en ella, forma parte de ella, se deja llevar por la corriente sin perderse a sí mismo.

La nieve sigue cayendo, se queda pegada al pelo del alcalde en pequeños fragmentos blancos. Vuelvo a ser consciente del frío.

—Podrías ser yo —dice—. O podrías ser él.

Da un paso atrás.

Un paso que yo no le he obligado a dar.

—Si me matas, te alejarás un paso más de ser él —continúa—. Y si tu bondad me ha cambiado hasta el punto de querer impedir que te conviertas en mí, entonces seré yo quien retroceda solo hasta las olas.

Se gira hacia Viola.

—La cura de las cintas metálicas es efectiva.

Ella me lanza una mirada.

—¿Qué?

—Puse un veneno de actuación lenta en la primera remesa para matar a todas las mujeres. Y también a los zulaques.

—¿Qué? —grito.

—Pero la cura es efectiva —dice el alcalde—. Lo hice por Todd. Dejé los resultados de la investigación en la nave de reconocimiento. La enfermera Lawson podrá confirmarlo con facilidad —mira a Viola y añade—: Éste es mi regalo de despedida para ti.

Vuelve a mirarme con esa sonrisa tristísima en el rostro.

—Ustedes darán forma a este mundo en los años venideros, Todd.

Emite un profundo suspiro.

—Y yo, por mi parte, me alegro de no tener que verlo.

Se da la vuelta y da una gran zancada hacia el oleaje, y luego otra y otra más...

—¡Espere! —grita Viola.

Pero él no se detiene. Sigue avanzando, prácticamente corre. Viola desmonta de Angharrad y ambas se acercan a mí. Juntos contemplamos cómo las botas del alcalde salpican en el agua y se va internando en ella, una ola casi lo derriba, pero se mantiene erguido.

Se gira hacia nosotros.

Con el ruido en silencio.

Con su rostro impenetrable.

De repente, con un gruñido profundo, una de las sombras marinas irrumpe en la superficie, toda boca, dientes negros, limo y horripilantes escamas, y se abalanza sobre él...

Ladea la cabeza para agarrarle el torso...

El alcalde no emite sonido alguno cuando la enorme criatura lo estampa contra la arena.

Ni tampoco cuando luego lo arrastra y lo sumerge en el agua.

Y así de deprisa...

Desaparece.

{VIOLA}

—Desapareció —dice Todd. Yo comparto cada pizca de la incredulidad de su voz. Se vuelve hacia mí y añade—: Se metió él solo en el agua.

Respira con dificultad. Parece desconcertado y agotado por lo que acaba de suceder.

Y entonces me ve, me ve de verdad.

—Viola —dice.

Lo abrazo y él me abraza, y no es necesario que digamos nada, nada en absoluto.

Porque ambos lo sabemos.

—Todo terminó —susurro—. No lo puedo creer. Terminó.

—Creo que realmente quería desaparecer —dice Todd, sin dejar de abrazarme—. Creo que al final sus esfuerzos por controlarlo todo lo estaban destruyendo.

Miramos el mar y vemos que las enormes criaturas siguen nadando en círculos, esperando para ver si Todd o yo nos ofrecemos como segundo plato. Angharrad asoma el hocico entre los dos y lo choca contra la cara de Todd diciendo **Chico potro** con una intensidad que me llena los ojos de lágrimas. **Chico potro**.

—Hola, pequeña —dice él, frotándole el hocico con la mano, pero sin soltarse de mí. Su expresión se entristece al leer el ruido de la yegua—. Bellota…

—Dejé a Bradley atrás —le explico con los ojos llenos de lágrimas otra vez—. También a Wilf y a Lee, y no sé cómo estarán…

—El alcalde dijo que el señor Tate le había fallado. Dijo que los zulaques también le habían fallado. Eso sólo puede ser bueno.

—Tenemos que volver —me giro entre sus brazos y miro la nave de reconocimiento—. Supongo que no te enseñó a pilotar la nave, ¿verdad?

Entonces Todd dice «Viola» de un modo que me hace girarme hacia él.

—No quiero ser como el alcalde —afirma.

—No lo serás. Es imposible.

—No, no me refería a eso…

Me mira a los ojos.

Y lo veo venir, noto la fuerza que lo atraviesa, libre por fin de la presencia del alcalde...

Abre su ruido.

Lo abre y lo abre y lo abre...

¡Ahí está! Todo él, abierto a mí, mostrándome todo lo que ha pasado, todo lo que ha sentido.

Todo lo que siente.

Todo lo que siente por mí.

—Lo sé —digo—. Puedo leerte, Todd Hewitt.

Él sonríe con la boca ladeada.

Y de pronto oímos un ruido procedente de la parte alta de la playa, donde los árboles se encuentran con la arena.

(EL CIELO)

El unicornio da el último salto para salir a la playa y por un instante me quedo deslumbrado por el océano, la enormidad del mar que me llena la voz.

Pero mi montura sigue corriendo hacia el asentamiento abandonado del Claro.

Llego demasiado tarde.

El alma gemela del Cuchillo está ahí con su caballo.

Pero no veo al Cuchillo por ninguna parte.

Sólo al líder del Claro, agarrado al alma gemela del Cuchillo, con el uniforme resaltando como una mancha oscura contra la nieve y la arena. Está sujetándola con fuerza, aprisionándola entre sus brazos...

El Cuchillo debe de estar muerto, deduzco.

El Cuchillo ya no está.

Noto un hueco sorprendente ante esta realidad, un vacío...

Porque incluso aquel a quien odias deja una ausencia cuando se va.

Pero ésos son sentimientos del Regreso.

Y yo no soy el Regreso.

Yo soy el Cielo.

El Cielo que hizo la paz.

El Cielo que debe matar al líder del Claro para asegurar la paz.

Me lanzo hacia delante y las figuras lejanas se van acercando.

Y levanto el arma...

[TODD]

Entorno los ojos para protegerme del reflejo de la nieve, que cada vez se hace más espesa...

—¿Quién es ése? —pregunto.

—No es un caballo —dice Viola, separándose de mí—. Es un unicornio.

—¿Un unicornio? Pero yo creía...

Algo arranca el aire de mis pulmones.

(EL CIELO)

Empuja a la chica al ver que me acerco y deja una línea clara de disparo.

Oigo una voz detrás de mí, que grita algo a lo lejos.

Una voz que grita *¡Espera...!*

Pero las dudas ya me han perjudicado en el pasado, estar a punto de actuar y no hacerlo...

Y eso no va a suceder ahora.

El Cielo actuará.

El líder del Claro se vuelve hacia mí.

Yo actuaré.

(pero...)

Disparo el arma.

{VIOLA}

Todd lanza un gemido de dolor como si el mundo se hubiera de-
rrumbado y se lleva la mano al pecho...

El pecho ensangrentado, ardiente y humeante.

—¡Todd! —grito, y corro junto a él.

Cayó sobre la arena, con la boca abierta de dolor...

Pero el aire no entra ni sale de él, apenas emite unos sonidos
ahogados con la garganta...

Me coloco sobre su cuerpo, para bloquear otro disparo en
caso de que llegue, toco la ropa chamuscada, que se desintegra
en la zona del pecho, se vaporiza...

—¡Todd!

Me mira a los ojos, aterrorizado, con el ruido descontrolado,
dando vueltas de terror y de dolor...

—No —ruego—. No no no no no...

Apenas oigo los cascos del unicornio que continúa galopando
hacia nosotros.

Apenas oigo otros cascos que lo siguen.

Oigo la voz de Ben resonando por la arena.

Espera, está gritando...

—¿Todd? —lo llamo. Cuando le arranco la ropa fundida del
pecho, veo la horrible quemadura y la piel ensangrentada. Un es-
calofriante sonido ahogado sale de su garganta, como si los

músculos del pecho hubieran dejado de funcionar, como si no pudiera moverlos para tomar aire...

Como si se estuviera asfixiando.

Como si se estuviera muriendo ahora mismo, en esta playa fría y nevada...

—¡Todd!

Los unicornios se acercan a mis espaldas.

Y oigo el ruido de 1017, oigo que fue él quien disparó el arma.

Oigo cómo se da cuenta de su error.

Creía que había disparado al alcalde.

Pero no, no era el alcalde...

Ben llega por detrás.

Su ruido, lleno de miedo, nos embiste.

Pero yo sólo veo a Todd.

Lo único que veo es cómo me mira.

Con los ojos muy abiertos...

Su ruido dice: No, no, no; ahora no, ahora no...

Y luego: ¿Viola?

—Estoy aquí —le digo. Se me rompe la voz y grito de desesperación—. ¡Estoy aquí!

Y él repite: ¿Viola...?

Lo pregunta...

Lo pregunta como si no estuviera seguro de que estoy a su lado.

Y entonces su ruido se queda completamente en silencio.

Y deja de luchar...

Se queda mirándome fijamente a los ojos.

Muere.

Todd ha muerto.

EL FUTURO DEL MUNDO

{VIOLA}

—¡Todd! —grito.

No...

No...

No...

No puede estar muerto...

No puede estarlo...

—¡Todd!

Como si pronunciar su nombre pudiera hacer que no fuera cierto, como si pudiera hacer retroceder el tiempo...

Que el ruido de Todd volviera a empezar.

Que sus ojos me vieran.

—¡Todd!

Lo grito otra vez, pero es como si mi voz estuviera debajo del agua. Lo único que oigo es mi propia respiración y mi voz rasposa pronunciando su nombre.

—¡Todd!

Otros brazos se entrecruzan con los míos. Son los de Ben, que cae sobre la arena a mi lado, con la voz y el ruido hechos pedazos, llamando a su hijo.

Y empieza a reunir puñados de nieve para colocarlos sobre la herida de Todd, intenta congelarla, detener la hemorragia.

Pero ya es demasiado tarde.

Ya no está.

Ya no está.

Todd no está.

De pronto todo se mueve con gran lentitud.

Angharrad grita *Chico potro*...

Ben acerca el rostro al de Todd, busca su respiración, pero no la encuentra.

¡Todd, por favor!, le oigo decir.

Pero es como si estuviera muy lejos.

Como si todo sucediera fuera de mi alcance.

Oigo otros pasos a mis espaldas, y parece como si no hubiera otros sonidos en el universo más que esos pasos.

1017.

Baja de su unicornio con el ruido vacilante ante su error.

Pero su ruido duda de si realmente fue un error.

Me vuelvo para hacerle frente.

(EL CIELO)

Se vuelve para hacerme frente.

Y aunque carezca de voz, lo que veo me hace retroceder.

Se levanta.

Sigo retrocediendo, el arma cae sobre la arena nevada, y sólo entonces me doy cuenta de que todavía la tenía en la mano.

—¡Tú! —escupe, viniendo hacia mí. Su boca emite un sonido horrible, un sonido de rabia y de dolor.

No lo sabía, muestro, alejándome todavía de ella. *Creía que era el líder del Claro...*

(¿O no lo creía?)

—¡Mentiroso! —grita—. ¡Te estoy oyendo! ¡No estabas seguro! No estabas seguro, pero disparaste igualmente...

Es una herida de la Tierra, muestro. *La medicina de la Tierra podría salvarlo...*

—¡Es demasiado tarde! —grita—. ¡Lo mataste!

Miro a la Fuente, que sostiene al Cuchillo entre sus brazos y le pone hielo sobre el pecho, aunque sabe que no servirá de nada. Tiene la voz rendida de dolor, la voz humana aúlla por su boca.

Y veo que es verdad.

Maté al Cuchillo.

Maté al Cuchillo.

—¡Cállate! —me grita ella.

Yo no quería hacerlo, muestro, y demasiado tarde me doy cuenta de que es verdad. *No quería matarlo.*

—¡Pero lo hiciste! —me escupe una vez más.

Y entonces ve el arma tirada sobre la arena, en el lugar donde cayó...

{VIOLA}

Veo el arma, la estaca blanca de los zulaques tirada en el suelo, descansando sobre la blanca nieve.

Oigo llorar a Ben detrás de mí, repitiendo el nombre de Todd una y otra vez, y el corazón me duele tanto que apenas puedo respirar.

Pero veo el arma.

Alargo el brazo para recogerla.

Y apunto a 1017...

Él no retrocede, se queda mirando cómo la levanto.

Lo siento, dice, alzando un poco las manos, esas manos demasiado largas que mataron a mi Todd.

—Tus lamentos no lo harán volver —digo con los dientes apretados, y aunque tengo los ojos anegados en lágrimas, me invade una claridad terrible. Noto el peso del arma en mis manos. Noto en mi corazón la intención que me permitirá usarla.

Aunque no sé cómo funciona.

—¡Enséñame! —le grito—. ¡Enséñame para que pueda matarte!

Viola, oigo a mis espaldas. Es la voz de Ben, ahogada de dolor. *Espera, Viola...*

—No voy a esperar —digo con firmeza y con el brazo todavía levantado, empuñando el arma—. ¡¡¡Enséñame!!!

Lo siento, repite 1017 y, pese a la furia que crece en mi interior, veo que es sincero, que realmente lamenta haberlo matado, que su horror ante lo sucedido va en aumento, no sólo por el mal que le hizo a Todd, sino por lo que su muerte significará en el futuro, por el posible alcance de su error, un error que daría cualquier cosa por rectificar...

Veo todo esto...

Pero me da igual.

(EL CIELO)

—¡Enséñame! —grita—. ¡O juro por Dios que te mataré a golpes con esta cosa!

Viola, dice la Fuente detrás de ella, todavía con el Cuchillo entre sus brazos, y veo el interior de su voz.

El corazón de la Fuente está roto.

Tan roto que lo infecta todo, alcanza el mundo de más allá.

Porque cuando la Tierra se duele, nos dolemos juntos.

Su dolor me abruma, se transforma en el mío propio, se transforma en el dolor de la Tierra.

Veo el verdadero alcance de mi error.

Un error que puede haber arruinado a la Tierra, un error que puede costarnos la paz, un error que puede destruir a la Tierra después de todo lo que hice para salvarla.

Un error que el Cielo no debería haber cometido.

Maté al Cuchillo.

Al final maté al Cuchillo.

Lo que deseaba desde hacía tanto tiempo.

Pero no me sirvió de nada...

Sólo me sirvió para conocer el dolor que causé.

Lo veo escrito en el rostro de la que no tiene voz.

La que no tiene voz sostiene un arma que no sabe utilizar.

De modo que abro mi voz y le muestro cómo hacerlo...

{VIOLA}

Su ruido se abre delante de mí y me enseña cómo utilizar el arma, dónde colocar los dedos y cómo moverlos para lanzar el fogonazo blanco por el extremo.

Me está enseñando a matarlo...

Viola, oigo decir a Ben otra vez, a mis espaldas. *Viola, no puedes hacerlo.*

—¿Por qué no? —pregunto, sin mirar atrás, manteniendo los ojos firmes en 1017—. Maté a Todd.

Y si tú lo matas a él, dice Ben, *¿cuándo parará de haber muertes?*

Esto me hace girarme en el acto.

—¡¿Cómo puedes decir eso?! —le grito—. ¿Cómo puedes decir eso con Todd muerto entre tus brazos?

Ben tiene el rostro contraído, su ruido despide un dolor tal que no soporto mirarlo.

Pero sigue hablando...

Si matas al Cielo, dice, *la guerra volverá a comenzar. Y todos moriremos. Luego la Tierra será diezmada en masa desde la órbita. Y los colonos que aterricen en el planeta serán atacados por la Tierra superviviente. Y no habrá...*

Por un instante es incapaz de continuar, pero luego se recompone y se obliga a decir con su propia voz:

—Y no habrá final, Viola —dice, meciendo a Todd contra su pecho.

Miro a 1017, que no se ha movido.

—Él quiere que lo mate —digo—. Quiere que lo haga.

—Lo que quiere es no tener que vivir con su error —dice Ben—. Quiere que el dolor termine. Pero será un Cielo mucho mejor si siente las consecuencias de su error durante el resto de su vida.

—¿Cómo puedes hablar así, Ben? —le pregunto.

Porque los oigo, responde con su ruido. *A todos ellos. A toda la Tierra, a todos los hombres, a cada uno de ellos. Y no podemos dejarlos morir, Viola. No podemos. Eso es precisamente lo que Todd impidió hoy aquí. Precisamente eso...*

Ahora ya no puede continuar. Abraza a Todd con más fuerza.

Ay, hijo mío, dice. *Ay, hijo mío...*

(EL CIELO)

Se vuelve hacia mí, apuntándome todavía con el arma y con las manos bien posicionadas para dispararla.

—Me lo arrebataste —dice, y sus palabras habladas se rompen—. ¡Llegamos hasta aquí, hasta aquí, y vencimos! ¡Vencimos y tú me lo arrebataste!

Y ya no puede decir nada más...

Lo siento, vuelvo a mostrar.

Y no es sólo el eco del dolor de la Fuente.

Es la expresión de mi propio dolor...

No sólo por cómo fallé en mi papel de Cielo, por cómo puse en peligro a toda la Tierra después de salvarla...

Sino por la vida que he segado.

La primera vida que he segado nunca.

Y recuerdo...

Recuerdo al Cuchillo...

Y también el cuchillo que le dio nombre.

El cuchillo que utilizó para matar a la Tierra a la orilla de un río, a un miembro de la Tierra que sólo estaba pescando, que era inocente, pero a quien el Cuchillo vio como un enemigo.

A quien el Cuchillo mató.

Y a quien el Cuchillo lamentó haber matado desde aquel mismo momento.

Llevó el remordimiento pintado en la cara cada día que pasó en el campo de trabajo, cada día que se relacionó con la Tierra, y ese remordimiento lo volvió loco de rabia cuando me rompió el brazo.

Ese remordimiento lo impulsó a salvarme luego cuando toda la Carga fue asesinada.

Un remordimiento que ahora tendré que acarrear yo.

Tendré que vivir con él para siempre.

Y si para siempre dura tanto como el próximo aliento...

Que así sea...

La Tierra merecía algo mejor.

{VIOLA}

1017 recuerda a Todd.

Lo veo en su ruido, lo veo mientras el arma tiembla en mi mano.

Veo cómo Todd apuñala al zulaque con el cuchillo al encontrarlo a la orilla del río.

Lo mató, aunque yo le gritaba que no lo hiciera.

1017 recuerda cuánto sufrió Todd por ello.

Un sufrimiento que veo que él también empieza a sentir en su interior.

Un sufrimiento que recuerdo haber sentido yo misma, después de apuñalar a Aaron en el cuello bajo la cascada.

Matar a alguien es algo horrible.

Aunque creas que la persona lo merece...

Y ahora 1017 lo sabe tan bien como Todd y como yo.

Como lo sabía Todd...

Tengo el corazón destrozado de un modo que nunca podrá curarse, destrozado de un modo que pareciera que fuera a matarme a mí también, aquí en esta playa absurda y helada.

Sé que Ben tiene razón. Sé que si mato a 1017 no habrá vuelta atrás. Habremos matado a un segundo líder de los zulaques, y como ellos nos superan en número nos matarán a nosotros uno a uno. Y luego, cuando lleguen los colonos...

Guerra interminable, muerte interminable...

Una vez más, vuelve a ser decisión mía.

He de decidir entre la guerra o el fin de la misma.

La vez anterior elegí mal...

¿Es éste el precio que pago por haber elegido mal?

Es demasiado alto...

Es demasiado alto...

Pero si vuelvo a convertirlo en algo personal...
Si hago pagar a 1017...
Entonces el mundo cambiará...
El mundo se acabará...

Y me da igual...
Me da igual...

Todd...
Ay, Todd, por favor...

Pienso: «¿Todd?».

Y entonces me doy cuenta...
Con todo el dolor de mi corazón...
Si mato a 1017...
Y la guerra vuelve a comenzar...
Y todos morimos...
¿Quién se acordará de Todd?
¿Quién se acordará de lo que hizo?
Todd...
Todd...
Mi corazón se rompe todavía más...

Se rompe para siempre...

Y caigo de rodillas sobre la nieve y la arena...
Y grito con todas mis fuerzas. Es un grito vacío, sin palabras...

Finalmente, suelto el arma.

Suelta el arma.

Cae sobre la arena sin haber sido disparada.

Sigo siendo el Cielo.

Sigo siendo la voz de la Tierra.

—No quiero verte —dice, sin alzar la mirada, con la voz rota—. No quiero verte nunca más.

Sí, muestro. *Lo comprendo.*

¿Viola?, la llama la Fuente.

—No lo hice —le dice ella—, pero no sé si la próxima vez seré capaz de detenerme —mira a mi lado, incapaz de soportar mi presencia—. ¡Fuera de aquí!

Miro a la Fuente, pero él tampoco me mira...

Todo su dolor, toda su pena, toda su atención están fijos en el cuerpo de su hijo...

—¡Vete! —grita ella.

Doy media vuelta y me dirijo a mi unicornio. Cuando vuelvo a mirar atrás, veo a la Fuente acurrucada sobre el Cuchillo y a la chica llamada Viola arrastrándose lentamente hacia él.

Me excluyen, se esfuerzan por no verme.

Y yo lo comprendo.

Subo a mi montura. Regresaré al valle, regresaré a la Tierra.

Y veremos lo que el futuro de este mundo nos depara a todos. Tanto a la Tierra como al Claro.

Hoy nos salvaron primero los actos del Cielo.

Nos salvaron otra vez los actos del Cuchillo.

Y finalmente nos salvaron los actos del alma gemela del Cuchillo.

Después de todo esto, tendremos que construir un mundo que valga la pena salvar.

¿Viola?, oigo que muestra otra vez la Fuente.

Y noto que su dolor se llena de perplejidad...

{VIOLA}

¿Viola?, repite Ben.

Incapaz de levantarme, tengo que arrastrarme hacia Todd y hacia él, entre las patas de Angharrad, que camina con tristeza y repite **Chico potro**, **Chico potro**, una y otra vez.

Me obligo a mirar el rostro de Todd, a mirar sus ojos todavía abiertos.

Viola, oigo que repite Ben, que me mira con la cara surcada de lágrimas.

Tiene los ojos abiertos, muy abiertos...

—¿Qué? —digo—. ¿Qué pasa?

No responde de inmediato, coloca su cara junto a la de Todd, la observa con atención, y luego mira el lugar donde reposa su propia mano, encima del hielo que apiló sobre el pecho de su hijo.

¿Oyes...?, dice, y se detiene otra vez, con el rostro plenamente concentrado.

—¿Si oigo qué? —pregunto—. ¿A qué te refieres, Ben?

Se me queda mirando.

¿Oyes esto?

Lo miro parpadeando, oigo mi propia respiración, el romper de las olas, los gemidos de Angharrad, el ruido de Ben...

—¿Si oigo qué?

Creo..., dice.

Y se detiene otra vez para escuchar.

Creo que lo oigo.

Me mira otra vez.

Viola, dice. *Estoy oyendo a Todd.*

Se levanta con Todd entre sus brazos.

—¡Lo estoy oyendo! —grita por la boca, alzando a su hijo en brazos—. ¡Oigo su voz!

LA LLEGADA

«Y se respira un aire helado, hijo mío», leo, «y no me refiero sólo a que se acerque el invierno. Empiezo a estar un poco preocupada por los días que nos esperan.»

Miro a Todd. Sigue acostado, con los ojos abiertos, impertérrito.

Pero de vez en cuando, su ruido se abre y un recuerdo sale a la superficie, un recuerdo de cuando conocimos a Hildy, o de Ben y Cillian con Todd más pequeño que cuando yo lo conocí, y los tres salen a pescar al pantano de las afueras de la vieja Prentisstown y el ruido de Todd resplandece de felicidad...

Y mi corazón esperanzado late un poco más rápido.

Pero luego su ruido se desvanece y vuelve a quedar en silencio.

Suspiro y me reclino en la silla de fabricación zulaque, protegida por una gran tienda zulaque, junto a una fogata encendida por los zulaques, todo ello rodeando la lápida de piedra donde Todd descansa y ha descansado desde que lo trajimos de la playa.

Una compresa de cura zulaque cubre la zona del pecho todavía herida y quemada...

Pero se está curando.

Y esperamos.

Yo espero.

Espero a ver si vuelve con nosotros.

En el exterior de la tienda, un círculo de zulaques nos rodea sin moverse, y sus ruidos forman una especie de escudo. El Fin del Sendero, dice Ben que se llama, es el lugar donde él durmió mientras se curaba de la herida de bala, durante todos aquellos meses que pasó separado de los vivos, al borde mismo de la muerte, con la herida de bala que debería haberlo matado, pero que no lo hizo gracias a la intervención de los zulaques.

Todd estaba muerto. Estaba segura entonces, y lo estoy ahora.

Lo vi morir, vi cómo moría en mis brazos, y fue un momento que todavía me deprime y por lo tanto no quiero seguir hablando de ello...

Pero Ben puso nieve en su pecho, lo enfrió enseguida, enfrió las terribles quemaduras que lo estaban paralizando, enfrió a un Todd que ya estaba frío, un Todd que ya estaba agotado de su combate con el alcalde, y Ben dice que su ruido debió de detenerse porque Todd se había acostumbrado a no transmitirlo, que probablemente no había muerto, sino que se había cerrado por el shock y por el frío, y que luego el frío ulterior de la nieve lo mantuvo ahí, lo mantuvo ahí lo bastante para no morir del todo...

Pero yo sé que no fue así.

Sé que nos dejó, sé que él no quería, sé que aguantó el máximo que pudo, pero sé que nos dejó.

Yo lo vi marchar.

Pero tal vez no fue demasiado lejos.

Tal vez yo lo mantuve ahí, tal vez Ben y yo conseguimos que no se fuera demasiado lejos.

Tal vez no fue tan lejos como para no poder regresar.

¿Cansada?, dice Ben, que acaba de entrar en la tienda.

—Estoy bien —respondo, y dejo el diario de la madre de Todd, que le he leído cada día durante estas últimas semanas, con la esperanza de que pueda oírme.

Cada día espero que vuelva del lugar adonde fue.

¿Cómo está?, pregunta Ben, acercándose a él y poniéndole una mano sobre el brazo.

—Igual.

Él se vuelve hacia mí.

Volverá, Viola. *Lo hará.*

—Esperemos.

Yo volví. Y no te tenía a ti llamándome.

Desvío la mirada.

—Volviste cambiado.

Fue 1017 quien propuso el Final del Sendero y Ben estuvo de acuerdo, y como Nueva Prentiss ya no era nada más que un nuevo lago al fondo de una nueva cascada, y como la alternativa era encerrar a Todd en una cama de la nave de reconocimiento hasta la llegada del nuevo convoy (un método enérgicamente defendido por la enfermera Lawson, que ahora es la jefa de casi todo lo que no deja en manos de Wilf o de Lee), a regañadientes estuve de acuerdo con Ben.

Él asiente al oír mis palabras, y vuelve a mirar a Todd.

Supongo que él también habrá cambiado. Me sonríe. *Pero a mí no me va del todo mal.*

Estos días me fijo en Ben y me pregunto si estoy contemplando el futuro del Nuevo Mundo, si con el tiempo todos los hombres se entregarán tan completamente a la voz del planeta, manteniendo su individualidad, pero dejando entrar a las individualidades de los demás al mismo tiempo y uniéndose voluntariamente a los zulaques, uniéndose al resto del mundo.

No todos los hombres lo harán, estoy segura de ello, por lo mucho que valoraban la cura.

¿Y las mujeres?

Ben está seguro de que las mujeres tienen ruido. Dice que si los hombres son capaces de silenciar su ruido, ¿por qué no deberían ellas ser capaces de abrir el suyo?

Se pregunta si yo estaría dispuesta a intentarlo.

No lo sé.

¿Por qué no podemos aprender a vivir tal como somos, y que lo que cada uno elija sea aceptado por el resto...?

En cualquier caso, vamos a tener cinco mil oportunidades para descubrirlo.

El convoy acaba de confirmarlo, dice Ben. *Las naves entraron en órbita hace una hora. La ceremonia de aterrizaje se celebrará esta tarde como estaba planeado.* Arquea una ceja. *¿Vas a asistir?*

Sonrío.

—Bradley puede ir perfectamente en representación mía. Y tú, ¿vas a ir?

Vuelve a mirar a Todd.

Tengo que ir, dice. *Tengo que presentarlos al Cielo. Soy el conducto entre los colonos y la Tierra, me guste o no.* Aparta un mechón de pelo de la frente de su hijo. *Pero volveré inmediatamente después.*

No me he separado de Todd desde que lo trajimos aquí y no lo haré hasta que despierte, ni siquiera para recibir a los nuevos colonos. Hice venir incluso a la enfermera Lawson para que confirmara lo que dijo el alcalde sobre la cura. Hizo toda clase de análisis, y él decía la verdad. Todas las mujeres están curadas.

Pero 1017 todavía no lo está.

La infección avanza más lentamente en su organismo, y él se niega a tomar la cura, dice que sufrirá el dolor de la cinta hasta que Todd despierte, como recordatorio de lo que sucedió, como recordatorio de lo que estuvo a punto de suceder, y de lo que nunca deberíamos volver a hacer.

No puedo evitarlo. Me alegro ligeramente de que le siga doliendo.

El Cielo quiere hacerte una visita, dice Ben como quien no quiere la cosa, como si ya hubiera leído el ruido que no tengo.

—No.

Él organizó todo esto, Viola. Si recuperamos a Todd...

—«Si...» —respondo—, ésa es la palabra clave, ¿verdad?

Funcionará, dice él. *Funcionará*.

—Muy bien. Cuando funcione, preguntaremos a Todd si quiere ver al zulaque que lo puso en esta situación.

Viola...

Sonrío para interrumpir la discusión que hemos tenido ya docenas de veces. Una discusión sobre cuándo seré capaz de perdonar a 1017.

Tal vez nunca lo haga.

Sé que a menudo espera a la puerta del Final del Sendero y que le pregunta a Ben cómo se encuentra Todd. A veces lo oigo. Ahora, en cambio, sólo oigo a Angharrad, pastando sobre la hierba, esperando pacientemente a que su chico potro vuelva a nosotros.

El Cielo será un líder mejor a causa de todo esto, dice Ben. *Es probable que podamos vivir con ellos en paz. Tal vez incluso en el paraíso que siempre habíamos anhelado.*

—Si la enfermera Lawson y el convoy consiguen reelaborar la cura del ruido —respondo—. Si los hombres y mujeres que aterricen no se sienten amenazados por una inferioridad tan patente respecto a la especie nativa. Si siempre hay alimentos suficientes para salir adelante...

Intenta tener algo de esperanza, *Viola*, dice él.

Ya vuelve a aparecer la palabra.

—La tengo —digo—. Pero en estos momentos se la dedico toda a Todd.

Ben mira a su hijo.

Volverá con nosotros.

Asiento con la cabeza, pero no podemos saberlo con seguridad.

Pero tenemos esperanza.

Y esa esperanza es tan delicada, que me asusta expresarla.

De modo que me callo.

Y espero.

Y tengo esperanza.

¿Por qué parte vas?, pregunta Ben, señalando al diario.

—Vuelvo a estar cerca del final —respondo.

Se separa de Todd y se sienta a mi lado, en otra silla de fabricación zulaque.

Lee el final, dice. *Y luego empezaremos de nuevo, cuando su madre rebosaba de optimismo.*

La sonrisa de su rostro y la tierna esperanza de su ruido son tan grandes que no puedo evitar sonreír yo también.

Te oirá, Viola. Te oirá y volverá con nosotros.

Vuelvo a mirar a Todd, tendido sobre la lápida de piedra, calentado por la fogata, con los ungüentos de los zulaques sobre la herida del pecho. Oigo su ruido intermitente y apenas audible, como un sueño que casi no recuerdas.

—¿Todd? —susurro—. ¿Todd?

Vuelvo a tomar el diario.

Y continúo leyendo.

¿Está bien, esto?

Parpadeo y estoy en un recuerdo, como este de aquí, en una clase de la antigua Prentisstown antes de que el alcalde clausurara la escuela, y nos están explicando por qué los colonos vinieron a este planeta.

Luego vuelvo a estar aquí, en este otro recuerdo, cuando ella y yo dormimos en un molino de viento abandonado justo después de dejar Farbranch, y salieron las estrellas y ella me pidió que pasara la noche afuera porque mi ruido no la dejaba dormir.

O aquí, con Manchee, mi perro inteligente, que muerde una brasa con la boca y enciende un fuego, el fuego que me permitirá salvar...

Me permitirá salvar...

¿Estás ahí?

¿Estás ahí?

(¿Viola?)

Y a veces recuerdo cosas que nunca vi...

Familias zulaques en cabañas en un enorme desierto que ni siquiera sabía que existía, pero que ahora, al estar en él, sé que se encuentra en la parte opuesta del Nuevo Mundo, lo más lejos posible, pero yo estoy dentro de las voces zulaques y oigo lo que dicen, lo veo, lo comprendo, aunque el idioma no sea el mío, y me doy cuenta de que conocen la existencia de los hombres de la otra punta del planeta, que saben lo mismo de nosotros que los zulaques que están más cerca, que la voz de este mundo lo rodea todo, alcanza todos los rincones, y si pudiéramos...

O aquí, aquí estoy en la cima de una colina acompañado de alguien cuyo nombre apenas reconozco (¿Luke?, ¿Les?, ¿Lars? Su nombre está ahí, justo ahí, fuera de mi alcance...), pero reconozco la ceguera de sus ojos y reconozco el rostro del hombre que está a su lado. Sé que de algún modo ve por él. Se llevan las armas de un ejército y las esconden en una mina. Querrían destruirlas, pero las voces que los rodean quieren que las armas se queden ahí, por si acaso, por si acaso las cosas salen mal. Y el hombre que ve le dice al ciego que tal vez haya esperanza al fin y al cabo...

O aquí también, aquí estoy contemplando desde una montaña cómo una nave enorme, más grande que una ciudad entera, sobrevuela mi cabeza y se prepara para el aterrizaje.

Y al mismo tiempo recuerdo estar junto al lecho de un riachuelo... Hay un bebé zulaque que juega y unos hombres que salen del bosque y se llevan a la madre a rastras. El bebé llora y los hombres vuelven, lo recogen y lo meten en un carro con otros niños. Sé que este recuerdo no es mío y que el bebé es..., el bebé zulaque es...

Pero a veces sólo hay oscuridad...

... a veces no hay más que voces que casi no puedo oír, voces fuera de mi alcance, y estoy solo en la oscuridad y siento que llevo aquí mucho mucho tiempo y...

A veces no recuerdo mi nombre...

¿Estás ahí?

¿Viola?

Y no recuerdo quién es Viola...

Sólo sé que tengo que encontrarla...

Que ella es la única que puede salvarme...

Es la única que puede...

¿Viola?

¿Viola?

«... mi hijo, mi hijo precioso...»

¡Ahí!

¡Ahí está!

A veces está ahí en medio de la oscuridad, en medio de los recuerdos, en medio del lugar donde me encuentre, haciendo lo que esté haciendo, a veces incluso en medio del millón de voces que crean el terreno que piso...

A veces oigo...

«... Ojalá tu padre estuviera aquí para verte, Todd...»

Todd...

Todd...

Ése soy yo...

(Creo...)

(Sí...)

Y esa voz, la voz que pronuncia esas palabras...

«... habla como quieras, Todd, te prometo que no te corregiré...»

¿Es ésa la voz de Viola?

¿Lo es?

(¿Eres tú?)

Porque últimamente la oigo más a menudo, a medida que pasan los días, a medida que vuelo por estos recuerdos y estos espacios y estas oscuridades...

La oigo más a menudo entre todos los otros millones...

«... Me estás llamando, y yo responderé...»

Responderé...

Todd responderá...

¿Viola?

¿Me estás llamando?

Sigue llamándome...

Sigue haciéndolo, sigue viniendo a salvarme...

Porque cada día estás más cerca...

Casi te oigo...

Casi...

¿Eres tú?

¿Somos nosotros?

¿Es esto lo que hicimos?

¿Viola?

Sigue llamándome...

Y yo seguiré buscándote...

Y te encontraré...

Puedes estar segura...

Te encontraré...

Sigue llamándome, Viola...

Porque ya estoy llegando.

ÍNDICE

TAMBIÉN EN NUBE DE TINTA

Reina el Caos. De hombres a monstruos de Patrick Ness
se terminó de imprimir en agosto de 2019
en los talleres de
Litográfica Ingramex, S.A. de C.V.
Centeno 162-1, Col. Granjas Esmeralda, C.P. 09810,
Ciudad de México.